| A.TEMPO PREMIUM LABEL. op. 005

언니가
남자 주인공을
주워 왔다

이 도서의 국립중앙도서관 출판시도서목록은 서지정보유통지원시스템 홈페이지(http://
seoji.nl.go.kr)와 국가자료공동목록시스템(www.nl.go.kr/kolisnet)에서 이용하실 수 있습니
다. (CIP제어번호: CIP2020012891)

언니가 남자주인공을 주워왔다

문시현 장편소설

III

MY SISTER PICKED UP
THE MALE LEAD

PREMIUM
LABEL

CONTENTS

언니가 남자 주인공을 주워 왔다

Romance Fantasy
crescendo

MY SISTER PICKED UP THE MALE LEAD

역전의
한발은
아껴두자

IX

9

역전의 한 발은 아껴 두자

'더 이상 도망치기만 해서는 해결되지 않아.'

나는 이 상황을 어디로 끌고 갈지 모를 조각 '조커'를 품은 원작 외전의 기억을 더듬었다. 읽은 사람도 몇 없을 짤막했던 외전. 나는 남자 주인공인 리녹이 좋아서 끝까지 읽었지.

주인공 세레나가 워낙에 강한 사람이다 보니 후반부 위기가 별다른 위기가 되지 못했다. 있어 봐야 탄시즈의 공작 정도였지. 오히려 이 소설은 후반부에서 남자 주인공인 리녹이 데굴데굴 굴렀다. 죽을 위기에도 처하면서.

아무튼 간에 저 서쪽 탑에는 그런 리녹과 관련한 비밀이 숨겨져 있었고, 나는 이 상자를 열어볼 생각이었다.

'판도라의 상자가 되어주면 좋겠는데 말이야. 나쁜 일 없이 딱 희망만 남은.'

사실 내가 여기까지 관여할 줄은 꿈에도 몰랐고, 나와는 상관없는 일이라 여기고 외면했다. 기회를 틈타 도망갈 거라 생각했으니까.

원작이 어그러진 미래에서 마법을 벗어나지 못한 리녹이 죽는 모습은 보고 싶지 않았다. 그렇다고 리녹을 떠나고 싶지도 않다. 그러니 주사위를 던져 봐야지.

리녹과 내기한 처음 한 달 동안 어떻게든 잘 버티면서 어긋난 일들을 제대로 돌릴 기회를 찾으려 했지만, 구석에 몰린 마음은 전보다 절박했다. 당장은 저 탑에 가야 한다.

"일단은 해결해야 할 건."

나는 슬쩍 뒤를 돌아봤다. 그곳에는 로테가 두고 간 기사가 먼 산을 바라보고 있었다. 그러다 나와 눈이 살짝 마주쳤는데 화들짝 놀라 고개를 피하는 것이 보였다.

감시자라 생각했는데, 영 감시하는 자세는 아니다. 해결해야 할 점이란 바로 저 기사님이었다. 탑으로 들어가는 나를 보면 그냥 두지 않을 테니.

조금 전 로테는 서쪽 정원까지 안내하며, 잔소리인지 경고인지 모를 말들을 아끼지 않았었다. 예를 들어 저택 경비가 삼엄하다거나 외곽 벽 근처에서 수많은 기사가 빽빽하게 서 있는 모습을 볼 수 있다는 둥. 적아 구분이 힘든 곳이라 길을 잃은 이가 아주 큰 일을 겪기도 했다는 둥. 도망갈 테면 가보라는 말을 배배 꼬아서 해주셨지. 아무튼 간에 도망을 가지 못할 만큼 경비가 삼엄한 모양이다. 도망갈 생각도 없지만.

탑은 생각보다 정원과 가까웠고, 지키는 인원 하나 없었다. 아니, 리녹은 지킬 이유가 없다고 생각했겠지? 나는 다시 기사님을 바라봤다. 아니나 다를까, 나를 곁눈질했던 건지 휙 고개를 돌리는 기사님이 보였다.

"저기요."

불렀는데 쳐다보기는커녕 대답도 없다.

"저기요? 저기, 기사님."

"……."

혹시 귀가 안 들리시는 분인가? 조심스럽게 입을 뗐다.

"아. 혹시……. 제 말이 안 들리시나요?"

움찔하는 걸로 봐서는 그건 아닌 것 같고.

"기사님, 제가 보이시죠? 들리시기도 하고."

"……."

"흐음, 맞는 것 같은데. 그러시잖아요? 그렇죠?"

"……."

기사님은 아무 말도 하지 않았다. 여전히 시선조차 마주하지 않고 말이지. 그러나 나는 턱 끝에 매달린 식은땀을 보았다. 눈을 가늘게 좁혔다. 설마. 슬며시 입술을 열었다.

"저랑 눈도 마주치지 말래요?"

움찔.

"말도 하지 말고?"

움찔.

……이 선생님이 진짜. 이건 리녹의 짓이다. 확실해.

나를 에이미 씨라고 불렀다가 깨갱 움츠린 그레이의 모습이 지금 이 기사님 뒤로 보이는 것 같았다. 아니, 리녹이 보고 있는 것도 아닌데 이러니 더한 것 같기도 하고.

대체 얼마나 충성스러운 거야?

"저기 기사님."

그렇지만 내게 나쁜 일은 아니었다.

"저 이제 정원을 좀 구경해 보려 하는데, 같이 가시겠어요?"

움찔.

"……그렇게 떠셔서는 의사를 알 수가 없어요. 동의하시면 오른손으로 주먹을 쥐어 주세요. 부정하실 때는 손을 펴시고요."

"……."

"동의하셔요?"

꾸욱.

……진짜 하네. 아니, 이걸 귀엽다고 해야 할까. 어쩐지 이 기사님 뒤에서 갈색 털을 가진 토종 진돗개가 보이는 기분이다. 진짜 기사단이 다 갯과네.

"저 감시하러 오신 건가요?"

기사님이 손을 폈다. 저건 아니라는 소리인가 보다.

"그럼 보호?"

꾸욱.

"정원 같이 가실 거예요?"

이번에도 손을 펼쳤다. 역시나 같이 들어갈 생각은 없나 보다.

"그럼 저 구경하고 오는 동안에 계속 여기 계실 거죠?"

"……."

이번엔 기사님이 주먹을 쥐긴 쥐었는데 반쯤 쥔 모양새다. 흐음. 턱을 톡톡 두드린 내가 다시 입을 열었다.

"저 도망갈까 봐 그러세요?"

꾸욱.

망설이긴 했으나 기사님의 주먹이 쥐어졌다.

동의한다고? ……허. 이것 참. 역할에 충실한 기사님이네.

"아까 로테 씨 말씀 기사님도 들으셨잖아요. 제가 도망간다고 해도 외벽 쪽에서 붙잡힐 거예요. 그렇죠?"

꾸욱.

"네. 저도 알아요. 대공님이랑 애길 잘 나눠서 그럴 일도 없고요. 그러니 걱정하지 마세요."

나는 30대 중반쯤 되었을까 싶은 기사님에게 방싯 웃어주었다. 그가 곁눈질로 나를 본 것도 같았다.

"그럼 구경하고 다시 이쪽으로 돌아올게요."

꾹꾹.

마지막으로 주먹을 꾹 다지는 것을 확인하고는 등을 돌렸다.

서쪽 정원은 보통 생각하는 정원의 모습과 사뭇 달랐다. 그저 너른 꽃밭이 있을 뿐 아니라, 길쭉하지만 정갈하게 잘린 나무들이 나란히 서 있었다.

나무와 잎으로 만들어진 벽을 지나자, 이제는 기사님의 모습이 보이지 않았다. 기사님 또한 내가 보이지 않을 거다. 기감이 뛰어난 기사라면 보이지 않아도 내 기척이 느껴지겠지만 내 목적은 도망이 아니므로 상관없고.

나는 머지않아 정원의 끝에 도달했다. 의외로 탑은 정원에서 멀리 떨어져 있지 않았다. 당연할지도 모른다. 탑과 이 정원은 연관이 있는 장소니까.

'역시 아무도 없네.'

이곳을 지키는 이는 아무도 없었다. 울타리 또한 시간의 흐름을 보이듯 여기저기 낡은 상태였다.

차근히 책 속 내용을 떠올리던 나는 울타리 근처로 다가갔다. 커다란 울타리를 넘는 대신 조금 걸어서 문을 찾아 그 안으로 들어갔다. 울타리 안쪽에는 키 작은 잡초가 수북이 자란 것이 보였다. 관리가 안 되었단 증거 같다.

사박사박. 풀을 헤치고 나는 탑의 문 앞에 섰다. 혹시나 잠겨 있으면 어쩌나 싶었지만, 다행스럽게도 열려 있었다.

'이곳엔 계단이 아주 많았지?'

문이 열리자 옅은 먼지 냄새가 코를 찔렀다. 탑 안쪽 상태는 아주 좋지는 않았지만 나쁘지도 않았다. 최소한 무너지거나 더러워지지 않을 정도만 치워둔 것처럼.

나는 공간을 바라보다가 이내 나선형의 계단을 올라갔다. 계단은 그리스식 그림이 연상될 정도로 고풍스러움이 느껴졌다. 과거 어느 시점에는 이 계단도 반짝반짝하게 닦여져 있었으리라.

환생한 뒤 장점이 있다면 그중 하나가 체력이 좋다는 점이다.

"알았지, 에이미? 체력은?"

"가보다!"

"맞아. 우리 둘의 가보야. 그러니 게을러지지 않기야."

언니한테 고맙네. 그 덕을 톡톡히 본 덕분에 탑의 꼭대기까지 오르는 데는 오랜 시간이 걸리지 않았다.

"와. 엄청 빠르게 올라왔네."

일을 마무리하고 시간 내로 기사님이 있는 곳으로 돌아갈 생각을 하니 발이 빨라졌다. 탑의 꼭대기는 크기에 비해 생각보다 황량했다. 오랫동안 관리가 되지 않은 느낌은 1층과 비슷했다.

'여기도 딱 최소한으로만 관리했네.'

하기사, 이곳은 처음부터 사치나 향락을 위해 지어진 곳이 아니었으니 말이다. 살펴보니 동그란 공간에 문이 여러 개 있었다. 세어보니 숫자는 다섯. 여기까지도 읽은 그대로구나. 첫 번째 문에 다가가자 커다란 자물쇠가 보였다. 잠겨 있다. 두 번째 문도 마찬가지였다. 다 잠겨 있다면 곤란한데. 세 번째 문고리에 손을 가져다 댈 때였다.

자박자박. 발소리가 들려왔다. ……아래층인 것 같다. 발소리가 아직은 멀긴 하지만 가까워지고 있다. 이곳에 있는 사람과 마주쳐서 좋을 것은 없다. 분명 리녹 귀에 들어갈 테니까. 나는 황급히 세 번째 문을 봤다. 세 번째 문도 잠겨 있다. 걸음이 조급해졌다. 소리는 더욱 가까워지고, 이제는 탑 꼭대기를 둥둥 울렸다.

나는 네 번째 문을 보지 않고 급히 다섯 번째 문을 열었다. 네 번째는 문이 너무 커서 소리가 날 것 같았으니까. 나는 제일 작은 다섯 번째 방으로 들어가 참았던 날숨을 내쉬었다. 소리 죽여 닫은 탓에 문소리는 거의 나지 않았다.

문밖으로 뚜벅뚜벅 걷는 발소리가 들렸다. 철컥철컥. 곧이어 멀지 않은 방 쪽에서 자물쇠가 열리더니, 나타난 누군가는 문을 다시 닫았다. 이내 문이 잠기는 소리와 함께 발소리가 멀어졌다.

"……놀라라."

가슴을 쓸어내렸다. 크게 잘못한 것도 없건만 괜스레 범죄라도 저지른 기분이었다.

'이럴 때가 아니야.'

얼른 목적을 달성해야 한다. 깨물었던 입술을 떼어내고 고개를 들었을 때였다. 나는 눈을 동그랗게 떴다.

"아?"

팔랑팔랑. 눈앞에서 커다란 커튼이 흩날리고 있었다. 그 앞에는 대공저 부지 안의 것이라 보기 힘든 낡은 침대가 있었다. 두 사람이 눕는다면 꽉 찰 것 같은 크기, 그 위에 누군가가 앉아 있었다.

낮은 음악 소리가 귀를 자극했다. 시선을 살짝 내리자 침대 밑에 아무렇게나 굴러다니는 오르골이 보였다. 고장 난 것인지 음악이 뚝 끊겼다. '누군가'가 이쪽을 향했다.

"……안녕하세요?"

당연하겠지만 '누군가'는 나를 보며 아무런 대꾸도 하지 않았다. 활짝 열린 창문으로 바람이 세게 불며 천이 실타래처럼 나부꼈다. 하얀 천 사이로 새카만 머리칼이 부드럽게 어우러지며 한들한들 흔들린다.

마치 검은 폭포를 보는 듯 새까맣고, 숱 많고 긴 머리칼은 관리되지 않아 조금 푸석해 보였다. 퀭해 보이는 눈은 새파란 색이었으나 옆으로 긴 눈매는 낯이 익은 느낌이 들었다.

'아. 이 사람이다.'

드디어 찾았다. '누군가'가 성큼 이쪽으로 다가왔다. 옅은 먼지 내음과 차분한 책 내음이 코끝으로 침투했다. 여성은 마치 냄새를 맡을 것처럼 바싹 얼굴을 들이댔다. 그러고는 이어 고개를 기울였다.

"아. 다시 인사할까요? 처음 뵐게요."

여성은 여전히 대답이 없었다. 나는 조금 초조했으나 드러내지 않았다. 그러다 여성이 얼굴을 그대로 들어 올렸다.

"……검은 머리가 아니네?"

"……네?"

그녀는 나보다 키가 컸지만 허리를 숙인 탓에 되레 내가 내려다보는 형국이었다.

"검은 병아리를 찾아야 하지. 그건 하늘 섬에 걸어뒀어."

……음, 사람의 말을 하신 것 같은데. 이해가 되질 않다니 애석한 일이다. 물론 이쯤은 예상했지만.

"검은 병아리를 찾아드리고 싶지만 그게 뭔지 잘 모르겠네요. 혹시 도와드려도 괜찮을까요?"

"난 자수정을 좋아하는데."

"그렇군요. 저도 자주색 크리스틸을 좋아해요. 아주 이쁘죠?"

"자색 달은 언제 뜰까?"

뺨을 긁적였다.

"음, 아마도 세상이 멸망할 때까지는 안 뜨지 않을까요?"

……내가 왜 열심히 답변하고 있는 걸까. 패딩 안에 속옷만 걸친 사람처럼 황망함이 밀려왔지만 얼른 고개를 저었다. 아니, 퀘스트라 생각하자. 몇 가지 조건을 채우고 나서야 원하는 목표에 도달할 수 있는 것이다.

생각에 잠긴 동안 '그녀'는 내게 흥미를 잃고 멀어졌다. 침대 앞으로 돌아간 그녀는 한쪽에 쪼그리고 앉았다. 무얼 하나 보았더니 소리가 나지 않는 오르골을 응시하고 있었다. 그 옆에 나도 함께 쪼그리고 앉았더니, '그녀'가 작은 허밍을 흥얼거렸다.

"새는 날아갔어."

"음, 하긴 새는 원래 나는 동물이죠."

"금은 별로야."

"저도 금색보다는 은색이 좋더라구요."

그렇게 말하고서 나는 자리에서 슬그머니 일어났다. 오늘은 이 탑을 탐색하느라 시간을 많이 썼다. 빠르게 올라오긴 했지만 중간에 멈춰서 탑을 관찰하기도 했으니.

"오늘은 일단 바빠서 이만 가볼게요."

나는 생긋 웃었다.

"당신을 보러온 것이었거든요."

일어난 나는 탁탁 무릎을 털었다.

"공작 부인."

볕 사이로 빛 먼지가 나풀나풀 흩날렸다.

서쪽 탑. '시간이 멈춘 탑'이라고도 불리는 곳. 과거 이곳에 누군가가 유폐되었다. 전 대공이 손수 가둬 버린 부인. 그리고 감금된 채 아이를 낳은 여인, 이 책의 남자 주인공 리녹 이베르크의 모친.

리녹의 결핍이 시작된 근원이자, 동시에 이베르크가의 아픈 조각. 남편에 의해 실어증에 걸리고 끝내 미쳐 버린 사람. 아이헨나 휘 이베르크. 하지만 나는 알고 있었다. 그녀가 사실, 미치지 않았다는 사실을.

'못 들었나.'

그녀는 내가 자신을 부른 줄 모르는 듯 멍하니 오르골을 응시하고 있었다. 미치기 전에는 뛰어난 인재이자 전장에서 병사들을 지휘하는 지휘관이었다고 했었나. 이 사람에 대해서는 드러난 것이 너무 적었다. 하지만 이것만은 알고 있다. 미쳤다고 알려진 공작부인의 비밀.

"부인, 저…… 듣고 싶지 않은 기분은 알지만, 이 말은 꼭 들으셔야 해요."

나는 고개만 숙여서 멍하니 앉아 있는 부인의 귀에 무어라 속닥였다. 그러고는 등을 돌려 미련 없이 문을 열었다. 바깥에서는 아무 소리도 들리지 않으니 누구에게든 들키기 전에 돌아가야지.

그렇게 문고리를 닫으려던 순간이었다.

"……너."

그녀의 목소리가 들렸다. 또렷한 음성으로.

"정체가 무엇이냐."

고개를 돌리자 백치인 듯 초점 없던 눈동자에 선명한 빛이 어려 있었다. 집요한 시선은 누군가를 떠올리게 했다.

"어, 음, 역시 그 말이 적격이었나 보네요. 그…… 렇죠, 대공비님?"

나는 어색한 웃음을 흘렸다. 그러나 곧 표정을 가다듬고 웃었다. 예상대로였다. 평생 제정신으로 돌아오지 못할 것이라 선고받았던 그녀.

"……하하하."

그러나 그 누구도 몰랐던 사실은, 그녀가 오래전에 제정신을 이미 되찾고, 이미 제정신인 채 계속 미친 행세를 했다는 사실이었다.

"'정상인 채로 미친 척하기도 힘드시겠어요'. 딱…… 이었죠?"

"……."

말없이 노려보는 시선은 리녹과 똑 닮은 모습이었기에 무서웠다.

"저어, 기분 나빠하지 마세요. 그게……."

……무서워요, 어머님. 아니, 옆에 놓인 몽둥이는 왜 만지시는 건가요?

그녀는 그 막대기를 지지대 삼아 침대에 상체를 기댔다. 그러고서 날 바라보는데, 리녹이 냉혹한 표정을 지으면 저런 모습이겠구나 싶었다. 나는 슬그머니 발을 뺐다.

"아 참, 이건 아무한테도 말하지 않을게요. 걱정 마세요!"

오늘의 목표는 이뤘다. 속으로 생각한 것을 들키지 않기 위해 방긋 미소를 지었다.

"내일 또 뵐게요."

날 노려보는 전 대공비님을 뒤로 하고 끼이익, 문이 닫혔다.

△

돌아가는 길은 올라갈 때보다 수월했다. 다행히 탑에서 누구와도 만나지 않고 무사히 기사님이 기다리는 곳으로 왔다. 기사님은 나를 보며 고개를 갸웃했지만 아무 말도 하지 않았다. 하지만 흙먼지가 묻은 치마를 유심히 관찰하고 안심한 얼굴을 했다.

나는 그걸 엿보았다. 혹시나 싶어 흙바닥에 한 번 앉아 있다 온 것이 다행이었다. 내 손에는 알리바이를 증명해 줄 정원에서 꺾어온 꽃 몇 송이가 들려 있었다.

"……에이미!"

저택에 들어섰을 때 도도도 어린 리녹이 달려왔다. 팔랑팔랑 마구 흩날리는 머리가 귀여워 웃었다. 나는 품에 들어온 아이의 머리를 가만히 정돈해 주었다. 탑 쪽에서 시간을 많이 빼앗긴 터라 어느새 해가 뉘엿뉘엿 지고 있었다. 아이에게 미안한 마음이 들었다.

"미안해. 예정보다 늦었네."

도리도리. 어린 리녹이 고개를 저었다. 그러고는 석양빛이 따스하게 들어온 창 아래서 수줍게 뺨을 물들였다.

"에이미를 볼 수 있는 것만으로도 좋아."

"그래서 지금이 좋아?"

아이의 귀가 석양과 같은 색으로 물들었다. 그는 눈을 깜빡이더니 살며시, 놓칠까 조심스럽게 손을 잡았다.

"응. 그래서 지금이…… 좋아."

아이가 살그머니 고개를 들었다.

"에이미도."

"응."

꼬옥. 아이가 손을 쥐었다.

"……나 좋아해 줄 거야?"

눈을 동그랗게 뜬 나는 이내 머쓱하게 뺨을 문질렀다.

"음, 이미 좋아할걸."

나는 느끼는바 그대로 솔직히 말했다. 나로 꽉 들어찬 동그란 아이의 눈동자가 가만히 멈춰 있다.

나를 거머쥔 어린 리녹의 손에 힘이 들어갔다.

"그럼, 더 많이."

"응?"

아이가 속삭였다.

"좋아해 줘."

그것으로는 모자랐는지 미약한 힘으로 나를 잡아당겼다.

"……좋아해 주면, 안 돼요?"

……잠시만 대공님. 존댓말요? 순간 심장을 움켜잡을 뻔했던 나는 가까스로 참은 숨을 내쉬었다. 아파트를 부수고 싶다는 기분이 어떤 건가 싶더라니. 당장 눈앞의 벽을 부수고 싶었다. 값비싼 화병의 값을 생각해서 인내한 나는 곧 입술을 열었다.

"……대공님, 존댓말은 어디서 배워 왔어요?"

"에이미?"

아차, 너무 당황해서 나도 모르게 말이 올라갔다.

"왜…… 존댓말 써?"

"아, 아니, 아냐아냐. 당황해서 그만. 녹스, 그나저나 그런 말은 어디서 배웠어?"

어쩐지 자식의 방에서 생각지 못한 것을 발견한 학부모가 된 기분이었지만 리녹은 성실하게 입을 열었다.

"배웠어."

"어디서?"

"책에서."

"요즘 책은 유해하구나."

"……응?"

"아냐, 아냐."

잘못한 학생처럼 움츠러든 리녹의 어깨를 잡아 슬며시 펴 주었다.

"나 잘못했어? 배우면 안 돼?"

"아니야."

내가 잘못했네. 왜 우리 애 기를 죽이세요.

"아니. 무척이나 옳아."

옳은데 심장에는 해로웠을 뿐이지. 내 우심실 판막 아래에 십덕이라는 글자로 압사당할 뻔했거든. 나는 적극적으로 네 탓 아니다, 내 탓이다를 외치며 리녹이 틀리지 않았노라고 말해주었다. 여러 번 반복해 말해주자 아이의 표정도 차츰 밝아졌다.

"그럼 다음에 또 해도 돼요?"

"억."

"에이미?"

"아니……. 해도 되긴 하는데."

심장 판막은 네 개인데, 내가 버틸 수 있을까? 이미 내 좌심실도 망가진 것 같거든. 애써 실없는 생각을 하며 뺨을 긁적일 때였다. 아이가 남은 내 손을 잡아 자신의 뺨으로 가져다 댔다.

"나도."

"응?"

"나도 뺨이 간지러워요."

……대공님, 오늘 절 죽이시려는 생각인가요.

눈을 깜빡이는 리녹을 향해 고개를 젓고 무어라 하려는 순간이었다.

"실례합니다. 언제까지 기다려야 할지 알려주시겠습니까?"

고개를 들자 아이의 자그마한 머리통 뒤로 길쭉한 인영이 있었다. 로테는 나를 바라보며 노골적으로 썩 유쾌하지 않음을 팍팍 티 내고 있었다.

"……언제부터 거기 계셨어요?"

"계속 이곳에 있었습니다."

로테의 눈이 어린 리녹을 향했다.

"각하께서 아가씨에게 강아지처럼 달려가실 때부터 뒤따르고 있었습니다만."

"왔으면 말을 하지 않고."

"알아채실 줄 알았습니다. 제가 아가씨의 순발력을 지나치게 높이 산 듯하여 송구한 마음이 듭니다."

……'네가 못 알아본 탓이다'를 획기적으로 말씀하시네. 오늘도

여전히 로테가 로테 했겠거니 흘려버렸다.

　로테는 슬쩍 나를 곁눈질했다. 리녹에게 잡혀 있는 내 손을 본 것 같은데, 무슨 생각을 할지 알 것 같았다.

　'……손에 구멍 뚫리겠다.'

　그의 팬심 섞인 질투를 모른 척하며 리녹의 머리에서 손을 떼어냈다. 아이가 아쉬운 듯 바라봤지만 살짝 웃어주자 안심한 얼굴로 수줍게 눈꼬리를 접었다.

　와…… 정말. 언니가 그토록 어린 리녹을 좋아하며 보였던 반응을 이해할 것 같다. 어린 리녹만 데리고 이 저택을 뜰 수는 없겠지? 당연히 안 될 생각을 하며 복도를 걸었다.

　"각하, 베이커 씨에게 들르실 예정이십니까?"

　"……으응."

　어린 리녹은 베이커에게 들를 일이 있다며 나와 다른 쪽으로 향했다. 마침 갈라지는 계단에 서 있던 부집사님이 리녹을 보며 고개를 까딱였다.

　"아가씨께서는 저녁을 드실 시간입니다."

　"아. 그러네요?"

　"식당으로 안내드리겠습니다."

　얼추 저택의 지리를 알아 더는 안내가 필요 없는데도 로테는 안내를 자처했다. 그러고 보면 리녹은 부집사님이랑 가는 건가? 리녹도 배고플 시간일 텐데.

　"녹스, 저……. 아."

　습관적으로 어린 리녹에게 함께 식사하겠느냐 물으려던 나는 그대로 멈칫했다. 해가 지기까지 얼마 남지 않은 시간. 어린 리녹은 저녁 식사를 할 수 없었다. 실수를 깨닫고 손등으로 입을 막았지만 이미 저지른 후였다. 아무것도 모르는 무구한 눈동자가 나를 담고 있었다.

"에이미?"

"아. 아무것도 아니야. 또 봐."

그대로 손을 흔들자 뺨을 물들인 아이가 함께 손을 흔들었다. 부집사님과 사라지는 등을 바라보다 고개를 돌렸다.

"가도 되겠습니까?"

"아, 네."

그러고 보니 로테는 어째서 나와 함께 가는 걸까. 의문이 들었다. 그도 그럴 것이 로테가 가장 좋아하고 아끼는 사람은 단연 그의 최애인 리녹일 텐데. 어린 리녹을 두고 나를 안내하는 게 이상했던 것이다.

"저기, 로테 씨. 어째서 안내해 주시는 건가요?"

"……혹시 각하와 함께하지 않고 아가씨를 안내하는 이유를 물으신 겁니까?"

"네."

"당연합니다. 각하께서 명한 것이시니까요."

로테가 걸음을 멈추지 않은 채 고개만 돌렸다.

"각하께서는 아가씨가 이동하실 때는 언제나 제가 안내하며 극진한 대우를 하라 명하셨습니다. 저택에서 있을 불미스러운 일에 대비해서 말입니다."

그 불미스러운 일이란 방범 벨이 작동하거나 낮의 습격 같은 일을 말하는 듯했다.

"저는 각하께 충성을 바친 이로서 모든 명을 충실히 이행할 의무가 있지요. 때로는…… 내키지 않은 일이라 할지라도 말입니다."

"그래서 저랑 있는 일이 내키지 않으신 거군요?"

"그렇게는 말씀드리지 않았습니다."

댁 표정이 그렇게 말씀하고 있는데요? 한마디 톡 쏘아줄까 하다가 그냥 어깨를 으쓱했다.

"실례지만, 걸음이 느리신 것을 보아 그리 시장하지 않으신 것 같습니다. 물론 주방장들은 정성 어린 요리가 식더라도 그리 신경 쓰지 않을 겁니다."

저거 지금 느려 터졌으니 빨리 오라 쏘아붙인 거지? 검은 재킷을 걸친 등을 슬쩍 흘겨보다 절레절레 고개를 저었다.

"갑니다. 가요."

그렇게 한참을 걸어 모퉁이를 돌아 식당의 문이 보였다. 문까지는 약 세 걸음. 복도에는 향긋한 음식 내음이 깔려 있었다. 오늘은 칠면조인가? 음식을 상상하며 막 걸음을 좁힐 때였다. 갑자기 걸음을 멈춘 로테가 머리를 우아하게 돌렸다.

"그런데, 서쪽 탑 안쪽에는 왜 들어가신 겁니까?"

우뚝. 하마터면 스텝이 꼬여 넘어질 뻔한 나는 벽을 잡고 눈을 끔뻑였다. 지금 뭐라고 한 거지?

"네?"

"잘못 들으신 것 아닙니다."

언제나처럼 정중하지만 한기가 흐르는 그의 얼굴에는 태연함이 담겨 있었다.

"이 저택에서 중요하게 취급되는 마법이 두 가지 있습니다. 하나는 아가씨도 아시는 순간이동 마법진이며, 다른 하나는⋯⋯."

그가 창문을 눈짓했다.

"서쪽 탑에 걸린 경비 마법이지요."

내가 답변을 찾지 못한 동안 로테가 이어 말했다.

"베이커 씨에게 전해 들었습니다. 탑에 낯선 자가 들어갔다고."

⋯⋯어쩐지 탑의 경비가 허술하더라니. 아예 관심 밖에 두고 손 놓은 것이 아니었나? 식은땀이 흘렀다. 물론 탑에 가서 그곳의 리녹의 모친과 만나고 온 것은 중죄가 아니다. 하지만 그곳에 간 의도를 들키면 곤란했다.

"으음, 들켰네요. 죄송해요. 들어가면 안 되는 곳이었나요?"

나는 당황을 겉으로 꺼내지 않은 채 애써 태연자약하게 말했다.

"정원을 돌아보다가 신기한 마음에 들어가 봤거든요. 잠겨 있지 않기도 해서."

나를 물끄러미 바라보던 로테가 보일 듯 말 듯 고개를 저었다.

"들어가면 안 될 금지(禁地)는 아닙니다."

"그런가요? 다행이네요. 큰 잘못을 한 걸까 고민했거든요."

긴장감을 숨긴 내 시선이 로테의 차분한 시선과 교차했다.

"그곳에서 무엇을 보셨습니까?"

로테는 이제 완전히 걸음을 멈추고 반질한 눈으로 나를 담았다. 여기서 대답 잘해야 한다 이건가. 심상치 않은 그의 기세에 나는 식은땀이 밴 손을 숨기며 눌리지 않은 척 미소를 유지했다.

"그냥 탑이더라구요. 그래서."

"올라가셨습니까?"

"탑이니까, 올라갔는데⋯⋯."

"보셨는지요."

"음, 맨발로 걸어 다니고 계시던 한 여성분을 말씀하시나요?"

정확히는 침대 옆에 멍하니 앉아계셨고 내가 찾아 들어간 거지만. 로테가 눈을 가늘게 좁히는 걸 보니 평소 최상층을 돌아다니기도 하는 모양이었다. 그는 곧 안경을 벗더니 어느새 꺼낸 손수건으로 안경알을 닦았다.

"보셨다니 어쩔 수 없는 일이군요."

……그 뒤에 왠지 "그러니 죽어라."라는 대사가 나올 것 같은 건, 과한 망상인가. 나는 괜히 목 뒤를 문질렀다.

로테가 그 뒤로 말이 없자 내가 먼저 입을 열었다.

"제게 무어라 하지 않으시나요?"

"하지 않습니다."

"왜요?"

"대외비는 누군가에게 탄로 난 순간부터 대외비가 아니게 됩니다. 더구나 아가씨께서는 외부인이 아니시니까요."

"그 기준은 누가 정하는데요?"

따지고 보면 이곳에서 머문 기간이 가장 짧은 사람은 바로 나였다.

"비밀을 알았을 때, 각하께서 화를 내시거나 처리를 고려하는 경우에 흔히 외부인이라 규정합니다. 아가씨께서 알게 되셨다 한들 각하께서는 화를 내시지 않을 것 같습니다."

로테는 나를 한번 보더니 그대로 시선을 흘렸다.

"또한 각하께서는 언젠가 아가씨에게 말씀하셨을 것 같다는 생각이 듭니다. 아가씨께서 물으셨다는 조건하에서 말입니다."

"……."

신기하게도 로테는 이 자리에 없는 리녹의 반응을 정확히 짚어냈다.

"그러니 제가 드릴 말씀은 없는 듯합니다."

어쩐지 로테가 나를 인정하는 것 같았다. 나는 입술을 달싹이다가 다시 걷기 시작한 그의 그림자를 붙잡았다.

"탑에 계신 분에 대해서 알고 싶어요."

"……보셨다면 이미 아시겠지만, 정신이 온전치 못하신 분입니다. 그런 분에 대해 아셔서 어찌하려 하십니까?"

정신이 온전한 분이시니까 그렇지요. 나는 말을 꼴딱 삼키며 태연하게 눈을 깜빡였다. 내 감인데, 어쩐지 내 계획을 실현하기 위해서는 로테의 도움이 필요할 것 같다는 생각이 들었다.

"그냥 알고 싶어요. 리, 아니 대공님에 대한 건 모두."

"……."

"제가 대공님에 대해 알수록 로테 씨에게도 좋잖아요."

"제게 무엇이 좋단 말입니까?"

"제가 오래 여기 있으면 대공님께서 좋아하시겠죠."

이 말만은 참 내가 나빴다는 생각을 하며 나는 표정을 흐리지 않기 위해 애썼다.

"그리고 절 도와주신다면 저도 로테 씨를 도울게요."

"아가씨의 도움을 받은 일은 없을 것 같습니다."

……까칠하시긴.

그러나 나는 아랑곳하지 않고 회심의 일격을 내밀었다.

"어린 대공님이랑 친해지게 도와드릴게요."

"……예? ……말씀 다 하셨습니까?"

"네? 네, 네에……. 다 했는데요……?"

로테가 휙 등을 돌렸다. 아이고 깜짝이야.

"제가, 그런 말에 혹할 사람처럼 보이십니까?"

그 말에 나는 뺨을 긁적이며 슬그머니 시선만 들어 올렸다.

"그렇지만, 혹⋯⋯ 하셨잖아요?"

로테의 동공이 흔들렸다.

아. 흔들렸다. 흔들렸어.

"대공님 뺨 정말 부드러운데. 손도요. 얼마나 잘 잡아주시는지."

"⋯⋯."

"다정하게 불러도 주시구요."

이리 말하는데 어쩐지, 미공개 한정 굿즈로 열혈 덕후를 꼬여내는 악덕 소속사 사장이 된 기분이었다. 아냐. 난 지금 착한 일을 하려는 거야. 착한 일.

난 마지막으로 입을 열었다.

"손을 잡은 채로⋯⋯ 로테, 하고 불리고 싶지 않으세요?"

"⋯⋯크읏."

넘어왔구나. 그의 동공이 마구 흔들리기 시작할 때부터 이미 끝난 것이나 다름 없었다. 로테는 안경 밑으로 손을 가져와서는 자신의 얼굴을 쓸어내렸다. 늘 단정하던 모습이 눈앞에서 흐트러지는 게 오묘한 기분을 자아냈지만 티 내지 않았다. 이거 은근히 재밌네. 이참에 로테가 곤란해하는 모습을 구경하는 것도 나쁘지 않다 싶었다.

"그래요. 저는 강요하고 싶지 않아요."

"⋯⋯예?"

"싫으시다면, 그냥 없던⋯⋯."

"합니다!"

"할까요? 라고 물으려 했는데."

"……."

로테가 낭패라는 표정을 드러냈다. 쉽게 변하는 그의 표정을 보니 지금까지 단호하고 꼿꼿했던 것이 거짓말처럼 느껴졌다.

나는 결국 웃음을 터트리며 손을 내밀었다.

"저는 뱉은 말은 꼭 지킵니다. 아가씨 또한 그러셨으면 좋겠군요."

로테는 손을 잡는 대신 고개를 까딱였다. 나는 어깨를 으쓱이며 손을 치워냈다.

"잘 부탁드려요."

어쩐지 그가 못마땅한 표정을 지었지만 왠지 그 표정이 전보다 아주 조금, 친근하게 느껴졌다.

△

다음 날, 나는 하양이를 데리러 갔다. 문을 열고 들어가자, 하양이가 나를 보고 꼬리를 프로펠러처럼 흔들었다.

왕왕!

하양이가 제자리에서 빙글빙글 돌았다. 저건, 좋아서 어쩔 줄 모르는 거라며 베이커가 귀띔해 주었다.

"어떻게 아세요?"

"척 보면 모르나. 내가 개를 10년을 키워본 사람이네."

"……하양이는 개가 아니고 늑대인데요?"

베이커가 무슨 말이냐는 듯 쳐다봤다.

"늑대도 갯과 아닌가."

늑대는 맹수 아니에요?

더 덧붙이고 싶었지만 고개를 끄덕이고 말았다.

"거 이상하긴 하단 말일세."

제 턱을 쓰다듬던 베이커가 하양이를 곁눈질했다.

"어째 이 저택에는 갯과 놈들만 모인단 말이지. 주인이 훌륭한 짐승이라 그런가."

"지금 옆에 대공님 계시는데, 그렇게 말씀하셔도 돼요?"

"뭐 어떤가. 안 보는 데선 나라님도 깐다고 하지 않나."

뒷담이 아니고 앞담 하신 것 같은데요. 하기야 어린 리녹은 베이커가 무슨 말을 하든 관심이 없는 것처럼 보였다.

나는 하양이를 안고 베이커의 방을 나섰다. 오늘도 서쪽 탑으로 향할 생각이었다. 그리되면 어린 리녹은 이곳에 두고 가야 했다. 서쪽 탑은 어린 시절 그의 트라우마를 고스란히 담은 장소였다. 아직 그에게 그곳을 보여주기는 일렀다.

어젯밤, 밤의 리녹 품에 갇힌 채로 열심히 고민하다가 생각해 낸 방법이 있었다.

"······선물?"

아이가 고개를 갸우뚱 기울였다. 비스듬히 흐트러진 머리칼 사이로 동그란 눈이 느리게 깜빡였다.

"응, 선물. 주고 싶은데. 기다려 줄 수 있을까?"

탑에 리녹을 데려갈 수 없기에 내가 택한 방법이 이거였다.

"기다려야 해?"

"응. 기다려야 줄 수 있는 건데."

나는 쪼그려 앉은 채 아이의 손을 붙잡았다 놓았다.

"기다리는 게 어려우면 어쩔 수 없지만."

그대로 손을 들어 아이의 뺨을 톡 두드렸다. 탄력 좋은 아이의 뺨은 보드랍기 그지없었다.

"나는 녹스에게 꼭 주고 싶은데, 안 될까?"

아이의 손이 꼼지락 움직였다. 아이에게 미안한 일이 많았던 만큼 웬만해서는 이유 없이 아이의 곁을 비우고 싶지 않았다. 그는 망설이나 싶더니 눈을 들어 올렸다.

"오래 걸려?"

"아니."

나는 고개를 저었다.

"해지기 전에 돌아올 거야, 녹스를 보러."

그러자 아이의 얼굴이 조금 밝아졌다. 그 후로도 몇 분간 더 고민하던 아이가 알았다고 끄덕였다.

아이가 내 새끼손가락 끄트머리를 아프지 않게 붙잡았다.

"꼭…… 와야 해."

"응."

나는 부드러운 머리칼을 쓰다듬어 주었다. 어쩐지 아이를 바라보고 있으니, 왜인지 어린 왕자 속 붉은 여우가 떠올랐다. 내가 4시에 나타난다면 3시부터 행복해진다던 그 여우처럼 너는 오랜 낮을 그렇게 날 기다렸을까?

여우마저 갯과라는 걸 생각하면, 리녹은 참 어쩔 수 없이 갯과 짐승인가 싶었다. 그럼 아이는 새끼 강아지인가?

나는 공연히 아이의 머리를 한 번 더 쓰다듬었다. 아이를 방으로 데려다주고 나는 1층으로 내려왔다. 어제 갔던 서쪽 정원 방향으로 걸어가 복도 끝에 이르렀을 때쯤, 그 끝에 서 있던 로테와 만났다.

"오셨습니까?"

"네."

로테는 별다른 말 없이 등을 돌렸다.

"안내하겠습니다."

어제 이미 길을 외웠기에 안내는 굳이 필요 없었으나 나는 순순히 그의 뒤를 따랐다. 이는 주변 사용인들에게 안내하는 모습을 보이려는 의도도 있었고. 듣기로는 이 저택 모든 눈이 리녹의 눈이나 마찬가지라고 하니 의심을 살 이유는 없었다.

"에이미, 오늘은 차를 엎질렀다고 들었다. 괜찮은가?"

"쿨럭, 어, 어떻게 알았어요?"

내 낮의 일상이 그에게 고스란히 들어간 것을 알고 얼마나 놀랐는지. 알고 보니 로테와 부집사님, 그리고 저택 곳곳을 경비하는 기사들이 보고하는 모양이었다. 나의 일뿐 아니라 낮에 일어난 모든 일을 보고하는 것이니, 그가 사소한 것까지 세세히 알고 있다고 해서 딱히 기분 나쁘지는 않았다. 입장을 바꿔 생각해 보면 내가 리녹이라도 낮의 일들을 궁금해했을 것이다. 그에게 한 달의 15일은 태양이 뜨지 않으니까.

이상하다. 내가 리녹을 알면 알수록, 그의 갈망을 알게 된다. 그에 대해 생각할수록 그가 자신의 몸을 싫어하는 이유를 이해하게 된다. 강대한 마력은 언제 자신을 잡아먹고 폭주할지 알 수 없다. 폭주해서 수하를 죽일까 봐 홀로 동떨어져 있는 일이 잦다.

이렇게나 많은 짐을 지고 있었구나. 이렇게 살아온 그는 얼마나 무거웠을까. 그래서 나는 그동안 그를 생각할수록 절박해지고, 그가 다가올수록 단호해졌다.

이렇게 철저하게 처절하게 살아온 당신이 죽게 놔둘 수는 없었다. 하지만 그럼에도 당신이 욕심났다.

서쪽 탑을 찾아가는 것은 이러한 각오를 다져 결론을 내기 위함이다. 심정은 중병을 앓는 환자처럼 다급했다.

마지막이다. 수단과 방법을 가리지 않을 거다. 그러니 지금 이렇게 걷고 있는 것이다. 리녹이 진정 행복한 길을 걷을 수 있도록, 그것을 위해 내가 무엇을 해줄 수 있는가 보기 위해서.

'단순히 내가 그를 싫다고 말한다면.'

그는 내게 상처를 받을지언정. 나에 대한 감정을 버리지 않을 가능성이 높았다. 겨우 남은 일수 동안 싫다는 말로 그를 떨어트릴 수 있을 리 없었다. 그럴 수 있었다면 그는 지난 3년 사이에 나를 잊었을 것이다.

그를 알수록 나에 대한 감정이 깊다는 사실을 깨닫게 된다. 지금 내가 하려는 일도 내게 도움이 될까? 확신할 수 없었다. 하지만 아무것도 하지 않고 있을 수는 없었다. 며칠 전처럼 멍하니 한 달만 지나면 되겠지 하고 태연히 생각할 수 없었다.

더는 첫날과 같은 마음이 아니었으니까. 아니, 그럴 수 없음을 알았으니까. 당신을 잡고 싶으니까.

나는 눈을 지그시 감았다.

"도착했습니다."

눈을 뜨자 높이 우뚝 선 탑이 보였다. 탑을 바라보며 고개를 돌렸다.

"궁금하신 것이 있다고 하셨지요."

여기까지 안내한 로테는 정중하게 팔을 뻗었다. 내가 울타리 안쪽으로 들어가고 로테가 따라왔다.

"어떤 것이 궁금하십니까?"

"전부 다요."

로테는 잠시 탑을 올려다보는 것 같았다. 탑의 벽돌을 하나하나 세어보는 것 같던 시선은 곧 돌아왔다.

"저기 계신 분에 대해 알고 싶어요. 왜 리녹과 비슷한 외모를 가지고 계신 거죠?"

"긴 얘기지만 짧게 말씀드리겠습니다."

한숨을 대놓고 쉬지 않았지만 한숨이 섞인 목소리였다.

"저기 계신 분은 선대공비 아이헨나 이베르크이십니다. 현 대공 각하의 모친 되시지요."

로테는 내가 이미 알고 있던 이야기를 털어놓았다.

리녹의 모친인 선대공비는 그를 임신했을 때 야만족에게 납치당했었다. 이후로 공작의 작전하에 무사히 구출되었지만……. 아이를 낳고 공작은 아내를 의심했다. 이 아이가 정말 내 아이냐고.

"이때 상처로 실어증과 함께 미쳐 버리셨습니다."

이후 탑에 유폐되었다는 이야기였다. 역시나 내가 아는 것과 같다.

"지금도 같은 상태이신가요?"

"그렇습니다."

로테는 이미 봤지 않느냐는 얼굴로 말했다. 들어가서서 어찌할 것이냐는 표정에 그저 웃어주었다. 내가 이곳에 들어가는 것에 대해 터치하지 않는 걸로 보아서는 외부에 노출되지 않게 막는 것뿐인가 보다. 그러니까 이 탑은 이 저택에서 잊히고 버려진 곳이란 얘기다.

"어떻게 하시려는 것인지요?"

"그냥, 뵙고 싶어서요."

로테는 나를 보더니 더는 묻지 않았다. 나는 그를 뒤에 두고, 탑의 문을 열었다.

"오늘도 뵈어도 되죠?"

"상관없습니다만, 손에 들고 계신 것은⋯⋯."

"아. 아무것도 아니에요."

나는 팔 안에 한 아름 든 것을 보고는 고개를 저었다. 팔에 든 것 때문에 하양이가 끼잉끼잉 울었다.

나는 하양이의 머리를 턱으로 톡 두드렸다. 그러고는 가보겠다면서 탑의 안으로 들어설 때였다. 로테의 목소리가 나를 붙들었다.

"어떤 생각이신지는 모르나, 각하께는 되도록 말씀하시지 않는 게 좋을 겁니다."

나는 멈칫했다. ⋯⋯지금 저 말을 로테가 한 건가? 멈춰 선 채로 눈만 끔뻑였다. 로테라면 이것 전부 리녹에게 말을 하겠다고 경고 조로 말해도 모자랄 게 없을 텐데.

"놀랍네요. 대공님께 바로 말하실 줄 알았는데."

"각하께, 가장 전하지 말아야 할, 아니, 전하지 않는 이야기가 바로 이 탑에 대한 이야기입니다."

공기가 나직하게 가라앉는 것처럼 느껴졌다.

"그러니 저는 이것만은 전달드리지 않을 겁니다."

나를 위해서가 아니라 리녹을 위해서라고 말하는 듯했다.

"감히, 각하의 깊은 기억을 건드리고 싶은 마음은 추호도 없으니 말입니다."

그리고 나에게 경고하는 것처럼 보였다. 내 제안을 받아들여 협조

36

를 하지만 그 책임은 온전히 내가 지게 될 것이라고.

'그건 당연한걸.'

나는 그저 고개를 까딱이며 웃어 보였다.

리녹의 가장 충성스러운 수하 중 하나이자, 그를 그 어느 누구보다 존경하는 수하. 그런 로테가 리녹에게 전하지 않을 정도의 일이라면 그만큼 리녹에게 깊게 뿌리박혀 있는 일이겠지?

저벅저벅. 계단을 올라가며 생각에 잠겼다. 하지만 생각은 곧 가파른 경사에 무뎌지고, 마침내 꼭대기에 도착했을 때는 가쁜 숨만 내쉬게 되었다. 나는 지체 없이 방을 찾아서 하나하나 열어보았다. 어제처럼 잠겨 있는 문도 있었고, 열려 있는 문도 있었다.

"안녕하세요."

그녀는 열려 있는 방 안에 있었다. 침대에 앉아 있던 선대공비가 천천히 고개를 들었다.

실어증에도 여러 종류가 있었다. 그녀는 베르니케 실어증으로, 말은 비교적 유창하게 구사하지만 다른 사람의 말을 제대로 이해하지 못했다.

"카나리아는 즐겁게 울지 않아."

"오늘도 엉뚱한 대답을 돌려주실 건가요?"

날 처음 만난 그녀가 인사에 어울리지 않는 말들만 늘어놓는 것에는 이런 이유가 숨겨져 있었다.

"사실은 미치지 않으셨잖아요."

정확하게는 간헐적으로 정상으로 돌아오는 거였지. 그때마다 그녀는 정상이 된 자신의 모습을 깨달았지만 미쳐 있는 쪽을 택했다.

원작의 외전은 모든 이야기가 끝나고 이곳을 방문한 리녹이 우연한 계기로 이 사실을 알게 되는 것에서부터 시작했다. 그날 이후로 리녹은 매일 같은 시간에 이 탑을 방문했다. 스스로 이 탑을 끔찍이 여겼으면서 이를 잊기라도 한 양 성실하게.

외전은 전체적으로 리녹과 모친의 화해를 그리는 것처럼 내용이 이어지지만, 아이러니하게도 그 끝은 열린 엔딩이었다. 독자에게 맡기는 것처럼.

선대공비는 원한다면 얼마든지 극복할 수 있었다. 외부 소리에 정상적으로 대꾸도 할 수 있다. 그러나 나는 그녀가 차라리 미쳐 있기를 바랐던 이유를 알았다.

"저, 선대공비님. 저 대공비님의 도움이 필요하거든요."

남빛에 가까운 파란 눈이 그대로 깜빡였다.

"오늘은 자수정을 가져왔니?"

나는 아랑곳하지 않고 계속 말을 걸었다.

"저 잘 보이시잖아요. 나와 주시지 않을 거예요?"

"자색 달을 보고 싶단다."

그녀가 통 대답해 줄 기미가 보이지 않자 나는 철퍼덕 그녀의 옆에 자리를 잡고 앉았다.

왕왕!

하양이가 얌전히 내 허벅지 옆에 엉덩이를 깔았다. 나는 풉, 하고 웃음을 터트리며 손에 한 아름 들고 있던 것을 바닥에 떨어트렸다.

팔랑팔랑. 향기가 금세 방 안을 가득 메웠다. 그제야 선대공비가 바닥 가득한 꽃을 향했다.

"이게 뭐냐고요? 선물하려구요."

꽃을 톡 두드리며 이어 말했다.

"아이에게 못 해줬던 것들을 하나씩 해 줄 거예요."

나는 꽃들을 하나씩 들어 올려 손가락으로 엮었다. 본래 꽃병에 들어갈 꽃들이라 줄기가 단정하게 가다듬어져 있었다.

'이걸 가져다 달라고 했을 때 로잘린 얼굴이 볼만했었지?'

시간이 조금 지나고 나는 완성된 꽃 화관을 만족스럽게 응시했다. 내가 만든 것은 흰색 꽃으로 만든 것 하나, 붉은색으로 만든 것 하나였다. 나는 그중 붉은 꽃으로 만든 것을 선대공비에게 내밀었다.

"두 개 만든 김에 드릴게요. 어릴 적에 언니가 만드는 방법을 알려 줬거든요."

"검은 밤하늘은 이제 오지 않을 거야."

엉뚱한 대답을 하는 그녀에게는 이제 익숙해진 것 같았다.

"그거 아세요? 자식은 무엇이든지 부모에게서 뭐든 하나씩은 배운다고 해요."

나는 살짝 튀어나온 꽃 부분을 예쁘게 가다듬으며 말했다.

"언니는 엄마에게서 손수건을 예쁘게 접는 법을 배웠대요."

천천히 시선을 들어 올렸다. 나는 이 사람에게 무엇을 바라는 것인가. 그건 명확하게 정해져 있었다.

"그럼 리녹은 무엇을 배웠을까요?"

도발하듯 묻는 나의 말끝이 조금 올라갔다. 나는 그녀를 보지 않은 채 이어 말했다.

"리녹, 보고 싶지 않아요?"

그리고 얼마간 기다렸을까. 탁한 소리가 튀어나왔다.

"무슨 꿍꿍이냐."

고개를 들면 흐리멍덩한 눈을 치워낸 고압적인 여성이 선명한 시선으로 나를 내려다보고 있었다. 그렇지, 이렇게 나와야지. 리녹의 모친은 내가 선택한 조커였다. 나는 싱긋 웃으며 하고 싶은 말을 꺼내기 위해 입을 열었다.

"저는 리녹이 보내서 왔어요."

새빨간 거짓을 담으며.

"저는 당신이 리녹의 편이 되어줬으면 좋겠어요."

내게 가족이 되어달라고 외치던 아이, 그 간절한 외침은 어째서 나를 향했어야 했나. 이렇게 바로 옆에 혈연이 살아 있는데.

어차피 원작의 방향을 되돌리기엔 늦었다. 그렇다면 같은 목적지로 가기 위해 편법을 쓰는 수밖에. 세레나는 그에게 가족 같은 연인이 되어주었지만, 나는 그에게 가족도 되찾아준 연인이 되어주고 싶었다. 일단 이분이랑 담판 지은 다음에 결정할 일이지만.

"아 이제야, 절 봐주시니 좋네요."

"꿍꿍이가 무엇이냐, 물은 것 같은데."

"말투마저 비슷하시네요."

"……."

"제가 원한 건 말씀드렸듯이 하나예요. 리녹의 편이 되어주는 거."

곰곰이 생각하던 나는 돌연 표정을 진지하게 굳혔다.

"그리고 저희 사이를 반대해 주면 좋겠어요."

"너희 사이?"

나는 얼른 끄덕였다.

"물도 뿌리고."

"물?"

"아, 돈 봉투, 아니, 돈주머니도 주고요. 대사는 '섭섭지 않게 넣어

됐다.’가 좋겠어요.”

선대공비님이 인상을 찡그렸다. 그녀는 이해할 수 없는 표정으로 나를 쳐다봤다. 쩝. 여기서 씨알도 안 먹힐 농을 한 것 같다.

“농담이에요.”

나는 손뼉을 치며 분위기를 환기하듯 말했다.

“리녹의 가족이 되어 주시면 좋겠어요.”

그러고는 방싯 웃었다.

“지금까지 피했잖아요?”

나는 사람이 한 가지 사랑으로만 살 수는 없다고 여긴다. 이를테면 아무리 화목한 가정에서 살아온 사람이라 한들 가족만 보고 살지는 못한다. 좋은 친구를 만나 우정을 느끼거나 또 동료를 만나 동료애를 느끼거나 누군가를 동경하고 존경할 수도 있다. 그렇기에 리녹의 맹목이 아슬아슬하고 위험하게 느껴졌다. 단순히 나를 좋아하고 사랑함을 말하는 게 아니다.

낮의 아이 리녹은 내가 오기까지 그 누구도 믿지 못하고 누구와도 말을 하지 않으려 했다. 그토록 그를 존경하고 무한한 신뢰를 바치는 수하가 주변에 있는데도.

밤의 리녹은 조금 나았으나 크게 다르지 않았다. 나는 그런 그에게 맹목 대신 다른 사랑을 알려주고 싶었다. 이건 설사 내가 그의 곁에 남더라도 온전히 줄 수 없는 것이었으니까.

설령 리녹이 내가 이곳에 온 곳을 알게 돼서 극도로 나를 싫어하게 된다 해도……. 그 또한 내가 생각해 둔 방향 중 하나였다. 그런데 왜일까. 나를 싫어하는 리녹을 생각한 순간, 지끈 가슴 한구석이 아팠다. 얼른 고개를 내저었다. 지금 중요한 것은 따로 있었으니까.

"……."

나는 선대공비가 미친 척을 하며 살게 된 이유를 알았다. 처음엔 믿었던 남편의 배신 때문이었고, 다음엔 폭언, 그리고 폭력. 그러던 중에 원인이 된 배 속의 아이가 미웠고.

정신이 한계에 부딪히며 얼굴을 볼 수 없는 남편 대신 배 속의 아이를 원망하기 시작했다. 그리고 아이를 낳고, 아이가 자랐을 때 단 한 번 어린 아들과 마주한 그녀는 그에게 씻을 수 없는 상처를 주었다. 모자의 만남은 그것이 끝이었다.

그녀는 이를 평생 후회했고 자책했다. 아이에게 죄가 없음을 깨달았을 때는 돌이킬 수 없이 늦은 뒤였다. 아이였던 아들은 소년이 되었고, 청년이 되어 부친을 죽이고 냉혹한 대공이 된 후였으니까.

그래서 그녀는 정상적인 정신을 유지하는 시간이 길었음에도 끝내 미쳐 있는 쪽을 택했다. 아이 몰래 속죄하기 위해서.

외전은 마지막에 '리녹이 모친을 부르고 모친의 입술이 떼어졌다.'는 문장으로 끝난다. 마지막 대화가 화해인지, 단절인지. 즉, 열린 엔딩이라는 거다.

그런데 말이다, 난 이걸 보면서 생각이 좀 달랐다. 선대공비, 아이 헨나는 단순히 리녹에게 미안하기만 했을까? 리녹을 임신하기 전까지 그녀는 전쟁의 지휘관으로 나설 만큼 유능했다고 했다. 리녹을 임신했던 때는 비교적 젊은 나이였을 것이다. 그런데 이후 이 탑에 유폐되어 약 20년이라는 세월을 이곳에 갇혀 보냈다. 이 세월의 반은 스스로 갇히기를 원한 거라 해도 그렇다.

'억울하고 허탈하지 않았을까?'

책의 맹점은 이것이다. 우리 언니의 생애를 비추지 않았듯, 리녹의 모친이 모정(慕情)으로만 나오듯, 모든 것이 주인공 시점으로만 맞춰줘서 조연은 배경화 된다는 것.

"저, 선대공비님? 대공비님은 예전에…… 억울하지 않으셨어요?"

그녀가 홱 고개를 돌렸다. 산발이 된 머리칼임에도 고갯짓에 고아함이 남아 있었다.

"나에 대해 알고 있나?"

리녹과 비슷한 말투였다. 그러나 시선은 조금 달랐다. 사납긴 해도 좀 더 가라앉고 우아함에 가릴 줄 아는 시선이었다.

"조금은요."

"대공가 치부를 이리 쉽게 발설하다니. 현재 집사 수준이 알 만하구나."

졸지에 로테가 욕을 얻어먹었지만 썩 나쁘지 않았다. 아니, 좋아하면 안 되는데. 그녀의 목소리는 결코 호의적이지 않았지만 나는 기뻤다. 어쨌거나 대화할 기분이 든 것 같았으니까.

"이제 그만 이곳에서 나오세요."

"자꾸 이상한 말을 하는 꿍꿍이가 무엇이냐."

날을 숨기지 않는 그녀에게 나는 선선히 손을 저어 보였다.

"자꾸 꿍꿍이, 꿍꿍이 그러시는데 그런 거 없어요. 정말이에요."

호의가 자꾸 거절되니 조금 슬프긴 했다. 날 선 아이를 바라보던 언니의 기분이 이런 걸까 싶었다.

"어떻게 내 비밀을 알아낸 것인지 모르나……."

그녀가 힘주어 중얼거렸다.

"이미 뒷방 정신병 환자가 된 것이나 마찬가지인 내게 알랑거린다 한들 얻을 건 없을 것이네."

나는 얼른 박수를 치며 끄덕였다.

맞습니다, 어머님. 그 말이 참 맞죠.

"네. 제 말이요. 얻을 거 없는데 왜 이러겠어요? 그러니까 꿍꿍이가 없는 거지."

"……."

그녀가 할 말이 없다는 낯으로 나를 쳐다봤다.

"너. 말이 안 통하는구나."

"네? 에이. 저희 이제 대화가 되고 있잖아요."

"……그런 걸 말한 게 아니다."

볼수록 리녹과 닮은 점이 보인다. 판박이라 말할 정도는 아닌데 눈매라거나 콧날이 닮았다고 할까. 더구나 장성한 아이가 있을 나이로 보이지 않는 얼굴이었다. 동안이시구나. 물론 주름은 있었으나 사람을 더 우아하게 보이게 만든다고 할까.

"그리고 저한테 이러시면 안 돼요. 리녹이 저를 보냈다니까요?"

그 말에 꼿꼿하던 눈이 순간 잘게 흔들렸다. 나는 이를 놓치지 않고 파고들었다.

"진짜 저는 보낸 대로 움직일 뿐이에요. 제가 어디서 이런 얘기를 들었겠어요?"

선대공비의 표정이 살짝 누그러졌다. 하지만 그녀는 딱딱한 목소리를 숨기지 않았다.

"대공과 무슨 사이지?"

"……어머님이 저희 사이를 반대해 주기를 바라는 사이요? 물컵도 던져주시면 좋고."

"뭐?"

"농담이에요. 어머님이 반대하시면 그건 그것대로 슬플 것 같아요."

어머님이 기품 있는 눈매를 가늘게 좁혔다.

"누가 네 어머님이냐."

"아. 그건 그렇죠. 죄송해요."

어머님은 어머님인데, 남자 주인공 어머님이시지.

나는 실수를 인정했다.

"그런데 그 말 한 번만 더 해 주실 수 있나요?"

드라마를 찍어도 될 것 같은데. 방금 대사며, 경멸의 시선이며 우아한 시어머니 역에 딱이야. 대화가 통하게 되니 생각이 엉뚱한 곳으로 튀는 것 같다.

"너는, 대공의 약혼자인 게냐?"

그동안 어머님은 나름의 생각을 마치신 듯했다. 나는 낯선 호칭에 놀라 얼른 고개를 저었다.

"그럴 리가요. 저는 귀족이 아니에요. 평민인걸요?"

나는 굳이 신분의 귀천을 가리지 않지만, 이곳에 사는 귀족들은 그리 생각하지 않을 거다.

"솔직히 말하면 아직은, 아니긴 해요. 사람 일은 모르는 거니까. 제가 혹시 오래도록 여기 눌러앉을 수도 있고요."

그래서 선대공비도 당연히 아니라 생각할 줄 알았는데. 웬걸, 고민에 빠진 얼굴을 했다.

"내 아들이 푹 빠진 모양이지?"

"……예?"

"이베르크의 이름을 단 것들은 대체로 맹목적이지. 이 저택에 머물며 나에 대해 아는 것 또한."

선대공비가 느른하게 고개를 기울였다.

"내 아들이 얘기했든 측근이 얘기했든 네게 그만한 자격이 있다는 것으로 추측하면, 으레 그런 자격은 치부를 보일 만큼 감정을 준 상대에게 주어지겠지."

와. 어머님. 아무래도 아드님이 어머니 머리를 닮은 것 같은데요. 역시 똑똑하다 못해 뛰어난 영웅을 낳은 어머님 아니랄까 봐 그사이 거기까지 추리한 모양이었다. 소름이 오소소 돋았다.

선대공비가 산발로 흐트러진 머리를 모아 한쪽으로 넘겼다.

"참으로 맹랑하구나. 여기까지 들어와 지껄이는 것이."

남빛에 가까운 푸른 눈에 서늘함이 넘실넘실 춤을 추었다.

"어……. 그러게요. 괜찮으시죠? 저를 보낸 게 대공님이거든요."

"……."

"나가서 혼내세요."

"하. 나에 대해 안다니 묻지. 내게 대공을 혼낼 자격이 있다 생각하느냐?"

"그러게요."

산뜻한 내 인정에 어머님이 입을 다물었다.

"화해가 먼저 같지만요."

나는 손을 뒤로 물려 허벅지에 새근새근 잠이 든 아기 늑대를 쓰다듬었다.

"아까 꿍꿍이라 말씀하셨는데, 정말 그런 거 없어요. 대공님이 절 보내신 거구요. 다만, 순순히 이 탑에 오른 건요."

나는 눈을 데굴 굴리며 미소를 그렸다.

"말씀드렸듯 대공님에게도 이제 가족이 생기셨으면 해서요."

시린 색의 시선이 한동안 나를 담는 듯하더니 이윽고 건조한 입술이 열렸다.

"너는?"

아무래도 조금 전 추측으로 내가 약혼자라 확신한 모양이었다. 그건 아닌데.

"혼인할 예정 아닌가?"

그렇다고 "아직은 아드님의 짝사랑입니다."라고 할 수는 없어서 슬쩍 어깨를 으쓱였다.

"전 떠날 사람이에요. 아마, 보름쯤 뒤에?"

"뭐?"

"원래라면 그럴 예정이었죠."

그러자 어머님이 황당한 표정을 드러냈다.

"허. 너처럼 앞뒤 없이 말을 하는 아이는 처음이구나. 어느 쪽을 믿으란 게냐?"

"하하. 그러게요……."

하기야 약혼자로 착각할 정도로 사정을 깊숙이 아는 여자면 분명 심상치 않은 관계일 텐데, 미련 없이 떠날 거라 해놓고는 1초 만에 번복하니. 황당하기도 하겠다.

내 말에 어머님은 고개를 내저었다.

"어디서 이상한 여자를 데려왔구나."

"그 말, 물컵 들고 해 주시면 딱일 것 같은데."

"……아까부터 왜 물에 집착하는 게냐?"

딱 어울릴 것 같아서요……?

나는 뒷말을 꼴깍 삼키며 웃음으로 얼버무렸다.

"이런 대화 오랜만에 해보시죠?"

"……."

"좋죠?"

그제야 어머님은 자연스럽게 이어진 대화를 깨달은 모양이었다.

"지금은 이른 거 알아요. 제가 너무 갑작스럽게 찾아와 이상한 소리 했죠?"

"네 자체가 소란스럽고 논리는 없으며, 그러면서 감정을 앞세우려는, 앞뒤가 안 맞는 존재인 것 같구나."

그렇게 말씀하시면 뼈가 아픈데요, 어머님.

순간 리녹의 어머님이 아니라 로테의 어머님인가 착각할 뻔했다.

"으음, 그렇죠. 그럼 제가 앞으로 며칠 동안 이렇게 찾아올게요. 와서 대화도 나누고. 좋지 않을까요?"

"어째서 그리해야 한다는 게냐."

"어, 음……. 아직은 나갈 생각이 없으시잖아요?"

그러자 선대공비의 시선이 문을 향했다. 쳐다보는가 싶더니 그대로 표정을 굳혔다.

"한번 생각해 보세요."

나는 하양이를 들어 올린 채, 자리에서 일어났다.

"만약에, 가능하다면 다음엔 어린 대공님과 올게요. 여덟 살의 모습은 보신 적 없으시죠?"

"어린…… 모습?"

돌아서려던 나는 멈칫했다. 아…….

"……모르셨어요?"

나는 난감한 시선을 그대로 떨어트렸다.

그렇구나. 여기 유폐된 그의 모친은 그가 저주 같은 마법에 걸렸다는 사실을 몰랐을 거다. 외전에서는 이미 마법이 풀린 뒤였으니까……

그리고 선대공비는 정말 머리가 똑똑한 사람이었다.

"설마, 그 아이에게…… 이베르크의 고대 주문이 발현된 게냐?"

어쩔 수 없이 고개를 든 나는 그대로 얼어붙었다. 선대공비의 표정은 이루 표현할 수 없는 표정이었다.

"네. 맞아요."

나는 끄덕였다.

"낮에는 아이, 밤에는 원래 모습으로……. 돌아가요."

대답을 바라는 듯하여 조심스럽게 알려주었다.

"그걸 이제야……."

그 뒤로 선대공비는 말이 없었다. 어쩐지 말을 걸기 바라지 않는 옆모습에, 나는 그런 그녀를 뒤로하고 조용히 방을 나섰다. 다음날을 기약하며.

△

이후 나는 며칠 내내 탑을 방문했다.

탑에 머무는 시간은 들쭉날쭉했다. 아주 잠깐 머물렀다 가는 날도 있었고, 석양이 지기 전까지 머물다 간 날도 있었다.

"또 왔느냐."

3일쯤 되자 선대공비는 이제 미친 척도 하지 않고 바로 말을 걸어주었다. 장족의 발전이다. 그녀에게 물으니 아주 정상 상태로 돌아온 건 아닌데, 강하게 집중하면 원하는 대로 말을 할 수 있다나. 의식하지 않으면 여전히 공허한 상태에서 광기에 사로잡히게 된다고.

여기에 머물면서 대화만 한 것은 아니었다.

"오늘은 무엇이지?"

"아…….바람개비요."

"바람개비?"

나는 이곳에 있는 동안 리녹에게 줄 선물들을 만들었다. 선대공비 앞에서 염료로 물들인 색지를 팔랑팔랑 흔들며 말했다. 바람으로 돌아가는 장난감이라고. 그리고 어린 리녹에게 선물로 주는 것이라 말하자, 어째서인지 선대공비도 두 손 걷고 나섰다.

"……어쩐지, 이것. 조금 어렵구나."

……나는 그날 날개가 24개인 바람개비가 있는 줄은 처음 알았다. 그녀는 수놓는 거보다 쉽다면서 날개 32개에도 도전하려 하기에 가까스로 뜯어말렸다.

그녀는 본래 수를 놓거나 그림보다는 승마와 조립에 능했다고 털어놓았다.

"여성은 그리하면 안 된다며 내 부친은 만류했지만 말이다."

가벼운 듯, 그러나 조금은 무거운 말을 남기며 그녀는 기껏 만든 바람개비를 내게 내밀었다. 그리고 그 바람개비는 어린 리녹의 손에 들어갔다. 물론 그동안 내가 리녹에게 선물한 것은 바람개비만은 아니었다.

"에이미?"

나는 탁자에서 고개를 돌렸다. 꽤 가까이 왔다 싶은 거리에서 리녹이 고개를 내밀고 있었다. 나는 가벼운 웃음을 터트렸다.

"왜 웃었어?"

"귀여워서."

아이의 머리에는 예쁘게 말라가는 화관이 있었고 손으로는 무려 날개가 24개나 되는 화려한 바람개비를 팔랑팔랑 흔들고 있었다. 이뿐 아니라 크라바트에는 그의 이름이 필기체로 새겨졌고, 소매 끝에는 네잎클로버 자수가 놓여 있었다.

바람개비를 제외하면 전부 내가 준 선물들이었다. 어쩌면 진짜 어린 시절에는 경험하지 못했던 것들. 그리고 언젠가는 내가 떠나고 추억으로 남겨주길 바라는 것들이었다. 아이가 한순간이라도 마음 편히 아이답게 있을 수 있길 바라는 마음에서.

"에이미, 에이미."

"응?"

"오늘도 어디 가?"

어⋯⋯. 나는 망설이다가 고개를 끄덕였다. 그러고는 아이의 모습을 살폈다. 이제 슬슬 선물이 넘칠 것 같지? 뺨을 긁적인다.

아니나 다를까, 리녹이 소매를 꼬옥 붙잡고 그렁그렁한 눈을 했다. 이런. 나는 아이의 이런 눈에 아주 약했다.

"⋯⋯안 갔으면 좋겠어?"

아이가 머뭇거리더니, 끄덕였다.

"그동안⋯⋯. 어디 갔었어?"

아이의 조그만 입술이 우물우물 움직였다.

"물어도 돼?"

"응. 물어도 돼."

나는 아이의 보드라운 뺨을 콕 두드렸다.

"안 될 게 뭐가 있어? 녹스는 뭐든 다 돼."

사실대로 말을 할까? 잠시 고민하던 나는 손을 들어 올렸다.

"난 저기에 다녀왔어, 녹스."

나는 창문 밖 한곳을 콕 짚었다. 내가 가리킨 곳을 본 아이의 표정이 하얘졌다.

"……탑?"

"응. 탑. 오늘도 저기 가려 했고."

"…….."

나는 아이의 표정을 살펴보다가 조심스럽게 입을 열었다.

"같이 갈래?"

새하얘지도록 나를 붙든 아이는 대답이 없었다. 역시, 안 될 일이었겠지? 미안해져서 얼른 정정하려 할 때였다.

"그냥……."

"……갈래."

"어?"

"갈래. 에이미랑."

아이의 손은 파들파들 떨고 있었지만 목소리만은 분명했다. 그래. 아이의 용기를 무색하게 만드는 대신 무겁게 끄덕였다. 가슴이 묵직했다.

마침 오늘 로테는 일이 있다며 자리를 비운 참이었다. 아이와 함께 탑으로 가는 길은 어렵지 않았다. 의외로 아이는 막힘없이 걸어갔다. 어른스럽게 의연한 모습이 안타깝게 여겨질 만큼. 그러나 표정과 다르게 보통 때보다 나와 더 가까이에 붙어 있었다.

끼익.

"아. 왔느냐."

창문을 보고 있었던지, 목소리가 먼저 우릴 반겼다. 하나 이쪽으로 돌아온 고개가 이내 딱딱하게 굳었다. 꼼짝 못 하는 건 아이도 마찬가지였다. 아이는 마치 얼음으로 만들어진 동상처럼 미동도 없었다. 꼼지락. 움직이는 거라곤 손가락뿐이었다.

그때였다. 천천히 일어난 선대공비가 이쪽으로 다가왔다. 조금씩, 아주 조금씩 들어 올려진 손이 아이의 앞에서 머뭇거렸다. 마르고 가는 선대공비의 손에 들린 건 아주 작은 꽃이었다.

"그거 아세요? 이 꽃의 꽃말은 행운이래요. 이제는 좋은 일이 일어날지 몰라요."

"쓸데없는 소리구나."

며칠 전에 내가 준.

팔랑팔랑. 불어온 바람에 꽃잎이 여리게 움직였다. 머뭇거리던 아이가 손을 뻗어 꽃을 받았다. 미세하게 파들거리는 두 손이 아주 잠시 맞닿고, 떨어졌다. 선대공비가 느리게 입술을 열었다.

"……안녕."

그리고 아이는 꽃을 바라보며 서러운 듯, 기쁜 듯, 서글픈 듯, 표현되지 못한 표정으로 이지러졌다.

울먹.

아이에게서 눈물이 떨어질 것 같았다.

"녹스."

나지막한 나의 부름에 아이가 얼른 고개를 들어 올렸다. 나를 마치 하나뿐인 동아줄처럼 바라보는 시선에 손을 붙잡아 주었다.

"인사해야지."

아이는 똑똑했다. 가르쳐 주지 않아도 알고 있을 게 분명했다. 그럼에도 나는 모른 척 행동했다.

"고맙습니다, 하고. 응?"

아이의 눈이 잘게 떨렸다. 그러나 나를 담는 순간 거짓말처럼 떨림이 잦아들었다.

"고맙…… 습니다……."

아이와 선대공비의 만남은 그것으로 끝이었다. 저택으로 돌아온 아이는 한동안 내 품에 파고든 채 꼼짝도 하지 않았다. 나는 그런 리녹을 이해했기에 그저 가만히 안아주거나 모른 척 토닥이며 나를 안게 내버려 두었다.

그렇게 금세 하루가 가고 다음 날이 찾아왔다. 오늘은 선대공비에게 가는 것을 하루 쉬고 저택에 머무를 생각이었다. 내가 가려 하면 아이가 따라올 텐데 어제 받은 충격을 다 추스르기도 전에 데려가는 것은 아닌 듯했으니까.

그리고 오늘은 로테와의 약속을 지키는 날이다. 일명 로테와 리녹의 친해지길 바라, 작전이라고 해둘까.

"에이미, 이건 뭐야?"

"응? 책이지."

공처럼 동그란 아이의 눈동자가 데굴데굴 굴러갔다. 의아한 시선을 알아차리고 얼른 책을 들었다.

"오늘 로테가 책을 읽어준대."

그 순간 아이의 얼굴에 '네가?' 하는 표정이 떠올랐다. 로테가 상처받았음은 물론이었다. ……안경에 습기가 어린 것도 같고.

"에이미는?"

"나야, 여기 있을 거야. 어딜 가겠어."

사실 평소에 아이와 함께 독서를 하며 시간을 보냈기에 적절하다고 생각했는데, 아니었나 보다.

'······완전 유기견 급 경계심인데.'

하지만 이렇게 쉽게 포기할 생각은 없었다. 첫술에 배부르겠어. 일단 로테가 책을 읽게 하면 안 될 것 같아 내가 먼저 집어 들었다.

"펜릴에 관한 책이로군요."

"네. 아무래도 요즘 이런 쪽만 읽게 되네요."

요즘은 밤의 리녹과 있을 때도 펜릴 관련 서적을 읽곤 했다. 아무래도······ 생각지도 못한 육아를 하게 되었으니까 말이다.

"네가······ 나보다 저 늑대를 좋아하는 것 같다."

"아니, 아니 아니래도요. 잠깐 입술 거기······ 읏."

덕분에 밤의 리녹의 접촉 시도가 더욱 농밀해졌지만.

고개를 저으며 어젯밤 기억을 날려버렸다.

"일단 펜릴의 습성만 적어둔 책은 잘 없더라구요. 그래서 마법 생물로 넓혀서 보고 있어요."

"아마 알려진 것이 많이 없는 마법 생물이라 그럴 겁니다."

나는 아이의 허벅지에 얌전히 엎드린 하양이를 보며 끄덕였다. 그런데 어쩐지 어린 리녹이랑 있으면 하양이가 내게 오질 않는단 말이지. ······리녹이 더 좋은가?

"그러고 보니 펜릴은 동화에도 나온다고 했죠?"

"예. 맞습니다. 보통 세간에 알려진 이야기나 동화 속 펜릴은 거대한 마력으로 꿈을 넘나드는 마법 생물로 나오곤 합니다."

"꿈?"

"예. 조금 와전되긴 했으나……."

로테가 아쉬운 눈을 숨기지 못하며 어린 리녹에게서 눈을 떼어냈다.

"꿈과 환상을 다루는 생물이니 크게 다른 건 아닙니다. 문헌에 따르면 실제 그런 능력이 있다더군요."

그 말에 나는 하양이의 부친 펜릴을 떠올렸다. 분명 언니의 모습으로 나타났었지? 거기다 난간에서 뛰어내릴 때까지만 해도 꿈인가 싶을 정도로 몽롱했었다. 그게 정말 펜릴의 능력이었나 보다.

참 다재다능한 생물일세. 나는 하양이의 코를 톡 두드렸다. 하양이가 신나서 손을 핥았다. 귀엽기도 하지.

어쨌거나 로테와 리녹의 '친해지길 바라' 첫 번째 날은 크게 건진 것 없이 끝났다. 나를 제외하면 경계가 강한 어린 리녹임을 알았기에 나도 로테도 크게 개의치 않아 했다. 물론 로테는 조금 아쉬운 기색이었지만.

"그럼 저는 업무로 돌아가 보겠습니다."

자투리 시간이 끝나고 로테가 리녹에게 고개를 숙였다. 그 모습을 바라보던 나는 리녹의 옷을 살짝 붙잡았다.

"녹스는 인사 안 해줘?"

"……인사?"

아이의 잠시 생각하더니 작은 입이 이내 귀엽게 열어졌다.

"잘 가, 롯테르트."

이것만으로도 로테는 감격스러운 얼굴을 했다. 사인회에 당첨된 팬 같이. 에이. 이 정도로 만족하면 섭하지. 나는 기왕이면 제대로 해보자 싶어 입술을 끌어올렸다.

"그런데, 녹스. '롯테르트'라고 하는 건 조금 정이 없는 것 같아."

"정?"

"응. 탓하는 건 아니야. 그래도 10년 넘게 녹스를 모신 사람이잖아? 고마움을 표현해서 나쁠 건 없다고 생각해. 내가 항상 녹스에게 고맙듯이."

"……고마워? 나…… 한테?"

"응. 귀여워서 고맙고, 사랑스러워서 고맙고, 지금 여기 있어서 고맙고?"

장난스레 덧붙이고는 다시 말해주라며 속닥속닥 속삭였다. 로테 쪽을 향한 아이가 잠시 망설이더니 굳은 눈빛을 풀어냈다.

"……잘 가, 로테."

그 말에 로테는 사인회 당첨으로 모자라 팬 미팅에서 포옹 이벤트에 당첨된 사람처럼 손등으로 입을 가렸다.

괜찮은 척하려 하는 것처럼 보였는데……. 이미 귀가 솔직하신데요. 나는 기꺼이 모른 척해주었다.

"크흠, 흠. 아가씨는…… 생각보다 괜찮으신 분이신 것 같습니다."

"사족만 안 붙었으면 좀 예뻐 보였을 텐데 말이죠?"

그러자 로테가 네 눈에 예뻐 보여서 뭐하냐는 시선을 보냈다.

……나도 그냥 한 말이거든요? 말이 그렇다는 거지.

그렇게 한낮의 일과가 끝나고 밤이 찾아왔다. 까맣게 물든 밤, 언제나처럼 침실에 나와 밤의 리녹이 마주 앉았다.

"기분이 좋아 보이는군. 에이미."

침대에 걸터앉은 내 옆으로 바닥 러그 위에 앉아 팔을 침대에 걸친 리녹이 느슨하게 고개를 기울였다.

"요즘 저택에서 분주하다 들었는데."

"아, 저택에서 이것저것 해보려구요. 그냥 있으려니 좀이 조금 쑤셔서?"

"넌 실내에 있는 것에 익숙하지 않나?"

"네. 그렇긴 한데. 그래도 가끔은 좀이 쑤시더라구요."

허벅지에 놓인 베개 위에 팔을 올리고 턱을 괴었다.

"그리고 웃은 건 낮의 좀 재미난? 아니, 웃긴 일이 생각나서요."

"웃긴 일?"

"아, 네. 오늘 로테랑……."

"단둘이 있었나?"

나는 눈을 깜빡였다. 어느새 상체를 들어 나를 덮치다시피 다가온 그에게 놀란 표정을 감추지 못했다. 아니, 언제 일어나셨어요?

"아, 아뇨. 아뇨. 낮의 대공님도 함께 계셨죠."

"언제부터 그렇게 친근하게 부르는 사이가 되었나."

"……제가 그랬어요?"

"그랬다."

"실수예요. 실수. 저 로테 씨 별로 안 좋아해요."

다행히 힘주어 꽉꽉 말한 게 효과 있었는지 그가 조금 떨어졌다.

"……내 이름을 불러준 적은 없으면서."

"왜, 왜. 없어요. 생일 축하드린다고 말할 때 있었잖아요."

"그때뿐이었지. 로테는 괜찮고, 왜 나는 안 되나?"

"질투하세요?"

"하면 안 되나?"

아뇨. 아뇨. 안 되는 건 아니죠. 안 되는 건 선생님의 얼굴 같네요. 뭐는 허락할 것 같으니.

단호히 마음먹고 그의 얼굴을 살짝 밀어냈다. 피부가 뭐 이리 좋담. 그가 뺨을 붙든 내 손끝을 붙잡아 입술을 묻었다. 그러다가 살짝 깨물었다.

"네 손가락에서는 달콤한 냄새가 나는 것 같다."

"그건 대공님 착…… 웃."

손끝에 느껴지는 간지러움에 발가락이 곱는 기분이었다.

그가 놓아주자마자 얼른 손을 뒤로 숨기고 등을 침대 헤드에 붙였다. ……도무지 긴장을 놓을 수가 없다. 아차 싶은 사이에 가까이에 와 있으니.

"깨물지 마세요."

"……안 되나?"

"……그런 얼굴로 보는 것도 금지예요."

얼른 시선을 돌렸다.

"저, 그 대공님."

나는 화제를 돌릴 거리를 얼른 탐색했다.

"제가 저택 부지 내 이곳저곳을 돌아다닌 것 같은데 여긴 정원이 엄청 많네요?"

"그런 편이다."

"아, 그렇구나. 일부러 많이 조성하신 거예요?"

어째서인지 리녹은 잠시 굳은 것처럼 보였다.

"전 안주인의 취향이라더군."

그러나 그는 곧 덤덤하게 뱉어냈다. 스쳐 간 표정은 그렇지 않아 보였다. 전 안주인. 그는 자신의 모친을 그리 부르고 있었다. 조심스럽게 그의 눈치를 보던 나는 살며시 맞물린 입술을 열었다.

"저 대공님, 제가 아직 못 가본 곳이 서쪽 탑인데요……."

"에이미."

낮지만 진지한 음성에 솜털이 오소소 돋았다.

"나는 네게 무엇이든 얘기할 수 있다. 하지만 그 탑에 대해서는…… 그다지 말을 하고 싶지 않군."

좀처럼 단호하지 않던 그가 짧고 강하게 끝을 맺었다. 그러더니 나를 보며 시선을 내려뜨렸다.

"물론 난 네가 원한다면 말을 하겠지만……."

"아뇨. 아니에요. 저도 대공님께 억지로 듣고 싶지 않아요."

얼른 고개를 저었다. 누구든 사정이 있는 법이라고, 그리 덧붙이 자 그의 표정이 누그러졌다. 그는 나를 잡아당겨 내 어깨에 이마를 묻었다.

"너를 강제할 생각은 없다. 하지만 웬만해서는 네가, 그곳에 가지 않았으면 한다."

짓눌린 목소리에서 선명한 거부감과 희미한 적의가 느껴졌다. '그 곳'은 당연히 서쪽 탑일 터였다.

"……그곳을 네게 보여주고 싶지 않아."

나는 차마 말을 잇지 못했다.

그리고 우리의 밤은 거기서 끝이었다.

△

"안녕하세요."

문을 열자 기다렸다는 듯이 이쪽을 향하는 얼굴이 나를 반겼다.

"오늘은 꽤나 조심스럽게 들어오는구나."

"아, 마음만은 몰래 들어오는 기분이었거든요."

"몰래? 대공의 지시로 온 것이라고 하더니 몰래 들어올 이유가 있느냐."

나는 웃음으로 슬쩍 넘기고는 선대공비의 맞은편에 앉았다.

"시간이 꽤 늦었구나."

보통 오전에 다녀오는 것과 다르게 오늘은 리녹과 실컷 시간을 보내고 석양이 질 때쯤에 찾아온 참이었다.

"해지기 전에 가려구요."

경쾌하게 말하고는 고개를 기울였다.

"이제는 제가 들어오자마자 바로 반겨주시네요. 실례지만 상태가 좋아지신 건가요?"

"그럴지도 모르지. 여전히 미쳐 있는 것은 분명하지만 말이다."

"이제 원래 모습의 대공님도 보고 싶지 않으세요?"

선대공비가 멈칫했다.

"······이틀 전에 겨우 한 번, 그것도 낮의 모습을 보았을 뿐이 아니더냐······."

"네. 낮의 모습을 보셨으니 원래 모습도 보고 싶으실 것 같아서요."

"내게 무슨 대답을 원하는 게냐."

첫날 같았으면 또 무슨 꿍꿍이냐고 리녹을 닮은 얼굴로 살벌하게 몰아붙였을 어머님이 오늘은 선선하게 대답했다. 그 사실이 기꺼워 나는 턱을 괸 채 방싯 웃었다.

"선대공비님, 이제 제가 반가우신 거죠?"

엉뚱한 내 질문에 얇은 입술이 닫혔다. 그녀는 나를 빤히 응시했다. 아, 너무 실없는 소릴 했나? 정정하려 할 때였다. 선대공비가 입술로 호선을 그렸다.

"……그럴지도 모르겠구나."

와 어머님. ……그 얼굴은 반칙입니다. 미인이라 생각했지만 확실히 리녹을 낳아준 미인답게 리녹의 여성 버전인가 싶을 만치 아름다웠다. 심지어 관리받지 못한 모습인데도.

"뭘 그리 보는 거지?"

"아, 아뇨아뇨. 닮으셔서요."

나는 뺨을 긁적였다. 선대공비는 팔짱을 낀 손을 풀며 시선을 고아하게 내리깔았다.

"닮았다라……. 확실히 궁금하긴 하구나. 나가서 보고 싶을 만큼."

만약 탁자에 찻잔이 있었다면 차와 잘 꾸며진 정원을 바라보며 지을 만한 미소였다. 나는 눈을 동그랗게 떴다.

"지금, 나가고 싶다고 하셨……."

"그래. 결국 무슨 꿍꿍이인지는 알 수 없으나. 네가 이겼구나."

꿍꿍이 아니래도 이 어머님 참 의심이 많으시네. 사람 찔리게 시리. 정말 꿍꿍이는 아니어도 속이 켕길 이유 정도는 있었으니 말이다. 뭐, 말이 나오니 준비까지는 일사천리였다. 나는 탑 아래까지 산책을 제안했고 선대공비는 끄덕였다. 그렇게 발을 맞춰 문밖으로 나서려 할 때였다.

"우우읍, 읍, 큽!"

문턱을 밟는 순간 선대공비의 몸이 거꾸러졌다.

"선대공비님? 어머님? 어머님?"

나는 깜짝 놀라 급히 움직였고, 내 품 안에서 새근새근 잠든 하양이가 함께 놀랐는지 몸을 부르르 떨었다.

"서, 선대공비님, 왜 그러세요? 어머님? 정신 차려보세요!"

그녀는 몸을 발작적으로 떨며 아무것도 하지 못했다. 눈마저 뒤집히는 모습이 꼭 쇼크 온 사람처럼 보였다. 덜컥, 두려움이 일었다.

"어, 어떡해. 도와야……."

그녀에게 무슨 일이 생겨선 안 됐다. 찰나의 시간 동안 수많은 생각이 흘렀다. 나 때문인가? 내가 나가자고 해서? 아니, 내가 만나러 와서? 돕고 싶어. 누가 어떻게든 좀. 리녹을 위해서도, 이 두 안쓰러운 모자를 위해서도……. 절박한 마음으로 주먹을 쥘 때였다.

으르르.

품 안에 안겨 있던 하양이가 뛰쳐나가 이를 드러냈다. 맹수의 자세를 취한 하양이의 꼬리가 일자로 **빳빳하게** 세워진 순간이었다.

[누가 네 멋대로 밖에 나오랬어. 죽고 싶어?]

눈앞에 커다란 등이 나타남과 동시에 사납게 움직였다.

[더러운 짓을 한 주제에. 주제에!]

낯선 남자는 한 손으로 선대공비의 목을 조른 채 나머지 손으로는 때릴 듯 위협을 취했다.

[바깥에 나가 더러운 새끼를 낳아와서는 이제 날 떠나려 해? 네가 뭔데.]

"아니, 아니야, 아니라고 몇…… 번을……."

선대공비가 괴롭게 외쳤다. 낯선 남자의 모습은 살아 있는 것처럼 생생했다. 나는 낯선 남자의 자색 눈을 보고서야 상황을 알아차렸다. 저 남자, 아니, 저놈은 분명 리녹의 부친이었다. 선대공비를 유폐하고 리녹을 학대한 모든 일의 원흉.

괴로워하는 그녀를 돕고 싶다고 생각한 순간, 내 손에 무언가가 잡혔다.

[네 새끼도 똑같아. 더러운 피를 이었겠지. 망할 이베르크.]

"으윽, 아냐, 정말 난, 아……니…….'

[처음부터, 널 만나지 말았어야 했다. 안 그래? 너같이 더러운…….]

"같은 소리하네."

깡!

시원스러운 소리와 함께 남자의 몸이 옆으로 쓰러졌다. 프라이팬을 든 채 후, 하고 내뱉은 나는 눈물로 엉망이 된 선대공비의 얼굴과 마주쳤다.

"저희 언니가요."

저 나쁜 놈을 조져 버려야겠다고 생각한 순간, 손안에 익숙한 프라이팬이 쥐여졌다.

깡!

"나쁜 새끼는 뒤통수를 후려갈겨 버리라고 했거든요."

경계의 산에 살 적 만만하게 보고 덤비던 외부인을 몇 번 이걸로 때려눕혔었다.

"생각해 보니까요."

나는 리녹 부친이 갑자기 나타난 이유를 알 것 같았다. 맹수처럼 짖던 하양이, 제발 리녹을 위해 그녀를 돕게 해달라 빈 순간 손등 위에 그려진 하양 마법진. 펜릴은 환상을 끌어낸다. 내가 조금 전 본 환상은 아마도 선대공비의 공포가 실체화된 것이 아니었을까.

나쁜 놈. 나는 쓰러진 리녹 부친을 한 번 더 후려갈겼다. 깡! 시원한 소리가 울려진 동시에 환상이 신기루처럼 사라졌다.

"저라면 억울하고 답답하셨을 것 같아요."

당신은 억울했고, 허탈했겠구나. 이제야 그녀가 나가기를 망설였던 이유를 알았다. 저 망령이 오랫동안 그녀를 이곳에 붙잡고 있던 거구나.

"여기 온 뒤로 이름을 불리신 적이 한 번도 없으실 것 같아서요."

나는 리녹 부친이 사라진 자리에 서서 웃었다. 유폐된 채 이름 없는 부인으로, 이름 없는 모친으로 살았던 그녀에게.

"아이헨나 님."

텅 빈 듯 하얗게 질린 낮에 빛이 스민 것 같았다. 아니, 사위는 꽤 어두운데도 빛이 나는 것처럼……. 잠깐, 어두워? 나는 재빨리 창문을 응시했다. 어느새 손의 프라이팬은 사라지고 없었다. 언제 저녁이 된 거지? 12시인 걸 깨달은 신데렐라처럼 재빨리 몸을 돌렸다. 감이지만 여기서 얼른 빠져나가는 게 좋을 것 같아…….

그때였다. 뚜벅뚜벅.

무시무시한 발소리가 들렸다. 그리고 그 소리가 들린 순간, 이미 늦었다는 듯 금세 가까워져 있었다. 문이 열리고 그곳에는 달려온 듯 옷이 마구 흐트러진 리녹이 있었다.

"어, 어떻게……."

이렇게 빨리?

숨이 턱 막히는 공기 속 무시무시한 긴장감이 나를 휘감았다.

"……에이미."

눈이 마주친 순간 심장이 쿵 떨어졌다. 그가 처음 보는 표정으로 나를 보며 말했다.

"왜, 네가 여기 있는 거지?"

무거운 분위기가 나를 짓눌렀다. 말을 해야 했다. 해야 했는데, 무슨 말을 해? 머릿속이 새하얘졌다.

나는 이 탑에 오면서 많은 것을 상정하고 가정했다.

서쪽 탑. 책 속에서 리녹의 트라우마이자 커다란 구멍을 뚫게 만든 곳. 모든 일의 원흉은 그의 부친인 전 대공이었으나, 그 외에 그에게 가슴 아픈 칼을 찌른 것은 바로 이곳이었다. 그만큼 그와 그의 모친 간의 관계는 돌이킬 수 없이 일그러진 상태였다.

나는 이곳에 올 때부터 각오하고 있었다. 분명 로테가 내게 말을 했었다. 이곳은 그마저 쉬이 접근할 수 없는 곳이라고.

"각하께, 가장 전하지 말아야 할, 아니, 전하지 않는 이야기가 바로 이 탑에 대한 이야기입니다. 그러니 저는 이것만은 전달 드리지 않을 겁니다."

이 순간 리녹이 어떻게 알고 이곳에 온 것인지 알 수 없었다. 내가 여기 있다는 것 로테가 쉽게 말하진 않았을 것이다. 내가 나타나지 않아서 찾다가 알게 된 것이겠지. 저녁이 되면 그는 시각에 맞춰 침실로 나타났고 나 또한 늘 그곳에 있었으니까. 그는 내가 다시 도망을 간 거라 생각했을지도 모른다. 내가 이곳에 있는 것을 알고 그보다 더 충격을 받았을까?

로테의 말을 듣고 나서 어쩌면 리녹이 사실을 알게 되면 나를 미워할지도, 싫어할지도 모른다고 생각했다. 그럼에도 난 이곳에 다시 왔다. 사실 그가 나를 싫어하게 된다면, 이런 짓을 해서 내게 질리게 된다면, 그게 바로 내가 바라는 일이라 생각했다.

아니다. 그의 미움을 받기는 싫었다. 하지만 어차피 그의 곁에 계속 머무르게 된다면 언젠가 난 이 역린을 건드리게 될 것이다. 여기에 있어도 될지 확신하기 위해선 이 과정이 꼭 필요했다.

나는 어쨌거나 리녹이 내게 질리기를 바랐고, 그러지 않기를 바랐다. 깊고 깊은 그 감정이 얕아진다면, 그러다가 기화되어 날아간다면 바랄 것이 없을 정도였으나 동시에 나를 미워하더라도 포기하지 않기를 바랐다. 이런 모순이 나도 이해되질 않았다.

'그런데 왜.'

고개를 들면 결과를 알 수 있는데. 왜 나는 차마 당신의 얼굴을 바라보지 못할까? 어째서 심장 한쪽이 지끈 아플까. 한 손을 가슴에 짚고 들키지 않게 꽉 쥐었다. 가족이 되어주었으면 좋겠다던 어린 그와, 눈이 싫지만 나와 함께라면 눈마저 좋아진다던 당신.

그때 눈 속에서 실없고 엉뚱한 말을 한 것은 그렇게 해서라도 그 분위기가 부서져 사라졌으면 해서였다. 나는 내게 숨겨져 있던 커다란 감정을 이미 자각했고, 동시에 그 자각을 잊는 데 실패했다. 입술을 꾹 깨물었다.

리녹이 나를 싫어하게 된다면 조금이라도 질린 기색을 보이면 내게는 그걸로도 다행인 일이야. 그리고 만약, 아주 만약에……. 그렇게 되지 않는다면 나는. 앞으로 이곳에…….

나는 고개를 살짝 돌렸다.

'말이 없으시구나.'

아이헨나 님은 말없이 바닥을 응시하고 있었다. 분명 리녹이 들어올 때쯤 그녀도 놀란 것 같았는데, 그 얼굴은 온데간데없었다.

'미친 척하려는 걸까?'

리녹은 들어오면서부터 오직 나만을 바라봤기 때문에 그녀의 얼굴을 보지 못한 것 같았다. 이건 불운일까, 다행일까.

만에 하나 그가 내게 질리지도 않고, 여전히 싫어하지 않는다고 해도. 아이헨나 님이 나서주지 않으면 헛수고가 될지 모를 일이었다. 내가 바란 것은 리녹의 반응, 그리고 두 사람의 관계 개선이었으니까. 이 서쪽 탑에 박힌 근원을 뽑아낼 작정이었으니까. 그로 인한 리녹의 반응이 내 거처 또한 결정할 테니까.

'아이헨나 님은 이곳에서 나가고 싶다고 했어.'

그녀가 이곳에서 나가기를 희망했다는 것. 그건 리녹을 마주 보기로 했다는 것이다. 이제 두 사람의 관계가 어떤 방향으로 굴러갈지 알 수 없었다.

'한 발자국만 나서주면 되는데.'

한 발자국 앞엔 희망이 있었다. 나는 입을 꾹 다물었다. 여기서 리녹에게 어머니가 정상이라는 것을 내가 알려서는 안 된다. 어디까지나 아이헨나 님이 직접 자신의 입으로 드러내야 했다.

제발, 한 걸음만 앞으로 나와 달라고 속으로 중얼거렸지만 그녀는 끝내 입을 떼지 않았다. 아니, 안 한 것인지 못 한 것인지 알 수 없었다. 남은 것은 무슨 생각을 하는지 모를 차가운 표정의 리녹과 고개를 숙인 나뿐이었다.

나를 바라보던 리녹이 뒤로 한 걸음 물러났다. 그가 물러나? 심장이 덜컥 떨어지는 것 같았다. 그는 한 번도 내게서 스스로 떨어지려 한 적이 없었으니까.

그러나 그 순간 그는 손을 뻗었다. 들어 올려진 손이 머뭇대며 내 손끝을 붙잡았다. 고개를 들었다.

"……에이미."

그는 여전히 화가 나 있었다. 평소와는 확연한 차이를 보이는 표정에서 알 수 있었다. 그러나 그럼에도 그의 손은 전혀 강요하는 것이 없었다. 오히려 얇은 종이를 쥐듯 조심스러웠다.

어쩐지 그 조심스러운 동작 하나에 눈물이 일 것 같은지. 나는 눈을 떨어트렸다. 그는 모친에게는 시선을 주지 않은 채 내게 말했다.

"왜, 내 말을…… 들어주지 않았지?"

"……."

"나는, 나는……. 네가 이곳을 모르길 바랐다."

사람이기에 죄책감이 들지 않을 수는 없다.

괜찮아. 나는 할 일을 한 것뿐이야. 이렇게 다짐해 봐도 그답지 않은 낮은 목소리에 마음이 무너질 것만 같았다. 그러나 나는 어떻게든 다잡았다.

"하지만 에이미. 괜찮다."

"……네?"

누군가 시선을 붙들어 놓은 것 같았다.

"전부 괜찮다고 했다. 앞으로 네가 내게 더한 일을 해도 상관없어."

그가 내 손을 제 가슴에 끌어왔다. 쿵쿵. 손바닥 아래서 내 것이 아닌 심장이 요동쳤다.

"하지만."

"네가 떠난 것이 아니니까."

말을 하려던 나는 멈췄다.

"무엇이든 해도 좋아. 나를 상처 입혀도 좋고. 욕을 해도 때려도 괜찮다."

"제가, 그, 그럴 리 없잖아요."

"떠나지 않는다면."

그가 가슴으로 가져온 내 손을 조금 힘주어 잡았다.

"……떠나지만 않는다면. 넌 뭐든 해도 좋다는 말이다, 에이미."

착각이 아니라면 그의 손끝이 파르르 떨린 것도 같았다. 그제야 그의 옷차림이 제대로 보였다. 미처 소매를 꿰지 못한 웃옷과 흐트러진 머리……. 그는 끓어오르는 목소리로 조용히 말했다.

"이만 나와 돌아가지 않겠나."

이곳에서 나가자는 얘기였다. 나는 눈을 돌렸다. 아이헨나 님은 여전히 고개 숙인 채 이쪽을 바라보고 있지 않았다.

'오늘은 안 되는 걸까.'

나는 좋은 쪽으로 생각하려 했지만 그렇게 녹록지 않았다.

'오늘이 지나면 나는 다시 이 탑으로 올 수 있을까?'

내가 생각한 이 작전의 끝은 리녹이 내가 이 탑에 방문한 것을 알아채는 것이었다. 그리고 이제 알아챘으니 더는 이곳으로 오지 못할지도 모른다. 그렇게 되면 아이헨나 님 또한 이곳에서 나오기 어려워질 텐데.

금방이라도 터져 나올 것 같은 말을 누르며, 입술을 꾹 다물었다. 나는 기회를 줄 수는 있으나 직접 그 길을 걷게 할 수는 없다. 리녹은 작정이라도 한 듯 모친 쪽에는 시선을 주지 않았다. 그런 그의 모습이 오히려 신경을 쓰는 것처럼 보였다.

그럼에도 끝내 아이헨나 님 쪽에서 움직임이 없었으므로 나는 하는 수 없이 발을 옮겼다. 리녹 뒤로 나가 문고리를 잡을 때였다.

"……이름."

그의 등이 멈췄다. 미세한 움직임이었지만 다시 움직이려 했다. 나는 얼른 고개를 돌렸다. 조금 전까지 고개 숙인 그녀가 등을 꼿꼿이 세웠다. 느슨해진 공기가 팽팽하게 당겨진 것 같았다.

"이름이…… 무엇이냐?"

리녹이 천천히 등을 돌렸다. 자연히 그에게 집중한 나는 자색 눈동자가 커지는 것을 발견했다.

"내가 본…… 것이."

그가 얼굴을 짚었다. 내가 본 것이 진짜냐고 묻고 싶었던 걸까. 하지만 뒷말은 끝내 이어지지 않았다. 리녹의 눈동자가 느리게 돌아갔다. 그 순간의 그는 흔들림을 보이고 싶지 않은 사람처럼 보였다.

"……리녹."

동시에 그의 손이 나를 더듬어 잡았다. 커다란 그의 등 뒤로 어린 소년이 겹쳐 보였다. 숨을 들이쉰 그는 고개를 돌렸다.

"언제부터, 정신을 차렸지?"

어떤 존칭도 붙이지 않으려는 그의 의지가 느껴졌다. 이번엔 그녀가 입술을 꾹 다물었다. 그러나 곧, 조심스럽게 열렸다.

"그 남자가 지어준 것이냐."

"……할 말은 그것뿐입니까?"

말은 높였을지언정 그의 목소리는 더욱 차가워졌다. 나는 그저 두 사람을 번갈아 보았다.

"리녹 이베르크. 내 이름이며 그 남자와는 상관없는 이름이다. 직접 지었으니까."

존대에서 거친 하대를 오가는 그의 목소리는 그의 혼란과 분노를 대변하는 것 같았다.

"……다행이구나."

뚝.

리녹이 고개를 들었다. 눈으로 보지 못했지만, 그에게서 무언가가 끊어진 것처럼 보였다.

"이름이라 했지?"

차갑게 가라앉아 어떤 생각을 하는지 알 수 없는 눈동자가 그녀를 향했다.

"다른 소개를 하지 않았군. 대공으로서 이름은 리녹 이베르크이지만."

그가 짧은 숨을 내쉬고선 이어 말했다.

"녹스. 내가 진짜 이름으로 생각하는 것은 이쪽이다."

⋯⋯뭐? 무어라 할 경황도 없이 손이 들어 올려졌다. 나를 쥔 손을 그대로 붙잡아 돌려세운 그가 거리를 좁혀 허리에 단단한 팔을 휘감았다.

"⋯⋯어느 쪽이든 이제 당신과는 상관없는 일인가."

그 차가운 목소리에는 이상하게도 회한과 분노가 교차했다.

"자, 잠깐. 대공님, 내 발로 걸어갈게요. 네?"

"바닥이 더럽다."

"신발도 더러워요!"

"바닥이 거칠다. 걷기 좋지 않아."

"아니⋯⋯."

그 바닥을 직접 걸어 올라왔는데. 하지만 그의 말을 듣는 순간 입을 다물고 말았다.

"걷게 하기 싫다. ⋯⋯다 해주고 싶어."

그가 낮게 읊조리고는 그대로 등을 돌렸다. 갑자기 움직이는 바람에 나도 모르게 그의 목에 팔을 휘감았을 때였다.

"나가고 싶구나."

그의 등 뒤로 목소리가 들렸다. 리녹은 멈춰 섰지만, 이제는 돌아보지 않았다. 나만이 그저 그의 어깨 너머로 그녀의 또렷한 시선을 바라보았다.

뚜벅. 리녹은 대꾸하지 않은 채로 한 걸음 걸었다. 무시한 채 가려는 걸까? 내가 입을 열려던 순간이었다.

"……처음부터 한 번도 가둬둔 적 없습니다."

아이헨나 님이 눈을 살짝 크게 떴다. 리녹은 돌아서지 않은 채 말했다.

"한 번도 이곳에 있길 강요한 적 없습니다."

이상하게도 경비가 없던 탑, 나는 이것이 그저 그냥 버려진 곳이라 생각했다.

"선대공비. 당신이 정말 정상이었다면 당신을 가둔 것은."

내리뜬 눈 속에 차갑게 일렁이는 눈동자가 자리했다.

"당신입니다."

나는 그의 감정을 짐작조차 하지 못했다. 아니, 처음부터 그도 그녀도 내가 감히 이해하지 못한 일을 겪은 사람들이었다. 마주할 기회를 마련할 수 있어도 무어라 할 수는 없었다.

"……정말, 나가도 되는 것이냐."

"당신이 정말 이 집안사람이라 생각한다면."

겨울밤에 뜬 달처럼 시린 눈이 직선을 긋듯 앞을 응시했다.

"직접 발로 나와, 제 발로 디디시지요."

천천히 시선을 돌려 그녀를 눈에 담았다. 꼿꼿이 등을 세우고 있는 그녀의 모습은 마치 설원 한가운데에서도 우직하게 자리를 지키는 소나무를 떠올리게 했다. 그 모습은 누구보다 리녹과 닮아 있었다. 고개를 숙인 그녀가 곧 어깨를 떨었다. 다시 고개를 들었을 때 나는 고아한 얼굴에서 한줄기 흘러내린 눈물을 보았다.

"……그래. 그렇구나. 그래…… 나는."

그녀가 참지 못하고 자신의 얼굴을 부여잡았다. 리녹은 끝내 돌아보지 않고 앞으로 걸어갔다. 나를 안은 한 손을 풀어 문고리를 붙잡고.

"……미안하구나."

가냘픈 듯 강단 있는 모순된 음성에 그의 손은 멈추지 않고 문을 닫았다. 시선을 돌려 멀어지는 닫힌 문을 응시했다. 그는 정말 못마땅했다면 단칼에 가시 같은 말을 쏟아낼 사람이었다. 나는 저 문이 그들을 단절시키는 의미가 아닌, 잠시 생각할 시간을 준 것임을 알았다. 저벅저벅. 그가 계단을 내려가는 동안 나는 아무 말도 하지 않았다.

"……만약."

막 1층이 보일 무렵이었다. 그의 입에서 언어가 매끄럽게 나왔다.

"3년, 아니, 4년 전 나였다면 이곳을 진작에 버렸겠지. 폐쇄했을지도 모르겠군."

담담한 선고였다. 나 또한 책 속 대공이었다면 능히 그럴 수 있으리라 생각했다. 그에게 트라우마를 준, 득 될 곳 없는 공간이었으니.

그렇게 생각할 때였다. 발이 바닥에 닿는 것을 느끼고 머리를 들어 올렸다.

"에이미."

조금 뒤로 물러났다. 등으로 벽이 느껴졌다. 그림자가 정수리까지 덮었다. 나를 1층 벽에 붙인 그는 내 옆을 짚고 너른 제 몸 사이에 나를 가뒀다. 나는 호흡을 가다듬었다. 가빠질 것 같아서.

"나는 누구든 이해하려는 시도조차 하지 않았을 거다."

그가 미끄러지듯 내게 상체를 기울였다. 그의 숨이 목덜미에서 느껴졌다. 평소와는 다른 가쁜 숨이었다. 내가 도망가지 못하도록 나를 쫓아왔을 때와는 다른 숨소리.

"내가 기억을 잃었던 그때, 네가 그런 날 이해하려 하지 않았다면. 그날을 겪지 않았더라면."

그의 말이 아프도록 쏟아져 내렸다.

"지금의 나도 없었겠지."

그는 나로 인해 변했다고 말하고 있었다. 나와 만난 날들이 당신을 변하게 했다고? 그래서 모친의 정상적인 모습을 보고도 태연히 말할 수 있었던 거라고? 고개를 들어 깊은 시선과 마주했다. 절로 가빠질 것 같은 숨을 참았다.

"하루가 다르게 너를 놓지 못할 이유가 늘어간다, 에이미."

나는 분명 이렇게 생각하던 때가 있었다. 내가 그에게 머문 시간은 스쳐 가듯 짧았으니 영향 또한 그럴 것이라고. 시간이 지나면 잊혀질 줄 알았다. 내가 잊고 살면 그 또한 그리 살 줄 알았다.

내 손목을 아프지 않게 부여잡은 힘이 커다란 갈고리처럼 느껴졌다. 이대로 영영 나를 붙잡아주었으면 했다. 그의 손이 여리게 도드라진 핏줄을 문질렀다.

"너는 나를 변하게 했고, 변하지 않게 했다."

"……."

"늘, 이 마음만은 아프도록 남아서. 이 대륙을 뒤져서 너를 찾도록 했다."

팔을 뻗었다. 그러나 차마 펼치지 못한 손을 그대로 오므릴 때였다. 그는 허공에 멈춘 손에 그대로 기댄 채 눈을 감았다.

"에이미, 너는 3년 전 답을 주지 않았지."

"……."

"나는, 그날도 궁금했다. 끝내는 스스로를 할퀴어서 알아낼 때까지."

그는 내게 물은 적 있었다.

"에이미, 이 마음은 무어라 부르지?"

내가 회피하듯 피하던 날에도 직선을 품은 눈빛을 안고서.

"이유는, 묻지 않으세요?"

리녹의 모친이 밖으로 나오게 되었다면 내가 이루고자 한 목적 중 가장 큰 한 가지를 달성한 것이나 마찬가지였다. 그런데 이상하지 기쁘지 않았다. 너무나도 순순한 당신의 태도 때문이다.

"제게 왜 그랬냐고 물으셔야죠. 이렇게 간절하게 보는 게 아니라, 화를 내셔야죠. 왜 내 부탁을 무시하면서 멋대로 행동했냐. 다그치셔야죠……."

"그럴 일이 아니다."

"아니라니요. 그럼 대공님은 앞으로도 제가 멋대로 행동할 때마다 저를 용서하실 건가요?"

나는 눈 오는 풍경을 보며 확신했다. 나는 이 남자와 떨어질 수 없다. 그가 나를 떼어놓지 않는 한. 그러니 정말 리녹을 떼어놓고 싶었다면 내기를 제안하고서 멍하니 달이 지나가길 바라는 것뿐 아니라 더욱 영리하게 행동해야 했다.

"대공님이 절 미워하셨으면 했어요."

그저 당신이 다가오는 것을 장난치듯 참는 척하는 것이 아니라, 확실히 벽을 세워야 했는데.

"질려 하셔도 상관없었어요."

하지 않은 게 아니었다. 못한 거였다.

"제가 직접 당신이 싫다고, 질린다고 말하면 상처받으실 테니까요."

"……받지 않을 거다. 그렇게 말하더라도 나는 너를."

"받아요. 상처받을 거라고요."

나는 고개를 홱 들었다.

"대공님은요. 아파도 아프다고 말할 줄 모르는 사람이에요."

나는 우는 듯 입술을 일그러트렸다.

"제가 욕을 하고 때려도 된다고요?"

둑이 터진 것처럼 튀어나온 물줄기를 막을 수 없었다. 찌푸려진 표정도 숨기지 못했다.

"욕이 좋은 사람이 어디 있고, 맞아도 좋은 사람이 어디 있어요?"

"에이미."

"나는 싫었어요. 당신이 내 마음에도 없는 말에 조금이라도 상처 받을 바에야."

당신이 그저 행복하길 바랐다. 더는 모순적으로 당신을 싫어하는 척 연기하고 싶지 않았다.

"대공님에게 끌리고 있다는 걸 인정하고 말지."

그가 순간 눈을 크게 뜨고 나를 바라봤다.

"사실은 대공님이 날 미워하지 않길 바랐어요. 나를 용서해 주길 바랐어요. 변하지 않는 눈으로 나를 바라봐 주며 안아 주길."

참 아닌 척하려 애썼다. 나는 비죽이 웃었다.

"뭘 그렇게 놀라세요?"

"에이미."

"잘못 들은 것 아니에요."

그의 손을 잡아채며.

"저 대공님께 끌려요."

그는 잠시 아무 말도 하지 않았다.

"저희 내기 조건은 제가 대공님께 푹 빠지는 것이었죠?"

"……그렇다."

나는 말을 던지고 나서 부끄러움에 사로잡혔다. 도저히 참을 수 없어서 내뱉긴 했는데, 수습이 불가했다. ……이렇게 멋없이 고백할 생각은 아니었는데. 아니, 자꾸 자신에게 욕을 하든 때리든 뭐든 해도 된다고 하니까 이러는 거잖아. 고통을 즐기는 것도 아니면서.

그 말을 듣는 순간 울컥했었다. 안타까움이 눈덩이처럼 불어나고 가슴 한곳에 꽉 뭉쳤다. 아주 많이. 티를 내지 못했을 뿐 마음에 남아 있었다. 어쩌면, 그러다 끝내 터진 것일지도. 말도 안 하고 그를 밀어내기만 하는 상황이 답답하기는 마찬가지였으니까.

참지 못하고 고백한 나도 나지만, 언니가 나더러 이상한 데서 욱하는 기질이 있다고 했는데 정말인가 봐.

"성공하셨네요."

나는 그렇게 말을 하며 수습할 길이 없어 얼굴을 부여잡았다.

이제 어떡하지. 이미 뱉은 말을 주워 담을 수도 없고.

그런데 리녹이 답이 없었다. 아니, 아무런 반응이 없는 그가 이상했다. 고개를 들던 나는 그대로 멈칫했다.

"……대공님?"

그가 머리를 살짝 돌렸다. 내게 붙잡히지 않은 손으로 얼굴을 가렸지만 소용없었다.

'어라.'

⋯⋯애써 가리려는 얼굴 말고도 하얀 셔츠 위로 새하얀 목이 붉게 물들어 있었으니까.

"그치만 저, 좋아한다고 안 했는데."

"⋯⋯알고 있다."

"그냥 끌린다고만 했어요. 호감. 호감 아세요?"

"⋯⋯안다."

정말 제대로 고백할 거다. 말도 표정도 좀 더 가다듬어서.

리녹이 내게 기울어졌다. 부지불식간에 어깨로 그의 머리가 떨어졌다. 하아. 그는 참지 못하고 숨을 뱉어냈다. 낮고 간질간질한 날숨에 솜털이 오소소 돋았다. 등줄기가 절로 꼿꼿해졌다.

"⋯⋯네가 내게 처음으로 말해주지 않았나."

그가 말을 할 때마다 목덜미에서 묘한 열기가 피어오르는 기분이었다.

"조금이라도 좋다고."

셔츠 사이로 살짝 보이는 등은 붉었다. 등까지 붉어? 보기 좋게 굴곡진 곡선에서 황급히 눈을 뗐다.

"그래서⋯⋯. 좋아서⋯⋯."

나는 그의 어깨에 손을 대며 살짝 밀었다. 분명 밀어내고자 한 건데, 보드라운 셔츠 위에서 손이 미끄러졌다. 그가 더욱 파고들었다.

'아니, 뭐 이리 단단해?'

"밀어내지 마라. 아니, 말아 주겠나."

"알았, 알았어요. 알았으니 대공님 목에다 대고 웃, 말하지 말아요."

"네게서는 언제나 좋은 향기가 난다."

그거야말로, 내가 하고 싶은 말이라고 중얼거리려 할 때였다. 목덜미로 입술이 스쳤다. 떨어지는 그를 보며 나는 내 목을 붙잡고 그만 빨개지고 말았다.

"뭐, 뭐, 뭐 하신 거예요?"

"……발이 미끄러졌다."

"그, 그래서요?"

"입술이 스쳤군."

아니, 제국 제일의 검사가 무슨 평지에서 발을 헛디딥니까, 선생님. 나는 되도 안 되는 변명을 주장하는 그를 보며 얼이 빠졌다. 입술이 스친 정도가 아닌데요. 어떻게 스치면…….

나는 얼른 고개를 저었다. 말려들 때가 아니었다.

"누가 보면 어쩌려고 그러세요?"

이 탑에는 소수의 하녀들이 청소를 맡아서 한다고 들었다. 사람이 아주 없는 장소는 아니란 거다.

"누가 보는 게 문제인가?"

"네?"

"그럼 침실로 가지."

……아니. 잠깐 그거야말로 누가 들으면 엄청난 오해를 할 것 같은 말인데요.

"침실에서 뭘 하실 건데요?"

"늘 하던 것."

"……늘 하던 거?"

숨결이 느껴질 만큼 가까워진 그가 고개를 휙 기울였다.

"—에서 좀 더 나가도 되겠나?"

……네? 잠깐. 진도가 너무 빠르잖아요! 저 이제 막 호감 꺼내 본 거라구요, 선생님! 고백은! 고백은 들어야 하지 않습니까!

수습하고자 입술을 오므릴 때였다. 나는 때마침 그의 등 뒤에서 움직이는 그림자를 목도했다. 눈을 크게 떴다.

"이야기는 전부 끝났느냐."

잠깐만. ……왜 거기서 내려오세요, 어머님?

갑자기 느껴지는 인기척에 그저 하녀 언니려니 생각했던 나는 그 대로 얼어붙었다. 잠시만, 내가 조금 전까지 뭘 하고 있었지? 음, 그 러니까 달랑 안겨서 방을 나섰고 1층에서 내려져 피하려다 등을 대 고 품에 갇혔고. 그다음에는 호감 비스무리한 걸 표현하고, 그가 내 목에 코를 묻고 입을 찐하게 맞췄구나.

……내 사인은 수치사로 하자. 묘비명은 '수치스러워도 사람은 죽 을 수 있다.'가 좋겠어.

애써 현실 도피하려는 이성을 잡아채며 나는 얼른 얼굴을 쓸어내 렸다. 두 번 더 그러고는 천천히 입을 열었다.

"어, 언제부터 거기 계셨어요?"

리녹이 말을 할 생각이 없으니 나라도 해야 했다. 그의 모친 아이 헨나 님은 그저 우아하게 고개를 까딱여 보였다.

"내려온 지는 꽤 되었다만, 시점이 언제냐 말하자면…… 네가 이 렇게 말할 때였다. 대공님께 끌……."

"아뇨. 아뇨아뇨. 안 들어도 될 것 같아요!"

"더 들은 것도 있다만. 3분 전, 네가 안긴 채 누가 보면 어쩌려고 그러세요, 라고 했던 것도 들었단다."

……그렇게 육하원칙에 따라 전해주시지 않으셔도 되는데요.

"잊어주시면 좋겠는데 안 그래 주실 거죠?"

"본 것을 어찌 그러겠느냐마는 노력은 해보마."

내가 짧은 시간이나마 이 탑을 드나들며 알게 된 것은 의외로 저 선대공비님이 매우, 매우 마이웨이라는 거다. 흔히 오랫동안 갇혀 지낸 귀부인 하면 떠올릴 법한 인상, 오랫동안 유폐되어 처연한 여성? 그런 것은 저 어머님에게 존재하지 않았다. 오히려 그녀는 우리 안에서조차 죽지 않은 짐승처럼 날것의 시선을 보여주었다.

그뿐인가. 종이 하나 쥐여줬더니 날개가 24개나 되는 바람개비도 만들던걸. 남은 종이로 병정도 만들더라. 옛날 생각난다며.

그러니까 갇혀 지내신 것치고는 멘탈이 매우 튼튼하다는 얘기다.

'물론, 전부가 괜찮을 수는 없지만…….'

나는 조용히 리녹과 그의 모친을 번갈아 봤다.

"저, 여기는 어쩐 일이세요?"

"나야말로 궁금하구나. 어찌 묻니? 나가도 된다고 하여 나왔을 뿐이란다."

"아……."

나는 눈을 깜빡였다. 리녹은 여전히 말이 없었다. 그렇지만 심기가 불편한 표정은 아니었다.

솔직히 리녹이나 짧게 알게 된 그의 모친 성격상…… 이산가족 상봉마냥 감동의 장면을 자아낼 거라고는 생각하지 않았지만. ……이건 너무 건조하잖아.

그렇다고 두 사람 다 보이는 그대로 아무렇지 않은 건 아닐 거다.

조금 전 아이헨나 님의 눈물을 보았고 리녹의 표정을 보았으니까.

"그런데 말이다. 어찌 그리 부끄러워하느냐."

"네, 네?"

"꼭 못 본 꼴을 보인 양 부끄러워하지 않니. 약혼한 사이에 그 정도는 할 수 있다 생각하는데."

"네? 약혼한 사이요?"

전혀 아니라고 얼른 부정하려 할 때였다.

"그러고 보니 내가 반대하면 슬플 것 같다고도 했지?"

"예? 그, 어."

그렇게 말하긴 했는데.

"난 반대 같은 걸 할 생각도 없으니 마음 놓으렴. 그럴 자격도 있을까 모르겠으나."

"네? 아니. 아뇨. 아뇨."

"왜 그러니, 부정하지 않아도 잘 어울리는 한 쌍이라 생각한단다."

예? 나는 당황한 표정을 숨기지 못하며 얼른 손을 들어 올렸다. 그대로 손을 휘저으려 했다. 그러나 머리 위로 들린 손에 깍지가 끼워졌다.

"실로."

그는 여전히 선대공비를 향한 감정을 숨기지 않았다. 그러나 이내 내 손을 쥔 채 나지막하게 말했다. 그윽한 시선을 내게 보내며.

"옳은, 말씀을 하시는군요."

……선생님은 또 왜 이러세요.

나는 그에게서 깍지를 빼내려 애를 썼지만 꿈쩍도 하지 않았다. 아니, 아프게 잡은 것도 아닌데 왜 안 빠지는 거야? 하는 수없이 그의 옆으로 돌아섰다.

놀랍게도 아이헨나 님을 바라보는 리녹의 눈은 조금 전 꼭대기 층에서처럼 사납지 않았다. 오히려 그는, 어쩐지 새로운 길을 찾은 사람처럼 눈을 좁힌 것도 같았다.

"정녕 그리 생각하십니까?"

내 착각이 아니라면 전보다 조금 정중함을 차린 것처럼 들렸다.

"꽤 오랜 세월 미치광이로 지냈지만 이지를 잃은 건 아니란다."

분명 아이헨나 님은 낡았다 싶은 원피스를 입고 있는데 어쩐지 그녀가 드레스를 걸친 것 같은 착각이 들었다. 아마 책에서 톡 튀어나온 것 같은 몸짓과 시선 때문일 거다.

"어울리는 걸 어울린다 말하는데, 뭐가 그리 문제지?"

아니. 분위기 왜 이래?

나는 묘한 기시감이 들었다. 분명 화해하라고 붙여놓은 두 사람이 도란도란 대화를 나누고 있건만 화제가 영 엉뚱했다. 지난 세월을 이야기해도 모자랄 판국에, 그보다 조금 전까지 한쪽은 울고 화냈던 사람 맞아? 리녹의 특기는 감정을 드러내지 않거나 드러낸 감정도 고요히 가라앉히는 것이었다. 아이헨나 님도 그리 다를 것이 없어 보였다.

아이헨나 님이 내 쪽으로 시선을 던졌다.

"좋은 아이더구나."

"말하지 않아도 아는 일입니다."

그가 서늘하게 대꾸했다. 동시에 허리로 단단한 팔이 휘감겼다.

"어여쁘고."

"제 눈에 더 아름답습니다."

"내 눈에도 그리 보이더구나."

"제 눈에는 더욱 그리 보일 겁니다."

아니. 그만. 그만하세요, 선생님들.

"호오, 그렇구나."

계단 위에 선 그녀를 올려다본 순간, 나는 무언가 잘못되었음을 느꼈다. 계단 아래를 바라보며 웃을 듯 말 듯 진한 눈동자는 분명 색이 다름에도 리녹과 똑같은 분위기를 자아냈다.

……왜 좋은 일을 하고도 내 무덤을 판 기분이지?

그날. 그렇게 오랫동안 자리를 비웠던 선대공비가 대공가 저택에 나타났다.

△

저택이 발칵 뒤집혔다.

그도 그럴 것이 보통의 사용인에게는 오랫동안 실종되었다 알려진 선대공비가 나타났으니 당연한 일이었다. 저택의 사용인은 리녹의 부친에서 리녹으로 대공의 자리가 넘어가는 사이 한 차례 크게 물갈이된 적이 있었다. 그래서 아주 극소수만이 아이헨나 님에 대해서 알고 있었기 때문에 모두가 당황을 숨기지 못했다.

그러나 대저택이 대부분 그러하듯 신기하게도 순식간에 안정을 되찾았다. 그것도 리녹의 명에 따라.

"선대공비시다. 모셔라."

그들은 그의 명 하나로 공백기라고는 전혀 없던 것처럼 그녀의 자리를 만들고 받아들였다.

'며칠이 지난 지금은 아주 자연스러울 정도로 말이지.'

아이헨나 님을 찾아갔을 때, 나는 두 가지를 생각했다. 하나는 리녹이 그토록 싫어하는 장소에 갔으니 그가 내게 실망을 하거나 나에 대해 가졌던 환상을 버리거나 조금이라도 부정적인 감정을 가졌으면 좋겠다는 것.

다른 하나는, 지금 그가 나를 얼마나 의존하는지, 내가 한 달 뒤 이곳을 떠나게 되면 그가 나를 쉽게 놓아줄지에 대한 확신이 없었다.

그렇기에 나는 그에게 뗄 수 없는 편을 만들어주고 싶었다. 아니, 사실 이 저택이 모두 그의 편이나 다름없지만. 리녹은 그렇게 생각하지 않으니.

혈육이라면 타인과는 다르게 보지 않을까 했다. 진심으로 마음을 열지 않을까. 물론 20년 가까이 떨어져 지냈으며 아이헨나 님 쪽에서 그에게 상처를 주었던 것도 안다. 그렇지만 외전을 보았던 나는 가능성이 있지 않을까 했다.

오롯이 그의 편이 되어줄 사람이, 그것도 혈육이라면 앞으로의 그가 아주 조금, 아주 조금이라도 더 낫지 않을까 해서. 그런데 이제는 리녹이 옆에 없을 때의 내 모습이 상상되지 않아서 큰일이다.

'아니, 이젠 저택을 떠나는 모습이 쉬이 상상이 안 돼.'

생각은 행동을 결정한다. 그렇다면 내 이런 생각은……

"무슨 생각을 그리하느냐."

"아."

나는 고개를 들었다. 눈앞의 테이블 너머에는 옷을 갖춰 입은 리녹의 모친 아이헨나 님이 있었다. 어머님은 관리를 받자마자 긴 세월의 유폐가 무색하게도 본 모습을 되찾으셨다. 물론 그 세월이 완전히 사라지진 않았지만 적어도 앞에는 훌륭한 귀부인이 앉아 있었다. 음, 아냐. 더 정확히는 리녹을 많이 닮은 귀부인인데 위축이 들게 하는 위압을 가진 귀부인이라 함이 옳겠다.

"신기하다는 표정이구나."

"그렇게 물으시는 것도 대공님과 비슷하다는 생각이 들어서요."

어머님이 웃을 듯 말 듯 입술을 움직였다. 잘 웃지 않는 것도 닮기는 했다.

"외모라면 모를까 언행이 닮았다는 건 우습긴 하구나. 그리 떨어져 지냈으니. 아마 다를 것이다."

"음…… 비슷하신 것 같은데요."

미묘한 말투라거나 말버릇이나 사소한 행동, 그리고 앉아 있을 때의 분위기도. 확실히 이렇게 떨어져 지냈는데 이런 게 닮았다면 의아하긴 하다. 어쨌거나 그녀는 이곳에 선대공비로서 완전히 자리 잡았다. 밤의 리녹은 나와만 시간을 보내기에 이후 두 사람이 있는 자리를 볼 일이 없었다.

"그나저나 오늘 너를 부른 것은……."

"네."

나는 끄덕이며 찻잔을 들어 올렸다.

"너를 며느리로 들이고 싶구나."

"네 며느리 좋, 푸흡, 콜록콜록. 네?"

이게 대체 무슨 소리야. 나는 헛기침에 눈물을 닦아내며 그녀를 얼떨떨하게 응시했다. 그녀는 내 모습에 당황조차 하지 않고 손수건을 건네고는 두 손을 가지런히 모아 무릎에 올렸다.

"너무 당황스럽게 했니?"

"당황스럽다기보다……."

놀라서 심장이 멈추는 줄 알았는데요. 나는 솔직히 말하는 대신 살짝 고개를 저었다.

"이런 말 갑작스러울 거라고는 생각한단다. 그런데 아쉽단 말이지."

"제가요?"

그러자 너 말고 누가 있겠느냐는 시선이 돌아왔다.

"내게 찾아온 것은 내 아들을 위해서가 아니니?"

"그거야……."

"대공이 시켰다 해도 네가 직접 찾아온 것은 맞지 않니."

탑에서는 기사가 쓸법한 말투도 제법 사용하던 그녀였지만 이곳에 온 뒤로는 완연한 귀부인으로서의 말씨를 구사했다.

그녀가 주름진 얇고 긴 손으로 자신의 뺨을 쓸었다.

"그런데 내가 보기에 너는 내 아들에게 호감이 있으면서도 밀어내는 것처럼 보이더구나. 그리 적극적이진 않지만 말이지."

짧은 시간에 정확히도 꿰뚫어 보았구나, 하는 생각이 들었다.

"이곳의 사용인들에게 듣기로 너는 이미 이곳에서 몰래 사라지려 했다고도 하고. 신기한 구석이 많은 아이더구나."

다행히도 어린 리녹은 로테에게 잠시 보낸 뒤였다.

"내게도 돌연 나타났지 않았니. 참 놀랍다고 생각했단다. 어떻게 내가 미치지 않았던 것을 알았을까?"

순간 숨이 막혔다. 결과가 좋았으니 다행이었지만 말문이 막히고 말았다.

"추궁하는 건 아니란다. 그리고 별 상관없는 일이 되었지."

"네?"

"전쟁에서는 결과만 좋으면 결국은 좋은 일, 승리로 치부하지."

아이헨나 님은 선선히 고개를 저었다.

"네가 싸움에서 승리했다는 말이란다. 나와 대공을 만나게 하려 했던 것 아니니?"

"네…… 어, 맞아요."

"그런데 왜 떠나려 했던 거니? 한 달 뒤에 떠날지도 모른다고 하던데, 지금도 같은 생각이니?"

이것은 참 신기하게도 저택 사람 누구도 물을 수 없고, 오히려 아이헨나 님이라서 물을 수 있는 질문이었다.

"내, 널 오래 보지 않았지만 그 아이가 널 아끼는 마음이 큰 것 같고, 너 역시도 분명 그 아이를 생각해 주고 아끼는 마음인 것 같은데."

저택 이들은 나를 조심스럽게 대하기 바빴으며, 로테는 정중한 듯 비꼬면서도 선을 넘지 않았고, 베이커 또한 능글거리지만 마찬가지였다. 이것은 전부 그들이 리녹을 그만큼 좋아하기에 나를 존중하는 거겠지?

아이헨나 님이 나를 존중하지 않는 건 아니지만 그녀는 저택 이들과 다르게 직설적일 수 있는 위치였다.

"얼마나 좋아하는지는 아직 잘 모르겠는데. 좋아해요. 많이."

"그런데 왜 떠나려 했니?"

나는 가만히 그녀를 응시했다. 리녹과 닮은 그녀는 이곳저곳 말을 옮길 성격이 아닌 듯했다. 더구나 리녹과도 아직 서먹했으니 말을 전하지는 않겠지.

"제가 있으면 대공님이 위험해질 것 같아서요."

더는 이것저것 숨기는 것이 지치기도 했다. 이끌리고 마음이 조금

씩 가는 걸 거짓으로 숨기고 싶지도 않다. 다만. 내겐 방법이 없다. 그를 살릴 방도가.

"믿기지 않으시겠지만 음, 저랑 있다가요 아프거나 크게 다치거나 돌아가신다고 하면? 저는 못 견딜 것 같아요."

나는 이렇게 덧붙이고는 심각해지기 전에 얼른 농이라 붙일 생각이었다. 어느 것이 농인지 그녀는 알지 못할 테니까.

그러나 나는 그 말을 잇지 못했다. 뜻밖에 그녀가 경청하듯 진지하게 나를 보아주었기 때문이었다.

"방법은?"

"네?"

"만약 대공이 정말 죽는다면, 그리고 그 시기가 언제인지 안다고 한다면."

진지한 눈은 그와 다를 것이 없었다. 긴장감을 야기하는 것도.

"그걸 막을 방법도 찾을 수 있는 것 아니겠니?"

그 말에 나는 나도 모르게 눈을 내렸다. 방법이라. 나는 이미 방법을 알고 있기는 했다. 될지 안 될지 모를 방법이.

리녹의 고대 마법을 푸는 데는 거대한 마법이 필요하다. 정확히는 세레나가 사랑을 깨닫고 더욱 강력한 마법사가 되었을 때나 가능했던 대단한 마법이 말이다.

거기까지 생각하며 손을 쥐었다가 폈다.

마법.

"바깥에 눈을 내리는 것은 대마법사가 와도 불가능할 걸세."

나는 이미 그 눈을 내렸다. 비록 하양이의 도움을 받긴 했어도.

문득 시선이 멈춘 곳은 손등이었다. 나는 이게 실마리가 되어줄 것임을 알고 있다. 다만 확신하지 못했을 뿐. 그 노력이 얼마나 될지, 또 얼마나 걸릴지 몰라 망설였다. 하지만, 나는 리녹을 놓을 수 없다. 아이헨나 님과 리녹의 만남은 이것을 되새겨주었다. 그러니 이제 결심하고 찾을 차례였다.

그래. 천천히 고개를 들어 올렸다. 눈을 빛내면서. 리녹의 저주를 꼭 세레나가 풀어야만 해? 방법이 있을 수 있잖아, 세레나가 아닌─내게도.

나는 항상 모든 일을 행동하기에 앞서 한참 생각에 빠지곤 했다. 내가 한 일이 어떤 결과를 가져올지 고민했다. 나는 선택하는 것이 두려웠고 그 두려움의 일면에는 책임지지 못한 큰 결과가 있을지도 모른다는 생각이 있었다.

맞아. 나는 무서웠다. 줄리엣에게 로미오가 등장하고, 신데렐라가 유리구두를 두고 가는 것은 당연한 일인데. 겁이 났다. 내가 비튼 하나의 일로 줄리엣이 내쫓겨 강제 홀로서기를 하게 되거나 신데렐라의 유리 구두를 깨뜨려 버리게 된다면, 그 죄책감으로 그 이후의 일을 견딜 수 없을 테니까.

원작에 너무 얽매인 것인지도 모르나, 누군가의 정해진 행복을 앗아가는 일이란 게 그렇다.

'그 외에도.'

나는 가슴을 지그시 눌러 잡았다.

"저 대공님께 끌려요."

눈 오는 날, 끝내 확신하고 말았던 감정은 입술로 담는 순간 봇물 터진 것처럼 쏟아졌다. 나를 위해 싫어하던 것도 좋아지는 것 같다고 말하던 리녹. 아무것도 아니었던 내 작은 친절이 자신에게는 세상이라던 남자.

그는 빼내려 해도 이미 송곳처럼 박혀 있었다. 그저 떠나면 잊을 줄 알았고, 수많은 밤이 지나면 흐려지리라 생각했는데……. 아니었던 거다.

'결정하기까지 너무 먼 길을 돌아왔어.'

나는 손등을 문질렀다. 시간을 돌이킬 수는 없다. 하지만 늦었긴 해도 내 손안에 조커가 있다는 것을 알게 되었다.

'한번 해보자.'

할 수 있지 않을까? 눈을 내린 것처럼. 물론 앞으로 바뀔지 모르는 것을 예상하면 눈앞이 아찔하게 느껴졌다. 그렇지만 이 모든 걸 좋은 결과로 이끌어 낼 수 있다면? 모두에게 행복한 그리고 좋은 일이 된다면.

'해 볼 가치가 있어.'

오랫동안 내 세계는 나와 언니뿐이었다. 내 세계를 만들어준 언니에게 감사했고 언니만 있어도 괜찮다고 여겼다. 그런 언니가 끝내 살았으니 내 할 일은 퇴장하는 것이라 여겼고, 그를 살리기 위해 더더욱 단호하게 하려 애썼다.

그러나 생각해 보면 나는 지나치게 신중했던 게 아닐까? 물론 나로서는 어쩔 수 없는 일이었다 해도, 외골수적으로 다른 방향을 보지 않고 찾으려고도 하지 않았던 것 같다.

"우리 에이미는 하나에만 갇히면 영 다른 것엔 시선을 안 줘서, 언니는 그게 걱정이야."

언니는 나를 참 잘 알았구나. 아니, 당연한 건가. 돌이켜보면 꾹꾹 인내하던 시간이었지. 내가 옳다고 생각하며. 대공가 사람들도 그런

날 꽤나 답답하게 바라봤을 것이다.

'괜찮아. 지금부터 다르게 행동하면 돼.'

깨닫고 보니 머릿속이 깨끗하게 청소한 것처럼 맑아져 있었다. 당장 생각해 봐야 할 것들을 꼽아보다가 고개를 돌렸다. 쨍쨍한 한낮이었다.

오늘 어린 리녹은 베이커와 테스트해 볼 것이 있다며 조금 늦는다고 했다. 침대에는 색색 숨소리를 내며 깊이 잠든 하양이가 보였다. 하양이마저 잠들었으니, 모처럼 나 혼자였다.

"마무리할 일이 있었지."

본격적으로 리녹의 고대 마법 풀이법을 찾기 전에 말이다. 나는 천천히 품을 뒤적였다. 주머니에 손을 넣는 순간 금세 찾던 것이 튀어나왔다. 손거울이었다.

탄시즈와 마지막으로 만난 날, 난 거울을 한 번 더 버렸고 이것이 내게 다시 돌아온 지는 꽤 되었다. 하지만 신기하게도 언젠가부터 거울을 만져도 탄시즈의 꿈속으로 들어가지 않았다. 하지만 지금은 꿈속으로 들어가야만 했고, 나는 그 방법을 알고 있었다. 나는 거울을 쥐고 심호흡했다.

"후, 정신 차리자."

눈을 감고 속으로 무언갈 외웠다. 눈을 뜨자 나름 익숙한 공간이 나왔다. 정원이었다. 여전히 조그만 아이가 있었다. 그리고 오늘은 다시 아이가 둘이었다. 나는 이제야 두 아이의 모습을 온전히 볼 수 있었다. 한쪽은 여자아이였다. 머리 색이 나와 비슷한 쪼끄만 여자아이.

"왔습니까?"

돌아보면 자연스레 탄시즈가 서 있었다. 더는 내 얼굴을 가리는 망토는 없었다. 그는 내 얼굴을 고스란히 보았을 터였다.

"……더는 오지 않으리라 생각했습니다."

"감사 인사를 하러 왔어요."

나는 망설임 끝에 말했다. 탄시즈의 거울이 돌아왔을 때부터 생각한 것이었다. 그가 아니었다면 나는 영영 내 스스로 리녹 옆에 있겠다는 생각을 하지 못했을지도 모르니까. 아니, 있었더라도 미지의 미래에 불안해했겠지.

"덕분에 마법사가 되었고, 하고 싶은 일을 찾았어요."

"……내가 도움이 되었다니 기쁘네요."

탄시즈가 고개 숙여 살짝 웃었다. 으레 계산적으로 웃던 웃음이 아니었다. 귀가 살짝 붉어진 수줍은 미소였다. 나도 모르게 슬쩍 뒷걸음질 쳤다. 뭐야, 방금?

"저, 또 필요한 건 없습니까?"

"없어요. 오늘 마지막으로 인사하러 온 거예요."

웃던 탄시즈의 얼굴이 그대로 멈칫했다.

"도움을 받았으니까 인사하는 것이 예의일 것 같아서."

이 남자는 나와 언니를 죽이려 했다. 지금도 용서할 수 없다. 사랑하는 언니가 정말로 죽을 뻔했으니까. 하지만 작다고 치부할 수 없는 큰 도움을 주었기에, 내가 보일 수 있는 마지막 예의를 갖추기로 했다.

"다신 보지 않는 것이 좋을 것 같아요."

그럼 나와 언니에게 한 일도 언젠가 잊을 테니까. 그리 생각하며 꾹꾹 담아 말했다. 탄시즈의 입술에서 웃음이 차차 사라졌다. 그는 웃음이 사라진 자리에 또 다른 미소를 채워 넣었다. 꾸며진 다정함, 그러나 소름 끼치게 아름다운 낯이었다.

"누구 맘대로 말입니까?"

그리 말하는 순간 쨍강! 소리와 함께 공간이 갈라졌다.

……눈을 뜨자 앞에는 아무도 없었다.

챙강. 날카로운 소리와 함께 거울이 반으로 깨졌다. 왜일까. 이걸로 거울이 다시는 나를 찾아오지 않을 거란 생각이 들었다.

"……끝이겠지."

그럴 거야. 그리 다짐하며 조각난 거울을 버렸다.

△

아이가 돌아오는 것이 늦었다.

듣자 하니 베이커의 마법 진료가 늦어지는 모양이었다. 리녹이 늦어지는 사이 하양이가 잠에서 깨어났다.

"하양아."

시선을 주자, 하양이가 앞발을 내밀고 낑낑 제자리에서 뛰었다. 꼬리에 프로펠러를 달았니? 왠지 꼬리로 날아갈 것만 같다는 생각을 하며, 웃음과 함께 하양이를 들어 올렸다.

"오늘은 우리 둘만 있다, 그치?"

왕! 왕왕!

"대답해 준 거야?"

헥헥.

신기하게도 아기 늑대에게서는 정말 아기처럼 포근한 냄새가 났

다. 저택에 와서 따로 씻긴 적은 없는 것 같은데. 마법 늑대라 그런
가 폭신폭신한 이불 내음 같은 기분 좋은 향기와 약간의 숲의 냄새
가 났다.

"그리고 보니 우리 둘만 있던 적은 거의 없었구나?"

왕?

처음 아빠 펜릴이 던져두고 갈 때는 밤의 리녹이 함께였고, 이후
로는 쭉 낮의 리녹이 함께했다. 더군다나 어느 순간부터 어린 리녹
은 자리를 비울 때 아기 늑대를 데려가기도 했고. 그렇게 마음에 들
었나?

'사이가 좋아서 다행이야.'

아빠 펜릴이 언제 올지 모르니, 앞으로 얼마나 더 함께 지낼지 모
를 상황에서 사이가 화목한 건 좋은 일이었다. 초대 대공의 육아 일
기를 보면 초대 대공은 거의 반평생 아기 펜릴을 키웠더라. 마법 생
물들의 시간은 인간과 다른 기준이 있는 걸까? 리녹도 그렇게 반평
생 키운다고 하니 어쩐지 웃음이 나왔다. 그가 육아하는 모습이
쉬이 상상되질 않았다. 정말 아빠가 된다면 어떤 모습이려나. ……
평소 하양이를 보는 얼굴이라면 애가 겁먹을 것 같은데.

슬그머니 고개를 숙이니 유리구슬 같은 푸른 눈동자가 나를 그대
로 담았다.

왕?

그리고 보니…….

"……음. 넌 아들이니 딸이니?"

하양이가 나를 따라서 고개를 함께 갸웃했다.

"아니, 암컷인가 수컷인가로 말을 해야 하나."

왕?

"하긴. 어느 쪽이든 알아듣지 못하겠다. 그치?"

어린 리녹은 아기 늑대와 어느 정도 소통이 가능한 것 같던데, 나는 아무리 유심히 봐도 잘 모르겠다. 짐승의 언어를 배우는 건 생각보다 어려운 일인가 봐.

"음, 하양아. 네가 지금 내 말을 알아들어 줄지는 모르겠지만."

나는 아기 늑대의 분홍색 코를 톡, 두드렸다.

"내가 지금부터 아주아주 어려운 문제의 답을 찾아보려 할 거거든."

왕왕!

"응. 많이 어려워. 아주 많이……. 찾을 수 있을지, 없을지 모르겠어. 근데 기왕 찾아보겠다고 결심한 거. 난 끝을 봐야 하거든."

나는 결심하기까지는 신중하지만 대신 한번 행동으로 옮기면 거침없었다. 그리고 이제는 내게 기이하게 깃든 손등의 마법에 대해서도 똑바로 찾아볼 생각이었다.

사실 이 마법에 대해 진지하게 생각해 보지 않았던 것도 첫 번째로는 세레나가 그의 마법을 풀어줄 거란 믿음이 너무 강했던 탓이고, 다음으로는 내 인생에 그리 필요 없는 것이라 여겼기 때문이었다. 내가 마법사이든 아니든 나는 언니의 동생으로 평범하게 살아갔을 테니까.

어느 날 갑자기 생겼으니 갑자기 사라져도 아쉬울 것 없이 살았다. 그러나 지금 이 순간, 내 중심이던 것이 조금씩 움직였다. 아직은 나조차도 모두 가늠할 수 없는 그에 대한 마음처럼.

앞은 미지수에다, 방법이 있을지 없을지 알 수 없었지만, 일단 도전해 보기로 했다.

입술을 꾹 다물었다 떼어낸 나는 손을 들어 올렸다.

"하양아, 나는 네 도움이 필요해."

폭신한 하양 털을 쓰다듬으며 말했다. 천천히 손을 내려 턱밑을 긁어주자, 하양이가 혀를 내밀어 내 손바닥을 핥았다.

"전에 내가 눈을 내리게 도와줬던 것처럼 네가 도와주면 좋겠어."

내 말을 알아들었는지 아닌지 알 수 없었으나 하양이가 왕왕! 하고 짖었다. 어쩐지 하양이 주변에 은은하게 맴돌던 은빛이 더욱 강해진 것도 같았다.

"좋아, 일단은 조사해 보는 거야."

그날 눈을 내리고 난 뒤에 하양이는 앓아누웠다. 모르긴 몰라도 리녹의 고대 마법에 관한 것은 눈보다 더욱 힘든 일일지도 모른다. 그러니 알아본 뒤에 시도해 봐도 나쁘지 않겠지?

'하양이의 부담을 덜 방법이 있을지도 몰라.'

그렇게 나는 하양이를 끌어안고 로테를 찾아갔다. 그는 복도에 있었기에 찾는 건 그리 어렵지 않았다.

"도서관에 가고 싶으시다고요?"

"네. 거기에 하양이를 데려가도 되는지도 묻고 싶네요."

보통 공공장소는 애완동물 출입금지이니, 일단은 물어봤다. 물으면서도 어째 질문이 조금 이상하단 생각이 들었지만.

로테는 묘한 얼굴을 했다.

"마법 늑대인 펜릴을 보통 애완동물과 같이 취급하시는 분은······ 아가씨밖에 없겠군요."

"······말도 안 되는 질문이었다고 하셔도 돼요."

말하고서 나도 아차 싶었으니까. 어쨌거나 로테의 안내를 받아 도서관에 도착한 나는 책을 뒤지기 시작했다.

키워드는 늑대 펜릴과 고대 마법.

일단은 관련 있는 서적을 찾아 뭐든 찾아보는 것에서부터 시작할 생각이었다. 웬일인지 로테는 도서관에서 나가 있는 대신 내가 하는 걸 관찰했다. 책을 보다 말고 시선을 돌렸다. 관찰하듯 그를 쭉 보던 나는 곧 눈을 깜빡였다.

"오늘 묘하게, 기분이 좋아 보이시네요?"

"아."

로테가 시선을 한번 내리깔았다가 들어 올렸다.

"티 났습니까?"

"입꼬리가 그렇게 올라갔는데, 모를 리가요."

순간 다른 사람인 줄 알았다. 로테는 눈꼬리가 조금 처진 편이지만 그동안 차가워 보였던 데에는 서늘하리만치 정중한 표정과 행동에 있었으니까.

"오늘 왜 그리 기분이 좋으세요?"

이상하긴 했다. 로테라면 설령 정말 기분이 좋아도 내게는 티를 내지 않을 것 같은데.

"그……."

로테가 답지 않게 잠시 망설였다.

"오늘 어린 각하께서."

"네. 대공 각하께서요?"

"인사를 받아주셨습니다."

……네?

생각지 못한 답변에 당황하는 사이, 로테는 살짝 고개를 내렸다.

손등으로 제 뺨을 가렸다. 언뜻 붉어진 뺨과 귀가 보였다.

"잘 잤냐고 물어봐 주기시도 하셨습니다."

"어, 어…… 음. 네."

끄덕이다 말고 나는 멈칫했다. 아니, 잠시만. 그럼 어린 리녹은 그 동안 로테에게 아침 인사 한 번을 안 했단 말이야……?

'이건 어느 쪽이 대단하다고 할지.'

팬 미팅에서 스타와의 포옹에 당첨되었어도 저것보다 더 기뻐할 순 없을 것이다. 나는 그에게서 슬그머니 시선을 떼어냈다.

"덕분인 듯합니다. 감사합니다."

"아뇨. 제가 뭘 했다고요……."

"그런데 표정이 왜 그러십니까?"

"솔직히 말해도 돼요? 적응이 안 돼서요."

평소의 로테에게 너무 익숙해진 모양이다. 저런 로테가 적응이 되질 않으니.

"저라고 매번 날이 서 있는 것은 아닙니다만. 곡해해서 보시는 습관이 있으시군요."

"아, 좋네요. 차라리 그렇게 좀 막대해 줘요. 그게 편하네."

로테가 순간 표정을 굳히고는 뭐 이런 사람이 다 있나 하는 표정으로 봤다. 그래, 차라리 그런 표정이 낫겠어.

"로테 씨도 저랑 하하호호 하고 싶지는 않으시잖아요?"

"그렇게 물어주신다면…… 못할 것은 없다 생각합니다."

"저 아직 로테 씨가 저 오해하게 약혼자 얘기 꺼낸 거 잊지 않았거든요?"

그러자 로테가 아무 말도 하지 않았다. 그래도 양심은 있는 모양이지. 그렇게 침묵 속에서 나는 다시 책을 들여다봤다.

"으음, 이 이야기 책에는 펜릴이 인간이 되기도 한다고 적혀 있네요? 신기해라."

"마법을 부리는 늑대니 그런 상상을 담아 이야기가 만들어지기도 했을 겁니다. 실제로 베이커 씨가 근거 없는 이야기는 아니라고 하더군요."

베이커가? 베이커가 말한 거라면 근거가 있을 법한데. 나는 품 안에 열심히 파고드는 아기 늑대를 바라봤다. 이 쪼꼬미가 사람이 된다니 잘 상상이 가지 않았다. 으음, 어린 리녹보다 더 작으려나? 그럴 것 같은데. 나이는 잘 모르지만 아무리 봐도 아주 조그만 크기니 말이다. 나는 보던 책을 제자리에 끼워 넣었다.

"찾으시는 것이 없습니까?"

"네? 네. 그러네요."

"어떤 서적을 찾으시는지요?"

나는 조금 망설였다가 입을 뗐다. 그래, 숨길 것은 아니니.

"고대 마법에 대해서요."

로테는 잠시 놀란 눈을 하더니 이내 본래의 표정으로 돌아왔다.

"외람되지만 마주하시기로 하신 것인지, 여쭤도 되겠습니까?"

역시 리녹의 밑에서 머리가 가장 좋은 이답게 작은 것으로도 내 변화를 눈치챈 듯했다.

"제가 그리 티 나게 굴었나요?"

"언제든 떠날 것처럼 보이시기는 했습니다."

정말 빈말을 모르는 입이네. 나는 헛웃음을 터트렸다. 며칠 전까지의 나라면 저 말에 얼버무리거나 회피했겠지?

"여쭤주신 것에 대답하자면, 네. 그래요. 더는 피하지는 않으려고요."

나는 책을 톡톡 두드리며 로테를 향했다. 로테는 생각해 보는 듯한 눈치더니 큰 결심을 한 사람처럼 살짝 끄덕였다.

"그럼 언제부터 대공비님이라 부르면 되겠습니까?"

"거기까지는 아니니 진정하세요."

……대체 혼자서 어디까지 진도를 나간 겁니까? 물론 한편으로 저것이 로테 나름대로 인정하는 방식이 아닐까도 싶었다. 아무래도 빈말을 하는 성정은 아니니.

"그렇습니까. 곧이라 생각해 두겠습니다."

"혹시, 사람 말 제대로 듣지 않는 버릇 있으세요?"

로테는 못 들은 척 안경을 한번 추켜 올리더니 책 더미로 시선을 던졌다.

"고대 마법에 관한 서적들은 이곳이 아니라 각하의 개인 장소에 모여 있습니다. 세간에는 알려지지 않은 정보를 담은 책들이니 더 특별히 취급되는 정보지요."

그는 말을 돌렸고, 그 의도는 제대로 먹혔다.

"그러니 각하께 한번 여쭤보시면 알려주실 겁니다."

"……음. 네. 그러는 게 좋겠네요."

리녹에게 말을 꺼내는 게 조금 걱정되긴 하지만. 그래도 해 봐야겠다. 나는 고개를 홱 돌렸다.

"아, 그리고 저기. 부탁 하나만 드려도 될까요? 종이랑 봉투가 필요한데."

로테는 내 말에 의아한 눈을 하면서도 곧 도서관 한쪽 서재에 있던 종이와 봉투를 건네주었다.

"어디에 쓰시려 하십니까?"

"제 언니에게 쓰려구요."

사실 이곳에 얼마 있지 않으리라 생각해서 언니에게는 알리지 않았지만, 이제는 편지를 보내야 할 듯싶었다. 이제 남은 리녹과의 내기 기간은 그가 내 마음을 얻는 것보다는 내가 무엇이든 확신할 수 있는 것을 찾는 시간이 될 것이다. 만약 내가 그의 고대 주문을 푸는 것에 무엇이라도 할 수 있다면. 나는…… 남고 싶은 마음이 들테니까.

'물론 대공저에 있다는 말을 하면 안 되겠지?'

일단 언니에게는 늘 정기적으로 편지를 보내왔으니 평소처럼 그리 보낼 참이었다. 대공저 얘기는 차차 풀어도 될 거야.

"*언니는 그 사람 다시 보면 가만 안 둘 거야.*"

……난 결코 언니가 화낼까 봐, 리녹을 조지러 올까 봐 무서운 게 아니다. 암. 나는 그 자리에서 간단히 편지를 적고 주소에는 암호로 된 산 밑 마을 주소를 적었다. 본래가 언니에게 보내는 편지는 간결한 편이었으니 들키지는 않을 거다.

"편지 보내주실 때요, 대공저에서 출발한 건 모르게 보내주세요. 언니에겐 천천히 말하고 싶거든요."

"예. 그리하겠습니다."

고개를 끄덕이고는 로테에게 막 편지를 전할 때였다. 문이 열렸다. 타박타박. 탁탁탁. 쪼르르 달려오는 발소리의 주인은 어린 리녹이었다. 품에 안겨 있던 하양이가 귀를 쫑긋 세웠다.

"에이미!"

도도도 달려온 아이가 허리에 폭 안겼다. 품에 가득 들어오는 포근한 체온에 미소를 머금었다.

"잘 다녀왔어?"

아이가 얼른 끄덕였다. 아이는 기분 좋은지 내 손바닥에 뺨을 비비며 발그레하게 볼을 물들였다.

"이제 에이미 없는 시간은……."

"시간은?"

아이가 한 아름 손을 벌렸다.

"새카만 하늘 같아."

그러고는 폭, 다시 안겼다. 아이가 앉아 있던 내 무릎에 손을 얹고 반짝이는 눈을 내게 보였다. 오늘도 영롱한 눈빛을 보다 말고 나는 낑낑대는 하양이를 고쳐 안았다.

"응. 어서 와, 일은 잘 끝났어?"

"응."

난 의자에서 일어나 책장 앞에 바로 섰다. 햇빛에 부유하는 먼지들이 보였다. 아이의 새까만 머리칼을 바라보다가 돌연 묘한 생각이 떠올랐다.

"녹스, 손 좀 줘볼래?"

아이가 의심 없이 손을 내밀었다.

그러고 보니 난 여기 와서 한 번도 실험해 보지 않았지? 아이에서 어른이 되는 마법이 통하는지.

반쯤 장난스럽게 아이의 손을 잡아당긴 순간이었다. 손등에서 새하얀 빛이 터졌다. 그리고 빛이 가라앉은 자리에 커다란 남자의 몸이 자리했다.

캉?

놀란 아기 늑대의 울음소리와 함께 로테가 눈을 동그랗게 뜨는 것이 보였다.

"……에이미?"

"아. 역시 제대로 되네요."

여전히 될까 싶었는데, 마법에 문제는 없나 보다. ……오히려 전보다 더 쉽게 된 느낌인데?

"대공님, 마침 나타나셨으니까 하나만 여쭤볼게요."

나는 배시시 웃으며 그의 옷자락을 슬쩍 잡았다가 놓았다. 그가 조금 놀란 눈을 했다. 마음의 고삐를 놓아서일까, 평소보다 그가 가까이 느껴졌다. 지금은 졸졸 흐르는 시내 같은 마음이 곧 둑이 터져서 아주 큰 물줄기가 될까?

"로테 씨가 고대 마법 서적에 대해서는 대공님께 물어보라 해서요."

"고대 마법?"

"네. 궁금해서요."

그리 말하자 짐짓 멈칫했던 그가 한 걸음 앞으로 다가왔다. 조금 놀라긴 했으나 피하진 않았다. 아니, 등 뒤로 책장이 느껴져 피하지 못한 것에 가까웠지만. 그는 내 바로 옆 책장을 짚었다. 손등 위로 툭 불거진 핏줄이 보였다.

"나에 대해 더 알고 싶은 건가?"

"음, 어, 네, 그렇죠?"

따지고 보면 틀린 말은 아니었다. 그의 마법을 풀 실마리를 찾을 생각이었으니.

"그럼 개인 서재에는 조금 뒤 밤에 함께 가도록 하지."

"밤…… 에요? 왜 지금 안 가시고."

그가 상체를 굽혔다. 그러고 보니 옷에 무슨 처리를 한 것인지 몸이 커졌음에도 찢어지지는 않았다. 그래서 아쉽다고 생각하면 너무…… 변태 같은가? 얼른 고개를 저었다.

그사이, 그가 훌쩍 가까워져 있었다.

"에이미."

잠깐, 잠깐만요, 선생님. 뒤에 충성스러운 보좌가 보고 있거든요?

하지만, 그러거나 말거나 리녹은 내 눈을 깊게 들여다봤다. 아이일 때 단정하게 입은 차림 때문일까. 단정한 셔츠 차림이 금욕적으로 보였다. 그러나 흐트러진 머리칼이 흔들리며 눈을 살짝 가렸다. 시선은 전혀 단정하지 못했다.

"내가 보고 싶었나?"

잠시 대답을 찾지 못해 눈을 굴리는데, 그가 다시 입을 열었다.

"널 볼 수 없으리라 생각한 낮에, 이리 보게 되었군."

아주 기쁜 듯 근사하고 황홀하리만치 아름다운 미소를 걸고서.

"나는 네가 보고 싶다. 늘."

그의 손이 입술을 스쳤다.

"이렇게 널 보고 있는 순간마저도."

꼴깍. 숨이 넘어가는 순간에 나는 슬그머니 그의 등 뒤로 시선을 돌렸다. 로테와 눈이 마주쳤다.

"좋은 시간 보내십시오."

그가 그 어느 때보다 정중하게 허리를 숙였다.

잠깐, 가는 거야?

당황하는 사이, 허리로 단단한 팔이 휘감기며 가슴 너머로 단단한 감촉이 느껴졌다.

"어딜 보나, 에이미. 네가 볼 곳은 이쪽."

손가락 사이로 들어온 그의 손가락이 깍지를 꼈다.

"낮은 밤보다 길지."

……이 마법, 어떻게 취소하는 거더라?

MY SISTER PICKED UP THE MALE LEAD

새의 언니가
눈치 챘을 때

X

10

새의 언니가 눈치챘을 때

니온 왕국.

니온 왕국은 거대한 제국과 인접한 강대한 왕국으로, 제국에는 못 미치나 강력한 국력을 자랑하는 왕국 중 하나였다. 대체로 평야 지대를 낀 살기 좋은 곳이었으나, 산맥을 낀 북서쪽에서 들끓는 마물은 왕국의 골칫덩이였다. 니온 왕국은 이로 인해 특히나 기사를 중요시해 매년 기사를 키우는 데 지원을 아끼지 않았다.

쿵. 거대한 마물이 바닥에 쓰러졌다. 부상 입은 이들이 하나같이 놀라운 눈으로 한 사람을 응시했다.

"디아나!"

막 검을 떨어트린 여성이 고개를 돌렸다. 몇 년 전과 다르게 짧아진 머리칼이 귀밑에서 나풀나풀 흔들렸다. 그녀의 선배이나 이미 디아나에게 추월당한 지 오래인 기사가 그녀에게 자그만 봉투를 건넸다.

"무슨 일이에요?"

"편지 왔던데, 네게?"

"그래요?"

디아나의 표정이 순식간에 변했다. 그녀는 뺨에 묻은 마물의 체액을 아무렇게나 문지르고는 잽싸게 편지를 열었다.

'그러고 보니 한동안 우리 에이미 편지가 오지 않았지?'

그러나 애석하게도 편지는 에이미한테서 온 것이 아니었다.

"⋯⋯하반?"

편지를 보내온 이는 디아나의 동료인 하반이었다.

「디아나, 네 말대로 마을을 찾았어.」

그녀는 하반에게 에이미의 안부 확인 부탁하며 산 밑 마을을 가르쳐 주었다.

「그런데, 여기에 네 동생은 없던데?」

그 순간, 디아나의 미간이 살짝 좁아졌다. 꾸깃. 디아나의 손에서 편지가 구겨졌다. 그녀가 얼굴을 홱 들어 올렸다.

"어, 디아나 어디 가?"

"책임자 만나러 가요."

그녀는 퍽 유쾌하게 말했으나 그녀의 표정을 본 누구라도 알 수 있었다. 디아나의 얼굴은 유례없이 심각했다.

"뭐, 갑자기 휴가를 달라고?"

기사단의 대장 임페르는 부하들에게 인심이 넉넉했지만 그녀의 말에는 당황할 수밖에 없었다. 그도 그럴 것이 이 바쁜 기간에 휴가라니?

"신입 중에는 네가 마물을 제일 잘 알지 않냐. 이 시기에 자릴 비우겠다고?"

"대장, 방금 제정신이냐고 말씀하시려 했죠?"

"잘 아네."

디아나가 생긋 웃었다.

"바로 보셨네요. 제가 지금 제정신이 아니거든요."

그녀가 검을 쥐었다가 놓았다. 그제야 상황을 알아차린 그녀의 대장이 자세를 바꿨다. 결국 30분 뒤 디아나는 만족할 결과와 함께 대장의 막사를 나왔다. 그녀의 품 안에는 휴가증이 있었다.

"어라, 디아나 어디 가?"

그녀와 친한 동기와 선배 기사들이 그녀가 지나갈 때마다 말을 걸었다. 디아나는 날숨을 참아내며 웃어주었다. 그녀를 아는 이들이라면 심상치 않게 여길 미소를.

"하반 만나러 가요. 휴가예요."

틀린 말은 아니었다. 일단 먼저 휴가를 떠난 동료 하반에게서 자세한 사정을 들어야 할 테니.

"뭐? 이 기간에 휴가?"

동료 중 하나가 고개를 갸웃했다.

"너 기다리는 편지 있다고 하지 않았어?"

"맞아. 일주일에 한 번씩 목을 빼놓고 기다리던 거. 연애편지인 줄 알았잖냐."

"뭔데?"

"동생 편지래."

"아, 그랬지."

다른 동료가 맞장구를 치며 머리를 끄덕였다.

"아, 혹시 편지가 오면 제게 전달해 주세요. 전송 마법을 받을 창구 번호는 정해둘 테니까요."

"어. 그래 뭐."

디아나는 그 순간에도 짐을 정돈하느라 바빴다.

"정말 가냐? 거기다 하반? 걔 제국으로 휴가 간 거 아냐?"

"네."

디아나가 태양을 향해 검을 고쳐 매며 말했다.

"제가 가려는 곳도 거기예요."

디아나가 검을 꽉 쥐었다.

"제국으로 갑니다."

△

석양이 지면, 저녁이 찾아온다.

그 저녁은 밤의 리녹이 대공저를 차지하는 시간이었다. 그러나 오늘은 그렇지 못했는데, 전부 다 내 탓이었다. 기회를 봐서 돌려놓으려고 했지만.

리녹이 아이가 되기를 바라며 리녹의 손을 놓으면 낮의 모습으로 되돌릴 수 있을 것 같았다. 숲속에서도 그런 느낌이었던 것 같으니까. 하지만, 문제는 리녹이 더 눈치가 빨랐다는 거다. 그는 내가 그를 원래대로 돌려놓을 거란 걸 눈치채고 재빠르게 행동했다. 그 행동이란 내 손을 놓지 않는 거였다. 단순하지만 확실한 행동이었다.

"음, 언제까지 잡고 계실 거예요?"

리녹은 왜인지 답이 없었다. 그저 뚜벅뚜벅 걸어가는 옆모습이 보였다. 나는 답을 바라듯 빤히 바라봤다. 이내 리녹이 내 손을 쥐었다가 폈다. 망설임 끝에 다시 깍지를 끼는 것이 느껴졌다.

"이곳은 어두우니까 손을 잡아야 한다."

그 말에 나는 슬쩍 천장을 올려다봤다. ……이렇게 밝은데? 커다랗지는 않지만 꽤 밝은 샹들리에가 은밀한 복도를 채우고 있었다. 적어도 앞이 안 보일 정도는 아니라는 거다.

"저는 장님이 아닌데요."

"내가 장님인 것 같다."

"……지금 아무 말이나 하시는 거죠?"

아무리 손이 잡고 싶으시다지만, 그렇게 아무 말이나 던지시면 됩니까, 선생님. 나는 붙잡히지 않은 손으로 뺨을 긁적였다.

조심스럽게 시선을 들어 올린 곳에는 쭉 뻗은 목선과 단단히 맞물린 턱이 보였다. 이렇게 올려다보면 눈을 마주하던 그였는데, 시선이 느껴질 텐데도 이쪽을 보지 않았다.

이유를 찾던 나는 살랑살랑 움직이는 머리칼에 시선을 주었다. 밤처럼 새카만 머리칼 사이로 살짝 울긋불긋 물든 귀가 눈에 들어온 순간, 나는 머리를 숙였다.

그도 부끄러웠던 걸까? 손을 수십 번은 넘게 잡았을 텐데 새롭다는 듯 부끄러워하는 그가 신기했다. 잠시 머뭇거리던 나는 깍지 낀 손을 오므려 그를 붙잡았다. 매끄럽게 파고든 손 덕에 좀 더 깊이 깍지를 낀 형국이 되었다. 그가 조금 놀란 눈으로 나를 향하는 것이 느껴졌다. 나는 작게 웃었다가 다른 손으로 앞을 가리켰다.

"앞을 보셔야죠."

"……아."

그 말에 그가 고개를 떨궜다. 그러나 그것도 잠시 나는 눈을 동그랗게 떴다.

"잠시 실례해도 되겠나?"

휙 들리는 몸에 놀란 것도 잠시, 바닥에서 발이 떨어졌다. 나는 창문턱에 걸터앉게 되었다. 어느새 달빛을 조명 삼은 그가 고스란히 시야를 차지했다.

"……놀랐나?"

나는 눈을 깜빡였다.

"음, 좀 갑작스럽긴 한데, 괜찮아요."

그렇게 말하고는 손을 슬그머니 들어 올렸다. 콕. 손가락이 조심스레 그의 뺨을 찌르고 떨어졌다. 어린 리녹에게만 했던 행동을 하려니 뭔가 우스웠다. 고개를 갸웃했다.

'이상하네. 마음가짐이 달라진 것 하나로 이렇게 달라 보일 일인가.'

그리 생각하다가 나는 웃음을 터트렸다.

"앞으로는 제게 좀 더 실례하셔도 괜찮아요."

그런데 그가 답이 없었다. 시선을 돌리니 그가 나를 멍하게 바라보고 있었다.

"대공님?"

"……."

"하하. 그렇게 보지 마세요. 음……. 제가 대공님에게 끌린다고 했잖아요?"

나는 그의 옷자락을 붙잡았다가 떼었다.

"더는 제 마음을 외면하지 않고, 한번 마주 보려고요."

복도 중간은 밝았지만 창문 근처는 어스름했다. 달빛이 용기를 준걸까? 그동안 쌓여 있던 말들이 스스럼없이 자연스럽게 나왔다. 아마 브레이크를 풀어버리기로 결심했기 때문이 아닐까?

"내기가 끝나기 직전까지, 저도 진지하게 생각해 볼게요. 응?"

조심스럽게 올린 손으로 그의 양 뺨을 잡았다가 놓았다. 늘 그가 먼저 손길을 내밀었던 탓일까. 어딘가 어색해 난감한 웃음을 흘리며 손을 가져오려 할 때였다. 몸이 앞으로 당겨졌다. 아프지 않게 앞으로 숙어진 얼굴로 코가 닿았다.

어라, 잠깐. 코가 미끄러졌다. 숨을 참았다. 가쁜 숨을 그대로 들이켠 순간 그의 얼굴은 더욱 내려가 내 어깨에 머리를 기댔다.

"나는, 네가 사랑스러워 견딜 수가 없다."

오목한 쇄골에 그의 날숨이 고였다. 나는 숨을 크게 들이쉬었다. 움직이면 안 될 것 같았다. 그대로 손만 들어 그의 뒷머리를 닿을 듯 말 듯 건드려보는 동안 그가 떨어졌다.

"음, 그건 그렇고 우리 방에 안 가요? 책 보러."

분명 목적지는 책이 있는 곳이었는데 엉뚱한 곳에 멈춰 섰다. 그가 가벼이 고개를 끄덕이더니 그대로 나를 번쩍……. 응?

"저기, 내려주셔도."

"앞이 안 보이는군. 대신 봐주겠나?"

그의 말에 어처구니없는 시선으로 그를 응시했다. 어째 갈수록 이 대공님이 뻔뻔해져 가는 느낌인데.

"그래요. 오늘만 길잡이 하죠, 뭐."

"이상하다."

"뭐가요?"

"……네가 내 말을 순순히 들어주는 것이."

리녹의 목소리가 뒤로 갈수록 작아졌다.

"마치, 서서 졸고 있는 듯 꿈만 같다."

담담한 음성 뒤에 묻어나는 절절함에 나는 그대로 눈을 내리떴다. 그간 어쩔 수 없었다 한들 나는 그가 아프도록 행동했고 할 말이 없는 상황이었으니.

"꿈이 아니고. 앞으로도 아닐 거예요. 오늘도 내일도."

"꿈이라도 깨어나지 않는 꿈이라면 좋겠군."

"꿈 아니래도요."

가볍게 타박하자, 그에게서 바람 소리가 들려왔다. 살짝 들썩이는 가슴으로 그가 웃었음을 알 수 있었다.

'언젠가, 내가 지금 리녹만큼의 마음을 품게 될 날이 올까?'

갈수록 그의 마음은 가늠할 수 없이 커서, 얼마나 깊은지 알 수 없을 정도였다. 줄곧 언니가 전부였던 내 세상에서는 쉬이 상상되지 않았다. 내게도 그런 날이 올까?

"여기다."

"커다란 문이네요?"

은밀하고 한적한 복도 끝에는 커다란 문이 있었다. 창살이 달린 것을 보면 감방 문 같기도 했다. 리녹은 이 안쪽이 예전 초대 대공부터 후대 대공들이 쭉 살던 곳이라 말했다.

그는 이곳에 살지 않으냐고 물으려다가 난 그대로 멈췄다.

'부친이 살던 곳에 살기 싫었구나.'

그가 그의 부친을 얼마나 싫어하는지 알기에 그렇구나, 하고 끄덕여 주었다.

문이 열리고 안쪽으로 들어서자 먼지 냄새가 났다. 공간은 단정했으나 오랫동안 사용하지 않아서 나는 냄새인 듯했다. 리녹은 한 책장 앞에 멈춰 섰다. 그리고 그가 책을 하나 꺼내서 손바닥을 댔다.

언젠가 어린 리녹이 그러했던 것처럼 책에서 희미한 빛이 흘러나왔다. 그리고 책장이 문처럼 옆으로 스르륵 밀려났다. 딱 보아도 비밀스러운 공간이 드러났다. 그가 나를 안은 그대로 들어섰다. 안쪽은 거대한 서재였다.

"와아."

형태는 도서관에 가까운 것일지도 모르나, 중앙의 책상을 중심으로 책이 가득 쌓여 있어서 서재에 가까워 보였다. 그가 나를 내려주자 땅에 비로소 발이 닿았다. 카펫이 닿는 느낌이 푹신했다.

"지난 대공들 중에서 나처럼 고대 주문을 겪은 이들은 극소수였다."

모든 대공이 리녹과 같은 마법을 겪지 않았다는 말이다. 이미 알고 있는 사실이었다.

"그들은 이 공간을 만들고 서적을 차곡차곡 모았지. 이곳은 오랜 시간이 쌓인 공간이다."

"전부 들어올 수 있었던 건가요?"

"이곳의 문을 여는 데에는 엄청난 마력이 든다. 즉, 나처럼 마력으로 인한 마법에 걸린 이들만 들어올 수 있었겠지."

적어도 그의 부친은 고대 마법에 걸리지 않았으니 부친에게 더럽혀지지 않은 장소인 듯했다.

"여기서 얼마든지 봐도 좋다."

그의 허락하에 나는 조심스럽게 책들을 살펴봤다. 그리고 얼마 지나지 않아 놀람을 숨기지 못했다.

'전부, 고대 마법 관련한 것뿐이잖아? 거기다 오래됐어.'

그동안 나도 자료를 찾아봤었기 때문에 알 수 있었다.

산 밑 도망자의 마을에는 비록 도망자 신세이지만 실력이 꽤 좋은 마법사도 있었는데, 그가 고대 마법 자료는 소실된 지 오래라고 말한 적이 있었다.

책을 쓰다듬으며 그의 말을 떠올렸다.

"만약 있다면 그 한 권이 천금 같은 가격일걸? 정보에 눈먼 마법사, 더구나 황실이 가만있지 않을 거다. 특히나 황실은 고대 마법에 대해 탐욕스러울 정도지."

아무튼 그 귀한 책들이 여기에는 가득하다는 거지? 이 공간을 가득 메울 만큼? 어쩐지 시간이 첩첩이 쌓인 이 공간에 간절함이 가득 쌓여 있는 것처럼 느껴졌다. 그만큼 리녹과 같은 처지의 앞선 대공들이 고대 마법을 풀기 위해 애를 썼다는 것이겠지. 그러나 애석하게도 그 긴 시간 동안 진정으로 고대 마법에서 벗어난 이는 리녹뿐이었다.

그는 책장에 기대어 창문을 바라보고 있었다. 옆모습이 황홀하리만치 근사했다.

'내가 집중할 수 있게 해주는 걸까?'

자세한 이야기를 하지 않았는데도 그저 내가 원했다는 이유만으로 이곳에 데려와 준 그가 고마웠다. 나는 고개를 돌려 다시 책에 집중했다.

자료가 많아서 좋지만 너무 중구난방이었다. 이런 식이라면 원하는 것을 찾는 데만 시간이 오래 걸릴 것이다. 어떻게 내가 원하는 것만 볼 방법이 없을까? 늑대와 초대 대공의 고대 마법. 그리고 고대 주문 [마타리]. 이렇게만 보고 싶은데.

모름지기 무언가를 캐낼 때는 뿌리부터 파헤치는 것이 좋다. 특히나 이 고대 마법의 주범인 초대 대공에 대한 이야기는 도서관의 책에도 있었지만 그건 육아 일기에 가까웠지, 정작 그에 관한 이야기는 없었다. 여기에는 있을까? 그리고 다음으로 내 손등에 새겨진 마법, 이름이 [마타리]라는 것 말고는 전혀 모르는 고대 주문에 대해서도 있을까?

제발 있어라. 어떤 것이든 여기 있기를 간절히 바랄 때였다.

'어?'

손등에 흰 문양이 새겨지며 하얀빛이 새어 나왔다. 그리고 레이저처럼 쏘아진 빛이 한 책과 연결되었다. 책을 보고 싶다고 생각한 지 3초도 되지 않아 책이 눈앞에 있었다.

붕붕. 나는 허공에 떠 있는 책을 얼떨떨하게 바라봤다.

'뭐야……. 나 진짜 마법사네.'

보고도 믿기지 않았다. 아니, 그동안은 이 주문이 내게 필요하리라 생각하지 못해서 써 볼 생각조차 없었다. 만약 다시 리녹을 만나 눈을 내리지 않았다면 앞으로 쭉 치유주문만 쓰며 살았겠지.

내가 정말 안일했구나, 다시 한번 깨달으며 시선을 옮겼다. 마법이 가져다준 책은 두 권이었다. 하나는 책이라기보다는 보고서에 가까웠다. 나는 얇은 양피지를 돌돌 접어 폈다.

「그는 뛰어난 마법사였고, 뛰어난 검사였다. 어느 쪽이 먼저인지 중요하지 않을 정도로 강한 초월자였으나, 그가 초월자가 된 것에는 늑대의 마력을 빼놓지 않을 수 없을 것이다. 그러니 이건 어느 대마법사의 짧은 이야기다.」

양피지에는 검을 차고 로브를 쓴 사람과 그 옆에 사람만큼 커다란 늑대가 있었다.

「그가 거대한 마법을 쓸 수 있었던 데에는 그를 주인이자 부모, 형제처럼 따른 늑대가 있었기에 가능했다. 그의 불안정한 반쪽 마법은 늑대의 마력을 빌려 비로소 완전한 형태가 될 수 있었다. 그렇게 그는 흐름을 바꿨다.」

'흐름을 바꿨다?'

무슨 말인지 곱씹는 순간 펜릴이 했던 말이 기억났다. 선지자. 흐름을 바꾸고도 대가를 지불하지 않는 이들. 나는 중간을 읽지 않고 바로 끝으로 향했다.

「마력을 지닌 자가 진정한 주문을 얻고 늑대의 신뢰를 얻는다면 무엇이든 할 수 있는 대마법사가 되리라.」

처음 보는 마법진의 그림과 함께 보고서 같은 짧은 글은 거기서 마무리되었다.

「그 길은 시련을 극복한 자에게만 주어지니.」

보고서를 내려놓은 나는 얼른 다음 책을 펼쳤다. 내가 이런 일들을 하는 사이 리녹은 무엇을 하고 있나 궁금하기도 했지만 책 내용이 먼저였다. 다른 책 또한 앞선 보고서만큼은 아니었지만 얇고 짧았다.

'……책이 잘려져 있잖아?'

왜 얇나 했더니. 책이 3분의 1 정도밖에 남아 있지 않았다. 다행히 차례는 뜯겨 나가지 않아 나는 금세 원하던 정보를 찾았다.

「마타리. 그건, 나 데런 이베르크가 만났던 위대한 마법사가 가진 고대 주문의 이름이었다.」

그 문구를 본 순간 얼른 책을 덮고 책등을 보았다.

「데런. L. 이베르크.」

……초대 대공의 이름이잖아? 도서관에서 본 적 있어서 알았다.

나는 내 손등의 주문에 관한 내용을 앉아서 빠짐없이 정독했다.

마침내 모두 읽었을 때 묘한 얼굴로 고개를 들었다. 그러고는 리녹에게 돌아가자 청했다.

"가도 되겠나?"

"네? 네네."

방으로 돌아가는 길은 그리 길지 않았다. 리녹은 아무것도 묻지 않고 있다가 침실에 다다랐을 즈음에 입을 열었다.

"에이미, 너도 마법사인가?"

그의 말에 나는 손등을 내려다봤다. 아리송한 기분이 들었다.

"그…… 런 것 같아요? 의문형인 건 저도 몰랐던 사실이었기 때문이구요."

나는 그에게 손등을 보여주었다. 지금은 아무것도 없지만 마법을 쓸 땐 어김없이 문양이 그려지는 손등을.

"예전에 저희 외딴집 다녀온 것 기억하세요? 사실 그때 제 손에 이 주문이 그려졌는데……. 전 이게 뭔지 사실 몰랐어요. 대공님의 몸을 변하게 하고 치유주문을 쓸 때까지도요."

너무 가볍게 생각했지. 나는 그리 말하고는 고개를 숙였다. 책 속 내용이 스쳐 지나갔다.

「마타리. 간절히 바라는 것을 이루어 주는 위대한 주문. 하지만, 그 주문에는 대가가 따랐다.」

어쩐지 무시하면 안 될 것 같았던 구절과 그리고…….

「나는 그녀를 사랑했다. 그러나 끝내 이루어지지 못한 사랑이었다.」

……초대 대공에 대한 지나친 정보를 얻은 느낌이었다.

고민에 휩싸인 사이, 눈 위로 따뜻한 것이 내려오더니 내 눈을 감겼다.

"나만 봐주지 않겠나."

눈을 뜨자 어지럽던 글자들이 사라지고 오롯이 그가 있었다.

"……이렇게 쥐면 손을 다친다."

"아. 괜찮아요."

그가 주먹 쥔 내 손을 가져와 하나하나 펼치더니, 손가락 하나하나에 입을 맞췄다.

"내가 괜찮지 않아."

그런 그를 멍하니 바라보다가 나는 눈을 깜빡였다.

"저기 대공님."

"듣고 있다."

문득 던졌다.

"만져 봐도 돼요?"

그는 그대로 얼어붙었다. 한동안 얼어붙은 채 움직일 줄 몰랐다. 눈은 굴러가는 것 같은데, 마치 고장 난 로봇 같은 그의 모습을 보다가 손을 들어 올렸다.

"만져 봐도 돼요?"

그가 움찔했다.

"음, 제가 너무 오해하시게 말을 했나요?"

곰곰이 고민하던 나는 말을 바꿔보았다.

"대공님 여기저기를 조금만 건드려 볼게요."

"……그 말이 더 이상하게 느껴지는 것 같다만."

나는 미간을 살짝 찌푸렸다. 입술을 삐뚜름하게 비틀고 고개를 기울였다.

"왜죠? 왜 안 되나요? 대공님께서는 이미 제 여기저기를 건드리셨으면서."

이미 겪어봤다 이건가.

"에이미, 그 말에는 오해의 소지가 다분하다. 나는 네 여기저기를 건드려 보지 않았다."

"그동안 대공님이 하신 많은 말씀이 오해를 야기하셨다는 생각은 안 해보셨나요?"

"만지게 해준다면, 도전은 해보고 싶다."

"……저희 전혀 다른 얘기를 하고 있는 것 같은데요?"

……제가 언제 허락했죠, 선생님?

분명 내가 손을 뻗었던 것 같은데, 닿기는커녕 그가 덜컥 코앞까지 다가온 상황이었다.

"제 차례 같은데요."

"……그게 중요한 일인가?"

"중요하죠."

나는 그에게 잡힌 손을 빼고 다시 그의 손을 잡았다. 그의 손은 나보다 커서 손가락을 감싸 쥐었더니 손바닥이 꽉 차는 느낌이었다.

나는 손을 잡고 희희낙락 웃었다. 조금 전의 살짝 충격적인 책 속 내용들과 별개로 기분이 좋았다.

"늘 먼저 다가오셨잖아요. 이제 저도 이렇게 도전을 해보겠다는 거예요."

나는 그에게 깍지를 낀 손을 흔들며 미소를 숨기지 않았다. 그러다 멈칫했다. 리녹의 시선이 뚫어질 듯 꽂혔기 때문이었다.

너무 들떴나? 그 순간이었다.

"어, 어어? 대, 대공님?"

뒷걸음치던 나는 그만 발을 헛디뎠다. 시야가 휙 뒤집혔다. 등으로 푹신한 감촉이 느껴진다. 나는 천장을 바라보며 눈을 깜빡였다. 뭐야, 나 방금 분명 침대 앞에 서 있었는데? 넘어지는 것을 리녹이 잡아준 모양이었다. 곧 시야를 가득 메운 그의 얼굴을 볼 수 있었다. 그가 내 옆에 팔을 짚고서 나를 물끄러미 내려다봤다.

'자세가 참 야릇한 것 같은데.'

다른 때와 다르게 나는 그의 시선을 피하지 않고 마주했다.

"대공님."

나는 머뭇머뭇 입을 열었다.

"이런 말 좀 그런데."

이상하게 한번 둑이 터지니 와르르 쏟아져 나오는 기분이었다.

"오늘따라 참 잘생기셨네요."

이를테면 지금까지는 생각만 했던 것들?

"하긴 대공님은 몸도 좋으셨죠."

나는 그의 밑에 누운 채 재잘재잘 떠들었다. 이참에 전부 말해 봐야겠다 싶었으니.

"사실 그동안은 곤란해서 죽을 뻔했어요. ……모르셨죠? 모르셨으니까 계속 이러셨을 거야."

"……에이미."

"오늘은 옷을 모두 입으셨네요. 언제는 단추 좀 잠가 달라 부탁하고 채워줘도 제대로 안 입으시더니."

"에이미."

"저 듣고 있어요. 아직 안 끝났어요. 대공님 목소리는 근사, 읍."

그의 머리칼이 얼굴을 스치는 바람에 나는 입을 더는 떼지 못했다. 그의 정수리가 보였다. 코를 스치는 머리칼이 간질간질했다. 다시 눈을 뜨자 그의 얼굴이 어느새 멀어져 있었다.

그는 무릎을 세워 일어나더니 얼굴을 모로 돌렸다.

"그런 말을……."

달빛에 드러난 흰 목이 새빨간 색이었다.

"대공님."

난 누운 그대로 눈꺼풀을 팔랑팔랑 움직였다.

"……은근히 부끄러움 잘 타시는 것 같아요."

그러자 그가 내 손을 붙잡더니 손등에 그대로 얼굴을 묻었다.

"부끄러운 게 아니다."

"……그럼요?"

"네가 이리하면."

그는 조심스럽게 내 손을 잡아 줬다.

"어찌해야 할지 모르겠다."

보드라운 피부가 내 손바닥에 문질러지고서야 나도 정신이 퍼뜩 들었다. 그러나 이미 묘한 분위기가 침실 곳곳에 내려앉은 뒤였다.

"너를 아끼며, 지켜주고 싶은데."

돌연 그가 고개를 들었다. 나는 붉게 물든 얼굴에 숨을 삼켰다.

"동시에 네게 더 다가가고 싶다."

이전까지는 그가 여기서 물러났다면, 이번엔 내가 조심스레 그의 손을 잡았다.

"저도…… 만져 봐도 돼요?"

그가 천천히 끄덕였다. 그의 얼굴로 손을 뻗었다. 손끝이 아주 살짝 뺨에 닿았다. 목울대가 넘어간다. 내가 제안해 놓고서도 잔뜩 긴장되는 느낌이었다.

이내 용기를 내어 손바닥까지 그의 뺨에 대보았다. 그의 눈꺼풀이 느리게 감겼다. 눈이 감긴 얼굴은 장인이 만들어낸 걸작처럼 아름다웠다. 내 손이 닿아도 될까 싶을 만큼. 손에 물감이 묻어나올 것 같은 살아 있는 그림.

"손이 멈췄군."

나는 손을 멈춘 그대로 웃음을 뱉었다. 그러고는 장난치듯 그의 뺨에 동그라미를 그렸다. 눈을 뜨려던 그가 멈칫했다.

"아니, 음 그냥."

리녹이 눈을 떴다.

"이 좋은 걸 대공님만 했나 싶어서요?"

깊은 그의 두 눈을 바라보며 웃었다. 서재에서 책을 고르고 읽느라 시간을 많이 쓴 탓에 벌써 새벽이었다.

"이만 잘까요?"

이리 말했지만, 느꼈다. 오늘도 제대로 자기는 글렀구나.

그래도 이전과는 다르게 나쁘지 않은 기분이었다. 이대로 정말 리녹의 마법을 풀 수 있는 확실한 단서를 찾을 수 있기를 바라며.

△

"너희, 합방을 한다더구나."

"푸흡."

가까스로 뿜기를 참아낸 나는 얼른 손수건으로 입을 닦았다. 그동안에도 어머님은 눈살 한 번 찌푸리지 않고 나를 바라봤다.

"저, 선대공비님."

"이름이 좋겠구나."

"네. 아이헨나 님."

리녹과 고대 마법 서적이 가득한 서고를 다녀온 다음 날이었다.

'결국 정말 잠을 못 자긴 했지.'

지금까지 그와 밤을 지내며 잠을 자지 못한 적은 꽤 있었지만 어제는 조금 다른 느낌이었다. 뭐랄까. 조금, 조금 더……. 고삐 풀린 마차에 탄 느낌?

걱정이 되는 건 더는 리녹이 아니었다. 문제는 나였다.

'시방 나는 지금 한 마리 짐승이다.'라는 생각이 현실로 다가오고 있었다. 아니, 이제 와서 '단추를 풀고 반라로 자던 그때가 좋았어요.'라고 할 수도 없고.

'……너무 솔직한가? 이상하게 보지 않을까?'

어쨌거나 아직은 리녹의 마법에 대한 큰 단서가 나오지 않은 마당이라 앞서 나가면 안 될 것도 같았다.

"에이미, 언니는 네가 연애를 하더라도 신중한 교제를 하면 좋겠어."

나는 진지하게 고민했다.

'가이드라인이 필요하긴 해. 아니면 손이 멋대로 움직일 것 같단 말이지.'

어느새 난 손을 쥐었다 펴고 있었다. 그렇다면 일단 호감을 보인 상대에게 허용되는 스킨십 범위는 어디까지인가?

"무슨 생각을 그리 하니."

"아……. 음, 네. 어."

그녀의 진지한 시선에 나도 모르게 사실대로 고했다.

"관계에 따라 접촉이 어디까지 허용되나 하는 생각이요……?"

말을 하고 보니 다소 두서없었지만 아이헨나 님은 찰떡같이 알아들은 듯했다.

"내가 제대로 알아들었다면, 현재 내 아들과 애정표현에 관해 문제가 있다는 거니?"

"음, 네? 아뇨. 아뇨. 문제라기보다는."

그런데 잠깐, ……나 지금 호감 가는 남자의 어머니에게 연애 상담을 받고 있는 것 같은데.

나는 입을 딱 다물었다. 그러자 이번엔 어머님이 돌연 툭 던졌다.

"못하니?"

"……네?"

우아하게 찻잔을 내려놓으면서 할 말이 아닌 것 같은데, 태연한 얼굴에 당황한 쪽은 나였다.

"못하냐고 물었단다. 그건 아무래도 문제가 아니겠니."

"아뇨. 아뇨아뇨! 아닙니다. 그건 아닌데……."

어쩌다 대화가 이리되었나 싶으면서도 얼른 고개를 저었다. 리녹이 못 하냐니. 어감이 이상하긴 한데…….

'오히려, 그쪽은 아니지.'

문득 떠올린 것은 밤의 숲에서 했던 첫 키스였다. 그때는 경황없이 지나가긴 했는데. 그거, 잘한 거 아닌가?

"솔직히 잘……. 이 아니라. 그, 같은 방을 쓰는 것은 어떻게 아셨어요?"

이것도 로테가 알려줬나?

"조금만 귀를 기울이니 들려오더구나."

나는 고개를 갸웃했다. 사용인들의 입이 가벼운 편은 아닐 텐데. 물론 나와 리녹이 같은 곳을 쓰는 게 공공연한 일이라 해도 말이다.

어머님은 본 저택으로 온 지 며칠 되지 않았음에도 이런저런 소문을 들을 정도로 훌륭하게 적응하셨다.

"신기하게 보는 시선이구나. 궁금하니?"

더구나 이렇게 눈치도 빠르고. 찻잔을 들거나 놓는 동작은 매우 우아했다. 오히려 내게 예법을 지키지 않느냐 운운해도 할 말이 없을 것 같은데. 의외로 내게 무어라 하지 않는 것도 신기했고.

나는 고개를 저었다.

"아뇨 이곳에 잘 적응하신 것 같아서요. 여기서 뿌듯하다고 표현하면 무례한 것이려나요?"

"그렇진 않단다. 내가 지나치게 적응을 잘할 뿐만 아니라 눈치까지 빠르다고 이미 생각하고 있지 않니?"

"네? 아, 아하하……."

"그리 어렵지 않은 일이란다. 이런 짐작 정도는 말이다. 내, 갇혀 있는 세월이 길긴 했으나 이전엔 밥 먹듯이 당연한 일이었단다."

"오래전에요?"

"그래."

그녀가 잠시 먼 곳을 바라보다가 톡, 하고 찻잔 손잡이를 가볍게 쳤다.

"보통 몸에 밴 것은 잘 잊히지 않는 법이더구나."

하긴. 자전거는 한번 몸에 익히면 오랜 시간이 지나더라도 몸이 기억한다고 한다. 어머님에겐 이전 생활이 그랬던 걸까?

"피 끓는 노력으로 욱여넣었던 예법 따위는 이렇게 금방 몸이 기억한다는 얘기지."

"하하⋯⋯. 그렇군요? 아이헨나 님 눈에서는 제가 많이 무례하게 느껴지실 수 있겠어요. 전 부끄럽지만, 예법은 전혀 알지 못하는 분야거든요."

"부끄러운 일은 아니지."

그녀가 딱 잘라 말했다.

"그저 살아온 세월이 달랐을 뿐이잖니? 곰과 토끼의 생활 방식이 달라도 누구도 무어라 하지 않는 것처럼."

환경이 다르니, 차이는 당연하다고 말을 하는 걸까? 맞는 말이긴 했으나 귀족인 그녀가 이야기하니 신기했다.

"사실 예법이야 필요할 때 나올 수 있을 정도면 충분해. 늘 그리 생각했으나, 멍청한 내 아비는 영 느끼지 못하더구나. 피곤한 일이었지."

"엄, 중간에 말씀하신 그분은."

"2대 전 대공이란다. 내 아버지이자, 내 아들에게는 조부 되겠구나."

아이헨나 님은 그리 말하고는 찻잔에서 가볍게 손을 떼어냈다.

"그래서 약혼은 언제 하니?"

"⋯⋯네?"

"이런, 기억하지 못한다면 한 번 더 얘기해도 괜찮단다. 널 내 며느리로⋯⋯."

"아뇨아뇨. 기억했어요! 그, 말씀은 감사하지만⋯⋯."

"하지만?"

"저 굳이 따지자면 이제 막 호감을 표현한 정도라서요."

그녀가 뺨에 손을 댄 채 눈을 느리게 깜빡였다.

"밤을 보낸 것이 아니니?"

"보낸 건 맞는데……."

……그 밤이 그 밤은 아닐 겁니다. 어머님. 나는 저택 사람들도 오해하고 있는 사실을 시간을 들여 해명했고, 그녀가 끄덕였다.

"내 아들도 참, 매력적이진 않은 모양이구나."

……네? 어떡하면 그런 결론이 도출되는 걸까.

"아이헨나 님, 대공님께…… 미안해하고 계신 것 아니셨어요?"

"물론 그런 마음은 있지. 하지만 이건 별개라 생각한단다. 허물을 덮어 줄 수는 없잖니."

그 허물을 덮어 주는 게 정 아닙니까? 이 건조한 반응은 무엇인가. 나는 당황을 숨기지 못했다.

"보통 남성의 매력은 덮치고 싶을 만큼 매력적이냐 아니냐에 달린 것이 아니니?"

……그건 대체 어느 나라 기준이죠?

"아하하. 무슨 말씀이신지 이해는 했는데, 그 저희에게 사정이 있어서요."

"그 사정을 딛고 함께할 만큼 매력적이진 않았던 모양이구나."

"아니, 왜 자꾸 결론이 그렇게……."

"그럼 나는 어떠니?"

"네?"

나는 몰아치는 어머님의 말에 정신이 하나도 없었다.

"나는 곧 공식적으로 선대공비로서 지위를 회복할 거란다. 대공비가 나타나기 전까지는 내게 권한이 주어진다는 얘기란다."

"네? 아 네. 들었어요."

"이건 대공도 허락한 일이니 재산도 나눠 가지겠지."

찻잔을 밀어놓은 어머님이 팔을 굽혀 턱을 느슨하게 괴었다. 신기하게도 리녹과 같은 얼굴에 묘한 느른함이 스몄다.

그녀는 입술을 끌어올렸다.

"내게 은혜를 베푼 너 하나를 먹여 살리기엔 충분하단 얘기란다."

네 갑자기요? 어찌 반응하면 좋을지 몰라 그저 눈만 깜빡였다.

"네가 내 아들과 한집에 사는 것이 부담스럽다면 옆집에서 시작하는 방법도 있다는 얘기이지."

"……저, 말씀 중에 죄송한데……. 한집이랑 옆집이랑 무엇이 다른가요?"

"글쎄, 옆집이라면 어미인 나와 먼저 알 수 있지 않겠니? 나와 먼저 친해지자는 얘기란다."

그녀가 그윽한 미소를 지었다.

"책에서 보니 함께 아들 흉을 봐주는 시모가 최고라고 하더구나."

……그 책 조금 이상한데요?

내가 만약 귀족이었고, 리녹의 약혼자였다면 나름 혹할 만한 제안이긴 한데. 어머님, 그런데 제게 리녹의 얘기를 해주시기엔…… 그동안 오래 떨어져 지내시지 않았나요?

"저택은 언제든지 준비할 수 있으니. 언제든 말만 하렴."

……아니, 이건 대체 무슨 유혹이야. 나는 얼떨떨한 표정으로 빠르게 고개를 저었다.

"아뇨. 아뇨아뇨. 제가 무얼 했다고요."

"농이란다."

와. 진지한 리녹 얼굴과 똑같아서 진짜인 줄 알았네.

내가 한숨을 내쉬자 어머님은 짓궂은 미소를 지으며 언제든 기회가 있다며 심장을 한 번 더 떨어트리는 발언을 이었다.

"내 아들이 많이 귀찮게도 굴겠구나. 이 집안사람들의 특징이란다."

그녀가 자신의 뺨에 올린 손가락을 움직였다.

"각인이라 표현하면 좋을지. 한번 정한 대상을 잊지 못하지. 나는 그래서 이리 표현한단다."

"아, 그건 고대 마법에 걸린……."

그녀가 고개를 저었다.

"내 아들 같은 사람에게 국한된 일은 아니란다. 나를 보렴."

"네?"

천천히 고개를 돌린 어머님의 옆모습으로 쓸쓸함이 스쳤다.

"결국 쓰레기 같은 남자를 만나 후회하면서도 그 남자가 죽을 때까지 놓지 못했던 것처럼."

그녀가 입술을 끌어올렸다.

"이건 이베르크의 특징이지. 이베르크의 자식들은 백이면 백, 외탁이란다."

나를 다시 바라본 얼굴에는 조금 전의 쓸쓸함은 온데간데없었다. 평온하고 담담한 표정을 마주한 나는 입술을 달싹였다.

내가 지금 잘못 알아들은 게 아니지?

"저어, 잘못 들은 것이 아니라면 외탁이란 말은……."

"무슨 말이겠느냐. 내 성을 물려주었다는 것이지."

그러고 보니 조금 전 대화에서도 그녀는 2대 전 대공, 즉 리녹의 소부가 그녀의 아버지라고 했다. 그러니까, 외조부가 아니라.

"네가 제대로 생각한 것이 맞단다. 나는 2대 전 대공의 외동딸이었지. 차기 대공 후계자 말이다."

"하지만……."

"내 아버지는 딸이 후계자인 점이 평생 못마땅해 사위로 들인 남자에게 대공의 지위를 넘겼지. 어리석게도 나 또한 동의했던 일이란다. 이제는 세월 속 스캔들로 남았겠지."

그녀가 꼿꼿이 허리를 세웠다.

"적법한 대공은 나란 얘기란다."

새까만 머리 아래 푸른 눈을 드러낸 그녀는 리녹처럼 밤을 등진 짐승과도 같은 분위기를 자아냈다.

"내 남편은 죽을 때까지 나의 외도를 의심했지."

휘어진 입술에 냉소가 걸렸다. 그러나 그녀의 눈에는 가늠할 수 없는 것들이 스쳤다.

"그게 사실은 아주 우스운 얘기란다. 내가 어떤 자식을 낳았더라도 그 아이는 이베르크였을 테니."

잠시 말을 잇지 못한 나는 천천히 입을 떼어냈다.

"그럼 왜……."

반평생을 그곳에 갇혀 있었느냐고. 튀어 나오려던 물음은 끝까지 나오지 못했다. 그러나 그녀는 그것만으로 알아들은 듯했다.

"아가, 사랑은 어리석고도 위대한 마법이지."

그것이 진짜 마법이 아닌 빗대어 말한 것임을 알아들을 머리는 있었다. 그녀는 귀부인의 눈을 벗어나 처음 보았을 때처럼 날것에 가까운 시선을 드러냈다.

"이베르크는 곤란하게도 이 마법에 걸린 순간."

푸른 눈이 느릿하게 깜빡였다.

"평생을 풀 수 없게 된단다."

흐드러진 미소가 시리도록 아름다운 얼굴에 자리했다. 그녀는 턱을 괸 손을 풀어 내 손을 툭 건드렸다.

"이것은, 이베르크 중 고대 마법에 걸린 자들에게 더욱 강하게 작용하는 주문이지."

그녀가 덧붙여 말했다.

"아가, 혹시 너는 내 아들과 입을 맞췄니?"

나는 대꾸하지 않았다. 순간 말문이 막힌 터라 대꾸하지 못한 것에 가까웠다. 그녀는 그저 묻는 것이 아니라 일정 부분 짐작, 확신을 하는 것 같았다. 말을 하지 못한 것은 어느 쪽이 옳은 대답일지 몰라서였다. 그렇다고 거짓을 말하고 싶지 않았으니까.

"아니, 아니란다."

그런데 무어라 하기도 전에 어머님이 먼저 입을 열었다.

"못 들은 것으로 하렴."

"네?"

무어라 할지 몰라 고민하고 있던 참에 그녀가 이렇게 말하자 오히려 호기심이 생겨났다. 짧게 보았지만 그녀는 말을 돌리거나 지레짐작하게 만들지 않는 성격이었다. 쉽게 말하면 직구를 좋아하신다는 거다.

"내 짐작이지만 조만간에 대공이 직접 말을 할 것 같구나."

그녀가 단정한 어조로 말했다.

"이런 건 본인에게 직접 듣는 게 옳다 생각한단다."

무엇인지 몰랐지만 나는 천천히 고개를 끄덕였다. 궁금하긴 했으나 묻는다고 그녀가 답을 해주지는 않을 것 같았다. 내 끄덕임에 그녀는 의외라는 시선을 보였다.

"생각보다 쉽게 동의하는구나."

"그런가요?"

다시 찻잔을 드는 그녀를 보며 나도 슬그머니 잔을 들어 올렸다.

"대공님이 곧 말씀해 주실 일이라면 기다리는 게 맞다 싶어서요."

나는 조심스레 웃어 보였다. 지금 내가 비교적 태연한 것은 어머님이 괜한 말을 한 것이 아니라 생각할뿐더러 내 마음가짐이 달랐기 때문이었다. 결심했기 때문일까. 마음가짐이 달라지니 상황을 받아들이는 태도도 달라졌다. 리녹이 내게 어떤 말을 아직 하지 않은 것인지 모르지만 지금 마음 같아서는 무슨 말을 하더라도 침착할 수 있을 것 같다. 물론, 놀라지 않는 건 무리일 것 같다. 나는 아직도 대공님 얼굴만 봐도 깜짝깜짝 놀라니.

이게 다 리녹이 아름다운 얼굴이라서 그렇다. 매일 봐도 새롭게 잘생겼거든. 아무튼 리녹이 어떤 말을 하더라도 괜찮을 것 같다는 조금은 태평한 생각이 들었다. 물론 아직은 어떤 말인지 모르지만. 그래, 더는 놀랄 일이 있겠어?

"그런데 대공님이 곧 제게 말씀하실 거란 것은 어떻게 아세요?"

"이베르크는 비슷하니까."

달칵. 그녀는 찻잔을 내려놓았다. 깔끔하게 비워진 찻잔 속이 언뜻 눈에 들어왔다.

"내가 아이를 키우지도 않았고, 더구나 같이 보낸 시간이 없다시피 한데도…… 대공과 내가 닮았다고 생각하지 않니?"

아. 나는 고개를 움직여 긍정했다. 확실히 두 사람은 떨어져 산 시

간이 이토록 긴데도 닮은 구석이 많았다. 단순히 외양뿐만이 아니라 자잘한 버릇이나 말하는 방식, 상대를 설득하는 방법. 그리고 일부 성격까지.

"이베르크 핏줄에는 공통된 성질이 있지. 차갑고 무뚝뚝한 것이나 대체로 반려 하나만을 본다는 점."

"아, 네."

"그리고 고집이 세고, 무언가를 오래 숨기지 못한다는 점 또한 그렇지."

그러고 보니 리녹이 그렇긴 했다.

"잘해주고 싶어 어쩔 줄 몰라 하거든. 대공도 딱 그런 심정일 게야."

"음……."

나는 순간 방안에 산더미같이 쌓여 있던 드레스들을 떠올렸다. 크기도 색도 모두 제각각이었던 옷들.

"확실히 그러하지?"

……부정할 수 없는 사실이긴 한데. 어느새 끄덕이며 그녀에게 집중했다.

"그러니 머지않아 말을 할 거란 이야기란다. 어쩌면 숨기고 있다는 자각조차 없는 걸지도 모르지."

"모른다니요?"

"그저 네가 묻지 않아서 말을 하지 않은 것일 수도 있다는 거란다."

확실히 리녹 성격에 굳이 내게 무언가를 기를 쓰고 숨기려 들지는 않을 것 같다. 오히려 그는 이 저택을 빠져나가려던 날 나를 붙잡아 모든 마음을 토로하지 않았던가. 얼마나 절절했던지. 더구나 세레나의 얘기 또한 내가 묻지 않아서 말을 하지 않았다는 인상이 강했다.

나도 모른 척하려 했지만.

"짧게 봤으나 나와 비슷한 점이 많은 아이더구나. 그러니 짐작하는 것 또한 어렵지 않은 일이지."

"그렇군요."

곰곰이 고민에 잠겼다. 그동안에 어머님은 나를 살짝 보더니 보일 듯 말 듯 미소를 걸었다.

"이제 와서 참 염치없지만 그 아이와 가까워지기를 진심으로 바란단다."

"아. 그렇게 되실 거예요."

"그리고 너와 가까워지고 싶다는 마음 또한 진심이란다."

"네?"

"며느리 사랑은 시모라지?"

……잘못 알고 계시는 것 같은데요. 어쩐지 곤란한 대화가 이어질 것 같아 난감한 웃음으로 마무리했다.

"저택을 지어주겠다던 제안은 여전히 유효하단다."

"아하하……."

……저를 자꾸 왜 꼬시려 드세요, 어머님.

"차 맛이 좋구나."

그녀는 다 비운 찻잔을 조금 아쉽다는 듯이 바라봤다. 담담하고 평온한 얼굴인데 가끔씩 이런 감정이 스치곤 했다.

"차를 좋아하세요?"

"좋아하는 편이지. 하지만 실은……."

"실은요?"

어머님이 **뺨** 위로 손을 가볍게 올렸다.

"차보다는 달달한. 그래, 과일 주스를 좋아한단다."

"네? 어……. 의외의 취향이시네요?"

"내 아비도, 내 남편도 그리 말하더구나."

난 얼른 고개를 저었다.

"아뇨. 어울리지 않는다고 한 건 아니었어요. 그저 차를 워낙 맛있게 드셔서 의외였던 거죠. 무엇을 좋아하든 자기 마음인걸요?"

나는 오해를 바로잡고는 방싯 웃었다. 그러자 아이헨나의 눈이 잠시 빛난 것도 같았다.

"그래. 뭐 어떠하니."

그녀는 그대로 미끄러지듯이 팔을 움직여 턱을 괴었다.

"내가 연륜에 맞지 않게 달콤한 것을 좋아하는 것도, 어린 시절부터 수틀보다는 무기 수리하는 것을 좋아하는 것도. 누구든 무어라 할 수 없는 취향이 아니겠니."

잔주름이 남은 그녀의 눈이 아름다운 호선을 그리며 휘어졌다.

"그런데 말이다. 대공을 잘 보렴. 내 아비도 그리 나를 다그치면서, 사실 단것을 좋아했거든. 우습게도 말이다."

"그러니 대공님도 단것을 좋아할지도 모른다고요?"

"그럴지도 모른다는 것이지."

아이헨나 님이 짓궂은 표정을 보이며 웃어 보였다.

"이를테면 여기 이런 쿠키를 한번 줘보렴. 먹이 삼아 말이다."

"……아니, 먹이라뇨. 대공님이 짐승도 아니시고."

"그렇지. 대공은 짐승이 아니지만, 여자는 다 짐승이란다."

……네?

"언제든지 내 아들이 마음에 든다면……."

어머님의 미소가 깊어졌다.

"덮쳐도 된다는 말이란다."

……아니, 그건 어머님이 허락하실 일이 아닌 것 같은데요.

나는 말을 잇지 못했다. 어쩐지 호감 가는 남자의 모친이 그를 예식장 문 앞까지 끌고 와서 문 안으로 밀어주는 느낌인데.

"어……. 고려해 볼게요."

일단 이렇게 말하지 않으면 계속 이어질 것 같아 얼른 찬성했다. 사실 가슴 한편으로는 진짜 올라타면 어떻게 되나 궁금하기도 한데.

……이러니 언니가 발랑 까졌다고 뭐라 해도 할 말이 없을 것 같지만. 언니도 겪어 보면 달랐을 거야, 나는 애써 합리화하며 고개를 내저었다.

"그러고 보니 겨울 이맘때쯤에는…… 경매가 열렸는데."

"경매요?"

그녀가 새롭게 꺼낸 화제에 얼른 관심을 보였다. 덮치라는 말보다는 나을 것 같으니.

"그래. 아직도 하는지는 잘 모르겠구나."

그녀가 우아하게 자신의 뺨을 톡톡 두드렸다.

"듣기론 내내 저택 안에서만 지낸다 들었는데, 답답하지 않으니?"

그건 그랬다. 물론 숲속에서나 산속에서도 집 안에서만 생활을 했지만, 그때는 원한다면 어디든 나갈 수 있었으니까. 지금은……. 나간다고 하면 낮이든 밤이든 울면서 찾아올 얼굴이 선했다.

"그렇긴 한데, 제가 도망가려다가 붙잡힌 적이 있어서요."

"들었단다."

"……대체 어디까지 들으신 거예요?"

탑에서 나오신 지 일주일도 안 되지 않으셨나요? 내 말에 어머님
은 대꾸 없이 보일 듯 말 듯 입술만 끌어올렸다.

"글쎄, 그건 중요하지 않은 것 같구나."

그리 말하는 어머님의 유려한 얼굴이 그대로 기울어졌다.

"내 말의 요지는 밖에서 산책, 그래, 데이트라도 한번 해보면 어떻
겠냐 물은 것이니."

"데…… 이트요?"

"그래. 뭐가 이상하니? 표정이 이상하구나."

아니, 밖에서 만나고 노는 걸 데이트라 하지. 그건 맞는데 어머님
의 입에서 나오니 기분이 묘했다.

"아뇨. 아뇨아뇨. 아니에요."

그런데 데이트라 하면, 밤의 리녹을 가리킨 거겠지? 아이랑 데이
트를 하지는 않을 거니.

"밤에는 나가기 힘들지 않을까요?"

그렇다고 매번 낮의 리녹에게 마법을 쓸 수도 없고. 몇 번씩 반복
되면 분명 상처받을 테니까. 게다가, 나가더라도 가게고 뭐고 다 문
을 닫지 않을까 싶은데.

보통의 데이트를 떠올리는 동안 어머님이 가볍게 고개를 저었다.

"만약 아직도 경매가 매해 이어지고 있다면, 괜찮을 것 같구나. 이
베르크 근처 상업 도시 샤르이에서 열리는 경매는 한밤중에 여는 것
으로 유명하니 말이다."

"그래요?"

오랫동안 숲과 산에서 살았던 터라 유명한 도시에 관해 잘은 알지
못했다.

확정적으로 생각한 건 아니지만 흥미가 일긴 했다. 오랫동안 도피 생활을 쭉 이어온 탓에 삶을 꽤 무료하게 보냈으니까.

"대공과 한번 이야기해 보렴."

어머님이 그렇게 얘기한 순간이었다.

끼이익. 문이 활짝 열리더니 그 사이로 자그만 발소리와 짐승의 발소리가 우다다 달려왔다. 내게로 달려온 발소리가 멈춘 순간, 눈앞에 상기된 얼굴이 보였다.

"에이미!"

아이가 발갛게 상기된 얼굴로 내 손을 붙들었다.

캉캉!

동시에 함께 달려온 하양이가 다리에 활발하게 매달렸다.

"에이미! 오늘, 베이커가."

캉! 캉캉! 캉!

아래위로 붙들린 나는 둘을 번갈아 응시했다.

"……저기, 순서대로 얘기해 줄래?"

너희 둘이 목소리가 섞여서 잘 안 들린단다.

그러자 아이와 하양이가 서로를 마주했다. 잠시 시선에 불꽃이 튀는 것도 같았다. 보통은 이럴 때 하양이가 꼬리를 말곤 했는데……. 오늘은 하양이도 지지 않는 것 같다.

"흐."

바로 그때, 작은 바람 소리가 들렸다. 고개를 돌리자 턱에 손을 가져다 댄 어머님이 있었다. 웃음을 터트린 그녀가 눈을 들어 올렸다. 남빛에 가까운 푸른 눈에 가늠할 수 없는 것이 잠시 담겼다.

"사랑받는구나."

"네? 아."

아니라고 하려다 말고 입을 다물었다. 어린 리녹이 빤히 쳐다보고 있었다. 나는 얼른 그의 머리를 쓰다듬어 주었다. 아이의 뺨이 다시 발그레해졌다.

"저건 혹시, 펜릴이니?"

어머님이 가리킨 쪽은 하양이었다.

"네? 아. 맞아요. 어떻게 아셨어요? 이것도 들으셨나요?"

로테가 말을 하기라도 했나?

그러나 그녀는 그건 아니라고 말했다.

"어린 시절부터 보고 들은 것이 있어 짐작해 본 것이란다. 이베르 크 직손이라면 모를 수가 없지."

하양이를 향한 어머님의 손이 허공에 빙글 원을 그렸다.

"주변으로 은빛이 도는 갯과 짐승의 늑대가 흔하겠니."

하양이 주변으로 은은하게 맴도는 은빛을 덧그리듯이.

"그런데 가만 보니 저 새끼 펜릴은 대공을 따르는 것 같진 않구나."

"네? 맞을걸요? 늘 어린 대공님 쪽을 쫓아가는걸요."

"힘으로 누른 것을 따른다고 할 수는 없지. 주인 말이다."

주인이라니. 마법 늑대라는 펜릴에게 그 호칭이 마땅한가 의문이 들었다. 어쨌거나 계약한 쪽은 리녹이었으니 그런 호칭도 리녹이 가 져가는 게 맞지 않나?

"계약은 대공님, 그러니까 대대로 이베르크 대공 각하와 펜릴이 하는 것 아닌가요?"

"글쎄. 주인으로 모시는 건 아마 다른 얘기일 거란다. 이 땅의 침 락사들을 해치우거나 보모로서라면 계약자가 우리겠지만. 주인은

144

꼭 이베르크가 아니어도 되겠지."

"돌보는 것과 따르는 것은 다른 것이라고요?"

"그래."

어머님이 천천히 자리에서 일어났다.

"누굴 주인으로 모시든 그건 늑대의 마음이지."

그 말에 나는 발치에서 낑낑대던 하양이을 안아 들었다. 리녹의 눈이 뾰족해지기 전에 잽싸게 한 손은 아이의 손을 잡고서.

고개를 내려 늑대의 하늘빛 푸른 눈을 쳐다봤다.

"하양아, 너 내가 더 좋니?"

묻기가 무섭게 하양이가 커다랗게 짖었다. 아이고 깜짝이야.

그러더니 늑대의 눈이 반달처럼 휘어졌다. 개들에게도 미소가 있다던데 하양이가 활짝 웃는 것 같았다. 맞다는 듯이.

왕! 왕왕왕! 왕!

"늑대의 뜻은 확고한 것 같구나."

아이헨나의 말에 나는 황당함을 숨기지 못했다. 아니, 잠깐만 내가 정말 주인이라고? ⋯⋯너 나랑 얼마나 봤다고 이래.

"아직 어린데⋯⋯ 요?"

"펜릴 사이에서는 마력을 다룰 정도가 되면 의사 결정을 존중한다고 들은 것 같구나."

마력을 다룬다⋯⋯.

나는 하양이가 나를 도와 눈을 내린 것을 떠올렸다. 허어. 더는 당황할 일이 없을 거라 생각했는데 아니었나 보다.

"하양아, 야, 하양아. 아니지? 응? 너 다시 생각해 봐. 이게 말이 되니?"

우리가 얼마나 봤어. 내가 좋은 사람인지 나쁜 사람인지를 떠나서 이렇게 쉽게 결정하면 안 되는 거 몰라?

그러나 이어진 말에 아기 늑대는 모르겠다는 듯 고개를 갸웃했다.

낑?

……그래. 알아듣지 못할 네게 무슨 말을 하겠니.

"너 정말 내가 좋아?"

캉!

"……왜 좋아?"

차분하게 진정한 후에 이렇게 물었을 때였다. 나는 고개를 돌렸다. 허리 아래에서 내 손을 잡아당긴 아이가 고개를 들어 올렸다.

"에이미."

아이가 비장하게 입을 열었다.

"내가 더 좋아해."

……어?

"어? 어어. 으응. 고…… 마워?"

"더 많이."

"아, 그렇지."

아이의 눈가가 살짝 붉어지기 시작했다.

"……더 많이 좋아한단 말이야."

나를 잡지 않은 손으로 주먹을 쥔 아이가 입술을 꾹 깨물었다. 그 순간 미세하지만, 꽃병이 흔들리는 것을 보았다. 나는 얼른 하양이를 내려놓았다. 그러고는 그의 앞에 쪼그려 앉았다.

"그럼! 그럼 물론이지. 나도 녹스를 좋아해. 좋아하고말고! 하양이보다 더 오래 알았잖아."

"······정말?"

"물론이지!"

······끼잉?

······아니, 하양아. 그렇다고 너도 이렇게 나오지 말고.

이번엔 내가 울고 싶을 차례였다. 아니, 이게 무슨 때아닌 육아야? 거듭되는 아이와 하양이 사이에서 어쩔 줄 모르고 쩔쩔매는 순간이었다.

저벅. 아이의 앞으로 긴 그림자가 드리웠다.

"아이헨나 님?"

어느새 다가온 어머님이 아이를 빤히 내려다보았다. 그녀의 눈으로 잠시 조심스러운 시선이 스친 것도 같았다.

······움찔. 나를 보채던 어린 리녹이 내 다리 뒤로 뒷걸음질 쳤다. 쉽사리 겁을 먹는 아이는 아니었는데, 겁먹었다기보다는 경계하는 아기 강아지 같았다. 그러나 어머님은 아무것도 하지 않고 그대로 팔을 뻗었다. 그녀의 손끝에 놓인 것을 본 순간 나는 눈을 동그랗게 떴다.

"······좋아하니?"

어린 리녹이 내 다리 뒤로 빼꼼 고개만 내밀었다. 아이헨나의 손에 있는 것을 보고 조금 놀란 듯했다. 망설이던 아이가 천천히 손을 움직여 그녀의 손바닥에 있던 작은 쿠키를 가져갔다.

"단것, 달콤한 것······. 좋아하나 보구나."

······끄덕.

혈육이라는 걸까? 조금 신기한 광경이었다. 리녹에게 그렇게 잘해주던 언니조차도 가까워지는데 시간이 꽤 걸렸는데. 이렇게 쉽사리 대답해 주는 것을 보면.

"그래. 나도 어릴 때 단것을 좋아했단다, 그리고 지금도."

잠시 숨을 멈췄던 어머님이 그리 말했다.

"아무래도 우린 닮은 모양이구나."

아이헨나 님이 다시 한번 손을 뻗었다.

"내게 다시 한 번만 기회를 주겠니?"

"……."

"지나가 버린, 너의 어린 시절을 볼 기회를."

망설이던 아이가 나를 보았다. 나는 괜찮다는 듯이 끄덕여 주었다.

……끄덕.

아이의 고개가 움직이고, 그녀가 입꼬리를 늘어트렸다.

"……그래, 리녹."

그녀의 목소리에 섞인 벅차오름이 어떤 감정이었을지. 나로서는 감히 짐작할 수 없었다.

△

그날 밤.

여느 때와 같이 리녹의 침실에서 보내는 밤이었다.

"에이미."

"부르셨어요?"

그러나 리녹은 내 옆에 앉는 대신에 선 상태로 한곳을 지그시 응시했다.

"저건 내제 뭐지?"

그가 바라보던 곳에는 쿠키가 산더미같이 쌓여 있었다. 테이블을 바라보는 그의 시선이 묘했다. 나는 아무것도 아니라는 듯이 가볍게 웃어 보였다.

"뭐긴 뭐예요. 쿠키지. 단 거요."

"그건 나도 안다. 왜 저기, 저렇게 많이 있느냐는 것이지."

"음, 대공님. 쿠키 좋아하세요?"

리녹의 등이 잠시 굳었다. 그는 자연스럽게 다시 움직였으나 나는 똑똑히 보았다.

"……그건 왜 묻나?"

"단것은요? 좋아하세요?"

그의 미간이 찌푸려졌지만 나는 구분할 수 있었다.

"혹시, 지금 당황하셨어요?"

움찔.

"……당황하셨구나."

"아니다."

생각해 보면 숲속에서는 설탕을 구하기 힘들었기에 사탕과 같은 군것질거리도 찾기 어려웠다. 있어 봐야 야생 과일의 씁쓸한 단맛 정도?

"대답하는 게 뭐 부끄러운 일이라고 그러세요."

나는 어깨를 으쓱이며 눈을 깜빡였다. 그러고는 그가 있는 쪽으로 느지막이 걸어가 고개를 내밀었다.

"응?"

그가 슬그머니 고개를 돌렸다.

"……않은가."

"네? 안 들려요."

나는 그제야 그의 목이 붉어졌음을 깨달았다. 왜 가까워지지 않나 했더니만. 곧 그에게서 아주 조그만 목소리가 튀어나왔다.

"……대공인 내가 단것을 가장 좋아한다고 하면 이상하지 않은가."

"……이상하긴요."

나는 억지로 웃음을 꾹 참았다.

"……위엄이 없어 보이고."

"큽, 위엄은 단것에서 나오는 게 아닌."

"안 멋지다."

"푸흡."

빨개진 채로 변명하듯 중얼거리는 남자가 이렇게 느껴질 줄은 몰라서.

"……네게 멋지게 보이지 않는다."

아니. ……덩치 큰 남자가 이렇게 귀여워 보여도 되나? 어쩐지 배꼽 쪽이 간질간질한 기분이었다. 언니가 가끔 나를 보며 참지 못하는 표정을 지을 때마다 이상하다 여겼지만, 이런 기분이었던 걸까? 언니는 그럴 때마다 나를 와락 껴안거나 나를 간지럽혀서 눈물이 쏙 빠지도록 웃게 만들곤 했다.

손가락을 꼼지락거리던 나는 이내 확 손을 뻗었다.

"잡아도 되죠?"

"에이미?"

나는 그의 팔을 붙잡고 배시시 웃었다.

"대공님도 대답 떨어지기도 전에 붙잡곤 하셨으니 저도 이렇게 할 거예요."

"……."

"이렇게. 이렇게도 할 거고."

나는 그의 팔 사이로 비집고 들어가 그의 손가락을 붙잡고 하나하나 오므려 주었다.

"그리고 이렇게도…… 으앗!"

그의 커다란 손에 내 손이 덮어지는 건 순식간이었다. 눈을 뜨니 그의 기울어진 얼굴이 코앞에 있었다. 그의 얼굴이 가까워진 것은 자주 있던 일이었지만 오늘은 조금 달랐다.

"그럼 난. 이렇게 해도……."

그의 얼굴이 좀 더 기울어졌다. 마치 키스라도 하려는 듯이.

"괜찮나?"

침이 꼴깍 넘어갔다. 까딱 입술을 움직였다가는 닿을 것 같았다. 뒤로 짚은 팔을 더듬어 테이블보에 손바닥에 난 땀을 닦았다.

…죄송합니다, 선생님. 제가 까불었습니다. 네.

슬쩍 뒤로 고개를 빼자 그는 더 다가오지는 않았다. 그저 요요함을 품은 그윽한 시선에 나를 집요하게 담을 뿐이었다.

솔직히 분위기에 한번 확 몸을 내맡기면 무언가 터질 것 같은 상황인데. 아직 마음의 준비가 되지 않았다고 할지. 국도를 타던 사람이 고속도로를 타면 자연히 긴장하는 법이다.

난 이제 달리는 마차가 되기로 했지만 이것도 어느 정도 규정 속도는 있어야지. 암. 그렇지 않겠나. 나는 그를 달래듯이 그의 손을 한번 쥐었다가 놓았다.

"대공님은 단것을 좋아하시는 모습도 멋져요."

그러자 주먹 하나만큼 떨어진 리녹의 얼굴에 미비하게 금이 갔다.

좋은 쪽인지 나쁜 쪽인지 알 수 없었다.

"……정말인가?"

음, 이건 기대 어린 목소리 같기도 했다.

"솔직히요, 멋지다기보다는."

"보다는?"

"귀엽다? 네. 귀여우세요. ……어?"

나는 눈을 동그랗게 떴다. 리녹의 얼굴이 바로 앞에 있었다. 나는 급작스레 다시 가까워진 거리에 숨을 딱 멈췄다. 아니. 선생님 귀엽다 해드렸는데 왜 거리를 좁히십니까?

그는 눈동자에 내가 그대로 비칠 만한 거리에 멈춘 채 입술을 느릿하게 열었다.

"얼마나 더 귀여운가."

"네?"

"그 늑대 새끼보다?"

……새끼라 하지 마시라니까요.

그저 손목에 입술을 댔을 뿐인데 야릇하게 보이는 남자는 이 남자 밖에 없을 거다.

"네. 하양이보다 더요."

나는 그냥 맞춰준다는 심정으로 끄덕여 주었다.

"정말? 정말인가?"

"네. 대공님이 더 귀여워요."

선생님, 맞춤식 우쭈쭈라고 들어보셨나요.

그러자 리녹이 곰곰이 고민하는 듯하더니 가까운 그대로 다시 입술을 움직였다.

"……낮의 나보다 더 귀엽나?"

……선생님, 그 질투 아직도 현재 진행형이었습니까?

"아니, 왜 자꾸 낮의 대공님과 비교를 하세요. 똑같은 사람인데."

"중요한 건 그게 아니다. 에이미."

"……그럼 뭐가 중요한데요?"

그가 조금 뜸을 들이며 말했다.

"내가 더 귀여운가?"

아니, 당신. 왜…… 귀여움에 이렇게 집착하는 거냐고.

"……몰라요."

나는 조금 불퉁하게 그를 대꾸했다. 곤란한 질문이었다.

"저는 묵비권을 행사할래요. 자꾸 곤란한 질문 하지 마세요."

"에이미."

"그리고요. 끌린다고 했잖아요, 대공님께. 저 그 말은 대공님께만
했는데, 신경 써 주시지 않을 건가요?"

"……."

그러자 할 말을 잃은 쪽은 그였다. 천천히 돌아가는 그의 시선을
보며 나는 큽, 입술을 끌어모았다. 어쩔 줄 모르는 그의 얼굴에서 눈
을 떼어낼 수가 없었다.

"……에이미."

이내 진정하고는 미소를 끌어올렸다.

"흐음, 그 빨개지신 모습은 귀여우시긴 하네요."

거듭 말하지만 이렇게 덩치 큰 남자가 귀여워 보일 거라고는 생각
도 못 했다. 게다가 쩔쩔매는 모습이…… 나쁘지 않은걸. 내가 좀 이
상한 건가?

"뭘 그리 열심히 보나."

"음. 아뇨. 단추요."

오늘은 조신하게 잠겨 있는 단추를 지그시 바라보며 눈을 살짝 좁혔다.

"지난번에 보니까 대공님은 빨개지실 때 귀랑 목뿐만 아니라 등도 빨개지시더라구요. 원래 온몸이 빨개지세요?"

"붉어지는 건 어릴 때부터 그랬던 것 같다."

그렇게 말하고는 그가 다시 덧붙였다.

"그런 일이 거의 없었지만."

나와 만나고서 알았다는 그의 말에 나는 문득, 너도 벗었으니 나도 벗겠다며 가운을 잡고 시위했던 날을 떠올렸다. 동시에 호기심이 일었다.

"저기, 대공님."

나는 조심스럽게 입을 열었다.

"그럼 가슴도 빨개…… 지세요?"

이렇게 말하고 잠시 아차 싶었다.

"그런데 잠깐, 제가 지금 대공님께 성희롱을 한 건가요?"

내 얼굴이 심각해졌다.

"혹시 성적 수치심을……."

"그 정도에 수치심을 느끼지는 않는다만."

"하지만 으음. 방금 제가 꽤 나쁜 상상을 했단 말이에요?"

"상상?"

"엄, 그러니까, 제 손이, 음, 대공님."

"그만 에이미."

그의 손바닥이 내 얼굴 위로 내려앉았다.

"아니, 제가 말을 실수한 것⋯⋯."

"진정하는 게 좋겠군. 나는 아무렇지도 않다."

깜깜해진 시야 속에서 그의 목소리가 더욱 선명하게 다가왔다.

"기분 나쁘지 않았고 수치스럽지도 않다. 애초에 그런 건 사교계 가면무도회쯤 되면 심심치 않게 나오는 말들이다."

가면무도회라면 황궁에서 일 년에 두 번쯤 여는 황실 주최 퇴폐적인 파티였다. 아침까지 쭉 이어지며 아무도 직접 퇴폐적이라 말을 흘리지는 않지만 꽤나 문란하고 관능적인 행사라고 할지. 작중 인물 세 사람이 여기서 진한 삼각관계를 이루어서 정확히 기억했다.

"가면무도회라니 신기하네요. 그곳에도 참여하세요?"

"명을 받는다면, 그리해야겠지. 그리해 왔고."

그가 여전히 손을 떼지 않았기에 나는 얌전히 눈을 감은 채로 손을 들어 올렸다. 사락. 손끝을 스치는 하얀 셔츠의 촉감이 더 또렷하게 느껴졌다.

"사실 전 살면서 파티라는 것을 본 적이 없거든요. 축제도 대공님을 만났던 마을에서 본 게 다예요."

그러자 그가 잠시 말이 없었다.

"혹시, 보고 싶은가?"

"글쎄요. 나쁘지는 않겠네요."

전생의 기억이 있으니 개념이 없는 건 아니다. 축제라거나 파티라거나 대충 어떻다는 건 알지. 그러나 그는 내 나지막한 목소리에 안쓰러움을 느꼈는지 울적해 보였다.

"혹시 답답한가?"

눈을 감고 있어서인가. 낮은 그의 목소리가 평소보다 더욱 기분
좋은 울림으로 들려왔다.

"처음엔 그랬던 것 같은데 지금은 괜찮아요."

"……."

"자각하고 나니까, 음……. 대공님과 지내는 것도 나쁘지 않아요."

정말 그러했다. 낮이든 밤이든 그는 지루할 틈을 주지 않았으니
까. 이제는 전생에서 들었던 어떤 말을 이해한다. '잘생긴 건 늘 새
롭고 짜릿하고 최고다.' 그리고 남자는 얼굴이 다라고 했던 린네의
말을 일부 인정한다.

내가 말이 없는 동안 그에게서 숨을 삼키는 소리가 들렸다.

"……에이미, 조금 전에 내게 가슴도 빨개지냐고 물어주었는데."

낮은 목소리가 미끄러지듯 빠져나왔다.

"……직접 확인해 보겠나?"

……예?

"네?"

"만져 볼 거냐고 물었다."

"아니 왜……. 얘기가 그렇게 되나요?"

아니, 무슨 "가슴 만질래?"도 아니고. 나는 절레절레 고개를 저었다.

"아뇨. 아뇨아뇨. 전 전혀 괜찮아요."

"표현이 맞지 않다."

당황해서 그래요. 당황해서요. 나는 눈을 감은 채 어깨를 으쓱여
보였다. 물론 너른 품을 구경하는 건 오케이지만, 제 나쁜 손이 무슨
짓을 할지 어찌 알겠습니까. 나는 표정을 수습하며 헛기침을 했다.
진정, 진정하자.

"제가 이곳에만 있어서 힘들어할 거라고 생각하신 거예요?"

"……."

대답이 들려오진 않았지만 그가 긍정한 것 같았다.

"그래서 제 요상한 호기심도 풀어주시려고 했고?"

가끔 그의 침묵이 찬성 혹은 반발을 가리키는 때가 있다. 그와 지 낼수록 나는 이것을 구분할 수 있었고.

"사실은 조금은 답답하긴 했어요. 이렇게 말하면 싫어하시려나?"

"……싫어하지 않는다."

"그러니."

느리게 손을 들어 올린 나는 그의 손등 위로 내 손을 겹쳤다. 그러 고는 그의 손을 스르르 떼어냈다. 눈을 뜨자 달빛에 잔뜩 적셔진 남 자가 있었다.

"저랑 데이트할래요?"

놀란 그의 얼굴을 바라보며 웃어주었다. 조금씩 귀가 붉어질 때까지.

"대답은요?"

"……싫을 리가 있겠나."

그가 내 어깨에 얼굴을 묻으며 낮게 중얼거렸다.

"너인데."

△

날이 밝은 뒤 나는 곧바로 베이커를 찾았다. 베이커는 놀란 눈치 였으나 나를 반겨주었다. 그 후로 옆방으로 가서 하양이를 데려왔 다. 조금 더 있자, 어린 리녹이 당연하다는 듯이 응접실로 나타났다.

어젯밤, '베이커는 믿을 수 있는 사람인가요?'라는 나의 질문에 리녹은 의아한 듯 나를 보다가 끄덕였다. 마법사의 충성은 마력을 매개로 하는 것이기에 자신을 배신할 수 없다고 했다. 거기에 안심하고 나는 날이 밝는 대로 베이커를 찾아가서 손등의 주문에 대해 말을 했다.

"……대공께서는 알고 계신가?"

물론이었다. 아마 정확하게는 아니더라도 이미 리녹은 내가 마법을 쓰는 것을 무수히 보았다. 더구나 고대 마법 서적이 가득한 곳에서 책을 두둥실 띄우는 것도 봤고. 손등에 대한 얘기를 할 타이밍이 없었을 뿐 그는 내가 마법사라 자연스럽게 여기는 눈치였다.

'이번에 밖에 함께 나가게 되면 여기에 대해서 이야기해 봐야겠어.'

기왕 이렇게 된 거 더는 그에게 숨길 생각이 없었다. 답답하게 굴지 않을 생각이었다.

내가 간략하게 내가 쓴 마법에 대해 설명하자, 베이커는 심각한 얼굴로 턱을 짚었다.

"아가씨 말대로 알려지지 않은 고대 주문 같군. 거기다 마법을 쓴 형태가…… 진정한 고대 마법 구사에 가까워."

"간절히 바라는 것을 이루어 준다, 그 말씀이죠?"

"그렇네."

내가 내 손등의 마법을 보며 예상했던 것은 베이커의 의견과 대부분 일치했다.

"거기다 펜릴이 마력을 빌려주었다니…… 그건 주인으로 인정받은 것 같은데."

"선대공비님께서도 그런 말씀 하시던데. 정말이에요?"

"허어, 그분이라면 더 잘 아시겠군. 사실이네. 마법 생물은 아무에게나 제 마력을 빌려주지 않아. 생명과 같은 건데 쉬이 빌려주겠나?"

그럼 더 의문이었다. 하양이는 왜 날 도와준 거지? 내가 그렇게 간절해 보였나? 리녹도 그렇고 내게는 유난히 갑작스러운, 그것도 정신 차려 보니 빼도 박도 못 하는 관계가 많은 것 같다. 이상하게도.

"허어. 잠재력 깊은 고대 주문에, 어리긴 하나 펜릴의 힘까지⋯⋯."

나를 바라보던 베이커가 중얼거렸다.

"이거 혹시 잘만 하면⋯⋯."

그가 흠칫하며 중얼거림을 멈췄지만, 그의 뒷말을 알 수 있을 것 같았다. 그들은 리녹처럼 불가능에 대해 답을 찾고 있을 테니까. 리녹의 마법을 푸는 법 말이다.

"하양아."

어쨌거나 베이커의 답변에서 일말의 가능성을 찾아낸 나는 바로 바깥으로 나왔다. 내 부름에 하양이가 폴짝폴짝 뛰어서 이쪽으로 달려왔다.

"우리 전에 해봤던 거 다시 해보자, 이번엔 그때처럼 크고 넓게 말고. 응?"

캉! 캉캉!

무슨 말을 하는 것인지 모르겠지만 밝게 캉캉 짖는 하양이를 보며 나는 침실에 있을 책을 떠올렸다. 리녹은 고대 마법 서적이 쌓여 있던 곳에서 원하는 책을 원하는 만큼 빌려 갈 수 있게 해주었고, 대신 침실 밖으로 가져가지 말라는 조건을 걸었다.

조건을 건 것도 행여나 내가 위험해질까 봐서였다. 천금을 주고도 살 수 없는 책을 보고 있는 모습을 보여서 좋을 건 없을 테니까. 그는 수많은 사용인 가운데 황실의 첩자가 있을 수도 있다고 했다.

그렇게 그곳에서 빌려온 책은 대부분 초대 대공, 마법 늑대 펜릴, 그리고 내 손등의 주문인 마타리와 관련한 것이었다.

"그러고 보니."

하양이를 보니 한 구절이 스윽 스쳐 갔다.

「마법 종 늑대 펜릴은 인간으로 변할 수 있다.」

초대 대공의 기록인 듯 구체적인 삽화까지 그려져 있었는데, 집채만 한 늑대가 사람으로 변하는 모습이었다.

"……네가 사람이 되면 어떤 모습일까?"

캉?

"아냐아냐."

늑대를 사람으로 만드는 주문에 대해서는 아직까지 보지 못했다. 발견 못 한 것인지, 없는 것인지 모르겠지만.

"하양아, 그때처럼 눈이 내리게 해보는 거야. 대신 아주 좁고, 협소하게."

캉!

하양이를 안은 채 하늘을 바라보며 눈을 지그시 감았다가 떴다. 뺨으로 차가운 물이 내려앉았다.

'역시.'

눈이 내 뺨으로만 소복소복 쏟아졌다. 이건 내 감인데, 아무래도 나는 어떤 새로운 마법을 쓸 때는 버벅거리지만 이미 썼던 마법은 생각만 하면 바로 쓸 수 있는 듯했다. 치유 마법이나 리녹을 아이에서 어른으로 만들 수 있는 것처럼.

그리고 새로운 마법을 쓸 때는 아주 간절히 바라야 하는 것 같다.

게다가 힘이 쭉 빠지는데, 아이를 위해 눈이 내리게 할 때도 그러했다. 그렇다면, 그의 마법을 풀기 위해서는 얼마나 간절히 바라야 할까? 거기에 드는 마력은?

그런데 왜일까, 무언가 나사가 하나 빠진 것 같은 느낌을 지울 수가 없다. ……이렇게 쉽지만은 않을 텐데. 나는 이어 여러 가지 시도를 해봤다.

"하양아, 혹시 눈 색깔을 바꿀 수 있겠어? 음, 예를 들면…… 파란색으로?"

캉!

파란 눈을 보고 싶다고 생각하자, 하얀 눈의 색이 조금씩 조금씩 물들었다. 와, 이거 진짜 되네? 얼떨떨한 얼굴로 푸르게 내리는 눈을 응시했다. 만약 리녹의 마법을 푸는데 주요한 하나가 빠져 있다고 해도 곧 찾을 수 있지 않을까?

짝짝짝. 생각에 빠진 동안 조그만 박수 소리가 들렸다. 고개를 돌리자 구경하러 따라왔던 어린 리녹이 상기된 표정으로 박수를 치고 있었다. 나는 방싯 웃었다.

"나 멋있어?"

"……멋있어."

끄덕. 아이의 머리가 거세게 움직였다. 그러다 잠시 머뭇거렸다.

"에이미는, 마법사야?"

아마도 줄곧 묻고 싶었던 말인 듯 반짝이는 아이의 눈에 의구심이 가득했다. 나는 가벼이 미소를 머금고 아이의 뺨을 톡 두드렸다. 눈이 묻어 있어서 차가운 손가락으로.

"응. 마법사야. 그리고 아마도……."

왜일까, 지금 내게 세레나의 것처럼 아주 멋있는 마법 로브가 있었으면 좋겠다는 생각이 들었다.

"세상에서 오로지 너만을 위한 마법사겠지?"

나는 오직 네 마법을 풀기 위해서 최선을 다할 거거든. 아이의 뺨에 발그레한 기쁨이 내려앉았다.

그러다 아이의 얼굴이 잠시 가라앉았다. 급작스러운 변화에 놀라 무어라 할 때였다.

"실례하겠습니다. 여기 계셨군요."

로테가 꾸벅, 고개를 숙였다. 아이를 보니 어느새 평소의 평온한 표정이었다.

"식사 시간입니다."

"아, 네."

벌써 시간이 이렇게 되었구나. 아침부터 일찍 움직여서 몰랐다.

"오늘은 수련을 하셨다 들었습니다."

"네. 맞아요."

"진전은 있으셨습니까?"

"네. 뭐. 조금은요?"

"다행이군요."

로테가 자연스럽게 식당으로 안내했다. 조금 더 걸었을 때쯤 로테가 문득 생각났다는 듯 고개만 살짝 돌려 보였다.

"아 참, 그리고 이틀 뒤 경매장에 가신다 들었습니다."

"네? 네. 맞아요. 가고 싶어서 말은 드렸는데…… 옆 도시라 멀지 않으려나요?"

"그렇진 않습니다. 이동 마법이 잘되어 있으니까요."

마법이 발달한 제국이란 이런 게 좋은가 보구나. 나는 신기한 표정으로 끄덕였다. 마법 하니 돌연 다른 것이 생각났다. 나는 반들반들한 아이의 손을 고쳐 잡으며 입술을 열었다.

"로테 씨, 제가 지난번에 부탁드린 편지는 잘 부쳐주셨나요?"

"예? 예. 말씀해 주신 대로 빠르게 전송은 하되, 봉투는 낡은 것으로 주소 또한 알려주신 대로 보냈습니다."

그렇구나. 나는 가벼운 마음으로 발걸음을 옮겼다.

"녹스, 날이 참 좋다. 그치?"

"응."

"녹스는 어떤 날씨가 제일 좋아?"

"에이미가 좋은 날."

그게 뭐야, 나는 웃음을 터트렸다. 모든 게 순조로운 것 같다. 일단 세레나가 이 저택에 돌아오기 전까지 단서를 하나라도 찾으면 좋고. 언니에게 건넨 편지도 잘 도착할 것 같고.

그러고 보니 언니는 잘 지내려나? 지금쯤이면……. 한창 마물 잡느라 바쁘겠지?

△

이틀이란 시간이 순식간에 흘렀다. 그사이에 나는 이런저런 마법 실력의 진척이 있었다. 베이커는 보통의 마법사라면 상상도 못 할 빠르기라고 했다. 정작 나는 이 이틀로도 초조한 기분인데 말이다.

나는 책을 띄웠던 것처럼 물건을 공중 부양할 수 있었고 내 몸도 어느 정도는 띄울 수 있었다. 아주 조금. 하늘을 날 듯 자유로울 수는 없는 대신 추락할 때 속도를 줄여주더라. 나무를 오르다가 한번 실험해 봤다. 그러다 리녹에게 들켜서 식겁했지만.

"미안해."

"에이미, 나 두고 죽으면, 끕, 싫어."

"아냐. 안 죽어. 그냥 실험 살짝 한 거야 응?"

"나 두고 다치지도 마……"

아이가 울먹인 탓에 나는 다시는 그러지 않겠다고 약속을 하고서 야 풀려났다.

그동안 마법 연습을 한 것만은 아니었다. 로테와 아이헨나에게서 경매장에 대해 듣기도 했다.

"올로르 경매장 말씀이십니까?"

아이헨나 님이 말했던 올로르 경매장. 그녀가 리녹을 낳기 전부터 있었던 그곳은 지금도 절찬리 영업 중이란다. 일 년에 한 번, 이 시 기쯤에 대규모로 열리고 밤에 시작해 새벽 내내 이어지는 것이 특징 이라나. 경매장 근처로 거대한 야시장이 함께 열려 도시 전체가 떠 들썩해진다고 한다.

"……흐음, 밤에 이러고 있으니 영 적응이 안 되네."

그러자 리본을 정돈하고 있던 로잘린이 네? 하고 머리를 들었다. 아무것도 아니라며 고개를 저었다. 오늘이 바로 리녹과 데이트 겸 올로르 경매장에 가는 날이었다. 참 빠르지 않나 생각이 들긴 하 지만 아마 그의 입장에서는 한 달 안에 이루어지는 내기이니 초조했던 것이 아닐까? 정작 그렇지 않은 내가 살짝 미안해질 정도로.

이번에 나가게 되면 여기에 대해서도 말을 한번 해야겠다.

"왔나."

복도로 나간 나는 낯익은 음성에 머리를 들어 올렸다가 그대로 멈칫했다.

"대공님?"

그는 퍽 근사하게 차려입은 모습이었다. 경매장 안쪽으로 들어가려면 나름 격식 있는 차림이 필요하다 하여 양복을 차려입은 모양이었다. 최고급은 아니고 부유한 평민이 입는 정도라고 했나.

셔츠와 단정한 웃옷이 그의 단단한 가슴팍을 죄이고 있었다. 옷으로도 가리지 못한 단단한 몸은 격식 있고 금욕적으로 보였다. 편하게 흐트러진 머리 아래로 목 부근에는 스카프인지 넥타이인지 중간 형태의 천이 목에 그대로 걸려 있었다.

"아……."

나는 어느새 그가 나를 멍하니 보고 있다는 것을 알았다.

"아름답군."

얼굴이 조금 빨개질 것 같았다. 그에 비해 나는 그다지 차려입은 것도 아니었으니.

"전 이런 화려한 색은 어색해요. 그런 멋진 말을 들을 정도도 아니고요."

그러나 그는 듣지 못한 척 내 손등을 들어 올려 입을 묻었다.

"잘 어울린다."

내 붉은 원피스를 보며 그리 말하고는 더욱 소리를 낮춰 얼굴 근처에서 속삭였다.

"너는 언제나 아름다워, 에이미."

오늘따라 왜 내 이름이 더욱 근사하게 들리는 건지. 이번에야말로 정말 빨개질 것 같아 얼른 상체를 뒤로 물렸다.

"손 뻗지 마세요."

아닌 게 아니라 그는 당장에라도 침실로 냅다 데려갈 것 같은 얼굴을 하고 있었으니까.

내가 그에게 끌린다고 조심스레 말을 한 이후, 그가 갑작스레 다가오거나 나를 번쩍 들어 올리는 일이 잦아졌다. 그러고는 내게 깊이 얼굴을 묻고 숨을 들이마시곤 했다. 마치 충동을 이기지 못한 듯이.

아이러니하게도 그와 나 사이의 긴장감은 최고조였다. ……솔직히 여기서 조금만 더 가게 되면 어찌 될지 나도 모르겠다.

"그만 가요."

나는 그의 팔을 잡고 열심히 밀었다. 일단 침실에서 멀어지고 보자. 말은 안 했어도 답답하기는 했던지라 오늘은 마법은 잠시 잊고 꼭 나가보고 싶었다.

"지금 가니?"

복도를 한참 걷자 복도 끝에 서 있던 아이헨나 님이 이쪽을 보더니 물었다. 서 있던 걸로 봐서는 우리를 기다렸던 듯했다.

"네, 이제 가려구요."

나는 그렇게 말하고는 리녹을 쳐다봤다. 그는 잠시 못마땅한 표정을 짓나 싶더니 이내 고개를 까딱 숙였다.

"……다녀오렴."

아이헨나 님을 스치는 순간, 그녀의 말에 리녹이 아주 잠깐 멈칫했다. 그러나 이내 그대로 스쳐 걸어갔다.

"……네. 그러지요."

나는 고개만 돌려서는 아이헨나에게 엄지를 치켜들이 주었다. 이 세계에서도 이게 최고라는 뜻이던가? 아무렴 어때. 표정으로 전해졌겠지. 아이헨나의 웃음을 마지막으로 우리는 베이커가 마련한 이동 마법진을 타고 금세 이동했다.

"세상이 좋긴 하네요."

"모두가 가능한 일은 아니다. 아마 제국에서만 가능하겠지."

눈을 뜨자, 도시별로 이동 마법진을 담당하는 탑에 도착해 있었다. 우리 말고도 간간이 이용하는 이들이 있어서 특별할 것 없이 자연스럽게 스쳐 갔다.

"우리가 대공저에서 온 걸 들키면 어떡하죠?"

"베이커가 출발 좌표를 뒤틀었으니 들킬 일은 없을 거다."

리녹은 적이 많았다. 책 속에서 봐온 것만 해도 그러했고, 실제로 저택 내에서 암살 시도가 있기도 했다. 그래서 둘만 가도 되냐고, 호위는 필요한 거 아니냐고 물었더니 그 시각에 함께 있던 그레이가 "에, 아니. 아가씨, 대장님은 1인 군대입니다. 웬만해선 다 밟아 버리실 거란 소리죠."라고 대답해 주었다.

……잘은 모르지만 엄청 강하긴 한 모양이다. 하긴 남자 주인공이니 당연하긴 한데. 그레이가 이렇게 말하니 믿을 구석이 있겠거니 싶었다.

"올로르 경매장에 오신 것을 환영합니다!"

일 년에 한 번, 한철 열리는 경매장이라기에 사실 알록달록하고 커다란 서커스 천막을 연상했었다. 그런데 웬걸 눈앞에는 프랑스 루브르 박물관만 한 건물이 있었다. 건물 자체가 건축 예술인가 싶게 아름다웠다.

"예전에는 이곳이 제국에서 제일 큰 상업 도시였다. 저건 그때의 잔재지."

사실 이 도시도 따지고 보면 대공령이었다. 그래서 그가 잘 알고 있는 모양이었다.

"그런데 왜 지금은 아니에요?"

"황실의 눈 밖에 났기 때문이지."

"황실요?"

"150년 전 이베르크의 권한이 더 커지기를 원하지 않던 황제가 무역 중계권을 앗아갔다 하더군."

원래 북쪽 나라들과 중계 무역권을 갖고 있던 이 도시는 순식간에 권한을 잃고 유명무실해졌다고 한다. 황실의 이베르크 시기 역사는 하루 이틀 일이 아니었나 보다. 하기야 초대 대공부터가 황실에서 쫓겨났다고 했던가.

"어서 오십시오, 아름다운 숙녀분, 그리고 멋진 신사분. 입장권 확인을 도와드리겠습니다. 그리고 자리로 안내해 드리겠습니다."

입장권을 보여주고 우리는 곧 긴 복도를 지나 오페라 하우스처럼 부채꼴 모양의 자리로 안내받았다.

"딱 중간이네요."

너무 고급 좌석은 의심받기 쉽다고 하여 로테가 적당한 고급석을 잡아준 모양이었다.

"와, 신기해요. 전 경매나 경매장은 처음이거든요."

"넌 처음으로 하는 것이 많은 것 같군."

"네. 아무래도요? 거의 숲에서만 살았으니까요."

그가 내게 안쪽 자리를 내주고 나를 보호하듯이 바깥쪽 자리에 앉았다.

"궁금한 것이 있다. 물어도 되겠나?"

"뭔데요?"

"왜, 너는 그리 위험하고 깊은 숲에 네 언니와 둘만 살았지?"

말문이 막혔다. 생각도 못 했던 질문이었으니까.

"곤란하다면 말을 하지 않아도 좋다."

리녹은 예상했다는 듯이 평온한 얼굴이었다. 나는 떨어지는 그의 손을 덥석 잡았다.

"지금은 곧 경매가 시작할 테니 이거 끝난 뒤에 얘기해요."

그는 내게 잡힌 손을 빤히 보다가 이내 끄덕였다. 하지만 아주 잠시 표정이 미미하게 찡그려졌다.

"왜 그러세요?"

"……아무것도 아니다."

그가 고개를 돌렸다. 그러나 나는 이미 그의 시선이 머물렀던 곳을 알아차렸다.

"순간이동 구슬 안 쓸 거예요. 약속했잖아요. 어디에도 가지 않겠다고."

"……."

"저 믿어 주실 거죠?"

"……믿는다. 언제나 믿고 있어."

그가 내 손끝을 입술로 가져와 진득하게 입을 맞췄다. 그러고는 살짝 깨물었다가 놓았다.

"네가 또 언제 사라질지 모르지만. 널 믿는 것을 관둘 생각은 없다."

그 순간 그의 눈으로 일렁이던 사나운 불안이 내게도 전해지는 듯했다.

"사라지면 다시 쫓으면 그만이니까."

나는 그에게서 천천히 손을 빼고 양손으로 그의 얼굴을 붙잡았다.

"안 간다고 했잖아요. 따라 해 봐요. 에이미는 내 곁에 있을 거다."

"······정말인가?"

이렇게 불안하게 만들고 초조하게 만든 것의 반은 내 탓이었으니. 나는 그가 만족할 때까지 대답해 주었다. 그러다가 슬그머니 나와 언니에 대해 살짝이라도 말해두려 입을 뗀 순간 회장의 불이 모두 꺼졌다.

"오랫동안 기다리셨습니다. 이 경매장의 꽃, 올로르 경매를 시작하겠습니다."

리녹에게 정신을 쏟은 사이 주변 자리는 꽉 채워져 있었다. 익살스러운 사회자가 농을 던지는 동안 그의 뒤로 커튼이 올라가고 커다란 탁자가 나타났다.

"특히 올해 올로르 경매에는 아주 특별한 손님께서 찾아와 주셨습니다. 보안 정책상 면면을 밝힐 수는 없지만 말입니다. 오, 제가 다 설레는 기분이군요."

사회자의 과장된 모습에 주변에서 간간이 웃음이 터졌다.

"특별한 손님?"

"귀족들이 많이 찾아왔다는 얘기다."

그렇구나. 나는 슬쩍 천장 쪽을 응시했다. 오페라 하우스로 따지자면 VIP석일 만한 난간 달린 좌석이 여기저기 보였다. 난간 안쪽은 보이지 않지만, 아마 저기에 있다는 거겠지?

'음? 느낌이 이상하네.'

난간 좌석들을 쭉 보는 동안 어쩐지 시선이 느껴지는 것 같았다. 그저 리녹이셨거니 생각하고 고개를 돌렸다. 경매 방법에 대한 사회자의 설명이 끝나가고 있었다.

"자, 그럼 지루한 설명은 여기까지 하고서 본격적인 경매를 시작하겠습니다."

사회자의 뒤로 검은 정장을 입은 사람이 지나갔다. 어느새 우아하고 고급스러운 탁자 위에는 고고한 보석이 붉은 벨벳 쿠션 위에 자리하고 있었다.

"그럼 첫 번째로, 오 이런! 시작부터 아주 강력한 물건이 나타났군요. 피아르아므네 여왕의 목걸이! 너무나 유명해 모르시는 분이 없다고 생각해 설명은 생략하겠습니다. 300골드부터 시작하겠습니다!"

경매에 대해 잘은 모르지만 전생에서 삼촌을 따라 수산물 경매시장은 가본 적 있다. 그때와 다른 점이라면 우아하고 조용하며, 소리 없이 피켓이 올라가는 광경이 몹시 신기했다는 거다.

'이렇게 진행되는 거구나.'

홀이 꽤 넓어 보이는데도 사회자는 하나하나 놓치지 않고 잡아냈다.

"580! 590! 600! 620 나왔습니다. 더는 없으십니까?"

저 목걸이가 뭔지는 잘 모르지만 아주 예뻐 보였는데, 과연 그냥 목걸이는 아닌가 보다. 로테가 경매 시작은 몇십 골드대의 낮은 금액부터 시작한다고 했지만 가끔 대단한 물건으로 첫선을 보이기도 한다고 했다. 로테의 설명을 떠올리며 흥미롭게 보고 있을 때였다.

"680! 700! 아니, 800 나왔습니다! 800! 더는 없으십니까? 없으면 종료됩니다. 3, 2……."

그 순간 피켓이 올라갔다. 대충 숫자가 적힌 걸 보면 두 배 같은, 잠깐 리녹?

"대공님?"

"아니! 1,600 나왔습니다! 1,600! 이럴 수가! 이렇게 뛰어버리는군요! 아니, 1,700! 1,700 나왔습니다!"

리녹이 두 배로 불렀는데도 더 위를 부른 사람이 있는 모양이었다. 리녹이 나를 의아하게 바라봤다.

"갖고 싶은 것이 아니었나?"

"……네?"

그 순간에도 참여자들이 열심히 금액을 불렀다.

"선대공비가, 네게 사 주면 좋을 거라 했는데."

"아니, 그럴 리가요."

……저는 필요 없는데요. 여기서부터 저기까지 싹 다 주세요, 하는 로망은 책 속에서나 바라면 바랐지.

나는 피켓을 들려던 그의 손을 막으려 했다. 그러다 손이 미끄러져 그의 입을 툭 막아버렸지만, 마침 잘됐다 싶었다.

"제가 저걸 가져다가 어디에 써요?"

반짝반짝한 건 좋아한다. 돈도 좋아하고. 부자인 거 싫어할 사람이 어딨겠느냐마는. 이건 좀 아닌 것 같다. 금액이 무슨 집값이냐고.

"이렇게 돈 쓰지 마세요. 아니, 돈을 쓰지 마시라는 게 아니고…….이미 제가 받은 게 충분하다는 거예요."

"나는 보석을 사준 기억이 없다. 혹시 다른 남자가, 사준……."

그의 눈이 가늘어지고 시선이 이글거리듯 깊어졌다.

"없어요. 그런 거 없었다니까요."

나는 손사래를 치고는 그에게서 손을 떼어냈다.

"이럴 거면 차라리 재단을 만드세요."

"재단? 그게 뭐지?"

"제 이름으로 기부를 하던가 하시라구요."

무슨 어른 주먹만 한 보석을 가져다가 어디다 쓰냐고요. 팔 수 있는 거라면 또 몰라. 저걸 내가 팔겠다고 가져갔다간 장물 취급당하기 십상이다. 나는 세상을 알았다.

그사이 경매가 끝나 낙찰 가격과 함께 탕탕탕 망치 소리가 들려왔다.

"……그렇군."

리녹이 제 턱을 붙들고 진지하게 끄덕였다.

"기부는 네 이름으로 하면 되나?"

"……농이니까 진지하게 받아들이지 마세요."

이후 갖가지 신기한 물건들이 연이어 튀어나왔다. 때로는 동물이나 식물일 때도 있었다. 무슨 도마뱀 같은 동물이 나왔을 때는 깜짝 놀랐는데, 리녹 말이 한 600대 전에 드래곤의 피를 이어받은 동물이라나. ……600대 전이면 그냥 남 아닌가?

그렇게 시간이 조금 흐르고 조금씩 일어나는 사람이 보였다. 아, 혹시 화장실이라도 가는 시간인 건가?

"리녹, 저 잠시 다녀올게요."

"어딜 가는지 물어도 되겠나?"

그의 손이 나를 붙잡았다. 꼭 엄마를 놓칠 듯한 아이 같은 시선에 살짝 웃음을 터트렸다.

"화장실까지 따라오시게요?"

그러자 그가 말이 없었다.

"정말, 정말 어디에도 안 갈게요."

음, 정말 볼일 보려고 하는 건데. 어떡하면 리녹이 안심하고 믿을까 생각해 봤다.

"대공님, 제가 우리 언니 얼마나 좋아하는지 아시죠?"

"······안다."

"그럼 제가 저와 언니의 연을 걸고 맹세할게요. 저는 정식 마법사가 아니라 베이커 씨처럼 강제로 배신 못 할 맹세는 못하겠네요. 그래도 이 정도면 믿어 주실 수 있죠?"

나를 빤히 보던 리녹의 팔이 스르륵 풀렸다. 나는 그의 손가락을 꼭 잡아주고는 자리에서 일어났다. 얼른 화장실 다녀와야지. 여기서 조금이라도 늦었다간 경매장이고 나발이고 박차고 뛰어나온 그를 마주할지도 몰랐다.

"이쪽입니다, 아가씨."

다행히도 경매장 곳곳에 직원들이 있었다. 그중에서도 여성 직원의 도움을 받아 빠르게 다녀올 수 있었다. 그렇게 화장실을 다녀와서 다시 긴 복도를 걸을 때였다.

"무슨 경매장을 박물관처럼 지어놨나. 신기하네."

복도에는 사람들이 심심하지 않게 만들어 둔 것인지 유리 진열장 안에 보석이며 도자기가 놓여 있었다. 그것을 구경하는 것만 해도 쏠쏠한 재미였다. 회장으로 들어가는 문은 여러 개였는데, 개중 초반부를 막 지나갈 때쯤이었다.

쿵. 발밑이 흔들리는 기분에 얼른 손잡이를 잡았다.

'뭐야?'

착각인가 싶었지만, 아니었다.

쿵. 다시 한번 지면이 흔들리고 불이 불완전하게 깜빡였다. 사람들의 비명이 한차례 들린 것도 같았다. 흔들림에 나도 무사할 수는 없었다.

"어어?"

손잡이를 놓치고 그대로 뒤로 미끄러지던 순간이었다. 탁. 누군가 내 등을 떠받쳤다. 단단한 팔에 사내라는 것을 알 수 있었다.

"아, 감사합니다……."

반쯤 부서진 조명에서 비친 불완전한 빛이 남자의 그림자를 비췄다. 그저 덩치가 큰 사람이구나 하고 균형을 잡으며 떨어지려 했다.

어라, 왜 놓지 않지?

"저, 감사하지만 팔 좀……."

내가 사내의 손을 붙잡기도 전에 크고 강한 손이 나를 붙들었다.

"익숙한 만남이군요. 그렇지 않습니까?"

고개를 휙 들어 올렸다. 설마. 설마……!

눈앞에서 황홀할 정도로 나긋하고 부드러운 얼굴이 소리 없이 미소했다.

"내내 생각이 나서, 곤란하던 참이었는데."

그가 고개 숙여 작은 음성으로 속삭였다.

"오랜만이군요, 아가씨."

황태자 탄시즈였다.

탄시즈와 처음 만났던 날, 산 밑 마을에서 난 이렇게 생각했었다. '……네가 왜 여기 계세요?'라고. 아울러 대공저 저택에서 생각지 못한 만남을 가졌을 때도, 그의 꿈속에서 연이어 마주쳤을 때도 똑같이 생각했다. 그리고 지금도 다르지 않았다. 아마 당황한 표정을 숨기지 못했으리라 생각했다.

탄시즈를 본 지 얼마나 됐지? 적어도 마지막으로 만난 그의 꿈속에서 다시 보지 말자고 말한 후로 시간이 꽤 흐르긴 했다. 대공저에서 워낙 많은 일을 겪었더니 아주 오랜 시간이 흐른 뒤에 보게 된 기분이었다. 물론 그만 보자고 말했던 만큼 반가운 것은 아니었지만.

"말이 없으시군요."

탄시즈는 여전히 아름다운 낯이었다. 부드러우면서 날카로움이 공존하는 얼굴은 확실히 보기 드문 매력이 있었다. 하기야 리녹을 본 뒤로 단 한 번도 타인의 얼굴에 감흥을 가져본 적 없다가 처음으로 잘생겼다 느낀 얼굴이긴 했다.

아니, 또 다른 주인공이니 당연한가. 굳이 따지자면 취향은 리녹이지만. 고개를 저었다. 아니, 여기서 순위를 매길 때가 아니다.

그는 꿈속에서 마주했을 때와 비슷한 정복 차림이었다. 지팡이는 없는 것 같았지만.

"……제가 여기서 무슨 말을 하면 좋을까요."

"당황스러우십니까?"

"네. 조금. 아니, 많이요."

"저는 반가운데 말이지요."

탄시즈의 눈이 곧게 날 향했다.

"마지막 만남이 만남이었던 것만큼 말입니다."

나는 불편한 시선을 아래로 내렸다.

"저기, 일단은 놓아주시면 안 될까요? 불편한데."

"이런."

등에 감겼던 그의 손이 스르륵 빠져나갔다. 나는 자유로워진 몸을 한걸음 뒤로 물렸다.

"실례했습니다."

"……아니요. 저야말로, 잡아주셔서 감사합니다."

나는 바닥에 시선을 던졌다. ……확실히 탄시즈가 잡아주지 않았다면 부서진 돌무더기에 그대로 고꾸라질 뻔했다.

탄시즈는 내 인사에 그저 살짝 미소 짓더니 이내 발걸음을 뗐다.

"마력이 순조롭게 자리 잡았군요. 훌륭한 마법사가 된 것을 축하합니다."

멀어졌던 거리가 금세 가까워졌다. 가깝게, 그러나 무례하다고는 느껴지지 않을 만큼만 다가온 그가 손을 뻗었다. 그리고 내 손을 들어 올린 그대로 가벼이 손등에 입을 맞췄다.

"이미 정체도 밝혀졌겠다, 제대로 인사드리는 것이 좋겠지요. 아가씨."

"……저는 귀족이 아닌데요."

꼭 귀족 레이디를 대하듯 정중하고 예의 바른 그의 인사를 바라보며 말했다. 탄시즈의 눈이 휙 휘어졌다.

"그럴 것 같았습니다."

"그럼."

살랑, 먼지 바람이 흩날리는 사이에서 그의 눈이 도드라졌다.

"하나, 제가 레이디를 대하듯 귀히 여기면 그와 같은 것이 아니겠습니까?"

그가 손등에 다시 한번 입을 맞췄다.

목 끝까지 단추를 채운 차림새는 리녹과 전혀 다르게 보였다. 강박적인가 싶을 정도로 깔끔하고 단정한 차림새가 그랬다. 그를 처음 보던 날에 그는 누가 봐도 평범한 갈색 머리를 한 채 나타났었다. 지금도 눈에 띌 것 없는 갈색이었는데, 그가 눈을 깜빡이는 순간 부스스 갈색빛이 흩어졌다. 갈색의 빛이 가루처럼 흩어진 사이로 태양처럼 찬란한 적금발이 자리했다. 꼭 붉은 빛을 보듯 화려한 색 아래 금색 눈동자가 차분하게 일렁였다.

저 눈은 그의 꿈속에서 나를 보던 시선과 일치했다.

"오래전에 헤어졌던 도시에서 아가씨를 얼마나 찾았는지 모릅니다. 신기하게도 기척을 찾을 수도 없이 사라지셨더군요. 그것도 아가씨의 능력입니까?"

기척? 그때 이후로 리녹에게 붙잡혔으니 리녹의 능력이 아니었을까. 그의 눈이 녹진하게 나를 담았다.

"그리고서는 내 꿈에 나타났지요. 처음엔 몰랐지만."

탄시즈는 무례하지 않을 정도로만 내 손을 거머쥐었다.

"깜짝 선물이었습니다."

빠져나가려면 빠져나갈 수 있었지만 그의 시선이 나를 옭아매는 기분이었다.

"제 덕에 마법사가 되지 않았습니까."

나는 후회했다. 그를 만난 첫날에 쓸데없이 오지랖을 부리는 게 아니었다. 괜히 손님인 줄 알고 치료를 해줬다가 이 사달을 만들지 않았나. 첫 만남에 엮이지 않았다면 그와 꿈에서 만나지 않았을 것이다.

물론, 그를 만나지 않았다면 나는 좀 먼 길을 돌아 '고대 마법'에 대해 알았을지도 모르지만. 이 순간엔 그게 나을 것 같았다. 나는 진한 후회를 느끼며 슬그머니 손을 빼냈다.

"글쎄요. 저는 지금 이곳에서 전하를 다시 뵈어서 놀란 마음에 아무것도 생각나지 않네요."

이 정도면 예의 차린 말이겠지? 그리 생각하는데 탄시즈가 돌연 눈을 동그랗게 뜨며 화색을 띠었다.

"혹시 제가 반가우셨습니까?"

"네?"

"저처럼 제 생각을 하셨습니까?"

······네? 무슨 말씀이세요. 나는 당황함을 고스란히 드러내며 눈을 깜빡였다.

"마지막 날 이후 아가씨가 아른아른하지 뭡니까."

"······착각 아니실까요?"

"아닙니다."

그가 그대로 고개를 기울였다. 얼핏 그의 눈에 반가움이 스친 것도 같았다.

"그날 이후 얼마나 생각했는지 모릅니다."

그의 머리가 살짝 내려왔다. 그리고 나와 눈높이가 맞았다.

"아가씨의 그 고대 마법은 무엇인지, 왜 제가 찾을 수 없는지. 왜 내 꿈속에서 사라진 뒤로, 부를 수는 없었는지."

나긋한 눈을 깜빡이는 탄시즈에게로 기쁨이 보였다. 그는 꼭 오랜만에 주인을 만난 대형견처럼 굴었다.

"제 입으로 말을 하긴 그렇지만 저는 나름 괜찮은 추적 능력을 구사하는 편인데, 제국을 뒤져도 아가씨를 찾지 못해서······."

"······못해서요?"

날카롭던 눈매가 추욱 처졌다.

"슬펐습니다."

······등 뒤에서 커다란 꼬리가 보이는 기분인데. 그것도 아래로 푸욱 내려간. 좀, 당황스러웠다. 아니, 마지막에 "네 맘대로 될 것 같

아?"라며 살벌하게 웃던 남자였다. 갑자기 마주친 남자가 커다란 개처럼 보일 수도 있나?

"어, 그…… 렇군요?"

문제는 그 멍멍이가 덩치부터 위협적인 부드러운 척하는 도사견 종류라는 거다.

"저는 그저 놀라서."

도대체 왜 이 사람이 여기 있는 거지? 더군다나 내게 이렇게 친근하게 구는 이유도 알 수 없었다. 반대로 생각하면 기껏 도와줬더니 인사는커녕 다시 보지 말자 튀어버린 것 이닌가. 물론 선빵은 저쪽에서 쳤으니 미안하진 않지만.

책 속의 그는 부드러운 천을 덮어놓은 톱과 같았다. 유순한 척하고 있으나 서린 날이 천 위로도 고스란히 드러나는 사람. 나는 그가 언제 자신의 진짜 얼굴을 드러낼지 몰라 긴장했다. 아울러 그가 그런 얼굴을 드러내기 전에 이 자리를 피해야 한다는 것 또한 느꼈다,

'설마 리녹이 여기 있는 것을 알고?'

근거 있는 짐작이었다. 황실은 사사건건 리녹을 눈엣가시로 여기며 언제든 지워 버리고자 했으니까. 그런 생각이 드는 것과 함께 경계심이 더욱 강해졌다.

"제가 어째서 여기에 있는지 궁금한 얼굴이시군요. 아니, 저에 대해 궁금해지셨습니까?"

그건 아니지만, 앞서 말한 것은 궁금했다. 대답이 없자 탄시즈는 알아서 해석한 듯했다.

"저는 오늘 아주 중요한 임무를 위해 여기에 왔습니다."

사나워 보이던 눈이 사르르 접혔다. 그는 손을 들어 올려 나와 처

음 만났던 날처럼 입술로 장갑을 물고 벗었다. 스르르. 장갑에서 빠져나간 손이 내 손끝을 잡을 듯 말 듯 스쳤다.

"이곳에서 아가씨를 만나니 정말, 기쁘기 그지없군요."

그가 눈높이를 맞춘 터라 고스란히 보이는 금색 눈에는 내가 짐작할 수 없는 것이 스쳐 지나갔다.

……리녹이 여기 있는 것을 알고 온 것은 아닌가? 리녹을 노리는 거였다면 여기서 이러고 있을 것이 아니라 금방 그를 찾으러 갔을 터였다. 하지만 어느 쪽이든 확신할 수는 없다. 나는 살짝 발을 뒤로 밀었다. 무엇보다 중요한 건 여기에 더는 있으면 안 된다는 거다.

"저를 만나 기쁘시다니 정말 영광이에요. 그럼 저는 이만 가봐도 괜찮을까요?"

애써 태연함을 가장하며 몸을 뒤로 더욱 물릴 때였다.

"오늘도 바쁘십니까?"

그의 음성이 나를 붙들었다. 돌아보자 그윽하게 미소한 남자가 있었다.

"오늘도 환자가 많은지 궁금하군요. 아니면, 마법적으로 호기심이 생기신 것은 없으신지요?"

경매장에서 환자를 볼 리가 없다는 것을 알면서 이리 묻는다는 건…….

"환자는 여기에는 없으나 돌아가면 있을 거예요."

나는 그리 말하고는 슬쩍 시선을 굴렸다. 주변을 살펴본 것이었다.

"그리고 제가 마법을 깨우친 것 또한 누군가를 위해 간절히 원했던 일이니. 더는 궁금한 것은 없어요."

그러자 탄시즈의 눈이 잠시 가늘게 좁혀졌다. 하나 언제 그랬냐는 듯 웃음이 자리했다.

"그렇습니까?"

나는 얼른 끄덕였다.

"네. 그러니. 그럼⋯⋯."

"저는 참으로 궁금하군요."

탄시즈의 음성에 즐거운 기색이 어렸다.

"고작 몇 주 만에 이 먼 곳에서 아가씨를 마주치다니."

나는 멈칫했다.

"꿈이야 그렇나 치더라도, 우리가 마지막으로 만난 곳과 이곳은 정반대 방향일 것인데, 신기하지 않습니까?"

"⋯⋯글쎄요, 세상에는 많은 우연이 있지 않을까요."

그 순간 휘잉, 바람이 불었다.

쿵. 다시 한번 땅이 흔들린 것도 같았다.

"보통은 이것을 인연이라 하지 않습니까?"

느리게 뜨인 금색 눈동자에 잠시 알 수 없는 것이 스쳤다. 눈을 들어 올린 나는 침을 꿀꺽 삼켰다. 어째서 지금 이것을 느낄 수 있는지 몰라도 이 경매장을 엉망으로 만든 지진의 진원지가 눈앞의 탄시즈인 듯했다. 눈에 보이지 않는 무형의 무언가가 그의 주변에서 일렁이는 착각이 들었다.

"아가씨는 마법사이시지요, 고대 마법을 쓰는."

그가 멀어진 거리를 한 걸음, 더 좁혔다.

"⋯⋯그런데요?"

"아직은 마력이 불안정하신 거로 보아 대규모 순간이동은 어려우실 테고. 마차로는 불가한 거리일 터인데."

"그건."

한 걸음 더 좁힌 탄시즈가 정중하게 상체를 기울였다. 멀지 않은 거리에서 그의 눈이 휙 휘어졌다. 도약을 가늠하는 사나운 도사견처럼 보이는 모습에 절로 식은땀이 흐를 것 같았다.

"이것 아십니까? 흔히들 귀족 사회에서 한 번의 손등 키스는 경의를 표현하나."

그가 자신의 손을 들어 올렸다.

"이어 두 번째 손등 키스는 호감을 뜻한다는 것을."

그의 손이 나를 붙잡지는 않았지만 가슴을 부여잡은 내 손등에 닿을 듯이 뻗어졌다.

"죄송하지만, 모르는 얘기네요."

나는 손을 더욱 그러모으며 몸을 피했다.

'앞으로도 모를 생각이고요.'

나는 태연함을 유지하려 애쓰며 잽싸게 주변을 살폈다. 이상하게도 복도에는 사람이 없었다. 탄시즈가 손을 쓴 걸까? 분명 큰 소동이 있었는데도 사람들이 달려 나오지 않는 것이 이상했다. 눈을 데굴 굴린 나는 다시 탄시즈를 응시했다. 그대로 숨을 삼키고는 눈을 감았다가 떴다.

"사실 지금 너무 당황스러워요. 어째서 경매장이 엉망이 되었는지. 무섭기도 하고요."

말에 맞게 표정을 꾸며냈다.

"이런, 아가씨를 무섭게 해드릴 생각은 아니었습니다."

그가 처음으로 당황한 표정을 지었다. 당황해? 왜 여기서 당황한 표정을 짓지? 아니, 중요한 건 이게 아니야.

"일행이 있어서 돌아가 봐야겠어요."

"……일행?"

그 순간 탄시즈의 얼굴이 설핏 굳었다. 그러다 이내 원래의 얼굴로 돌아왔다.

"네. 제가 함께 가자고 조른 사람이라, 지금쯤 저를 찾고 있을지도 몰라요."

"실례지만 아가씨."

그가 곧바로 끼어들며 말했다.

"제가 아가씨를 놓아드리고 싶지 않다고 한다면. 어띠실 것 같습니까?"

그가 빙긋 미소했다.

'놓아주고 싶지 않다니.'

나는 그가 한 말에 대해서 천천히 생각해 보았다. 책 속에서 탄시즈는 리녹에게 열등감을 품은 인물이었다. 황실의 적자로 태어났으나 타고난 마력을 비교했을 때 리녹의 힘이 더 강했기 때문이었지.

이처럼 탄시즈는 힘에 강한 열망을 보였고 때로는 집착하기도 했다. 뛰어난 힘, 재능을 가진 이를 포섭하는 것으로 이어지기도 했다. 나에 대한 관심도 여기에서 출발하지 않았을까?

좀처럼 치료할 수 없는 상급 마수의 독을 치료했다. 거기다가 다음엔 그의 꿈속에 등장했다. 여기서 호기심이 생겼을 터인데 두 번 모두 나 몰라라 도망갔으니 흥미에 더욱 불을 질렀을 것이다.

나는 탄시즈가 여차하면 수단과 방법을 가리지 않는 인물임을 안다. 지금은 데려가고 싶다고 말을 하지만 언제 돌변해 끌고 갈지 모르는 일이었다. 그는 그럴 수 있는 지위도 힘도 있는 사람이었다. 지금은 권유이나, 당장 강요가 될지도 모른다. 갑자기 날 끌고 갈지도.

손바닥에 식은땀이 흘렀다. ……원작을 읽은 나는 그에게 끌려간 인재가 어찌 되는지도 안다. 그는 자신에게 끝까지 반항하는 이를 좋아하지 않았다. 살려두지 않을 가능성도 컸다.

"아무리 지고하신 황태자 전하라고 하신들 저를 강제하실 수는 없어요."

"저는 그렇게 말하는 아가씨가 마음에 드는군요."

그의 고개가 기울어지며 그의 손이 단추 하나를 느슨하게 풀어 내렸다. 그저 단추 하나 끄르는 것뿐인데, 그의 시선은 지독히도 나른했다.

"허락을 받고 모셔가고 싶습니다만."

"……하지, 않는다면요?"

"제가 마음에 드시지 않습니까?"

탄시즈 손은 나를 붙잡지는 않았지만 금방이라도 나를 잡을 수 있다고 알려주는 듯했다.

"황실의 핏줄을 이은 자들은 거대한 힘과 고대 마법, 그리고 미지의 힘에 본능적으로 이끌립니다."

"……."

"그리고 아가씨께서는 세 가지 모두를 충족하셨습니다. 제 본능을 자극하는군요."

그는 더 가까워지지 않았으나 시선만은 더욱 집요해졌다.

"궁금해서, 더 알고 싶게끔 말입니다."

나는 닿을 듯 말 듯한 그의 손에서 시선을 떼어내며 고개를 들었다.

"그렇군요, 황태자 전하."

"네."

"한 가지 사실을 잊으셨나 봐요."

그 말과 함께 나는 떨어져 있던 남은 거리를 확 좁혔다.

"아가씨?"

탄시즈의 숨소리가 가까워졌다. 얼굴이 선명히 보일 듯한 거리에 그의 표정이 한순간 무너졌다. 그리고 나는 이내 뺨이 붉어진 남자의 얼굴을 볼 수 있었다.

"첫 만남을 제대로 기억하신다면."

나는 코앞에서 그에게 웃어주었다.

"제가 도망에는 자신 있다는 것도 아시겠죠."

붉어진 남자의 얼굴이 당혹으로 물들 때였다. 펑. 숨을 참았다. 자욱하게 깔린 가루 사이에서 얼른 등을 돌렸다.

"윽. 쿨럭, 아가씨!"

저 가루, 분명히 그레이에게 통하긴 했었지? 대마물용 가루. 아주 잠시긴 해도. 시간은 벌 수 있을 거다.

이뿐만이 아니다. 내 뒤로 서린 기운이 이는가 싶더니 곧 와르르 뭔가 쏟아지는 소리가 들렸다. 뒤를 흘끗 보자 천장에서 떨어져 내린 얼음덩어리들이 보였다.

'역시.'

내 손등에서는 흰빛이 반짝이고 있었다. 나는 이미 한 번 써본 마법은 자유자재로 구사할 수 있다. 하양이가 없으면 범위가 극히 협소해지지만.

여기서 변형을 거치는 것은 어렵지 않았다. 나는 눈보다 큰 얼음덩이들로 혹시나 쫓아올지 모를 탄시즈의 진로를 막았다.

다다닥.

'일단 어디든 사람이 있는 곳으로 가야 해.'

제일 좋은 건 리녹이 있는 곳으로 가는 거지만 애석하게도 그 문이 있는 곳엔 탄시즈가 있었다. 조금 돌아가긴 해도 다른 문으로 가는 것이 좋겠지? 어쩐지 달리는 동안 평소보다 배로 힘든 기분이었다. 설마 마법 때문인가? 안 되는데. 조금이라도 더 멀어지자. 이를 악물고 다리를 박찼다.

그렇게 막 긴 복도의 모퉁이를 돌 때였다. 쿵. 나는 벽에 부딪혀 뒤로 날아갔다. 아니, 날아갈 뻔했으나 누군가 내 팔을 강하게 붙잡아 주었다.

"에이미!"

"……대공님?"

벽이라 생각했던 것은 리녹의 가슴이었다. 그가 숨을 살짝 몰아쉬며 나를 살폈다.

"괜찮나? 다친 곳은?"

"아, 없, 없어요. 대공님은요?"

"나도 전혀 문제없다."

다행이라고 말을 하려는 순간 커다란 몸이 나를 덮었다. 나는 그의 품 안에서 눈을 깜빡였다.

"……네가 다칠까 봐 무서웠다. 에이미."

등으로 휘감긴 그의 팔에 힘이 들어갔다.

"……너는 나로 하여금 두려움을 느끼게 한다."

무어라 하려던 나는 말 대신 천천히 팔을 들어 어색하게 그를 토닥였다.

"괜찮아요."

이내 그의 가슴에 얌전히 머리를 기댔다. 나를 안은 팔이 미세하게 떨리고 있음을 느꼈으니까.

"그런데 무슨 일인 거예요? 복도에 있는데 갑자기 땅이 흔들리고 돌이 떨어져 내렸어요."

"습격이다."

"습격?"

"사람을 잠재우고 경매장을 무너트리려 했더군."

리녹은 대규모 수면 마법으로 홀 안의 모든 이가 잠에 빠졌다고 했다. 그래서 사람들이 홀에서 빠져나오지 않았던 건가?

"도대체 누가."

리녹이 살짝 숨을 내쉬었다.

"이런 짓을 할 세력은, 황실밖에 없지."

황실? 탄시즈를 떠올리고 얼른 여기에 대해 말을 하려 할 때였다.

저벅저벅. 모퉁이 뒤에서 나지막한 구두 소리가 들렸다. 그대로 멈칫한 나는 얼른 리녹을 올려다봤다.

"아가씨, 어디 계신가요?"

이어 들려오는 탄시즈의 목소리에 리녹의 표정이 그대로 굳었다.

그 순간 로테의 말이 스쳐 지나갔다.

"황실과 이베르크의 관계는 깊고도 복잡할 수 있겠습니다마는……. 한마디로 말하자면 저쪽에서 잡아먹지 못해 안달이 난 것이지요."

막 오늘 낮, 경매장에 갈 준비를 하며 이것저것 설명하던 도중 나온 말이었다. 이건 나도 알고 있었다. 책 속에서도 아주 많이 나온 이야기였으니까. 하지만 로테에게서는 책에서는 볼 수 없었던 지엽

적인 이야기까지 들을 수 있었다.

"황실은 단순히 각하만을 노리는 것이 아닙니다."

"그럼요?"

"대공령, 여기 이베르크 대공저가 있는 도시를 제외한 대공령에 속한 도시를 직접 망가트리기도 합니다."

"망가트린다뇨?"

"대공령의 도시를 작정하고 하나씩 무너트리는 겁니다. 이를테면 한 도시에서는 의문의 살인이 끊이지 않아 민심이 흉흉해지거나. 또한 도시에서는 유서 깊은 유물이 파괴되거나."

사례를 나열하던 로테가 한숨을 내쉬었다.

"지금 가시는 상업 도시의 무역권이 박탈된 것 또한 같은 사례이지요. 남은 건 경매장인데……"

로테는 도시의 경매장이 그나마 도시가 완전히 무너지지 않게끔 지탱하는 주요 시설이라 말했다.

"기우일지도 모르나, 언제 또 이베르크의 약진을 거슬려 하는 황실이 쓸데없는 짓을 할지 모른다는 말입니다."

"저기, 가도 되는 거예요? 그럼 대공님이 위험하신 것 아닌가요?"

"무슨 소릴 하십니까. 저희 각하께서는 무력으로는 전혀 걱정이 필요 없으신 분입니다. 아주 완벽하고 뛰어나며……."

"아, 네네. 안 들어도 될 것 같네요."

이후 로테는 자신이 쓸데없는 염려를 한 것일지도 모른다고 덧붙이긴 했으나, 쓸모없는 염려는 아니었던 모양이다.

……그럼 지금 이 일이 탄시즈의 소행이란 말이지? ……무슨 스케일이 이렇게 커? 나는 곳곳에 금이 간 거대한 천장을 바라보며 아

연한 기분이 들었다.

"*다만 하나 걱정되는 것은, 그들은 수적으로 몰려다니는 것이 특징이라, 만에 하나 맞닥뜨린다면 단신으로 상대하실 것이 염려됩니다.*"

"*아까는 걱정하실 필요 없다고 하셨잖아요?*"

"*아가씨가 함께 계시지 않습니까.*"

로테가 말한 그들이란 아마 숲속에 쳐들어왔던 그 기사단과 같은 인물들이겠지. 나는 눈을 들어 올렸다. 발소리는 점차 가까워지고 이곳은 숨을 곳 하나 없는 뻥 뚫린 복도였다. 여전히 리녹의 표정은 딱딱하게 굳은 채였다.

"……대공님."

나는 날 안은 그의 손을 붙잡았다. 바위처럼 굳은 눈이 나를 향했다.

"저 믿으시죠?"

"……무슨 소릴 하는 건가?"

리녹은 고대 마법이란 치명적인 페널티가 있을 뿐 세계관 최강자 중 하나였다. 분명 리녹 혼자서는 뭐든 해낼 것이다. 아마 탄시즈를 호위한 기사들을 쓰러트리는 것 또한 가능하겠지. 기억을 잃은 상태에서도 숲속 침입자들을 손쉽게 쓰러트리지 않았던가.

하지만 그런 그도 탄시즈의 기사들이 한꺼번에 쳐들어왔을 때는 몸을 피했다. 다름 아닌 나를 보호하기 위해서. 지키는 싸움이 홀로 싸우는 것의 배로 힘들다는 것은 나도 안다. 더구나 수적으로 불리한 상황에서는 싸움을 피하는 편이 가장 좋았다.

"*호위가 없다 해도 너무 걱정하지 않으셔도 됩니다. 베이커 씨가 밥값은 하는 마법사이니.*"

무슨 일이 있다면 대기하던 대공가 기사단이 이곳으로 넘어올 것이라 했다. 책 속에서 보면 분명 힘에서는 리녹이 탄시즈보다 우위였지만, 상성에 있어서는 탄시즈가 유리한 부분이 있었다. 지금처럼 저쪽이 다수일 때는 더욱.

'방법이.'

나와 리녹이 있는 복도는 쓰지 않는 곳인 듯 진열장이 천으로 덮여 있었다. 나는 한 손을 뻗어 긴 장식장을 덮어 놓았던 천을 가져와 등 뒤에 펼쳤다. 발소리가 지척에서 들렸다.

"시간이 없어요, 대공님. 저 믿으시죠? 응?"

"무슨 소릴 하는 것인지 모르겠으나…… 당연한 일이다."

"와, 제가 이 말을 어린 대공님께는 한 번 했는데 말이에요."

이제는 바로 앞에서 들려오는 발소리를 들으며 방싯 웃어 보였다.

"누나 믿지?"

"뭐?"

나는 리녹의 손을 잡아채 깍지를 꼈다. 동시에 손등에서 문양이 떠오르며 흰빛이 피어올랐다.

리녹에게 마법을 쓸 때는 쓰는 순간이 정해져 있었다. 그가 아이일 때 청년의 모습으로 만드는 것. 그렇다면 청년의 모습일 때는 어떨까? 나는 어느새 훌쩍 작아진 정수리를 보았다. 역시 작아지는구나. 깍지를 끼며 붙잡고 있던 자그만 손을 잡아당겼다.

등 뒤로 미리 펼쳐 놓았던 천 위에 오른 것과 동시에 입고 있던 망토를 벗었다. 천이 아이의 머리를 덮는 순간, 발소리가 멈췄다.

"여기 계셨군요."

고개를 돌리자 탄시즈가 그림처럼 서 있었다. 그의 눈꺼풀이 나른하게 뜨여진다. 조금 어두운 복도에서 적금발이 마치 불꽃처럼 너울

너울 흔들렸다.

"말씀드렸습니다만, 추적에는 자신이 있는 편입니다."

그가 나지막하게 말했다. 그의 눈빛은 더 이상 나긋하지만은 않았다. 호박색 눈동자 안쪽에 까만색이 비치는 듯한 착각이 들었다.

"아가씨."

그가 내게 가까이 다가왔다. 마치 귀를 눕힌 맹견이 느릿하게 다가오는 것 같았다. 그러던 그가 잠시 멈춰 섰다.

"그 아이는?"

나는 망토를 덮어 놓은 아이를 품에 포옥 안았다.

"제 일행이에요."

저쪽에서는 자세히 보이지 않을 것이다.

"일행이라기엔 상당히 작아 보이는군요."

"네. 당연해요. 아이니까요."

"……아이?"

탄시즈가 슬쩍 고개를 기울였다. 가늠하는 듯한 시선이 이쪽을 훑고 지나갔다.

"조금 전까지는 홀로 있지 않았습니까?"

"네. 아이를 화장실에 보냈었는데, 길을 잃었던 모양이에요."

그가 유려한 미간을 살짝 좁혔다. 확실히 찡그려도 아름다운 남자였다.

"외람되지만 이곳은 아이와 함께 올 만한 곳은 아닌 듯합니다만."

"네, 하지만 어쩔 수 없었어요. 혼자 나설 수는 없는 몸이라서요."

"혼자 나설 수 없다?"

"네. 내 애를 두고 혼자 어디를 가겠어요."

"······네?"

나는 아이를 껴안은 팔에 꽈악 힘을 주었다. 숨이 막힐지도 모르지만 조금만 참아 달라 빌며, 나는 당당하게 선언했다.

"제 애예요."

듣자 하니 경매장에 아이는 거의 출입하지 않았다. 무리수긴 하지만 어쩔 수 없지. 이 정도는 되어야 납득할 것 같았다.

"······아이가 있었습니까?"

"네. 있어요."

탄시즈가 묘한 얼굴이 되었다.

"아이 부친은 어디 있습니까?"

나는 잠시 망설이다가 눈을 굴렸다.

"없어요. 혼자 키워요."

어쩌다 애 아빠도 없이 씩씩하게 아들을 키우는 엄마가 되었는지 알 수 없지만. 사실 그리 틀린 말은 아니긴 했다. ······낳아보지도 않고 육아 고충을 이해하게 됐으니.

"그렇군요. 의외의 사실이라 조금 놀랐습니다."

"제가 아기 엄마처럼 보이지는 않죠. 보통 제 나이에 이렇게 큰 아이가 없으니."

"네. 아가씨는 아름다우니까요."

······예? 눈을 깜빡였다. 왜 그 말을 이 말로 받아치는 거죠?

"내 제안은 유효합니다. 아가씨, 아이 또한 함께 가도 좋습니다."

뭘 자꾸 어딜 가자는 건지 모르겠다. 당연하겠지만 거절이다. 만약 내가 리녹을 만나지 않았더라도 저 제안은 거절했을 거다.

"저는 아가씨가 아주 탐이 납니다."

"······."

"더 직설적으로 표현하자면 갖고 싶습니다."

탄시즈가 가려는 곳이 어디겠어. 황궁이겠지. 설정상 거기는 아주 위험한 곳이었다.

"정말 죄송한데, 제가 거절하면 어떻게 되나요?"

"어떻게 되는 일은 아닙니다."

탄시즈가 이렇게까지 나오는 이유를 알 수 없었지만 나는 조용히 그의 다리에 집중했다.

"그저 허락해 주실 때까지 찾아가겠지요."

그의 걸음이 떨어졌다. 조금씩 가까워지는 걸음을 보며 초조해졌다. ······네 걸음. 아니, 더는 가까워지면 곤란한데. 입술을 깨물 때였다.

"에이미."

망토 안에서 청아한 목소리가 흘러나왔다.

"녹스, 잠시만 참아, 곧."

"아니. 에이미. 나를 원래 모습으로 돌려봐 주겠나?"

나는 그대로 얼어붙었다. 잠깐, ······말투가 왜 이래? 나는 얼른 고개를 숙였다. 분명 몸에 착 들어올 만큼 작은 몸, 아이인 상태인데? 하지만 지금 말투는 꼭······ 밤의 리녹 같잖아.

"에이미, 시간이 없다."

낮의 아이를 청년의 모습으로 변하게 하면 밤의 모습 그대로였다. 그렇다면 반대는 아이의 모습이 나와야 하지 않나? 그러나 혼란에 잠겨 있을 때가 아니었다. 나는 고사리 같은 손을 놓지 않은 채 고개를 저었다.

"아니, 시간이 없는 건 저쪽이에요."

그리 말을 해주고는 머리를 돌렸다.

"황태자 전하, 저는 함께 가지 않아요. 이미 머무는 곳이 있거든요."

탄시즈는 무어라 하려 했지만 그 순간이었다. 엉덩이를 깔고 앉아 있던 발밑에서 빛이 흘러나왔다. 천에 가려져 온전한 빛을 내지 못했으나 어두운 복도를 밝힐 만큼은 환했다.

'드디어 완성됐구나.'

나는 다른 손에 쥐고 있던 순간이동 구슬을 꾹 쥐었다. 처음부터 탄시즈와 대화를 하며 노린 것은 이쪽이었다. 시간을 끌며 순간이동 마법이 완성되길 기다리는 것.

"전하, 죄송하지만 제가 치료해 주었던 것은 제게 도움을 주었던 것으로 받은 셈 치고 잊어줬으면 해요."

더는 탄시즈와 엮이고 싶지 않았다. 물론 이제는 엮일 일도 없겠지만. 직접적으로 볼 일은 없으리라 여기고 단호히 말했다.

"그리고 갖고 싶다느니, 탐이 난다느니. 저 그런 말 안 좋아해요."

눈을 가늘게 좁히며 탄시즈를 날카롭게 응시했다.

"제가 물건인가요?"

그리 말하고는 고개를 돌렸다. 탄시즈가 헛웃음을 흘렸다.

"불쾌하셨다니, 사과할 기회가 있다면 좋겠군요."

그리 중얼거리며 탄시즈가 걸음을 좁혔다. 탄시즈는 확실히 꽃을 보는 듯 아름다웠지만, 성질은 달콤한 향으로 벌레를 꾀는 식충화에 가까웠다.

"이대로 둘 것 같습니까?"

"말이 많군."

일단 마법진이 완성되면 외부인이 들어올 수 없었다. 마법진 안으로 들어오려던 탄시즈의 손이 멈췄다. 이어 파지직 푸른 스파크가 튀었다.

"무례를 범하지 않는 게 황실의 법도 아니던가? 탄시즈 라그나르."

갑자기 리녹이 천천히 내 망토를 벗어냈다. 밝은 빛 속에 고스란히 드러난 검은 머리칼에 탄시즈가 눈을 크게 떴다.

"하. 하하하…….'"

나는 낭패한 낯으로 두 사람을 번갈아 봤다. 차분하고 계략적이며 신중한 탄시즈는 의심이 많아 자신이 직접 본 것이 아니면 믿지 않았다. 원작에 따르면 지금까지 리녹에게 불편한 저주가 있음은 알았지만 목격한 적은 없을 터였다. 부하들에게 전해 들었어도 마찬가지였을 텐데.

이유는 알 수 없지만 리녹이 스스로를 드러냈다.

"전해는 들었지만. 사실이었나?"

탄시즈가 그림 같은 미소를 싹 지워냈다. 휘어진 눈매가 반듯하게 펴지며 날카로운 본래의 형태가 드러났다. 탄시즈가 느른히 목을 쓸어내렸다.

"너와 있었구나."

나른하게 가라앉은 눈이 나와 리녹을 한 번에 담았다.

"그래서 찾지 못한 거였어."

그 순간 순간이동 마법진의 빛이 더욱 커졌다.

"리녹 이베르크."

탄시즈의 신형이 빛에 파묻혀 사라진 순간, 빛을 뚫고 나긋한 목소리가 귀를 파고들었다.

"이것 참. 포기하지도 못하게 하네. 안 그래?"

눈을 찌푸리자 어렴풋이 탄시즈의 모습이 보였다. 그는 날 향해 가슴에 손을 얹고 신사처럼 정중히 고개를 숙여 보였다.

"곧 찾아뵙지요, 아가씨."

마지막으로 그가 웃는 듯했다.

"반드시, 또. 볼 겁니다."

△

눈을 뜨자, 조용한 대공저 정원이었다. 쥐 죽은 듯이 고요한 사위 어둠에 잠긴 풀을 보다 참았던 숨을 내쉬었다.

'이게 무슨 일이야. 대체.'

그저 바람 한번 쐬겠다고 나선 유람이었다. 더구나 첫 데이트라고 설레였던 마음도 있었다. 그런데 웬 도사견 같은 책 속 주인공의 등장으로 경매는커녕 이상한 플래그를 찍고 돌아온 것 같았다. 더구나 탄시즈가 리녹의 아이 모습을 발견하게 되는 건 이 타이밍이 아닌데······.

아무리 비틀린 상황이라지만 이렇게 되어도 되나 싶었다. 리녹의 마법이야 세레나 대신 어떻게든 단서를 찾아본다 쳐도 이건 위험했다. 상황을 꼬이게 하는 것 같으니.

탄시즈는 리녹의 일이라면 매우 집요하고 계략적인 인물이다. 그의 약점을 확실하게 목도하고 판단했으니 무슨 일을 벌일지 몰랐다. 가뜩이나 앞으로 남은 일 중에는 리녹의 생명을 위협하는 일도 있는데······. 어떡한다.

"에이미."

품속에서 리녹이 꼬물거리며 움직였다. 나는 그제야 리녹이 나를 바라보고 있다는 것을 깨달았다.

잠깐, 그러고 보니. ⋯⋯조금 전에 알맹이는 밤의 리녹이었지? 혹시나 싶어 그를 불러보았다.

"⋯⋯대공님?"

그가 끄덕였다.

"⋯⋯어린 몸이 되는 건 이런 기분인가 보군."

아무래도 잘못 느낀 것은 아니었나 보다. 하기야 확실하게 달랐다. 말투도 분위기도. 작아진 밤의 리녹은 조그만 제 손을 빤히 바라봤다. 신기하게 보는 것 같다가도 착잡함이 잠시 스친 것도 같았다.

이내 리녹이 얼굴을 들어 올렸다.

"으음, 왜 그렇게 보세요?"

"아니다. 그저⋯⋯. 너를 올려다보게 되니 묘한 기분인 듯하다, 에이미."

"저도 묘한 기분이긴 해요."

툭 치면 튀어나올 것 같은 크고 투명한 아이의 눈이 서리처럼 냉랭한 빛을 품고 있으니 기분이 요상했다. 그렇다고 어울리지 않는 건 또 아니라. 순진함이 지워진 아이의 얼굴은 차갑고 인형 같은 분위기에 가까웠다.

"그런데 이상하네요."

왜 몸은 아이인데 정신은 어른인 거지?

"분명 낮의 어린 대공님께 마법을 쓰면 밤의 대공님이 나오셨잖아요. 그럼 반대로도 되어야 하는 것 아닌가요?"

리녹 또한 고개를 기울였다.

"글쎄. 그건 나도 알 수가 없군. 고대 마법이라 잘은 알 수 없으나 오류가 있었던 것인지도 모른다."

"윽."

"왜 그러지?"

"아뇨……."

분명 리녹은 버릇처럼 뺨을 문지르며 행동했던 것 같은데. ……입을 쭉 내밀며 진지하게 고민하는 얼굴이 미치게 귀여웠단 말은 못하겠다.

"그냥 대공님을 한번 안아보고 싶어서요?"

"이미 안고 있지 않은가?"

"네. 그렇긴 한데. 참. 마음이 그렇네요."

벽을 부수고 싶은 마음이 그래요. 하하하……. 그렇네요. 선생님. 게다가…… 냉정한 눈으로 갸웃하는 얼굴이라니. 이 무슨 옳은 조합이란 말인지.

"어쨌거나 에이미, 나를 본래 몸으로 돌려주겠나?"

"아. 조금만 더……."

"혹시 뭐라 했나? 들리지 않았다."

"아, 아뇨아뇨. 아니에요."

이 옳은 조합을 좀 더 보고 싶었는데, 그건 안 되겠지? 나는 아쉬운 마음을 접으며 리녹의 손을 붙잡았다. 손등에 문양이 떠오르고 흰빛이 반짝거렸다.

그리고…….

"에이미?"

어라?

"아, 다시, 다시 할게요. 집중이 잘 안 됐나 봐요."

나는 다시 한번 시도했다. 그리고 두 번, 세 번. 마침내 네 번째가 되어서야 나는 심각한 얼굴로 인정했다.

"저, 대공님⋯⋯."

침을 꼴깍 삼켰다.

"마법이 안 통하는 것 같은⋯⋯ 데요⋯⋯?"

침묵이 나와 그 사이에 내려앉았다. 그의 고운 미간에 주름이 지어졌다.

"무슨 소리인가? 마법이 통하지 않는다니?"

"그게 그러니까⋯⋯."

나는 그의 손을 떼어내고 얼른 설명했다. 손짓까지 써가면서.

"평소에 이렇게 생각을 하면서 손등에 불, 아니, 문양이 반짝이면 대공님께서 변하셨거든요?"

"그런데 지금은 그렇지 않다는 말이군."

"네. 네. 맞아요."

이상한 일이었다. 분명 손등에 하얗게 문양이 나타나는데도 그는 변하지 않았다. 오히려 반복해서 쓰니 몸에서 힘이 살짝 빠지는 기분이었다.

"변하지 않는다니⋯⋯ 이런 일이 있을 수도 있나⋯⋯."

그도 조금 당황스러운 듯했다. 그러나 어쩔 줄 몰라 하는 나와는 다르게 곧바로 침착함을 되찾은 기색이었다. 마치 이런 일은 익숙하다는 듯이.

"대공님 제가⋯⋯."

"아니. 네 탓이 아니다, 에이미."

조그만 손이 내 손가락을 붙잡았다. 그는 내 손을 잡고 싶었던 듯 잠시 멈췄다. 그러나 이어 다시 고개를 들었다.

"사과는 하지 않아도 된다. 생각이 있어 나를 아이로 만든 것이 아닌가?"

"네? 네……. 그 황태자 전하가 부하, 아니, 기사들을 아주 많이 이끌고 온 것 같으시더라고요."

그래서 우선 리녹의 정체를 숨기고 방심한 틈을 노려서 얼른 몸을 빼내려 한 것이었는데. 나는 난감한 얼굴로 리녹의 낯을 응시했다.

물론 리녹의 능력을 믿지 않는 것은 아니다. 그 상황에서 싸울 수도 있었겠지만, 나를 보호하며 싸우는 상황은 우리에게 너무 불리했다. 나름 최선의 방법을 택했다고 생각했으나 상황이 이렇게 되니 묵직한 책임감이 어깨를 꽉 눌렀다.

"아니, 좋은 판단이었다 생각한다. 싸움이 일어났다면 순간이동 주문을 위해 시간을 벌기 어려웠을 테니."

리녹은 조그만 제 손을 턱에 짚고는 고개를 끄덕였다.

"이 모습은 일단……. 기다려 보는 것이 좋겠군."

나는 멍하니 그의 얼굴을 바라봤다. 아니, 이거 좀 진짜…….

"날이 추운 듯하니 먼저 저택으로 들어가는 것이…… 에이미?"

"네, 네?"

나는 눈을 깜빡였다.

"왜 그러지?"

"아, 아뇨. 아뇨!"

자그만 손이 눈앞에서 휘적휘적 흔들렸다.

"혹시 다친 건가? 어딜 다친 것인지, 물어도 되겠나?"

그는 내 눈에 손을 흔들더니 심각한 표정이 되었다.

"아뇨…… 그것도 아닌데……."

난처한 음성을 꺼내며 슬그머니 시선을 사선으로 흘렸다.

"그런데 왜 눈을 마주하지 못하나. 염려되니 말해줄 수는 없겠나?"

"어, 음."

대공님의 현재 모습이 치명적이게 귀여워서인데…… 어찌 말을 하죠? 흠.

그랬다. 날카롭고 이지적인 밤의 표정이지만 조그마한 아이의 몸으로 진지하게 고민하는 그의 모습이 나의 우심방에 활활 불을 지폈다. 이를테면 완벽하게 취향에 부합했다는 거다.

세상에. 그렇게 아무것도 모른다는 듯이 보기 있습니까? 손도 쪼그매. 발도 쪼그만데 어떻게든 내 염려를 덜어주려고 마구 고개를 젓는다거나 토닥이는 손이 정말……. 아니, 나는 정말 취향이 리녹이구나. 어린 모습도 좋고 지금 모습도 좋은 걸 보면.

"에이미?"

거기다 미세한 차이긴 하지만. 아이가 되니 어른의 모습일 때보다 표정이 한결 더 잘 드러나는 것 같다.

"대공님, 이런 심각한 상황에 정말 죄송한데……."

"말을 해주겠나? 내게 미안해할 것은 아무것도 없다. 앞으로도."

그 말 참 감동적인데. 그 모습으로 손까지 꼬옥 잡고 하시니 참 폭발이 일어날 것 같네요. 제 좌심실에서요.

"한 번만 안아봐도 돼요?"

"뭐?"

"기왕이면 품에 폭 들어와 주세요."

"……."

리녹, 아니, 아이의 얼굴을 한 그가 알 수 없는 표정을 지었다. 고민하는 듯한 그의 침묵은 길지 않았고 이내 고개를 끄덕였다. 그것도 비장하게.

"에이미."

그가 팔을 벌렸다.

"나를 안아도 좋다."

리녹이 고개를 기울였다. 제 딴엔 이상하다고 생각했는지 말을 정정했다.

"아니. 안아…… 주겠나……?"

이 말을 하는 것이 조금 어려웠는지 그의 뺨이 보일 듯 말 듯 발긋발긋 달아올랐다. 확실히 그는 언제나 권유하듯 내게 묻곤 했으나 가끔 내게 뭔갈 청할 때는 답지 않게 어렵사리, 조심스럽게 건네곤 했다. 문제는 저 모습으로 해서 파괴력이 남달랐다는 거지만.

"허락해 주셨으니 그럼 사양 않고……."

포옥. 조그만 머리가 가슴에 쏙 들어왔다. 언제나 느끼는 건데 리녹이 아이가 될 때는 그가 정말 작아지는 것 같다. 그가 아이가 될 때는 늘 좋은 냄새가 났다. 어른일 때에도 향기가 좋은 건 마찬가지만 큰 리녹이 향기마저 시원하고 어른스럽다면 이쪽은 더 포근했다. 나는 그의 머리에 살짝 뺨을 비벼 보았다. 가슴에 깃털이 가득 찬 기분이었다.

"대공님……."

분명 심각한 상황이건만 이 순간만은 잠시 잊고 감촉을 만끽했다.

'어라 왜 말이 없지? 너무 꽉 안았나.'

그가 유달리 말이 없다는 생각에 고개를 내렸다.

"에…… 이미."

슬그머니 내려다본 그는 어째서인지 고개를 들지 못했다. 나는 그를 안은 채 머리만 갸웃 기울였다.

"너, 너무 꽉……."

"대공님, 뭐라구요? 아니, 그보다 지금 말 더듬으신 거예요?"

리녹이 말을 더듬는다고? 전혀 예상치 못한 반응에 나는 그에게 더욱 집중했고, 그러고 나서야 알았다. 왜 이렇게 빨갛지? 귀부디 목까지 토마토가 묻어날 듯 새빨갰다. 아니, 타는 것도 같았다.

"너무…… 꽉 안지 않았나."

"아, 그랬나요? 설마 숨 막히셔서 빨개지신 거예요? 죄송해요."

헉. 숨을 못 쉬어서 그런가. 나는 빨개진 그를 풀어주려 서둘러 밀어내려 하는데, 돌연 그가 내 옷자락을 붙잡았다.

도리도리.

"아니다. 그런 게 아니라."

"대공님?"

"그저, 네가 이렇게 다가오니까."

"다가오니까요?"

그가 내 옷자락을 쥔 채 손등으로 입술을 가리며 고개만 돌렸다.

"어쩔 줄 모르겠어서……."

빗금을 잔뜩 친 것처럼 빨개진 그의 얼굴이 은은한 달빛 아래로 고스란히 드러났다.

"그리고 에이미, 너무 꽉…… 안지 않는 게 좋겠다. 기분이 이상,

아니, 그러지 않는 것이 좋겠어."

"대공님."

나는 그의 말을 가로채며 고개를 숙였다. 얼굴이 가까워지자 평소와 다르게 어쩔 줄 모르는 시선이 그대로 보였다. 그럼에도 리녹은 리녹인지, 쩔쩔매면서도 시선을 피하지 않았다.

"솔직히요, 이렇게까지 말하려고 하지 않았는데……."

나는 침을 꼴깍 삼켰다.

"뭘 드시고 이렇게 귀여우세요?"

심장에 매우 좋지 않단 말입니다, 선생님. 부정맥이 올 것 같아요. 이건 벽을 부숴도 해소되지 않을 것 같단 말입니다.

어쩐지 로테의 귀엽고 사랑스럽고 완벽 어쩌고저쩌고 수식을 지금 완전히 이해할 수 있을 것 같았다.

"뭐? 에이미, 지금 뭐라고."

"혹시 만약에요, 이대로 대공님이 원래 모습으로 돌아오지 않으면 어떡하죠?"

"……그런 일은 없을 거다."

"방법이 있을까요?"

"방법은 당장 생각나지 않지만…… 감이 그렇다 여겨지는군."

짐승의 본능적인 감 같은 건가? 확실히 산전수전 모두 겪은 그의 감이 그렇다면야. 믿음이 갔다. 솔직히 아주 조금은 돌아오지 않아도 괜찮을까 아주 잠시 생각했지만 금세 반성했다. 그러고는 표정을 가다듬었다.

"그럼요. 방법이 분명, 분명 있을 거예요."

내 말에 스스로 끄덕이며 이어 말했다.

"그런데 만약 혹시라도 대공님께서 원래 모습으로 돌아오지 못하신다면요."

"못한다면?"

"제가 책임질게요."

나는 비장하게 말했다. 리녹은 곧바로 이해하지 못한 듯 고개를 갸웃했다. 확실히 이 모습이라 그런지 치명적인 사랑스러움이 함께였다.

"이해하지 못했다. 에이미. 뭘 책임지겠다는 건가? 내게 미안한 거라면, 이미 괜찮……."

"대공님 인생을요."

"……뭐?"

그가 입을 딱 다물었다. 자신이 들은 것을 믿지 못하겠다는 표정이었다. 나는 그런 그의 뺨을 양손으로 붙잡고 또박또박 말했다.

"잘못 들으신 거 아니에요. 대공님 인생을 책임, 지겠다고 말했어요."

"……언제까지?"

"글쎄요."

언제까지라니, 생각해 보지는 않았는데.

"음, 으음, 제 실수니까…… 대공님이 원래대로 돌아갈 때까지……?"

그가 조그만 손으로 나를 덮었다. 별처럼 반짝이는 동그란 눈동자가 나를 담았다. 자수정같이 그윽한 자색을 담아 깜빡인다.

"그럼 죽을 때까지 돌아오지 않으면. 너는 평생 내 곁에 있어 주나?"

……얘기가 그렇게 되나? 나는 조금 당황하면서도 얼른 끄덕였다. 그러자 그는 조금 충격에 빠진 듯했다. 확실히 아이라 표정이 더 잘 보이는 기분이었다.

"아니, 대공님. 이게 충격에 빠지실 일인가요? 지금 표정이 살짝 예상치 못한 말을 들으신 표정인데요⋯⋯."

그러자 리녹이 그게 아니라며 고개를 저었다. 그의 얼굴은 엄격, 근엄, 진지했으나 아이의 얼굴에는 그저 귀여워 보일 뿐이었다.

"에이미, 그게 아니다. 네가 평생 곁에 있어 주는 것은 좋지만⋯⋯."

"좋지만요?"

"이 모습으로는 뽀뽀를 할 수 없지 않은가."

⋯⋯네?

"아니, 아니. 키스도 할 수 없겠군."

내 시선은 어찌할 줄 모르고 허공을 더듬었다. 원래 어린 애가 되면 표현도 귀여워지는 건가? 원래 그래? 안 이러셨잖아요, 선생님.

그러나 리녹은 꼭 일생일대의 고민을 하는 것 같았다. 이를테면 평생 아이 모습으로 나랑 평생 살기, 그런데 뽀뽀 없음 vs 원래 모습으로 돌아가고 기한은 모르지만 뽀뽀와 키스 있음, 뭐 이런 건가?

나는 입술을 살짝 내밀며 눈을 끔뻑였다. 아니, 그런데⋯⋯. 원래 모습으로 돌아가면 키스해 준다고 했나? 왜 약속한 사람처럼 고민하는 걸까.

"음, 대공님 그건 방법을 찾아보고 나서 고민하시는 게 낫지 않을까요?"

"⋯⋯그때 가서 네가 잊으면."

"안 잊어요."

"말을⋯⋯."

"안 바꿔요. 안 바꿔."

그보다는 리녹의 손이 뺨이 차가워져서 걱정이었다. 아이의 몸은 체온이 어른보다 높은 대신 빠르게 식는 것 같았다. 나는 그의 뺨이 식지 않도록 감싸 쥔 채 꼬옥 잡아주었다가, 이내 배시시 웃었다.

"대공님, 있잖아요. 참 심각한 일인데 이상하죠."

따끈따끈한 뺨 아래로 하얀 입김이 부서졌다. 보석 같은 눈을 깜빡이는 그는 겨울과 놀랍도록 잘 어울렸다.

"아이가 되시니까. 조금 더 솔직해지신 것 같아요."

"나는 언제나 솔직했다, 에이미."

"네. 맞아요. 그러셨죠. 제가 말한 건 요기. 요거요."

나는 그의 뺨을 눌렀다가 떼었다.

"표정이 조금 더 풍부해지신 것 같아서요. 보기 좋아요."

눈을 휘며 미소를 가득 담았다. 리녹은 그런 나를 한참 바라봤다.

"너는…… 낮의 나를."

"네?"

"아니다."

고개를 흔드는 그를 바라보며 나는 비스듬히 고개를 기울였다. 사선으로 봐도 잘생겼네. 결국 목구멍 안쪽에서 불쑥 튀어나오는 말을 참지 않았다. 눈이 깊게 호선을 그렸다.

"헤헤. 대공님 정말 귀여우시네요. 너무 좋……."

"에이미."

리녹이 고개를 확 들어 올렸다. 그는 자그마한 손으로 내 입술을 막은 채 입술을 꾹 깨물었다. 왜 그러지?

"너는 낮의 나에게 줄곧 이런 말을 했던 건가?"

왜인지 크고 동그란 눈동자가 이글이글 타는 것 같았다. 나는 멈칫했다.

"이렇게 웃어주고, 좋아한다 말하고?"

"네? 아하하하……."

선생님, 그 질투 아직도 현재 진행형이었습니까? 나는 얼버무리려 했다. 그러나 리녹은 내가 했나, 안 했나 명확히 밝힐 때까지 일어나지 않을 것처럼 살벌하게 입을 꾹 닫았고 결국 나는 시인했다.

"대공님, 우리 남은 이야기는 들어가서 해요. 네?"

곤란한 대화를 피하기 위해서가 아니라, 리녹의 체온이 정말 차갑게 느껴졌기 때문이었다. 무슨 얘기를 하든 들어가서 하는 게 좋을 것 같았다.

그는 순순하게 일어났으나 표정이 좋지 않았다. 나는 난감한 표정으로 뺨을 긁적였다. 삐치신 건가? 설마 리녹이 그러겠냐 싶었지만 어른 모습에서는 상상할 수 없던 모습이 연상되기는 했다.

그렇지만 내게도 이유는 있었다. 낮의 그에게는 비교적 쉬운 말이었을지도 모른다. 하지만 밤은 아니었다. 밤의 모습을 한 그에게 좋아한다고 하는 것은 전혀 다른 무게였으니까.

나는 아이의 뒤를 따라가던 걸음을 멈췄다. 내가 쫓지 않자 그가 고개를 돌렸다. 자그마한 그와 나의 시선이 교차했다.

"대공님, 저는 말이에요."

푸르스름한 달빛 아래서 선선한 바람을 맞으며 품었던 것을 꺼내려 했다.

"아니, 에이미."

그는 조금 전의 홍조가 모두 식은 낯빛으로 천천히 머리를 흔들었다.

"지금은 어떤 말도 하지 말아 주겠나?"

"하지만."

"네게서 나올 말이 긍정이든, 부정이든."

잠시 입술을 맞물렸던 그가 느릿하게 떼어냈다.

"내가 원래 모습으로 돌아오면 그때 해주었으면 한다."

그러고는 그는 자신의 손을 내려다보는 것 같았다.

"이 순간에 에이미, 너를 으스러지게 안고 싶은데."

"……."

"……이 모습으로는 너를 안아줄 수가 없어."

바람이 불며 밤처럼 새카만 머리칼이 흔들거렸다. 얼음으로 조각된 것처럼 차갑던 얼굴에 쓸쓸한 빛이 잠시 스친 것 같았다. 그의 모습에 아이러니하게도 가슴이 울렁거렸다.

그는 눈을 감았다가 떴다. 그 모습 하나하나가 눈꺼풀에 그대로 담고 싶을 만치 아름다웠다. 새삼스럽게 그가 가진 외양이 얼마나 섬세한지 깨달았다. 유리 조각처럼 부서질 듯 날카로운 눈매는 고요히 접혔다가 이내 평온히 나를 담았다.

"손을…… 잡아 주겠나?"

당연하겠지만 얼른 손을 뻗어 감싸 쥐었다.

"대공님, 한 번도 얘기한 적 없는 것 같은데요."

나는 달빛을 바라보며 날숨과 함께 나붓하게 말을 내려놓았다.

"저는 단 한 순간도 당신의 모습을 이상하게 여겨본 적이 없어요."

처음부터 놀란 적도, 당황한 적도 없었다.

"어떤 모습이든 대공님, 당신이니까요."

이 달빛 아래서 나는 그에게 어떻게 비칠까? 그대로 입술을 끌어올렸다. 태연하게 보였으면 좋겠다. 정말 그러하니까.

나를 물끄러미 보던 그가 입술을 열었다.

"나는 그런 너라서 좋아하는 건가 보군."

아이답지 않은, 웃을 듯 말 듯 고요한 미소가 입술에 고였다.

"네가 아닌 세상을 생각할 수 없을 정도로."

부드럽게 지나간 고백은 다시 심장 한켠에 고였다. 혈액과 함께 온몸을 순환하는 것 같았다.

그렇게 우리는 아무도 없는 텅 빈 정원을 꼬박 걸어 저택에 도착했다. 중간중간 경비를 서는 기사를 보기도 했지만 그들은 리녹을 보고 놀란 눈을 하긴 했어도 아무런 말도 걸지 않았다.

조금 더 걸어서 침실에 도착했을 때였다.

'로테에게는 내일 바로 이 사실을 알리는 게 좋겠지? 거짓말처럼 하루 만에 원래대로 돌아오면 좋겠는데.'

이런 생각을 하던 순간이었다.

"그런데 에이미."

문고리를 잡고 막 들어서던 참에 리녹이 말했다. 나는 문을 여느라 그의 얼굴을 보지 못했다.

"조금 전에 생각하지 못했던 일인데, 하나 물어도 되겠나?"

"네? 네. 물론이죠."

아이치고는 낮은 목소리에 고개를 돌린 나는 멈칫했다.

"탄시즈 라그나르와는 어떤 사이지?"

그가 어째서인지 낮게 가라앉은 눈으로 나를 보고 있었다. 정정한다. 차갑게 활활 타는 눈이었다.

"왜 그자가 너를 친근하게 보나."

"아, 대공님. 그게."

"아니, 네게는 탓이 없다. 다만 그놈의 입을……."

뒷말은 미처 듣지 못했다. 숨이 꿀꺽 넘어갔다. 안 들어도 알 것 같은 느낌은 왜일까. 나는 하하, 소리 내어 웃고는 시선을 슬그머니 돌렸다.

'아니, 선생님……. 이제 와서 질투요?'

내가 대답을 하지 않자, 리녹은 어찌 받아들인 것인지 아무 말도 하지 않았다. 문제는 그 침묵이 더욱 무서웠다는 거다.

"저, 대공님……?"

그는 대답하는 대신 고개만 돌렸다. 커다란 눈을 두어 번 깜빡이더니 다시 걸어갔다. 이윽고 침대에 걸터앉은 채 나를 올려다봤다.

"……밤이 깊군."

왜일까. 저 말이 밤은 깊었지만 너와 나 사이에는 많은 대화가 남지 않았냐로 들렸다. 그러나 그는 그 이외의 말은 꺼내지 않았다. 얼음을 녹인 듯 푸르스름한 달빛이 그의 머리칼을 검푸르게 물들였다. 깜빡이는 긴 속눈썹이 한 올 한 올 빽빽하고 섬세하게 움직였다.

"그만 자는 것이 좋지 않겠나?"

그 말에 묻지 않을 수는 없었다.

"저, 더는 안 물어보세요?"

"물어보고 싶은 것이야 많지만. 에이미, 네가 피곤하지 않은가."

그의 말처럼 피로하지 않은 것은 아니었다. 볼살이 뽀얀 아이에게서 나온 차분한 말은 나를 묘한 기분으로 만들었다.

즐겁게 나온 첫 나들이는 요상한 추격전에 도망으로 끝나고 말았다. 생각할수록 어쩐지 코가 시큰해지는 기분이었다,

"에이미?"

잠시 이상하다는 듯 고개를 기울이던 그가 벌떡 일어났다.

"설마, 우는 건가?"

"······안 울어요."

나는 눈을 닦아내며 말했다. 눈이 조금 시큰하긴 했으나 정말 울지는 않았다.

"아시잖아요, 저 잘 안 우는 거."

정말이었다. 나는 우는 일이 드물었다. 눈을 비빈 것도 감지 않으려고 애써서 따가운 것일 뿐. 언니가 참 나를 강하게 키우긴 한 모양이다.

"그럼······. 왜 그런 표정인가. 물어도 되겠나?"

"그냥—."

그의 말에 태연하려고 애썼다. 그러나 나는 울적한 표정을 숨기지 못하며 그대로 머리를 아래로 떨어트렸다.

"별거 아닌데."

그러자 그는 나를 잡고 유심히 쳐다봤다.

"작은 것도 장점이 있군."

"······."

"에이미, 네 표정이 더 잘 보인다."

그의 말에 알았다. 이젠 고개를 숙이면 표정이 숨겨지지 않고 더 잘 보이게 되었다는 걸.

울적하다 말고 머쓱한 기분이 들었다. 나는 코끝을 비볐다.

"그냥, 그······. 저희 첫 데이트가 이렇게 되어버렸잖아요. 그게, 조금 울적해서요."

나는 그의 손을 꾹 잡으며 중얼거렸다.

"처음 해보는 데이트였는데."

사실 그랬다. 전생에서도 변변찮은 데이트를 해본 것이 아닌 데다, 이번 생에서는 언니랑 외진 곳에 살았다. 누누이 말하지만 내 세상에는 언니가 전부였다. 리녹을 만난 뒤로도는 아무도 만나지 않았다. 생각해 보면 그를 만났기 때문인 것 같다.

'……눈이 기하급수적으로 높아졌어.'

이건 내 탓이 아니다. 그와 지내며 눈이 정수리 위에 달렸나 싶을 정도로 높아지게 만든 그의 탓이지. 누가 이렇게 잘생기래? 뭐, 이렇다 보니 그를 보내고도 딱히 누군가와 연애라거나 데이트를 생각 못 해본 건 당연했다. 그의 외적인 요소가 뛰어난 깃도 있으나 그렇게 헤어지고 마음에 걸렸으니까. 그저, 그가 행복해지면 좋겠다고 생각했다. 그다음에 뭐든 해보면 되지 않을까?

아무튼, 그런 상황에서 나로서는 그에게 마음 한 터럭 꺼내놓는 게 참으로 큰 결심이었다. 거기다 그렇게 어렵사리 꺼낸 끝에 맞이한 첫 데이트였는데. 내 얼굴이 더욱 시무룩해지자 리녹은 어쩔 줄 몰라 했다.

"에이미……. 데이트는 그러니까."

잠시 망설이던 그가 이내 입술을 지그시 눌렀다가 놓으며 고개를 들었다. 결심한 얼굴이었다.

"그건 첫 데이트가 아니었다."

"네?"

나는 고장 난 형광등처럼 눈을 깜빡였다.

"저랑, 나가셨던 것이 별로셨어요……?"

"아니, 그럴 리가 있겠나."

나도 그럴 것이라 생각하며 되물은 것이긴 했다. 그럼에도 얼떨떨

했지만.

"끝이 엉망이 되었으니, 처음은 새로 쌓으면 된다. 이리 말하고 싶었다."

너울너울. 자색 눈동자 위로 검은 머리칼이 살짝 춤을 추었다.

"너와 나만 함께 있다면 얼마든지 가능한 일이다."

아이인 그가 고개를 내려 손끝에 작게 입을 맞추었다. 밤의 모습일 때 그가 자주 하던 행동이었으나, 아이 모습으로는 생소하게 느껴졌다.

"……아이 모습으로 이 정도는 괜찮겠지."

그도 그렇게 중얼거리더니 조금 어색해하는 듯했다. 그러나 리녹답게 금방 태연한 표정이 되었다. 조금 서늘한 듯 하얀 얼굴을 보자니 마음이 차분히 가라앉는 것 같았다.

"이만 자지."

따끈한 손이 눈 위로 내려앉았다.

"네가 피로해 보인다."

그렇게 힘이 달리는 것은 아니지만 이상하게도 청아한 음성을 듣고 나니 노곤함이 몰려왔다.

"나머지 얘기는 내일 하는 게 어떤가."

"……으응. 그래요."

나는 그의 옆에 얼굴을 묻고 조금만, 하고 중얼거렸다. 천천히 눈이 가물어가던 순간이었다.

"탄시즈 라그나르에 관한 얘기도. 내일 듣지."

아. 그거. 나는 끄덕이면서도 오묘한 표정이 되었다.

그냥 지나가는 게 아니었구나.

△

다음 날.

오지 않을 것 같은 이튿날은 생각보다 빠르게 찾아왔다. 그러니까 눈 떠보니 금방 오전이 된 것 같은 기분이었다는 거다. 아무래도 외출의 끝이 이러저러하다 보니 꿈자리가 사나울 줄 알았는데, 피곤했던 모양이었는지 생각보다 깊이 잠들었다. 눈을 뜨니 조그만 얼굴이 나를 깜빡이면서 바라보고 있었다.

"……으응, 녹스?"

역광에 그늘이 음영진 리녹의 얼굴이 보였다.

왕왕!

뺨을 할짝대는 늑대의 혀가 간지러웠다.

"그래그래. 하양이도 있구나."

왕!

손을 뻗어 하얀 털을 마구잡이로 쓰다듬었다. 그리고 상체를 일으켜 세우는 동안 아이가 고개를 뒤로 물렸다. 천천히 햇살에 물드는 낮은 풀잎처럼 싱그러웠다.

'지금은 아이인 거겠지?'

아이인 모습을 바라보고 있으려니 조금 헷갈렸다. 낮이니 당연히 그쪽으로 돌아갔을 것이라고 생각하면서도 아닌가 싶기도 하고. 잠이 덜 깨서 그런지 잘 분간이 되질 않았다.

눈을 비비다 말고 나는 배시시 웃었다. 그러고는 손을 쭉 뻗어 아이의 손을 잡아당겼다. 거부 없이 아이가 품에 쏙 안겨들었다.

"으음. 녹스. 오늘도 폭신폭신하네."

새털처럼 보드라운 아이의 머리칼을 뺨으로 비비며 마음껏 만끽했다. 어제부로 조금 더 둑이 열린 기분이었다. 그러다가 눈을 슬쩍 떴다. 순진하게 눈을 깜빡이고만 있는 걸 보니 낮의 모습이 맞구나. ……밤이었다면 마구 붉어졌겠지.

"에이미……."

"응?"

"오늘은……. 왜 안아주는 거야?"

머뭇거리던 아이가 내 머리끝을 조심스럽게 잡았다. 그대로 매만졌다. 이내 망설이는 얼굴이 갸웃 기울어졌다.

"나 오늘…… 착한 일 안 했는데……."

나는 잠시 할 말을 찾지 못했다. 그 시간은 길지 않았다. 지금 네 모습은 착한 일 아니라 일억 이천 전부 나쁜 짓만 했더라도 안아줄 수 있을 것 같은데.

대공저의 꽃병은 몇 개나 될까. 내가 매일 하나씩 부숴도 될까? 이런 실없는 생각을 하며 나는 아이를 한 번 더 껴안고 얼굴을 비볐다.

"착한 일 안 해도 돼. 언제든 이렇게 안아줄게."

"……정말?"

"응."

품에서 아주 살짝 고개를 뗀 아이가 눈만 들어 올렸다. 고개를 든 아이의 얼굴에 해사한 미소가 피어났다. 봄꽃이 돋아나듯 하얗게 피어난 미소는 그의 뒤로 쏟아진 햇살보다 반짝거렸다. 그러다가 잠시 멈춰 선 얼굴은 조심스럽게 내게 처음으로 먼저 비벼졌다.

"……에이미."

아이의 얼굴이 울먹이는 듯 떨려 나왔다.

"에이미가 너무 좋아."

내 품에 안겨서 얼굴을 비비는 그를 꼬옥 안아주었다.

"여기서…… 더…… 좋아해도 돼?"

……돼. 돼. 모두 돼. 안 될 것이 뭐가 있겠니. 오늘도 내 우심실이 부서지는구나. 심장이 아픈 척 가슴을 부여잡고 쓰러지는 시늉을 하자 아이가 왜 그러냐며 쩔쩔맸다.

나는 그러다 말고 아이를 잡아당겨 안은 채로 토닥였다.

"그렇게 하고 싶은 말 모두 하는 거야. 녹스."

"……."

끄덕. 아이가 조심스럽게 고개를 움직였다.

그렇게 한참을 있었을까, 하양이는 왕왕 짖으며 해맑게 돌아다니다 지쳐서 내 허벅지에 앉아 있었다. 리녹 또한 만족할 만큼 안겨 있었는지 밝은 얼굴로 떨어졌다. 뺨은 단풍진 가을이 온 것처럼 발그레했다.

"이만 갈까?"

……끄덕.

물오른 듯 기분 좋아 보이는 아이를 바라보며 나 역시 기분이 좋아지는 것 같았다. 줄곧 순진한 눈망울로 올려다볼 뿐 표정이 다양하지 않던 아이였는데……. 역시 애들은 웃는 게 최고구나. 그러고 보면 밤의 리녹도 잘 웃지 않았지.

문득 어떤 생각이 들었다. 아이의 손끝을 조심히 잡았다.

"녹스, 잠깐 실례해도 돼?"

나를 바라본 아이가 눈을 깜빡이더니 고개를 끄덕였다. 나는 아이에게 간략히 말하고는 손에 깍지를 끼웠다.

혹시나 지금 써보면 원래대로 돌아올까? 잠시 실험만 해보자. 하루가 지났으니 혹여 변화가 있지 않을까? 확인만 해본 뒤 다시 돌릴 생각으로 손을 꼭 쥐었다.

이내 손등에 하얀 문양이 떠올랐다. 아지랑이처럼 아이를 맴돈 빛이 가라앉고…….

'끄응.'

그곳에는 다시 아이가 있었다. 보통은 어른의 모습이 있어야 하는데.

"대공님?"

리녹은 갑작스러운 시야에도 재빠르게 상황을 알아차린 듯했다.

"역시 하루가 지난 것으로는 안 되는 모양이군."

"네. 그런 것 같아요."

그를 아이로 다시 돌리기 직전, 그는 잠시 베이커를 만나고 싶다 청했다. 하기야 이 일에는 조언자가 필요하지 않을까. 조언을 듣는 것에 동의했다.

잠시 후 리녹의 집무실에 그의 측근들이 모두 모였다. 베이커뿐 아니라 그레이와 로테도 있었다. 그러고 보니 남자 주인공의 측근 중에는…… 씩씩하고 뛰어난 여성 기사도 하나 있었던 것 같은데. 왜 여자에게만 '여' 기사를 붙이냐며 시비 걸던 이들을 단칼에 입 다물게 하던 실력의 소유자였다.

그녀도 그레이와 마찬가지로 이베르크 기사단의 부단장이자 조연으로 책 속 세레나를 무척 좋아하며 외롭던 그녀와 절친한 친구가 되는 이였다. 어째서 보이지 않지? 하지만, 생각은 거기까지였다.

"이거…… 심각한 일이군요."

먼저 입을 연 사람은 베이커였다. 그는 수염 없는 깨끗한 턱을 문질렀다.

"아니, 어쩌다 이렇게 되신 겁니까?"

그 말에 리녹의 시선이 잠시 돌아갔다. 나는 찔끔해서는 시선을 내렸다.

"어찌 이렇게 되었는지는 중요하지 않다. 더 중요한 것은 되돌릴 방법을 찾는 것이지."

"아가씨이시군요……."

로테가 조용히 한마디를 던졌다. 리녹이 눈썹을 조금 끌어올렸으나 내가 먼저 시인했다. 사실이긴 했으니.

"확실히 가장 현명한 방법이었습니다."

사정을 설명하자, 로테와 베이커도 끄덕였다. 그레이도 함께.

"황태자는 집요한 성격입니다. 거기서 싸우기 시작했다간 큰 다툼을 피할 수 없었을 겁니다."

"맞습니다. 옳은 일이긴 한데……. 주인님의 몸이 문제군요."

베이커가 제 턱을 잡은 그대로 머리를 비스듬히 숙였다.

"아시다시피 고대 마법은 알려진 것이 없는 비밀스러운 마법입니다. 소실된 것도 많고……. 그러니 제가 마법에 다소 해박하다 한들 명확한 원인이나 이유를 찾는 것은 어려운 일일 듯싶습니다요."

베이커의 연한 색 눈이 찌푸려지며 앓는 소리가 절로 나왔다.

"방법이 없으면 찾아보도록."

"네. 그래야지요. 일단 주인님께서 주신 고대 마법 자료는 충분하기도 하니……. 찾아보면 임시방편은 준비할 수 있을 듯합니다."

그는 그리 말하며 제 말에 스스로 고개를 끄덕였다.

"그나저나 아가씨."

"네?"

능글능글한 베이커의 눈동자가 내게로 향했다.

"흐음, 아가씨의 마법은 고대 주문 아닌가."

"그렇죠?"

"보통 고대 마법은 간절히 바라는 것을 이루어 주는 것이지."

그의 목소리가 점차 작아지며 은밀해졌다.

"혹시 아가씨가 바라는 것은 아닌가?"

"……뭘를요?"

말을 해놓고 깨달았다.

"설마 대공님의 저 모습을요? 제가 바랐다고요?"

"그러하네."

베이커가 구렁이 담 넘어가듯이 웃어 보였다.

"아가씨는 평소의 낮의 작은 주인님을 유별나게 좋아하지 않았나."

"아니, 제가 언제 유별나게……."

"확실히 그렇기는 했습니다."

로테가 못을 탕탕 박았다. 아니, 이 사람이 내가 도와준 것도 있는데 이렇게 굴기야? 그러나 로테의 눈은 한 점 심술 없이 진지했다.

"이봐, 그레이 자네도 그렇게 생각하지 않나?"

베이커가 그레이의 팔을 툭 쳤다. 그레이가 동그란 눈을 데굴 굴리며 슬그머니 눈치를 봤다.

"으음, 으으으음. 보는 눈이 조금 다르셨던 것 같기도."

……진심으로 저렇게 생각한다고?

"잠시만요, 오해예요. 뭐가 어떻게 달랐다고 이러세요."

"외람되지만 다른 점은 분명히 있었습니다."

측근 중 대표로 나선 이는 로테였다.

"낮의 주인님께 조금 더 다정하시고, 말이 많아지셨고."

"아니, 그거야 어린아이니까······."

"많이 안아주시기도 하셨지요."

"그거야 아이니까······!"

아니, 모든 어린 동물 및 아기에게는 사랑을 줘야 한다고. 모릅니까, 맥들? 나는 언니한테 그렇게 배웠단 말이야!

물론, 확실히 어린 리녹과 재회하고 미안하고 안쓰럽고 짠한 마음에 숲속에서와 달리 더 잘해주려 애쓰기는 했다. 하지만 그건 밤의 리녹과 차별하려 한 의도는 아니었다고. 정말 억울해졌다.

"······에이미."

그러나 이미 리녹의 눈은 나를 가득 담고 있었다. 배신감이 담긴 어린아이의 얼굴은 파급력이 굉장했다. ······울먹이는 얼굴이랑 동급인데 이건. 식은땀이 삐질 흘렀다.

"아니에요, 대공님. 아니에요!"

그러나 그의 시선이 빤히 나를 응시했다.

"······정말인가?"

"네?"

"정말 아닌 게 맞나?"

그의 말에 나는 참되고 착실하게 생각해 보았다. 진짜 그렇게 생각했나 안 했나.

망설임은 잠시였고, 그 바람에 대답할 타이밍을 놓쳤다.

"에이미······."

그의 동그란 눈에 배신감이 스쳤다. 낭패한 기분이 퍼뜩 들었다.

"……나에겐 웃지도 안아주지도 않고서……."

"아앗 대공님. 아뇨. 아니, 그게 아니라."

……잠시만, 정말 아닌 건가?

"이건 차별이다."

"차, 차별이 아니라요."

"이것이 차별이 아니면 무엇을 차별로 부르지?"

"아니, 제가 대공님께 손을 안 댄 건……. 아니, 말이 이상한데. 아무튼! 대공님은 눈에 너, 너무 해롭단 말이에요."

대체 반쯤 벗은 사내한테 어떻게 아무렇지 않게 웃어주고 만져 줄, 아니, 안아줄 사람이 어디 있냐고. 늘 심장이 튀어나올 것 같았는데.

"제가 무슨 죄예요. 대공님의 얼굴! 몸이 잘못한 거야!"

그렇게 아무 말이나 지껄이면서도 사실은 진짜 그런 게 아닐까 했다. 생각해 보니…… 저 모습이 아주 약간 더 좋기도 하고. 어디 보자. 고민해 보자면.

……무해하고? 고개를 붕붕 저었다. 아니야! 이게 다 저 측근들의 농락이다. 정말 억울했다. 저 모습이 내가 바라서라니. 나는 모든 리녹을 공평하게 좋아한다고! 잘생긴 건 어떤 모습이든 옳으니까!

실없는 생각으로 가득한 머리를 휘저으며 차분하게 가라앉히려 하던 그때였다. 덜컥. 문이 활짝 열렸다. 노크 없이 열린 문에 로테가 미간을 찌푸렸으나, 이내 들어온 이를 바라보며 표정을 풀었다.

"셰드 경."

들어온 이는 군인처럼 단단한 인상의 남자였다. 꽤 호감 가는 외형의 남자는 낯익은 얼굴이었다. 낮의 리녹이 오뚝이 백작 때문에 폭주 직전까지 갔을 때 로테와 함께 나타났던 기사였다.

"큰일 났습니다. 각하."

급히 들어온 그가 고개를 까딱이고는 리녹에게 무언가를 내밀었다. 그건 붉은 봉투였는데, 봉투의 문양을 본 순간 나는 멈칫했다.

"황태자의 초대장입니다."

붉은 드래곤, 황태자의 상징이었다.

"……가면무도회 초대장이군. 이걸 왜 지금?"

리녹이 미간을 찡그렸다. 이어 셰드 경이 한마디를 더 붙였다.

"항제 폐하의 명령서도 함께입니다."

그 말에 로테가 이를 꽉 깨문 신음을 흘렸다. 내가 해명을 바라는 듯 시선을 던지자, 그가 입을 뗐다.

"명령서가 함께 온 것은……. 거절할 수 없다는 뜻입니다."

그가 긴장 어린 숨을 내쉬었다.

"반드시, 저 연회에 참석해야 한다는 소리지요."

연회에 반드시 참석해야 한다고? 나는 본능적으로 고개를 돌려 얼른 리녹을 담았다. ……리녹은 현재 아이인 상태잖아? 그제야 사태의 심각성이 온몸으로 느껴졌다.

"그 연회, 그러니까 가면무도회라고 했죠?"

나는 측근들을 돌아보며 말했다.

"언제까지 가야 하는 건가요?"

끼어들어도 될지 몰랐지만, 묻지 않을 수 없었다. 의외로 내게 대답한 이는 막 들어온 셰드 경이라는 기사였다. 남자가 나를 본 순간 언짢은 기색이 스친 것도 같았지만 다시 보니 한없이 무뚝뚝한 얼굴이었다. 잘못 본 건가?

"적혀 있는 대로라면 사흘에서 나흘 내로 이곳에서 출발해야 합니다."

남자는 우묵한 얼굴로 그리 대꾸하고는 예의 바르게 고개를 돌렸다. 머리 색이 어두운 탓인가 마치 경비견 같았다.

"맞습니다. 장소를 고려하면 셰드 경의 말처럼 최소 사흘 내로는 출발해야 합니다, 각하. 그래야 겨우 맞출 수 있을 듯합니다."

로테가 서리를 갈아 넣은 것처럼 차가운 목소리로 덧붙였다. 이 상황이 불쾌하다는 기색이 역력했다. 하기야 모두가 마찬가지일 터였다.

"더구나 장소가 스틸라 공작령입니다. 의도가 뻔히 보이는 일임이 분명합니다만……."

"가지 않을 수는 없겠지."

어린 모습의 리녹이 짧게 정리했다.

'리녹의 말 대로야.'

로테가 말한 스틸라 공작령은 황태자, 즉 황실에 속한 세력의 영지였다. 특히나 스틸라 공작의 하나밖에 없는 딸은 이 책의 주요 인물이기도 했다. 탄시즈의 편으로서 말이다.

이제 와서 갑자기 이런 초대장을 보낸 탄시즈의 저의는 알 수 없으나 가지 않을 시 보복할 것은 확실했다. 황실은 언제든 기회를 노리고 있으니까. 이는 원작 안에서도 충분히 나온 내용이었다.

하나 지금 리녹의 상태가 문제였다. 현재 주기가 다가온 리녹이 저택에만 머무르고 있었지만 그는 한없이 저택에만 머물 수 없는 사람이었다. 무엇보다 황실에서 그리 두지 않을 것이고. 그나마 한 달의 반은 밤낮 모두 청년의 모습이라 버텨왔는데. 지금의 청년 모습이 불가능한 때라면?

나는 절로 표정을 굳혔다. 이미 나보다 먼저 이 생각을 했을 측근들도 표정이 좋지 않았다.

"3일 내로 방법을 찾을 가능성은?"

리녹의 말에 베이커가 능글능글하던 특유의 표정을 싹 걷어냈다.

"보통은 불가하겠으나……. 가능하도록 어떻게든 해보겠습니다. 그래야하지 않겠습니까."

유들유들하던 얼굴로 결연함이 스며들었다.

"각하, 방법도 중요하나 민약……."

로테가 조심스럽고도 정중하게 끼어들었다.

"만에 하나라도 각하께서 원모습으로 돌아오시지 못할 시의 방법을 강구해야 할 듯합니다."

로테가 설명했다.

"만약 각하가 마법의 주기였었다 하더라도 연회는 밤이므로 어떻게든 방법이 있었을지도 모릅니다."

"그렇겠지."

"예. 그러나 지금은……. 어렵지 않겠습니까?"

리녹을 누구보다 존경하는 그였으나 이 순간에도 그 성격답게 상황을 간파하는 말을 했다.

"더구나 황태자께서 각하의 어린 모습을 목도한 것이라면 이를 알고 어떤 함정을 만들었을지 모릅니다."

"초대한 것부터가 함정일 수도 있지요. 흠흠."

"베이커의 말이 맞습니다. 어쩌면 각하께서 오지 못할 것을 알고 보낸 것일지도 모릅니다."

로테의 말이 옳았다. 충분히 가능성 있는 말이었다. 나는 눈을 굴렸다. 베이커가 3일 내로 마땅한 방법을 찾을 확률은 낮았다. 3일 내로 원래대로 돌아올 수 있다면 좋겠으나 이 또한 장담할 수 없는 상황이고······.

나는 입술을 꾹 깨물었다. 초조함이 손끝을 지배했다. 모든 것이 내 탓인 것 같았다. 그때는 최선의 상황이라 생각했던 방법이었는데, 이렇게 될 줄이야. 이렇게 되면······.

아랫입술을 꽉 누르며 손등을 바라볼 때였다.

"내가 가마."

단아하고 또렷한 음성이 조용한 집무실에 퍼졌다. 여성치고는 조금 낮은 목소리의 주인공은 아이헨나였다.

'어머님?'

그녀는 처음부터 이곳에 있었다. 그러나 그림자같이 한쪽 자리를 차지하고 있었을 뿐 아무 말 하지 않았고 측근들 또한 시선을 두지 않았다. 실은, 어려워서 던지지 못한 것이겠지만. 어쨌거나 그녀 또한 대공저의 주요한 인물이자 리녹과 함께 이곳을 관리하는 관리자니까. 더구나 리녹이 마법에 걸린 사실을 알고 있기도 했고.

이제 와서 말하지만 탐탁지 않아 하는 리녹에게 아이헨나 님도 부르자고 한 것은 나였다.

"선대공비님."

측근들의 당황을 대표하듯 입을 연 사람은 로테였다. 리녹 또한 눈을 좁히며 아이헨나에게 모인 시선에 편승했다.

"방금······."

"제대로 들었다. 네가 원래대로 돌아가지 못하면 내가 가마."

시선이 몰린 한가운데에서도 그녀는 담담했다. 그 모습이 리녹과 비슷하게 보였지만. 그리고 리녹은 잠시 말이 없었다.

"괜찮겠습니까?"

잠시 후 조금 서늘하듯 덤덤한 목소리가 그에게서 흘러나왔을 때, 아이헨나의 시선이 돌아갔다. 나는 리녹의 뜻을 알아차렸다. 아이헨나 님이 다시 사회로 스미는 것은 생각보다 그리 녹록한 일은 아니었다. 일단 그녀는 오랫동안 미쳤던 여자로 바깥에 알려져 있을 테니 돌아온 그녀를 보는 시선이 곱지 않을 터였다.

더구나 이번에 새롭게 알게 된 사실. 그녀는 사실 정당한 대공가 후계자라는 것. 그럼에도 타인, 남편이라 하지만 타인에게 제 권리를 빼앗기거나 그대로 넘겨준 어리석은 사람처럼 비칠 수 있었다. 아마도 그녀를 기억하는 사람은 그렇게 생각하겠지.

상류 사회로 올라갈수록 성향은 보수적이다. 이곳의 귀족 사회 또한 그리 크게 다르지 않아 책 속 세레나는 고생을 크게 했다. 이를테면 이레귤러는 꽤나 괴로운 동네라는 거다. 세레나는 귀족이라 하기도 어려운 작은 남작 가의 가문의 딸로 태어나 그렇게 뛰어난 공적을 쌓고도 고생했다. 선대공비님이라도 다르지 않겠지.

"괜찮으니 말을 꺼낸 것 아니겠느냐."

하나 다리를 꼬고 이쪽을 응시하는 아이헨나 님은 이런 생각을 전혀 하지 않는 사람처럼 태연했다.

"일단 내가 간다고 답신을 보내렴."

꼿꼿하게 펴진 등이 그녀의 성정을 대변하는 듯했다. 그녀가 짓궂게 웃는 듯하더니 한마디 더 던졌다.

"욕하진 않을 게다."

그녀가 툭, 의자 손잡이를 두드렸다.

"표면상으로는 말이다."

그녀의 말에 리녹은 알 수 없는 표정을 지었다. 감동이라기에는 담백하고, 놀람이라기엔 연한 그 오묘한 표정을 무어라 정의하기 어려웠다.

"그전에 원래대로 돌아가면?"

"네가 원래대로 돌아가면, 함께 가면 되지 않니?"

색은 다르지만 얼음 조각처럼 반짝이는 두 쌍의 눈동자가 허공에서 시선을 교차했다. 이 틈을 타 로테가 점잖게 개입했다.

"선대공비께서 나서주시니 감사 인사를 드리고 싶은 마음을 감히 전하고자 합니다."

로테가 반듯하게 허리를 숙여 보였다. 깍듯이 예의를 차리는 그의 모습에 어머님의 눈에도 만족스러운 기색이 스치는 것 같았다.

"하지만 외람되게도 참석에는 한 가지 더 과제가 남아 있습니다."

로테가 장갑 낀 손으로 리녹에게 조금 전 건네받은 초대장을 톡톡 두드렸다.

"참석하는 누구든 파트너를 '반드시' 동반해야 한다고 하는데요."

그러자 그 말이 끝남과 동시에 곧장 아이헨나 님이 맞물린 입술을 열었다.

"저 아이를 데려가마."

네? 저요? 나는 얼떨떨한 표정을 지었다. 그런 내 표정을 알아챈 듯 어머님이 은은하게 웃어 보였다.

"파트너가 꼭 이성이어야 하는 법은 없잖니."

편견이 지나치게 없으신 것 아닌가요? 어렵사리 대답하려다 멈칫한 나를 보고 아이헨나 님이 상큼하게 덧붙였다.

"농이란다."

나에게 충격은 안겨주고 나이답지 않게 잠시 싱그러움을 보여주신 어머님은 그대로 고개를 돌렸다.

"너희가 준약혼 관계라 하니, 이참에 사교계에 공표해 보는 건 어떻겠니?"

그녀는 스틸라 공작령에서 가면무도회라면 그리 큰 자리는 아니라며 덧붙였다.

"잠시만요, 약혼 관계라니요?"

나의 당황에도 어머님은 안연하게 대답해 주셨다.

"지금처럼 여성과 남성이 함께 사는 것을 그리 말한단다, 아가."

"……."

아니, 그렇게 말씀하시면 할 말이 없기는 한데……. 물론, 그와의 관계를 전면 부정할 생각은 없었다. 내가 잠시 망설이는 사이 리녹이 끄덕였다.

"나쁘지 않군요."

아니, 선생님, 뭐가 나쁘지 않아요? 당사자가 고민하는 모습이 보이지 않습니까?

"그렇지 않아도, 탄시즈 라그나르 그자가 에이미를 보는 낯짝이 마음에 들지 않았습니다."

"어머나, 나는 황제의 낯짝이 마음에 들지 않았는데 이것 참 반가운 일이로구나."

어머님이 눈을 휙 접어 웃으셨다.

"내 아비에게 여자 후계자는 안 된다고 살살 바람을 넣은 것이 그

작자였지.”

가늘어진 눈 사이로 단검처럼 날카로운 시선이 스쳤다. 그녀의 뒤로 웅크린 짐승이 보이는 듯했다.

“잘은 모르나 탄시즈가 내 며느리를 탐내 하기라도 하니?”

“잘은 모르나 그런 것 같더군요.”

아이 모습인 리녹에게서 잠시 살벌한 기운이 흘렀다.

“에이미가 아름다우며 매력적이라 한들. 그자가 쳐다보는 눈은 불쾌하니 그대로…….”

“아뇨, 대공님. 황태자 전하는.”

“…….”

“……나쁜 놈이시죠. 암요. 전 처음부터 그렇게 느꼈답니다.”

아니, 그건 확실한 게 아닌 것 같은데. 탄시즈가 이성적으로 끌리는 건지 내 미지의 힘에 끌리는 건지는 모르는 것인데…….

하지만, 저 모자 사이에 끼어들 수가 없었다.

‘끼어들면 물릴 것 같아.’

나는 첫 만남에서 탄시즈를 치료해 주고, 꿈속에서 그를 보았던 사실을 말하는 걸 아주 조금 뒤로 미루기로 했다. 말을 안 하려는 건 아니다. 암. 이제 숨기지 않을 거다. 그럼. 다만 지금은 아닌 것 같다.

이렇게 상황이 그럭저럭 일단락되고 측근들이 하나둘씩 집무실을 빠져나갔다. 나도 한숨 돌리려 하던 순간, 누군가와 눈이 마주쳤다. 막 이곳을 나가던 셰드 경이었다. 커피 원두같이 조금 진한 피부색에 카키에 가까운 진한 눈을 가진 남자. 그의 눈에 잠시 묘한 기색이 스쳤다.

이상하네. 꼭 나를 아는 것처럼…… 쳐다보고? 그러나 아주 순간

이었던지라 판단할 수 없었다. 눈을 깜빡였을 때는 이미 셰드 경이
나간 뒤였다.

'저쪽도 갯과네.'

그레이가 애교 많은 시베리안 허스키 정도라면 저 남자는 뭐랄
까……. 집안을 든든하게 지키는 경비견? 저먼 셰퍼드(German Shepherd)쯤
이려나?

모두가 나간 뒤 집무실에는 나와 리녹만이 남았다. 아이 모습인
그가 자박자박 내게 걸어왔다. 자박자박이라니, 그와는 몹시도 어울
리지 않는 걸음 소리인데 몸이 작아지니 이렇게 잘 어우러질 수가
없다. 어느새 섬세한 도자기 인형 같은 얼굴, 유리구슬처럼 투명한
홍채가 나를 투영하고 있었다.

"에이미."

"대공님, 제가 먼저 말해도 될까요?"

그가 기꺼이 입술을 닫고 끄덕여 주었다. 나는 그의 조그마한 손
을 들어 올리며 부여잡았다.

"방법을 찾을 수 있을지 모르지만, 저도 사흘 동안 최선을 다해서
찾아볼게요."

"부담 갖지 않아도 된다. 에이미, 네 탓이 아니다."

"그렇게 말씀해 주셔도 사실…… 지울 수가 없어요."

어쨌든 간에 내가 한 일이니까.

"책임질게요."

"……그 말은."

리녹이 그대로 고개를 아래로 내렸다. 눈을 동그랗게 뜬 나는 이
내 웃음을 터트렸다.

"부끄러우세요?"

끄덕.

귀까지 빨개진 얼굴이 조그맣게 끄덕였다. 신기하게도 아이일 때도 그는 목까지 토마토처럼 빨개졌다. 귀엽게도.

"……그 말은, 에이미. 너무 많은 생각을 하게 한다."

청아한 목소리로 한 마디 한 마디 뱉어낸 그가 머리를 숙였다. 조금 전보다 더욱 깊이 고개가 내려가며 드러난 정수리가 사랑스러워 보일 지경이었다.

'이 행동은 뭘까. 나를 씹덕사로 여기에서 암살하려는 음모인가.'

실없는 생각을 잇다가, 그대로 그의 보드라운 머리에 손을 대려 했다. 똑똑, 그 순간 노크 소리가 울렸다. 문이 열리고, 열린 틈 사이로 베이커가 들어섰다.

"주인님?"

베이커가 우리 둘을 보며 아차 싶은 시선을 했다.

"흠흠. 좋은 시간 보내시는데 죄송합니다만."

놀란 나와는 다르게 리녹은 어느새 원래의 표정으로 돌아간 뒤였다.

"……무슨 일이지?"

그러나 그의 목소리는 평소보다 가라앉은 채였다. 베이커 또한 이를 눈치채고 느슨한 자세를 바로 했다.

"아니, 아니. 그게 말입니다. 조금 전엔 당황한 바람에 미처 생각지 못한 일인데 말이지요……. 주인님, 지금 상태에 관해 말입니다, 세레나 히아신스 영애에게 말을 해보면 어떻습니까?"

나는 멈칫했다. 세레나? 베이커는 같은 마법사라 그런지 그녀를 존칭으로 부르지는 않는 모양이었다. 때아닌 갑작스러운 이름에 긴장이 올라왔다.

"필요 없다."

"아이고……. 각하께서 그분을 탐탁지 않아 하시는 건 압니다. 압니다요. 하지만 이런 급한 상황에서는 아무래도……."

"베이커."

낮은 그의 목소리에 베이커가 입을 딱 다물었다.

"나는 필요 없다고 했다."

그가 느릿하게 고개를 들어 올렸다.

"여기에 네 허락이 필요한가?"

"……아닙니다."

베이커의 목울대가 꿀꺽 넘어갔다. 그는 성격답게 곧 허허, 유들유들한 웃음을 흘리더니 슬그머니 시선을 피하고 제 손등을 긁적였다.

"으음, 주인님의 뜻은 잘 알겠습니다. 그럼 혹시 절 따라서 잠시 제 방으로 와주시겠습니까? 실험할 것이 조금……."

"가지."

리녹이 어른일 때의 버릇처럼 제 얼굴을 한번 쓸어내렸다.

"에이미, 잠시 다녀오겠다. 기다려 주겠나?"

"네? 아. 네네!"

얼떨떨하게 고개를 끄덕인 사이 문을 매끄럽게 빠져나가는 아이 모습의 그가 보였다. 달칵. 문이 닫혔다. 나는 그저 깜빡이다가 가슴에 손을 가져다 댔다. 최대한 태연히 아닌 척하려 했지만. 나는 이미 놀란 뒤였다.

'이게 무슨 일이야? 리녹이 세레나를 탐탁지 않아 한다고?'

책이 이미 어긋났다는 것쯤은 이미 인정한 지 오래였다. 하지만 그와 세레나는 3년 이상을 함께 마물을 토벌하지 않았나? 이 일만은 원작 그대로였다. 그렇기에 처음에 오해하기도 했었다. 기묘한 감정들이 일렁거리며 교차했다.

나는 주인 없는 집무실을 천천히 응시했다. 그러고 보니 아이일 때 쓰는 방과는 다르게 이곳에 혼자 남은 건 처음이었다. 지난번에 여기서 세레나와 주요한 연락을 하려 했지? 회의를 하고 있다던 그를 찾아간 날을 떠올렸다. 그렇게 그의 책상을 눈으로 훑듯 스칠 때였다.

드르르륵. 드르르르륵. 진동음이 들렸다. 마치 휴대전화의 것처럼 방을 가득 울리는 진동은 책상 한쪽 꽤 커다란 구슬에서 흘러나왔다. 구슬은 마법 물건임을 증명하듯 희고 푸르게 번쩍거리는 빛을 뿜었다.

'어떡하지? 저거 리녹의 물건 같은데.'

난감한 표정으로 그것을 바라보던 나는 목 뒤를 긁었다. 안 보는 게 덜 신경 쓰이겠지. 주인 없는 물건에 손을 댈 수는 없으니. 그리 생각하며 등을 돌리려던 순간이었다. 푸르게 번져 가던 불이 점멸했다. 그리고 이내…….

[여보세요?]

청아한 여성의 음성이 들려왔다.

[거기 아무도 없나요?]

나는 그대로 딱딱하게 굳었다. 티가 없이 맑고 청량한 목소리. 목소리만으로도 알 수 있었다.

'……세레나?'

내가 어쩌지 못하고 있는 사이, 구슬 너머 세레나의 목소리가 다시 넘어왔다.

[이상하네. 이 구슬은 주변에 사람이 있어야 발동될 텐데?]

침을 꿀꺽 삼키며 한걸음 멀어진다. 그때였다.

[혹시, 에이미 씨?]

나는 아무런 대답을 못 했다. 구슬의 성능이 얼마나 좋은지 알 수는 없지만 이렇게 떨어진 거리에서 꽉 참은 숨소리까지 전달하지는 않을 거란 생각이 들었다.

맞은편에서 세레나가 무어라 하려 했다.

[잠깐, 그거 만지면.]

뚝. 그러나 무슨 일에서인지 음성은 순식간에 끊겼다. 세레나가 의도한 것인지는 모르지만 더는 들려오지 않았다. 나는 고요하게 가라앉은 침묵 속에서 겨우 눈을 깜빡였다. 그제야 숨을 참고 있다는 것을 깨닫고 참았던 숨을 토했다.

대체……. 뭐였지? 하필 이런 공교로운 타이밍에 세레나의 연락이라니. 어느새 차갑게 얼어붙은 손끝을 꾹꾹 주물렀다. 체온이 좀처럼 돌아오지 않았다.

이제 와서 세레나에게 리녹을 돌려주어야 한다거나, 원래대로 모든 것을 돌려야 한다거나 하는 생각은 아니었다. 이미 리녹의 감정을 되돌릴 수 없다는 것을 알뿐더러, 리녹을 돌려주고 싶은 마음이…… 들지 않았다.

곁에 있고 싶다. 진솔한 마음이 그러했다. 다만 상황이 무척이나 공교로웠다. 꼬여 버린 건 맞으니까. 수박을 쪼개면 당연히 수박이 나와야 하는데, 엉뚱하게 배추가 나온 기분.

쭈뼛쭈뼛 뻗어간 무질서한 생각들이 머릿속을 난잡하게 뒤집어

놓았다. 생각을 겨우 차분하게 정리할 무렵, 문이 열리고 리녹이 돌아왔다.

"아, 오셨어요?"

내게로 다가오던 리녹이 멈칫했다. 그의 표정이 이상했다.

"에이미?"

멈췄던 그의 걸음이 빨라졌다.

"왜 그러나? 어디 아픈가?"

아. 그의 표정이 이상해 보였던 건 내 표정이 평소 같지 않아서였나 보다. 나는 얼른 고개를 저었다.

"아뇨. 아뇨아뇨. 그저 조금 놀라서……."

그래, 숨겨서 뭐하겠어. 잠시 망설이던 나는 이내 미련 없이 손가락으로 구슬을 가리켰다.

"저, 대공님이 없는 사이에 저 구슬이 울렸어요."

리녹의 시선이 내 손가락을 좇았다.

"진동이 멈추더니, 저기서 젊은 여성분의 목소리가 나오더라구요."

구슬을 본 그가 조금 얼굴을 찡그린 것도 같았다. 단순히 내가 저 구슬에 대해 알아서는 아닌 것 같았다. 베이커에게 리녹이 세레나를 어찌 생각하는지 들어서일까? 그렇다면 왜 사이가 좋지 않은가. 쌍방이라기에는 세레나는 원작에서처럼 리녹에게 약을 만들어주었다. 그것도 폭주를 막아주는 약을.

"목소리는 높은 편이었나?"

"네? 아, 네. 굉장히 깨끗한 음색이었어요."

"그렇군."

리녹이 한 템포 늦게 느릿하게 덧붙였다.

"연락 온 이는……. 아마 세레나 히아신스일 것이다."

그의 말에서 옅게 자리 잡은 불만을 느낄 수 있었다.

"대마법사 세레나 님을 말씀하시죠?"

"……그렇다. 그 호칭이 정식은 아니지만 곧 그렇게 되겠지."

세레나의 호칭. 이것도 원작이랑 같긴 한데 말이지. 이미 틀어진 것을 인정한바, 그렇다면 어디까지가 맞고 어디가 달라졌는지 알아야 할 것 같은데.

그 세레나가 어째서 내 이름을 알고 있느냐고 꺼내려 할 때였다.

"각하, 식사 시간입니다."

리녹이 문을 꽉 닫지 않아 열린 틈으로 노크한 사람은 로테였다. 그는 나와 리녹을 향해 고개를 숙이고는 문을 활짝 열었다. 나는 창문 너머를 바라보며 생각에 잠겼다.

책이 이미 길에서 벗어났음을 인정했겠다. 이젠 미래가 어떻게 뻗어 나갈지 모른다. 그렇다 해도 리녹이 잘못되지 않는 방향으로 가길 바랐다.

'뭔가 조언이 필요해.'

베이커는 좋은 마법사였으나 그는 현재의 마법사였다. 고대 주문에 꽤나 해박해도 한계가 있었다. 당장에 도움을 청할 곳이라. 생각을 하던 나는 그대로 창문을 향했다. 창문 너머 멀리 보이는 거대한 산맥. 눈 덮인 산맥이라.

'……그.'

나는 속으로만 중얼거리며 고민에 빠졌다.

'아빠 펜릴과 연락할 방도가 없으려나? 왠지, 그 늑대라면 무엇이든지 알고 있을 것 같은데.'

그리 생각하며 내리쬐는 햇살에서 눈을 떼어냈다. 덥석. 내게 쥐어진 손에 리녹은 느리게 눈꺼풀을 움직였다.

"대공님, 그럼 우리 얘기는 저녁에 해요. 알았죠?"

아마 그와 나 사이엔 남은 대화가 있을 터이니.

"에이미?"

나는 생긋 웃었다. 이내 손등에 문양이 그려지고, 눈앞에는 여전히 어린아이가 있었다. 그러나 표정만은 확연히 달랐다.

회의하며 낮이 반쯤 지났다. 아이에겐 나머지 반을 돌려주어야 했다. 물론 겉모습은 아이인 채 알맹이는 밤의 모습인 지금이 좋기는 하지만. 적어도 이 고대 마법이 완전히 풀릴 때까지는 나는 경계를 허물고 싶지 않았다.

"녹스."

똘망똘망한 자색 눈동자가 나를 담았다. 마치 나 잘했어? 하고 묻는 눈동자를 보며 끄덕여 주었다.

"밥 먹으러 갈까?"

밥 먹고 정원에 가자는 말에 아이가 발그레 뺨을 물들이며 끄덕였다. 눈을 내리게 한 뒤로 어린 리녹이 가장 좋아하는 것은 나와 정원을 산책하는 일이었다.

점심을 먹고, 낮의 리녹과 하양이까지 함께 산책하고. 무언가 여러 가지를 한 것 같지 않은데 남아 있던 낮의 시간은 금세 지나갔다. 그렇게 저녁이 되었고 리녹은 여전히 아이의 몸이었다.

다만 아이의 모습인 그를 곧바로 보지는 못했다. 어째서인지 베이커가 그를 불렀고, 잠시 다녀오기로 했으니.

"각하께서 급히 사람을 불러들이기로 하셨습니다."

"사람요?"

"예. 이론에 몹시도 해박한 괴짜 마법사입니다. 아마 대공님의 이번 일에 조언을 해줄 수 있을지도 모릅니다."

로테는 곧 불러들일 사람이 베이커보다 마법 실력은 현저히 떨어지지만, 이론만은 천재적이라 했다. 보통은 베이커가 마법진을 맡고 자문은 그 사람이 했었다나?

"……그런 사람을 왜 진작에 옆에 두지 않으셨어요?"

고개를 갸웃하자 로테가 정중하지만 조금 경직된 시선을 흘렸다.

"바른말을 하다 분노한 각하께 쫓겨났습니다."

대체 어떤 바른말이었기에?

"제가 하는 것과는 조금 다릅니다. 아무래도 각하께서는 특히 본인 마법에 예민하신 분이시니까요."

"와, 본인에 대한 자각은 있으시군요?"

난 모르는 줄 알았지. 아니, 모르는 척하는 거였나?

"……저도 조심할 부분은 조심합니다."

로테는 자기가 막 나가지는 않는다며 주장했다. 뭐. 그렇긴 했다. 어머님 일에는 몹시 조심스러웠으니까. 그럼 앞으로 온다는 사람과 로테의 차이는 애정도 차이려나?

어쨌거나 로테는 그리 설명해 주고는 돌아갔다. 아마 리녹의 상태를 의논하랴, 3일 뒤 떠날 아이헨나 혹은 리녹의 짐을 챙기랴 바쁘겠지. 몸이 열 개라도 모자랄 것 같은데. 이럴 때면 로테가 보좌랑 집사 일을 함께한다는 것이 실감 난다.

복잡한 생각을 지워내며 침대에 폭 드러누웠다.

왕왕!

"응, 하양아."

고개를 내리자, 아기 늑대가 내 발목 사이를 팔자로 오가며 꼬리를 마구 흔들었다. 저녁이면 하양이를 옆방에 보내곤 했지만, 아직 리녹이 오기 전이라 여기에 둔 상태였다. 손을 뻗어 하양이를 들어 올렸다. 아직 작다 보니 가볍다 못해 깃털 같은 느낌이다. 나는 누운 채로 하양이와 눈을 마주했다. 살짝 팔을 굽혀 하양이와 코를 비비기도 했다. 그러자 하양이가 신이 난 듯 내 뺨을 마구 핥았다.

"아이참. 간지러워. 너, 언제 클래. 응? 초대 대공 일기에서 보니까 너희는 어느 순간에 확 큰다며."

왕? 왕왕!

"어째 갈수록 너 내 말을 알아듣는 것 같다?"

착각이겠지만. 날이 지날수록 하양이의 표정이 좀 더 풍부해지는 것 같기도 했다. 하양이를 빤히 쳐다보다가 나는 문득 표정을 조금 가라앉혔다.

"하양아, 있잖아."

하양이가 짖는 대신 나를 빤히 보는 것 같았다. 마치 내게 집중이라도 하듯이.

"너, 너희 아빠랑 연락되니? 아니, 연락할 방법이 없을까? 내가 지금 급하거든……."

왕?

나는 고개를 저었다.

"아니, 아니다. 알아듣지 못할 네게 무슨 말을."

게다가 그 아빠란 늑대는 이 아기를 던져 놓고 갔잖아? 그리 생각하는데 돌연 하양이가 손에서 마구 버둥거리기 시작했다. 놀라서 이

불 위에 내려놓자, 하양이가 땅을 파는 시늉을 하며 끙끙댔다.

……너, 마렵니?

"쉬 마려? 아니, 마법 늑대는 배설을 하지 않는댔는데."

끄응, 낑낑, 끼잉.

하양이는 제자리에서 연신 돌다가도 다시 이불을 파는 시늉을 하며 정신없었다. 가만 보면 뭔가 전하고 싶은 것 같기도 한데……. 미안, 모르겠다.

"이럴 거면 네가 차라리 사람이 돼서 사람 말을 하는 게 낫겠다."

난 영 짐승의 언어에는 재능이 없나 봐. 고개를 지으며 그리 말하는 순간이었다.

파아아앗—. 하얀빛에 놀라 고개를 숙이자 손등에서 문양이 피어오른 것이 보였다. 그와 동시에 무형의 힘이 쑥 빠진 기분이었다. 탈진한 것처럼 숨이 막혔다.

"……하양아?"

그리고 눈앞에서 새하얀 머리칼이 보였다. 천천히 보니 얼마 전 눈처럼 새하얗고 은은한 은발이었다. 아니, 잠깐만. 순간적이지만 하양이가 사람 아이로 보이는데? 그래. 내 착각일 거야…….

믿고 싶었지만, 착각이 아니었다.

'진짜 아이가 됐잖아?'

하양이일 수밖에 없었다. 하양이가 있던 자리에 고스란히 있었으니까. 나는 문양이 피어오른 손등을 가만히 노려봤다. 하고픈 말이 많았지만 그래 일단 주어진 상황에 대처부터 하자. 감이지만 오래 버티지 못할 것 같은 기분이 든다. 시시각각 힘이 빠지고 있었다.

"하양아?"

"에으, 미……?"

하양이가 고개를 갸웃했다. 아이는 새하얀 속눈썹이 무척이나 긴데다 신비하고 오묘한 하늘빛 눈동자로 예쁘장하게 보였다.

어린 리녹이 인형처럼 가다듬어진 귀공자 같다면, 하양이는 눈과 호수에서 태어난 조그만 요정 같았다. 나이대로는 세 살쯤. 확실히 어린 리녹보다 훨씬 작았다. 어눌한 말이 이해가 될 만큼.

"윽, 하양아. 이건 내 감인데, 나 오래 버티지 못할 것 같거든. 예뻐해 주고 싶은데 시간이 없네. 지금 내게 뭔가 할 말이 있는 거지?"

끄덕끄덕!

"아빠? 아빠빠?"

"너희 아빠?"

끄덕끄덕!

하양이가 조그만 손을 뺨에 대고 꼼지락꼼지락 움직이더니 엎드리는 시늉을 했다.

"엎드려? 누워?"

하양이가 도리질하며 끙끙댔다. 그러고는 벌렁 배를 뒤집으며 누웠다. 그렇게 꼼지락 다시 움직였다.

"아, 혹시 잠? 잠이니?"

끄덕끄덕!

"아빠, 아빠빠! 빠빠!"

"……그러니까 잠을 자면 너희 아빠를 볼 수 있다고?"

끄덕끄덕! 하얀 털이 옷이 된 것인지 몸보다 훨씬 큰 흰옷을 걸친 하양이가 마구 끄덕였다.

이게 무슨 소리야. 잠을 자면 펜릴을 만난다니. 거기까지 생각한 나는 멈칫했다. 그러고 보니 펜릴을 처음 만난 날 나는 자다가 깨어났고, 언니를 만났다. 정확히는 언니의 모습을 한 펜릴을.

그 순간은 꿈인지 환상인지, 현실인지 구분이 되지 않았었다. 더구나 펜릴은 꿈과 환상을 넘나드는 능력이 있다고 했지?

그 순간 손에서 힘이 쭉 빠졌다. 몸이 미끄러졌으나 다행히 침대 위였다. 눈앞에는 어느새 다시 늑대로 돌아온 하양이가 보였다. 잠깐 동안만 가능한 건가? 어쩔 줄 몰라 하며 끙끙대는 하양이의 머리를 쓰다듬었다.

그나저나.

"너 할 줄 아는 말이 '아빠빠'뿐이던데······."

······그냥 늑대인 채로도 설명해도 되지 않았니? 온몸에 힘이 쭉 빠지는 것을 느끼며 눈을 감았다. 귀엽긴 귀엽더라만.

아. 리녹이 올 때까지 기다리려 했는데, 잠이 스르륵 쏟아졌다. 그렇게 나는 탈진한 것처럼 기절에 가깝게 잠에 빠졌다.

△

눈을 뜨자, 낯익은 공간이었다.

밤의 숲속 언니와 함께 살던 조그만 집이었다. 눈앞에는 언니가 식탁에 앉은 채 생글생글 웃고 있었다.

"너, 우리 언니 모습 하지 마. 기분 나쁘니까."

그리 말하며 미간을 찌푸리자 언니가 자리에서 일어났다.

"내 탓이 아니야. 첫 공간과 첫 사람은 네가 가장 보고 싶어 하는 걸로 변하는걸."

언니의 모습을 한 펜릴이 방싯 웃으며 대꾸했다. 나는 멈칫했지만 이내 태연함을 유지했다.

"그럼 이 모습은 어때?"

흰 연기가 일어나나 싶더니 연기가 가신 자리에 펜릴이 또 다른 모습으로 서 있었다. 그런데, 저 모습은.

"그게 누군데?"

처음 보는 모습이었다. 다갈색이지만 살짝 주황빛이 함께 도는 머리는 신기하게도 언니와 내 색을 반씩 섞으면 이렇지 않을까 싶었다. 언니처럼 다정한 눈매의 녹색 눈동자가 끔뻑였다. 낯선 모습을 한 펜릴은 조금 놀란 얼굴이었다.

"이 모습을 모르나?"

"누군데?"

"네 모친 아닌가."

나는 눈을 찌푸렸다. 나를 낳아준 분들이라면.

"나는 엄마 아빠 얼굴을 기억 못 해."

언니랑 도망가던 시절엔 내가 너무 어렸었다. 환생을 자각하지도 못했었으니까.

"그럼 이 모습도 모르겠군?"

이어 펜릴이 낯선 중년 남성의 모습을 보였지만 역시 모르는 얼굴이었다.

"기억에는 있지만 기억하지는 못한다니 신기하군."

무의식 깊은 곳에 잠재되어 있었던 걸까.

"일단 늑대로 돌아오지 그래?"

"이쪽이 대화하기 편할 텐데."

"코 때린다?"

"……사실 변하려고 했었다."

자욱한 연기 뒤로 거대한 늑대의 모습이 드러났다. 어느새 공간도 더는 숲속 집이 아닌 대공저였다. 늑대는 처음 볼 때와 다르게 직접 입을 벌려 말했다.

"절대, 네가 때리는 것이 아파서는 아니다, 소녀."

"누가 뭐래?"

펜릴이 헛기침을 했다. 내가 때려봐야 얼마나 아프냐고 중얼거렸더니 나치럼 선지자가 손을 쓰는 건 다르딘다.

"나를 찾았다고 들었는데, 무슨 일인가?"

"……너 하양이랑 연락이 가능한 거였어?"

"하양이? 아, 내 새끼를 말하는 건가. 가능하다. 단, 자주는 할 수 없다. 내 새끼가 아직 많이 어리기 때문이지."

그러고는 늑대는 묘한 눈으로 나를 올려다봤다.

"설마하니 그 어린아이가 너를 주인으로 택할 줄은 몰랐지만."

……거기에 대해서 할 말이 많았지만 일단은 가장 필요한 이야기부터 하기로 했다.

"그나저나, 하양이? 그게 내 아이의 이름인가?"

"응. 왜?"

"하양이라니, 꼭 인간들이 개에게 붙이는 이름 같지 않은가!"

"늑대도 갯과 아니야?"

"펜릴은 아니다!"

"낙장불입이다. 누가 멋대로 던져두고 가래? 애가 불쌍하지도 않아? 네가 부모야?"

단호한 내 표정에 펜릴이 잠시 움찔했다.

"그거야…… 이베르크는 안전하니……."

"리녹이나 나나 할 수 있는 선에서 학대라도 하면 어쩌려고 그랬어?"

"그건 아니다. 그리 생각하진 않았다. 오래 산 생물의 눈을 의심치 마라."

펜릴은 차분하게 고개를 젓고는 짙푸른 눈으로 나를 응시했다.

"나를 부른 이유가 무엇인가?"

시간이 없다. 속삭이는 늑대의 모습은 조금 조급해 보이기도 했다. 나 또한 지체하지 않기로 했다.

"두 가지 묻고 싶은 것이 있어."

"뭐지?"

"일단 첫 번째로."

나는 잠시 숨을 삼켰다.

"내가 리녹에게 걸린 고대 주문을 풀어줄 수 있어?"

"마력으로 인해…… 몸이 어려지는 것을 말하나?"

"그래."

그러자 펜릴이 나를 빤히 봤다. 조금 전에 '오래 산 생물'이란 말을 들어서인지 그윽한 눈은 한없이 깊게 보였다.

"……가능하다."

늑대가 천천히 말했다.

"결론부터 말하자면 너라면 가능하다. '네가 원한다면'이라는 전제가 붙겠지만."

"원해."

나는 여느 때보다 간절하게 외쳤다.

"아주, 원해. 정말로."

늑대와 나 사이로 바람이 부는 듯했다. 꿈속의 공간인데, 거대한 바람에 머리가 흩날렸다.

"넌 방법도 알고 있지?"

늑대는 대답하지 않았다.

"알고 있잖아."

몰랐다면 이렇게 확신하듯 가능하다고 말을 할 리가 없다. 결연하게 주먹을 쥐었다. 고개를 들어 늑대의 눈을 더욱 깊이 들여다봤다.

"방법이 뭐야?"

그러자 늑대의 커다란 입이 열렸다. 망설이는 듯한 눈과 함께.

"그 방법은……."

자연스럽게 이어질 것 같았던 늑대의 말은 더는 이어지지 못했다. 나는 눈을 가늘게 좁혔다.

"뭐야, 왜 말을 하다 마는 거야. 그 방법이 무엇인데?"

긴장감은 여전히 이어지고 있었다. 아니, 방법을 듣고야 말겠다는 마음이 이리 만드는 것 같았다. 꿈속이지만 손바닥의 땀이 느껴졌다. 펜릴이 만든 꿈 혹은 환상은 이토록 현실적이었다. 환상임을 알지 못했다면 여기도 또 하나의 현실이 아닐까 싶을 정도로.

"말해줘. 어서."

내가 한 번 더 채근하자, 작은 접시 같은 펜릴의 눈이 굴러 나를 보았다.

"소녀여."

"소녀가 아니라 에이미."

"그래. 에이미여."

늑대가 내게 맞춰주며 고개를 들었다. 몸집이 컸기에 고개를 조금만 들어도 나와 시선이 맞았다.

"너는 각오가 되었나?"

"각오?"

늑대의 음성이 조금 굵직해지면서 고풍스러운 말투를 구사했다.

"이베르크 후손에게 걸린 주문은 거대한 마력으로 인한 부작용이다. 네가 이것을 풀기 위해서는 부작용만큼의 대가를 지불해야 할 거다."

깊은 바다를 담은 듯 오랜 세월을 산 늑대의 눈이 일렁거렸다.

"만약 그래도 괜찮다면?"

호기롭게 묻는 나의 말에 늑대는 시선을 돌리지 않았다.

"정녕 이베르크의 마법을 풀기 위해서 무엇이든지 할 수 있나?"

늑대의 목소리는 덤덤했으나 나는 이것이 전과 다른 무게를 지니고 있음을 알았다.

"전에는 언급조차 않더니 지금에 와서는 그렇게 묻는 이유가 뭐야?"

"이전에는 네가 나한테 묻지 않았잖나."

그건 그랬다. 늑대를 만날 때까지도 나는 차차 이끌리는 마음을 외면하려고 했었다. 그러나 지금은 달랐다.

"이젠 다르니까 얘기해 줘. 왜 자꾸 뜸을 들이는 건데?"

"방법 말인가."

늑대의 주변으로 도는 은은한 은빛이 일순 강해진 것도 같았다.

"그 방법은…… 나도 모른다."

……뭐? 순간 다리에 힘이 빠지는 기분이 들었다. 이 늑대가 지금 나랑 장난하나?

깨갱!

"아, 아프다!"

"나랑 장난해? 내가 지금 장난으로 물었던 것 같아?"

"주, 주먹 들지 마라!"

"때리지도 않았어! 스쳤잖아!"

무슨 마법 늑대가 이렇게 엄살이 심해? 손을 들어 올리긴 했지만 때리지 않고 코를 스쳤을 뿐이었다. 그런데도 깨갱 소리를 내며 귀를 접는 늑대를 보니…… 신뢰도가 와장창 부서지는 기분이었다.

'그냥 분위기 맞춰서 이는 척 한번 해본 것 아니야?'

불신의 눈으로 늑대를 응시했다.

"왜 내가 마법을 풀 수 있다고 한 거야? 그냥 던져 본 거지? 지금 내가 장난하는 것 같아?"

"아니다, 아니다! 그건 정말 사실이다!"

"말의 앞뒤가 안 맞잖아. 너 머리 나빠?"

"나쁘다면 마법을 구사할 수 있겠나!"

"그거 너희 본능이라며."

"……"

사람이 손발을 움직이는 것이 당연하듯 펜릴에게 마법과 마력이 그렇다 들었다. 이를 지적하자 늑대가 잠시 끄응, 하고 울었다. 하지만 이내 코를 킁킁 움직이며 표정을 가다듬었다.

"그냥 하는 말이 아니다. 우린 거짓은 말하지 않는다. 모르는 것을 모른다고 할 뿐. 방법을 모르나 내 말은 진실이다."

"내가 주문을 풀 수 있다고?"

"그래. 너는 그 마법의 주인이 아닌가."

펜릴이 고갯짓했다.

"바로 네 손등 위로 그려진 것."

늑대의 말이 끝나기 무섭게 손등 위로 하얀 문양이 그려졌다. 마치 이 대화에 화답하듯이.

"나는 저 마법의 기운을 안다. 오래전 나를 키웠던 데런 이베르크가 너와 같은 마법사를 만난 적이 있다."

리녹의 비밀 서재에서도 보았던 내용이었다. 초대 대공은 [마타리]라는 고대 주문을 가진 마법사를 만난 적이 있었다.

"초대 대공이 만났다던데, 너도 함께 있었어?"

"그렇다."

늑대가 긍정의 몸짓을 보였다.

"너는 아직 그 주문의 모든 힘을 발휘하지 못하고 있어. 네가 그 주문의 진정한 힘을 이끌어낼 수 있을 때, 그때 너는 무엇이든 할 수 있을 것이다."

"그래서 방법은 모른다고 한 거야?"

"그러하다. 나는 인간 마법사가 아니라 거기까지 알 수는 없다. 다만 오래전 만난 그 마법사는 데런 이베르크만큼이나 뛰어난 인간이었다."

확실히 힘의 크기와 잠재력을 안다고 해서 사용 방법까지 알고 있으리란 법은 없었다.

"아마도 그 주문을 위해 시련을 겪어야 할지도 모른다."

"그 시련은 어떻게 겪는데?"

"네가 원한다면 곧 너를 찾아올 것이다. 그렇게 만들어진 것이니."

결국 원한 채로 기다리면 기회가 찾아온다 이건가? 석연치 않았다. 그렇게 쉬울 리가 없을 텐데. 여전히 아리송하긴 했으나 그래도 커다란 의문이 해소된 기분이었다. 이 정도면 수확이라 생각이 들었다. 거기다 이렇게 꿈에서 늑대를 만날 수 있다는 것도 알았고.

나는 펜릴을 거의 고대 주문 사전처럼 여기고 있었으나 티를 내지는 않았다. 육아의 대가라고 치지 뭐.

"궁금한 것은 풀렸나? 안타깝지만 시간이 더는 없다, 에이미."

묵직한 음성이 대화의 끝을 고하려 했다. 나는 다급해졌다.

"잠깐, 아직 한 가지 질문이 남아 있어. 현재 리녹의 상태가 이상해, 밤에도 낮과 같은 아이의 모습이야!"

"……현재 이베르크의 후손 말인가?"

나는 간략하게 현재 상황을 설명했다. 시간이 없다고는 했지만 늑대는 의외로 침착하게 내 말을 들어주었다. 모든 얘기를 듣고 난 뒤 늑대의 표정이 오묘해졌다.

"그것……. 혹시 네가 그리 바랐기 때문이 아닌가?"

너도 같은 얘기야? 이미 베이커에게 들었던 얘기에 나는 아연한 표정을 보였다.

"……나는 변태가 아니야."

"확실히 네가 지속해서 원한 것이 아니라면, 금방 풀려났을 것이긴 한데."

펜릴이 내게 다가와 위로하듯 손등에 코를 대었다.

"아무래도 마력이 꼬이기라도 한 모양이군. 마법은 욕망의 발로이기도 하다. 사용자의 의지와 무관하지 않으니."

"무슨 말이야?"

"너무 염려하지 않아도 된다는 얘기다."

늑대가 손등에 쿵쿵 냄새를 맡더니 말랑한 혀로 핥아주었다. 이런 모습은 영락없는 큰 개 같았다.

"정 걱정이 된다면 도와주겠다."

그냥 핥은 것만은 아니었는지 하얀 문양이 드러난 손등 위로 잠시 늑대 주변에 떠오르던 은 푸른 빛이 맴돌았다.

"……어떻게 도와준다는 거야?"

"이베르크는 반려를 끔찍하게 아끼는 족속이지."

속삭이듯 낮아진 늑대의 음성이 귀를 간지럽혔다.

"네 위기에 반응할지 모르니 말이다."

나는 고개를 들었다. 잠시 늑대의 음성이 짓궂게 들린 것 같았다.

"내일이 되면 알 수 있을 거다."

늑대는 그리 말하고는 고개를 떼어냈다. 그러더니 머리를 번쩍 들어 허공을 지그시 노려봤다.

"……시간이 다 됐군."

펜릴이 이를 드러내며 으르릉 소리를 내었다.

"부탁이 있다. 이베르크에게 알려다오."

이제는 상황이 바뀌어 늑대가 다급한 음성으로 말했다.

"오래전 내 짝을 데려간 황실이 무언과 후긴까지 건드렸다고. 이대로 가다간 이베르크도 그들과 충돌을 피할 수 없을 거다."

뭐? 늑대의 말을 채 다 이해하기도 전에 공간이 녹아내렸다. 아래에서부터 부서진 공간에 어둠이 내리는가 싶더니, 나는 눈을 번쩍 떴다.

"으윽……. 눈이야."

쨍쨍한 햇살이 얼굴을 덮었다. 신기하게도, 늦은 오전이었다.

△

"깊이 잠드셨다고 들어, 더는 깨우지 않았습니다."

느지막한 아침 겸 점심을 먹는 동안 로테가 차를 따르며 말했다. 아침에 로잘린이 식사를 위해 나를 깨우러 들어왔었는데 너무 곤히 잠들어 있어서 그대로 나왔다고.

"깨워도 괜찮은데."

"불러도 일어나지 않으셨다고 하더군요."

펜릴을 만나는 동안엔 아주 깊은 잠에 빠지는 모양이었다. 실제로 일어나 보니 중앙에 얌전히 누워 이불을 덮고 있었더라. 아마 리녹이 옮겨준 모양인 듯한데 업어 가도 모를 정도로 잠에 빠졌던 것 같다.

'바깥에서는 마구 불러내면 안 되겠다.'

아무래도 도피 생활이 길었다 보니 너무 깊이 잠드는 것을 지양하게 된다. 이베르크 저택이야 그나마 안전하다고 하지만.

점심을 먹고 나서 차를 한잔 마시는 동안, 응접실은 고요했다.

'왜 리녹이 나타나지 않지?'

보통 때 같으면 얼른 문을 열고 나타날 리녹이 보이지 않았다. 의아함에 막 잔을 내려놓고 로테에게 말을 하려 할 때였다. 똑똑. 노크 소리와 함께 문이 열렸다. 문틈 사이로 나타난 이는 놀랍게도 그레이였다.

"아가씨."

"그레이 씨?"

그레이가 고개를 꾸벅 숙였다. 인사마저 순진해 보이는 그였다.

"어쩐 일이세요?"

"아, 아가씨를 찾아온 겁니다."

나를 찾아오다니? 이상했다. 리녹의 생일 이후 그레이는 좀처럼 내 앞에 모습을 보이지 않았다. 여기에는 리녹의 명이 있을 거라고 생각했다.

"실례가 안 된다면 저와 함께 잠시 가주시겠어요?"

"함께 가는 것은 상관없지만…… 괜찮나요?"

그레이가 내게 해를 끼칠 사람은 아니란 건 알지만. 리녹 앞에서 눈치를 보며 커다란 강아지처럼 낑낑거리던 그의 모습이 선했다.

"대공님은 어쩌고……."

그러자 그레이가 반짝 반가운 시선을 보냈다.

"대장도 이쪽으로 오실 겁니다. 베이커 씨의 방에 들렀다 바로 오시겠다고 했습니다. 아가씨를 데려오란 명도 주셨지요!"

"그렇군요. 근데……. 왜 그렇게 기분 좋은 얼굴이에요?"

그레이가 꽃밭에 뛰어노는 멍멍이처럼 입을 끌어 올렸다.

"어린 대장님이 저에게 말을 걸어주셨어요!"

그레이는 꼭 모 영화 집요정이 양말을 받았을 때처럼 환히 웃었다.

"그 정도로 우쭐하기엔 이릅니다, 댁은."

옆에서 로테가 시비를 걸듯 툭 끼어들었다.

"저는 손도 잡아주셨습니다."

"아니, 말도 안 돼!"

그레이가 눈을 동그랗게 뜨고 이내 잠시 시무룩한 얼굴을 했다.

"왜 나는……."

"신뢰가 부족한 것이겠지요. 감봉만 몇 번이었습니까?"

"그건 총집사 탓도 있잖아요!"

아웅다웅 다투는 이들을 바라보며 나는 어처구니없는 표정을 지었다. ……대체 어린 리녹은 측근들에게 얼마나 말을 안 걸었던 거야?

"저, 아무튼 대공님이 오라고 말씀하신 거죠?"

"네? 네! 맞아요."

안내를 부탁했더니 그레이가 신나서 앞장섰다. 로테는 따로 일이 있다며 따라나서지는 않았다.

"저희 어디로 가는 것인가요?"

그레이를 따라나선 길은 생각보다 구불구불히고 많이 움직여야 했다. 낯선 벽이 보이는 걸로 봐선 내가 오지 않았던 곳 같은데. 작은 아치형 중간 문이 보였을 때 참지 못하고 물었다.

"아, 연무장으로 갑니다! 기사 훈련 겸 대련실이요."

연무장? 이베르크 대공가는 뛰어난 기사단인 '새벽 기사단'을 보유한 것으로 유명하긴 했다. 그러나 나는 여기 온 지 한 달이 다 되어 가는 데도 한 번도 보지 못했었다. 리녹이 그다지 좋아하지 않아서였지? 이해하지 못한 부분은 아니라서 그동안 잠자코 있었는데. 궁금하긴 했다. 이들은 원작에서도 비중 있게 다뤄졌던 집단이었으니까.

새벽 기사단. 달과 밤을 삼키는 늑대를 문양으로 사용하는 기사단으로, 오직 한 주인에게 충성하는 집단이었다. 쉽게 말해서 제국의 주인이 황제일지라도 그들의 주인은 대공 리녹 한 사람이라는 거다. 훗날 뒤에서 탄시즈와 거대한 충돌이 있을 때 활약하는 이들이기도 했지. 그들의 무용을 하나하나 떠올리며 그레이의 뒤를 따랐다.

'그런데 왜 갑자기 여기로 오자고 했지?'

밤의 리녹은 내가 기사단에게 관심을 갖지 않길 바라는 것처럼 보였다. 낮의 리녹도 그다지 다르지 않았다.

"그런데 왜 연무장에서 보자고 하신 걸까요?"

"아, 그건 이번에 아가씨의 호위를 위해서일 거예요."

"호위요?"

생소한 단어에 눈을 깜빡였다.

"예! 이전의 방범 벨이나 저택 복도에서 습격도 그렇고…… 이번 두 분 만의 외출에서 위험하셨던 것도 그렇고. 대장님도 더는 좌시하지 않으실 건가 봐요."

"아하."

"특히나 이번에 스틸라 공작령에 가는 일에 대해서는…… 대공님 혼자만의 힘으로는 무리이실 테니까요."

……어쩐지 그의 말속에서 내가 함께 간다는 것이 기정사실화된 것 같은데. 일단 거기에 무어라 하지 않고 끄덕여 보였다.

그들은 혹시나 리녹이 공작령에 갈 상황에도 함께 대비하는 모양이었다. 그런데 리녹이 가게 되면 나도 가는 걸까? 딱히 생각해 보지는 않았는데 그렇다고 거부감이 있는 것은 아니었다.

'파트너 동반 필수라 했지?'

내가 가지 않았을 시에 리녹은 누구든 파트너를 동반해야 했다. 만약 그렇게 된다면 리녹의 파트너가 될 사람은…… 아무래도 세레나가 유력하겠지. 나는 입술을 꾹 깨물었다. 가야겠다는 생각이 들었다. 무엇보다 무도회의 장소인 스틸라 공작령도 마음에 걸렸다. 앞서 말했듯이 이곳의 공녀는 책 속의 주요 인물이었다. 이를테면 책에 꼭 나오곤 하는 '악녀'였다. 하필 이 악녀 언니의 역할이 마음에 푹푹 걸린다.

"도착했습니다, 아가씨."

고개를 들자 하늘 아래 널찍하게 펼쳐진 공간이 보였다. 체스판처럼 네모나게 선이 그어진 공간 위에는 수많은 사람이 있었는데, 하나같이 덩치가 컸다. 또 다른 공통점이 있다면 나를 빤히 쳐다보고 있다는 거였다.

'……부담스러워.'

남성과 간간이 여성이 섞인 이들은 내가 움직이는 족족 나를 따라왔다. 꼭 호기심 어린 개들을 종에 상관없이 모아둔 것같이 눈이 올망졸망했다. 다 큰 성인에게서 느껴지기 쉬운 시선이 아닌데 말이다. 마치……. "여기서 검을 던지고 주워 오세요!" 하면 주워 올 것 같은 느낌인데.

연회장 한가운데는 거대한 늑대 석상이 있었다. 하늘을 향해 주둥이를 쫙 벌린 늑대는 이베르크를 상징하는지 아주 늠름했다. 시선을 둘 데가 없어 쳐다봤던 거지만 볼수록 시선을 빼앗기는 멋진 동상이었다. 한참 쳐다보고 있었을까, 뒤에서 누군가 나를 불렀다.

"에이미!"

입구에서부터 도도도, 달려오는 아이가 보였다.

"녹스!"

저렇게 달려오지 않아도 되는데. 넘어지면 어떡해. 염려스러운 나와 다르게 나를 보며 표정이 밝아진 아이가 연무장을 그대로 가로질러 달려왔다. 나는 아이가 달릴 거리를 줄이기 위해 연무장 중심 가까이로 갔다. 다행히 동상이 있는 곳은 내가 있던 곳과 멀지 않았다. 그렇게 아이가 막 동상이 있는 밑을 막 지나갈 때였다.

우르릉.

'뭐야?'

땅이 울렸다. 울릴 뿐 아니라 발밑이 진동했다. 나는 이것이 단순히 땅이 흔들리는 것이 아님을 빠르게 알아챘다.

콰앙! 바닥으로 돌가루와 꽤 큰 돌이 떨어졌다.

"에이미?"

멈춰 선 아이를 볼 겨를도 없이 나는 그대로 달려갔다. 아이를 품에 안고 주저앉았다. 주변에 있던 기사들이 달려오려고 있었다.

'아, 이미 늦었어.'

울림의 정체는 늑대 석상이었다. 석상이 홀로 흔들리는 것으로도 모자라 금이 가 있었다. 애석하게도 나는 아직 몸을 보호하는 마법을 만들 줄 몰랐다. 그대로 아이의 몸을 감싸 눈을 꾹 감은 순간이었다.

손등이 아려왔다. 동시에 몸에서 힘이 빠지고 축 늘어진다. 그대로 바닥에 쓰러질 것 같았는데 어느새 폭신하면서도 탄탄한 벽에 감싸 안겼다.

"에이미, 괜찮나?"

고개를 들자 밤의 리녹이 나를 내려다보고 있었다. 아주 다급한 표정으로. 한 손에는 언제 들고 있었는지 모를 검이 보였다. 돌 부스러기가 묻어 나오는 걸로 보아 베어낸 듯했다.

"다친 곳은 없나? 상처는? 부상은!"

"아……."

괜찮다는 말이 나와야 하는데, 입이 떨어지질 않았다. 너무 놀라고 또 힘이 빠진 탓이다. 그럼에도 천천히 입술을 움직여 가까스로 목소리를 냈다.

이 망할.

"……늑대 새끼……."

나는 떨리는 손으로 그의 셔츠를 꾹 잡으며 머리를 기댔다.

"*이베르크는 반려를 끔찍하게 아끼는 족속이지. 네 위기에 반응할 지 모르니 말이다.*"

……내일이 되면 알 수 있다는 것이 이거였어?

내 손등에서 피어오른 빛은 늑대의 것과 같은 은 푸른 빛이었다. 그리고 떨어진 늑대 석상 머리와 이어져 있었다. 이를 아득 갈았다. 다음엔 눈을 찔러 버릴 테다. 어쩐지 여기 있진 않겠지만 깨갱! 하는 소리가 들려온 것도 같았다.

"대…… 화는 끝나셨습니까?"

정중하지만 조심스럽게 끼어드는 목소리가 있었다. 고개를 돌리 자 우직한 얼굴이 보였다. 충직, 충성을 써놓은 것 같은 얼굴. 셰드 경이었다.

미처 대답하지 못한 나를 대신해 리녹이 고갯짓했다. 그러자 주변 에 모였던 기사들이 일사불란하게 움직였다. 나는 홍해처럼 쫙 갈라 진 사람들을 보며 당황했다. 아니, 왜 갑자기 이렇게 움직여? 무어라 할 새도 없이 발이 붕 뜨는 기분이 들었다.

눈 깜빡하는 사이 나는 리녹의 한 팔에 단단히 안겨 있었다. 다른 손에 검을 늘어뜨린 리녹은 나를 보며 잠시 눈을 조금 찌푸렸다.

와. 찡그림에 옅게 잡히는 주름마저 매력적이라 하면 이상할까?

"너는 너무 가볍다, 에이미."

나는 내게 몰린 시선도 있고 해서 눈꺼풀을 빠르게 움직이며 대답 했다.

"어…… 보통 정도일 걸요……? 아마?"

"그런가? 너무 가는 것 같은데."

"찌푸리지 마시구요. 저는 보통 체격이에요."

그러나 리녹의 표정은 펴질 줄 몰랐다.

"그래도 가벼운 것 같다. 조금 더 먹어보는 것은 어떤가?"

"그렇게 가벼워요? 얼마나?"

리녹이 잠시 고민했다.

"너를 제외한 여성은 안아보지 않아서 모른다."

"으음, 그건 좋네요."

"뭐?"

깜짝이야. 리녹이 갑자기 고개를 돌린 통에 그의 새파란 자색 눈이 바로 앞에 있었다. 숨을 잠시 참았다가 조심스럽게 내쉬었다.

"아, 아니……. 좋다고요."

"무엇이 말인가?"

"어……. 제가 대공님의 처음인 거잖아요?"

내가 처음이라니 좋지. 보통은 그렇지 않나? 나는 내 남자가 뭐든 처음인 게 좋던데. ……잠깐, 지금 내 남자라고 했어? 새삼스러운 호칭에 얼굴이 빨개질 것 같았다. 와. 이런 기분은 꼭…….

빨개지면 안 되겠다는 생각에 얼른 말을 돌리려 입을 열었다. 그러나 그보다는 리녹이 빨랐다.

"에이미."

가까워진 얼굴에 열리던 입술이 도로 닫혔다.

"……내 입술도 처음이다."

……네?

"내 입술도 누구도 건드리지 않은 곳이다."

그가 가까운 거리에서 나를 빤히 쳐다봤다.

"……그래서요? 거기도 좋아해 달라고?"

그는 말을 하지 않았으나, 시선을 살짝 내렸다. 그의 귀가 발긋 달아올랐다. 키스요? 여기서요? 리녹은 그리 말하지 않았으나 나는 이렇게 알아들었다. 아니야, 지금 리녹이 그렇게 말했어. 눈으로 나랑 키스하자고 했다니까. 아무리 봐도 이 요망한 눈이 문제인 것 같다.

"저, 대공님?"

깊은 듯 오묘한 자색 눈동자가 빛을 받아 다채로운 빛깔로 일렁이고 있었다.

"……사람들이 보고 있는데요."

당신 수하들이 열심히 쳐다보고 있는데. 여기서 대체 무얼 하자는 건지.

"보고 있다고?"

리녹이 스윽 고개를 돌렸다. 그 순간 묻지도 않은 말들이 터져 나왔다.

"아, 아, 아무것도 못 봤슴다!"

"못 봤습니다, 대장!"

"저는 눈이! 안! 보입니다!"

"맞습니다! 쟤는 장님입니다!"

……뭐야. 이 집단 광신도 같은 분위기는?

"아무것도 못 봤다는군."

"……"

나는 어처구니없는 기분과 황당함이 반반 섞인 눈으로 그를 응시했다. 그걸 지금 믿으라고 하는 겁니까? 나는 고개를 절레절레 흔들 었다.

"여기서는 아닌 것 같아요."

단호한 나의 말에 리녹의 표정은 변화가 없었지만 나는 알아차렸 다. 순간이지만 움찔 어깨가 떨린 것을.

……하양이를 너무 오래 봤나. 이 순간 리녹에게서 아래로 추욱 쳐진 귀와 꼬리가 보이는 기분이었다. 사실 그도 갯과 짐승에 가까 운 남자이니 크게 다르지 않지만은.

조금 전은 정말 아슬아슬했다. 나는 가슴을 쓸어내렸다. 조금 전 가까워졌을 때의 그는 일순 턱을 비스듬히 돌렸다. 마치 키스라도 할 것처럼. 문제는 그게 의식하지 못한 행동이었다는 거다. 자연스 러운 게 제일 무서운 거라더니. 나도 하마터면 응할 뻔했고…….

뭐, 싫다는 것은 아니다. 다만 보는 눈이 많아도 너무 많은 이곳은 아니었다는 거지. 아니다. 눈 딱 감고, 한번 할 걸 그랬나? 아니야. 아냐아냐. 나는 내 안의 짐승을 믿는다. 절대 키스만으로 끝나지 않 았을 거야. 주먹을 불끈 쥐며 스스로를 칭찬할 즈음에 리녹이 걸음 을 옮겼다.

"응? 어디 가세요?"

그에게 안긴 나는 자연스레 그의 목을 감싸 안았다.

"방으로 간다."

"어째서요?"

"네가 다치지 않았나."

다치다니? 나는 고개를 갸웃했다.

"안 다쳤는데요?"

흘끗 내 몸을 봐도 마찬가지였다. 리녹 대신 다칠 요량으로 감싸기는 했지만 그가 타이밍 좋게 변한 탓에 다친 곳은 없었다. 거기다 이 자리는 그가 기사단을 소개하러 온 자리가 아닌가? 물론 낮의 리녹의 명이었지만 지금 그라고 다르진 않을 것 같았다. 이제 몸도 변했으니 그가 무도회에 참석할 거고 그렇다면 필시 기사단과 시간을 보내야 할 테니까.

"다쳤다."

"아뇨, 그냥 하는 말이 아니라요. 저 정말 멀쩡해요."

"그러니까……."

그러나 그는 어째서인지 끙끙댔다. 내 눈을 흘끗 보더니 한다는 소리가 "……내 마음이 다쳤다."였다. 나는 입을 살짝 벌렸다. 무슨 소리야 이게? 아니, 놀란 마음에 나를 얼른 방으로 옮기고픈 마음도 이해는 하는데……. 표현이 잘못되지 않았습니까? ……이 선생님 마음은 다이아몬드로 만들어졌을 것 같은데.

"어, 음, 네."

마음이 다치셨다니, 나는 끄덕였다.

"아주 큰일이죠. 마음이 아야, 아픈 건."

"그렇게 아픈 게 아니다."

"그럼요?"

"……아무튼 많이 아프다."

아. 네.

"그냥 저를 얼른 방으로 데려가고 싶은 거죠?"

그러자 그가 눈을 잠시 크게 뜨더니, 이내 조금 낮아진 목소리로 말했다.

"에이미."

"네?"

"……혹시 내 생각을 읽나?"

……읽기보다는 보이죠. 읽혀요. 대공님.

이렇게 말해주는 대신 나는 미소를 흘렸다. 참 똑똑하고 이성적인 대공님인데, 가끔 이런 순진한 시선을 보일 때마다 내가 이렇게 그의 경계를 풀게 만드는 사람인가 싶다.

왜인지 뺨이 붉어질 것 같은 기분에 나는 슬그머니 고개를 돌렸다. 그러다 한 기사님과 눈이 마주쳤다. 대부분의 기사님이 히익, 소리를 내며 내 눈을 피했으나 한 사람만은 나를 지그시 응시했다.

셰드 경? 그가 나를 바라보는 시선만은 다른 이들과 의미가 조금 다른 것 같았다. 한 번 느꼈던 건데, 왜 나를 아는 사람처럼 쳐다보는 걸까? 우리가 만난 적 있나? 생각해 봐도 기억나는 것은 없었다.

아무튼, 나는 리녹과 몇 분간 대화 끝에 땅으로 내려설 수 있었다.

"인사는 나중에라도 할 수 있다."

"나중에 언제요. 불과 이틀 뒷면 떠나실 거잖아요. 몸도 원래대로 돌아오셨고."

"하나."

"대공님과 함께 갈 사람으로서 조금이라도 빨리 인사하는 게 좋지 않을까요?"

리녹이 멈칫했다. 무어라 말을 하려다 딱딱하게 굳은 얼굴로.

'어라. ……너무 일렀나?'

그의 몸이 원래대로 돌아가면 그가 제일 먼저 내게 함께 가자고 청할 거라 생각했는데……. 그가 나 아닌 다른 이와 파트너를 할 거라곤 생각하지 않았다.

"아니면 혹시 저 말고 다른 분이랑 파트너 하시려고 했어요?"

"아니다."

"그럼요?"

"그저…… 혹시 몸이 돌아와 가게 되더라도, 홀로 가려 했다."

"로테 씨가 그러던데, 이 무도회는 황실이 이베르크를 트집 잡으려 부르는 것이라고."

단어가 유치하긴 하지만 의미는 맞았다. 황실이 호시탐탐 노리는 차에 홀로 갔다간 황실의 명을 어겼냐는 말들이 떨어질 게 분명했다. 리녹에게 좋지 않은 일들이 내려올 가능성도 다분했고. 여태 그가 다녀왔던 마물 토벌은 이렇게 시작된 경우가 대다수였다.

"……그것 또한 맞다."

"그럼 뭐가 문제예요. 아님 정말 저 말고 다른."

"네겐 너밖에 없어."

그가 딱 잘라 말했다. 냉정하게 이어진 말에 잠시 놀랐다. 나를 향한 서늘함이 아닌데도 일순 소름이 오싹 돋았다. 그는 천천히 내 손을 들어 올렸다.

"농으로라도 그런 말은 하지 말아 주겠나. 반대로 생각했을 때, 네게 그런 이가 있다면……."

손끝에 입술을 묻더니 그대로 시선이 내게 향했다. 나는 얼른 끄덕였다.

"어, 네. 네."

뒷말은 굳이 듣지 않아도 될 것 같다. 옆에서 기사님들이 웅성웅성하는 것 같았지만 크게 들리지는 않았다. 물론 몇 마디 알아듣기는 했는데.

"봤냐? 봤어? 저거 우리 대장 맞아?"

"눈도 빼다가 씻어서 넣어야 하나."

조금 살벌하게 놀란 이들부터 반응은 다양했다.

"저분 코가 꿰인 것 같은데……."

"야, 쉿! 쉿! 내일 쥐도 새도 모르게 사라지고 싶냐."

지극히 현실적인 이야기를 하는 이도 있었다. 나는 못 들은 척 웃으며 이제 그만 인사를 하려 하던 순간이었다.

땡그랑. 아주 커다란 마찰음이 들렸다. 고개를 돌리니 그곳에는 낯선 실루엣이 있었다.

"어라, 이게 뭐야? 전쟁 났냐?"

이곳에 있는 기사들처럼 꽤나 덩치가 큰 이였다. 그러나 그 사람이 가까이 다가오자 주변 이들보다는 다소 작다는 것을 깨달았다. 그래도 남성 평균 정도였지만.

고운 밀색 머리칼이 가장 먼저 들어왔다. 복슬복슬하게 풀어헤친 머리, 그 아래로 새까만 색의 눈동자가 보였다. 그녀와 눈이 마주친 순간 여성의 새까만 눈이 크게 뜨였다.

"아―니! 이게 뭐야!"

쿵쿵, 달려오는 걸음이 살벌할 정도로 빨랐다. 부웅. 앞머리가 살짝 흔들렸다. 눈 몇 번 깜빡였을 뿐인데 볕에 탄 싱그러운 얼굴이 눈앞에 있었다.

"미친. 귀여워! 어여뻐! 사랑스러워! 세상에, 얘 누구냐? 누구야? 누구 동생이냐?"

나는 얼떨떨하게 눈을 끔뻑였다.

"아, 안녕하세요?"

"아니, 말을 하네! 귀여워! 귀여워! 몇 살이야? 어디서 왔어? 꺄악. 머리색은 어쩜 이렇게 잘 어울려! 맛있는 거 사줄까? 사슴 고기 좋아해?"

⋯⋯사슴 고기는 좋아하지만 일단 자리를 피하셔야 할 것 같은데요. 리녹이 심상찮은 표정으로 그녀를 응시하고 있었다.

"첼시 위리데."

그녀의 이름은 역시 예상한 대로였다. 그레이처럼 이 책의 조연이었다. 첼시는 고개를 들었으나 크게 주눅 든 얼굴은 아니었다. 다만 놀라긴 했는지 꾸벅 고개를 숙이고는 뺨을 긁적였다.

"와, 대장님의 존재감을 지워 버리는 사랑스러움이네."

어⋯⋯. 감사합니다? 나를 보고 하는 말 같기는 한데. 내 동공은 실시간으로 지진을 일으켰다.

"뭐야. 이분이 그러니까 그레이가 3년간 염불을 외던 그분입니까?"

"그분?"

"네. 대장의 미친 행동에는 다 이유가 있다던데요."

"첼시!"

기사단 사이에 있던 그레이가 사색이 됐다. 리녹의 시선이 슬쩍 그에게도 돌아가는 듯했다.

"어머나, 말을 잘못했나? 미안, 그레이. 입은 삐뚤어져도 말은 바로 하라고 했으니."

그녀는 그리 말하고는 슬그머니 던졌다.

"로테에게 감봉시키라 전할까요?"

"⋯⋯나쁘지 않군."

"대, 대장님!"

그레이가 울상을 지었다. 어쩐지 자주 있는 일인 듯 그레이를 제외한 모든 사람이 태연했다. 아니, 이 상황이 태연하다니. ……그레이 돈은 받고 일하는 건가? 조금 짠한 마음이 들었다.

"맡긴 일은 어떻게 됐지?"

리녹의 한마디에 그녀는 커다란 검을 어깨에 당당히 짊어졌다. 어쩐지 얼굴도 체격도 달랐지만 언니의 모습이 엿보이는 기분이었다. 같은 기사라 그런가?

"명하신 대로 산맥에 들어온 황실 놈들을 처단했습니다. 아주 그냥 조져 버렸죠."

그녀가 손뼉을 짝 치며 말했다.

"그나저나 이렇게 빨리 귀환 명을 내리실 줄은 몰랐습니다. 헐레벌떡 저만 뛰어왔지 뭡니까."

"시킬 일이 있으니까."

리녹이 그리 말하고는 고개를 돌렸다. 우아하게 굴러간 눈엔 내가 담겼다.

"앞으로 네가 호위할 사람이다. 에이미, 이쪽은 새벽 기사단의 부단장."

리녹이 드물게도 말을 길게 이으며 소개시켰다.

"아이고, 초면에 실례가 많았군요. 첼시 위리데입니다!"

남성의 보통 키를 넘나드는 데다 마치 한 마리 짐승 같은 날렵한 실루엣. 위협적인 검을 든 모습은 든든해 보이기까지 했다.

첼시 위리데. 이 책 속의 조연이자, 특히나 주인공 세레나의 절친으로 나오는 시원시원한 성격의 검사 언니였다. 가까워져서 결코 나

뺄 것이 없는 이였다. 속이 계산적이지 않고 정말 좋은 사람이란 얘기다.

그녀가 손을 내밀었다.

"어, 에이미예요. 잘 부탁드려요."

어쩐지 청량한 바람이 불 것 같은 분위기에 방긋 웃으며 그녀의 손을 붙잡았다. 그 순간이었다.

덥석. 휙 들어 올려진 손에 눈을 크게 끔뻑였다.

"너무 귀여우시고 사랑스러우십니다!"

"아……. 감사합니다?"

"저를 부려주십시오!"

"아니, 그렇게는."

"귀여운 건 옳습니다!"

……언니? 왜 낯선 사람에게서 우리 언니의 향기가 느껴지지? 어쩐지 지나치게 과분한 칭찬에 할 말을 찾지 못할 때였다.

툭. 우리의 겹쳐진 손 위로 커다란 손이 내려앉았다. 정확히는 내 손등 위로만. 한겨울 얼어붙은 호수처럼 차가운 눈동자가 한곳을 향했다.

"그 손 놔라."

첼시가 아쉬움에 가득한 시선을 보이면서도 슬쩍 손을 놓았다. 그런 그녀에게 리녹이 선고했다.

"명이다. 다신 잡지 마라."

"왜죠! 왜입니까! 차라리 한 번 더 산맥을 가라 하세요!"

"정말 가고 싶나?"

"……가는 것은 상관없는데, 그럼 저 귀여운 분을 못 보지 않습니까."

"……."

첼시가 홀로 끄덕였다. 그러다 퍼뜩 리녹의 시선을 알아채고 얼른 말을 이었다.

"……어여쁜 손은 막 잡는 게 아니죠."

△

"첼시 경이 돌아왔군요."

첼시를 옆에 달고 온 우리를 보며 로테가 말했다. 우리를 기다리고 있었던 듯 응접실 테이블 위에는 찻잔 두 개가 놓여 있었다.

"오랜만이네요, 로테. 그 뚱한 표정도 여전합니다?"

"뚱한 것이 아니라 정중한 겁니다, 첼시 경."

"에헤이, 까칠하게 튕기시기는. 남자가 그러면 매력 없습니다."

그러자 로테가 너한테 매력적이고 싶은 생각은 추호도 없다, 정도의 얼굴로 첼시를 쳐다봤다. 하지만 이미 그녀는 로테에게 관심도 없었다.

"각하, 첼시 경을 부르신 것은 아가씨의 호위를 명하시기 위함입니까?"

리녹이 느릿하게 고개를 끄덕였다. 그러면서 조금은 못마땅한 표정을 보였다.

"그렇군요. 경은 새벽 기사단 중에 가장 뛰어난 여성 기사이니 말입니다."

"로테, 여성 기사가 아니라. 기사."

첼시가 복슬복슬한 머리를 꼬며 눈을 휘었다.

"실력에 성별을 가지고 논할 순 없지. 적어도 망할 황실이 아닌 우리 기사단에선 말이야. 안 그래요?"

"표현에 실수가 있었군요. 사과드리죠."

로테가 순순히 인정하고 사과했다. 드문 모습이었다.

"그리고 난 실력으로도 너무 뛰어나, 그레이의 허리를 반으로 접어버릴 수도 있죠."

잠자코 있던 그레이가 슬쩍 고개를 돌렸다. 음. 왜 나는 끌어들이냐는 얼굴인 것 같은데.

"표현이 과격합니다, 첼시 경."

"그럼 나는 그레이가 자신의 세 번째 다리와 영영 고별하게 할 수 있다고 할까요?"

"나쁘지 않군요. 비유법은 좋다 생각합니다."

"……내 세 번째 다리는 그냥 둬, 첼시."

그레이가 울먹였다. 로테는 그레이의 울먹임에는 시선을 주지 않은 채 단정한 시선을 리녹에게 고정했다. 아니, 잠깐 나를 담은 것도 같았다.

"출발 준비는 순조롭습니다, 각하. 예정대로 내일까지 끝낼 수 있을 듯합니다. 혹시 몰라 각하께서도 함께 가실 수 있게 준비하기를 잘했군요."

로테의 시선이 내게 머문 것을 보아 리녹이 돌아온 데에 내 역할이 있었다고 생각하는 모양이다. 뭐 딱히 다르지는 않았지만.

"그리고 새로운 소식이 있습니다."

"뭐지?"

"방금 들어온 소식입니다만, 세레나 님께서도 이 파티에 참석하신다고 합니다."

나는 멈칫했다. 리녹이 설핏 미간을 찌푸린 것 같았다.

"이런 것을 좋아하지 않을 텐데?"

"이유는 알 수 없으나, 그곳으로 가고 있다 합니다."

"……."

"아울러 무도회가 끝난 뒤에는 전할 것이 있어 대공저에 들르시 겠다 하셨습니다. 언제나처럼 대답은 듣지 않고 끊으셔서 말씀드릴 새는 없었습니다."

"그런가."

"약을 위해 오시는 듯합니다."

리녹은 아무런 말도 하지 않았다. 약이라면 아마 어린 리녹이 먹 는, 폭주의 위험을 줄여주는 약이리라. 나는 탐탁지 않아 하는 그의 표정을 보며 생각에 빠졌다.

'이번에야말로 세레나를 만나는 걸까.'

긴장감이 들었다. 리녹의 마음에 불안을 느껴서는 아니었다. 다만 언젠가 한 번은 일어날 일이 드디어 가까이 다가온 기분.

"아가씨께서는 따로 준비하실 게 없습니다. 편안히 기다려 주시 겠습니까?"

"네?"

눈을 빠르게 팔랑거리자, 로테가 살짝 고개를 기울였다.

"함께 가실 것이 아니십니까?"

"아. 네 뭐. 그렇긴 한데."

"여기에 대해서는 염려하시지 않으셔도 됩니다."

듣고 있다 보니 내가 가는 게 당연하다는 듯한 말투였다. 로테는 이외에도 나와 관련한 짐은 함께 챙겨두었으니 따로 챙길 것은 없을 거라 거듭 말했다.

'아니 갈 거긴 했는데, 너무 단정 짓는 거 아냐? 대답도 하기 전에 말이지.'

따질 수도 있었으나 굳이 그러지는 않았다.

그렇게 이틀 뒤. 우리는 스틸라 공작령으로 출발했다.

황태자가 기다리고 세레나가 있을지도 모르는 곳으로.

△

"함께 가지 않을 줄 알았단다."

선대공비가 한 말이었다. 나는 고개를 돌려 그녀를 응시했다.

"제가 가지 않을 줄로 아셨다는 말씀이시죠?"

오늘은 출발한 지 이틀째 되는 날이었다. 목적지인 스틸라 공작령까지는 마차로 5~7일이 걸렸다. 말을 타고 달린다면 4일이면 충분하겠으나 짐을 잔뜩 실은 마차로는 무리였다. 그나마도 베이커가 짐과 마차에 경량화 마법을 걸어주었기에 속도가 조금 더 빠르다고 들었다.

"그래, 함께 가지 않을 것이라 생각했단다."

리녹의 몸이 원래대로 돌아왔으므로 무도회에는 예정대로 리녹이 출발하게 되었다. 하지만 이미 선대공비가 간다고 말해두었기에 자연히 그녀도 함께 가게 된 상황이었다. 어찌 보면 괜한 걸음을 하게 된 것일지도 모르는데, 그녀는 여기에 딱히 불만이 없어 보였다. 나는 출발하던 날을 떠올렸다.

보통 이곳에서는 남성 귀족은 말을, 여성 귀족은 마차를 타는 것이 보편적이라 했다. 하지만 장거리가 되면 여성, 남성 할 것 없이 마차를 탄다고. 원칙적으로는 나와 어머님이 한 마차를, 리녹이 따로 다른 마차를 이용함이 맞았다. 그러나 출발하던 날 어머님은 마차에 타려던 나를 가로막았다.

"아가, 이곳이 아니란다."

"네?"

"네가 탈 곳은 저기란다."

그러고는 손으로 우아하게 한곳을 가리켰다. 그녀의 손끝에 걸린 것은 바로 또 다른 마차였다. 나는 리녹이 탈 마차를 보며 얼떨떨함을 숨기지 못했다.

"저기는 대공님이 타는 마차인데요……."

"그래. 그렇단다."

어머님은 그리고 네가 탈 마차이지, 하고 나를 보셨다.

"뭐하니, 어서 가렴"

"느에? 네? 잠시……."

그렇게 나는 쫓겨났다. 아니, 굳이 따지자면 쫓겨났다는 말이 어울리지 않는 것 같긴 한데……. 어쨌든 돌아섰을 때, 리녹이 뒤에 있는 것을 보고 얼마나 놀랐던지.

그는 살짝 놀란 표정으로 아이헨나 쪽을 바라보고 있었다. 아이헨나 또한 갑자기 나타난 리녹을 보고 잠시 당황했으나 이내 태연한 낯을 보였다.

"잘한 일이지 않니?"

"……잘하셨습니다."

그녀가 담담하게 건넨 말에 잠시 침묵한 리녹이 보일 듯 말 듯 끄덕였다. 그 순간에 그는 나를 살짝 내려다보며 나를 잡을 듯 말 듯 손을 뻗었다.

"에이미가 저와 타는 것은 당연한 일입니다."

"그래. 아무도 보지 않을 텐데 무슨 상관이겠니."

"맞습니다. 예의와 법도와는 상관없는 일이라 생각되는군요."

아이헨나 또한 싱그러운 낯으로 동의했다.

……안 보이는 곳에서는 무슨 일을 하실지 모를 모자일세. 따로 타는 것이 법도인데 어겨봐야 무슨 일이 있겠느냐, 이거였다.

나는 뻗어온 손을 잡으면서도 의아함을 숨기지 못했지만 뿌리치지는 않았다. ……그나저나 언제부터 함께 타는 것이 당연한 일이 된 건가요, 선생님? 처음 듣는 말에 슬쩍 덧붙이고 싶었으나 참기로 했다. 나도 싫지는 않았으니까.

아무튼 그렇게 출발해 이틀째 즈음 된 날, 잠시 마차가 멈춘 사이 아이헨나 님이 찾아와 대뜸 내가 무도회에 가지 않을 줄 알았다고 이야기를 꺼내셨다.

"이제는 인정하기로 한 것이니?"

나는 그녀가 무슨 말을 하고 싶은 것인지 바로 알아챘다. 그녀를 처음 만난 시기에 나는 리녹에게 이끌리는 마음을 마지막으로 부정하고 있었다. 생각해 보면 이미 내 마음의 파도를 알아챘으나 마지막으로 이건 아니다라고 외쳐본 것 같다. 현실을 부정하고자 무작정 리녹에게 좋은 일을 해보자고 아이헨나 님을 찾아갔던 것이고.

결과적으로 일은 잘됐으나 생각해 보면 조금은 부끄럽고 창피한 일이기도 했다. 스스로가 답답했다는 것 정도는 알고 있었으니까.

"네. 그래요."

나는 수줍게 웃으며 뺨을 긁적였다. 마음으로 인정했어도 역시 말로 하는 것은 마음이 간질간질했다.

현재 리녹은 저 멀리서 기사단과 이야기 중이었다. 신체 능력이 좋은 사람이었지만 저기에 집중하느라 우리의 대화까지는 들리지 않을 것 같았다.

"지금은 기회를 엿보는 중이에요."

"기회?"

"네…… 그냥 돌려줄 기회요. 받은 마음을 말이에요."

나는 손을 쭉 펴 보였다. 손가락 사이로 어머님이 보였다. 아름다운 얼굴을 바라보며 배시시 웃었다. 어머님이 보일 듯 말 듯 미소를 돌려주었다.

"생각한 것이 있니?"

"음, 네. 있는데요. 그게……"

손가락이 살짝 굽히며 손등에 흰 문양이 생겨났다. 아이헨나 님은 자신의 어깨로 살짝 내리는 눈송이들을 바라보며 눈을 깜빡였다. 이내 은은한 미소를 지었다.

"멋지구나. 네 능력이니?"

"네. 열심히 연습 중인데. 이제 이 정도는 가능하네요."

나는 손을 접었다가 펴며 과거 리녹이 내게 했던 말들을 떠올렸다. 그가 준 마음 전부는 돌려주지 못하더라도 일부는 전하고 싶다. 아니, 보여주고 싶다.

나는 일단 시작하면 무엇이든 확실하게 끝을 봐야 했다. 고백하는 것도 내가 생각하기에 좋은 타이밍에 멋지게 하고 싶었다.

"네가 돌려주겠다 말한 것은 고백을 뜻하는 것이구나."

"네. 맞아요."

나는 뺨을 긁적였다.

"말을 꺼내는데 왜 이렇게 부끄러운지 모르겠네요."

그 말에 아이헨나의 눈이 조금 휘어졌다.

"괜찮다. 너는 그런 모습도 사랑스러우니 말이다."

그 말에 하마터면 딸꾹질이 나올 뻔했다.

"왜 그러니?"

"아뇨. 아니에요."

아닙니다. 어머님, 제가 미인의 미소에 약한 병이 있어서요. 어머님은 고개를 갸웃하면서도 이내 평소의 덤덤한 얼굴로 돌아왔다.

"그런데, 아가. 네 감정은 어떻게 시작된 것이니?"

그녀는 실례가 되지 않는다면, 하고 조심스럽게 덧붙이며 말했다.

"글쎄요. 처음엔 책임감이었던 것 같은데."

언제부터였을까? 시기를 꼬집어 말할 수는 없었다. 솔직히 이끌리기 시작한 것은 오래전부터였으니. 사실 숲속 집에 나타났을 때부터 그는 매력적이었다.

"그저 시작이 이래도 되나 조금 염려되기도 해요."

호감에서 더 깊이 빠져든 건 헤어질 무렵이었을까? 시작은 부채감과 죄책감이었을지도 모르겠다. 아이인 당신에게 작별 인사도 못했다는 점, 끝내 밤의 당신의 고백에 답하지 못 했다는 것. 그런 것들이 3년을 꼬박 당신을 되새기게 했으니까.

"어떤 사랑은 동정과 연민에서. 또 어떤 사랑은 아주 사소한 행동에서 시작하기도 하지. 아가, 중요한 것은."

성큼 다가온 어머님이 손을 뻗어 내 머리칼을 살짝 붙잡았다가 놓았다.

"이 마법 같은 감정은 사소한 것에서 시작해, 이내 온몸을 사로잡아 물들이고 마는 중독과 같다는 점이지. 두려워 말렴."

아마 내 머리칼에 붙어 있었던 듯 그녀의 손에는 작은 꽃잎이 붙어 있었다.

"내 아들은 나쁘지 않은 남자란다."

"……나쁘지 않은 정도가 아닌 것 같은데요?"

"그러니? 다행이로구나."

어머님이 살짝 고개를 숙이고는 비밀을 속삭이듯 장난스럽게 말을 걸었다.

"사실 나는 네가 아깝거든."

그녀는 그대로 속닥이고는 고개를 다시 들었다. 나는 멍하니 눈을 끔뻑였다. 그녀가 그러고는 앞으로 있을 무도회에 대해 무어라 말을 해준 것 같은데, 문제는 잘 들리지 않았다는 거다. 아니, 이 모자는 왜 이렇게 천연덕스럽게 사람을 들었다 놓는 거지?

"무도회는 걱정할 것 없단다."

"네? 아. 네. 네네."

정신을 차려 보니 아이헨나 님은 할 말을 모두 하고 마차로 돌아간 뒤였다. 이후 기사단과 이야기를 끝낸 리녹이 돌아오며 내게 찰싹 달라붙었다. 그리고 다시 출발이었다.

밤이었지만 주변을 밝힌 불 덕에 그리 어둡지만은 않았다. 도시가 나올 때까지는 늦은 밤까지 이렇게 움직인다는 모양이었다. 불을 밝혀놓은 것은 혹시 모를 문제에 대비하는 것이라고.

전기가 없는 대신 마법으로 피워낸 불은 꽤나 아름다웠다. 침묵 속에서 리녹이 느릿하게 입을 열었다.

"선대공비와 이야기 중이더군."

귀 바로 옆에서 나른하게 울리는 목소리가 오싹 감각을 일깨웠다.

"네? 맞아요. 그분과 잠시 대화를 나눴어요."

리녹이 손끝에 입을 맞췄다. 이제는 아주 익숙해진 접촉이었으나, 이렇게 그의 무릎 위에 앉아 품에 안긴 채로 받는 것은 또 다르단 말이지. 왜인지 모르겠으나 처음 대공저에 가던 마차에서처럼 그의 품에 안겨 가고 있었다.

"그런데 대공님, 음……."

손끝으로 향했던 그의 시선이 나를 응시했다.

"어머니라고는 왜 부르지 않으세요?"

오지랖인 줄은 알면서도 슬쩍 그리 물었다.

낮의 아이는 이제 종종 아이헨나 님이 건네는 쿠키를 곧잘 받아먹었다. 그에 비하면 밤의 그는 좀처럼 거리를 알 수가 없는 기분이었다.

"글쎄."

리녹이 살짝 시선을 내렸다.

"잘은 모르겠다. 그 단어는 내게…… 담기 힘든 표현이더군."

그는 지극히 말이 없는 남자였다. 처음 그를 데려왔을 때만 해도 그러했다. 그러나 그런 남자가 언제나 내 질문에 관해서는 성심성의껏 대답했다. 그의 눈꺼풀의 움직임에 괜스레 가슴 한구석이 떨렸다.

"음……. 그럼 저도 어머님이라 부를 테니까…… 같이 한번 불러 볼까요?"

나는 떨림을 숨기기 위해 애써 밝게 말했다. 그러자 진득한 시선이 나를 좇았다. 그의 깊은 동공으로 순간 녹진한 것이 일렁였다.

"내가 부르는 것과 네가 부르는 것은 차이가 있는 듯한데."

그가 보일 듯 말 듯 웃더니 내 손목으로 입을 가져다 대었다.

"나와 혼인해 줄 생각인가?"

……그러고 보니 그러네. 듣고 보니 일리 있는 말에 나는 꿀 먹은 벙어리처럼 아무 말도 하지 못했다. 어째 모자 사이를 돕다가 제대로 코가 꿰인 느낌인데, 싫지 않다는 게 또 문제다. 아니, 그래도 언니에게 일언반구도 없이 막 끄덕이는 건 아니지 않을까.

나는 도로록 눈을 굴리며 그의 손가락을 슬쩍 잡았다.

"음, 문득 생각난 건데요. 대공님."

"말을 돌리는군. 나는 더 듣고 싶은데 안 되겠나?"

"으음……."

"아니, 대답해 주지 않아도 괜찮겠군."

그가 낮은 목소리로 선선히 말했다.

"이대로 네가 나와 영원히 함께 있으면 혼인과 다를 게 무엇이겠나."

……참 창조적인 해석이네요, 선생님. 그런 새로운 해석이? 난감히 하하하, 웃으며 나는 입을 떼어냈다.

"참 좋은 얘기네요? 하하. 그보다 좀 중요한 얘기인데요. 혹시 무닌과 후긴을 아세요?"

"불의 까마귀를 말하는 건가?"

불의 까마귀? 잘은 모르지만 까마귀라 하니 맞는 듯하다. 펜릴과 꿈에서 만난 뒤 급하게 찾아본 바로는 펜릴처럼 산맥에 사는 마법 까마귀라 보았으니까.

"네. 실은 꿈속에서 펜릴을 만났는데, 대공님께 전해달라 하더라구요. '오래전 내 짝을 데려간 황실이 무넌과 후긴까지 건드렸다.'라고."

그러자 그의 표정이 딱딱해졌다. 느슨해진 그의 어깨에 힘이 들어갔다.

"그것 말고는? 또 있는지 물어도 되겠나?"

"또……. '이대로 가다간 이베르크도 그들과 충돌을 피할 수 없을 거다.'라고도 했어요."

음영진 그의 얼굴이 심각하게 고민에 빠졌다.

"……다른 방향으로도 침투했나."

그는 이내 고개를 들어 내게 고맙다고 전했다. 커다란 손이 날개뼈까지 내려온 머리끝을 쓸어내리다가 멈췄다.

"그런데, 펜릴과 연락을 하나?"

나는 잠시 굳었다. 그의 표정을 보아서였다. 이거, 대답을 잘해야 할 것 같은데.

"아하하, 하양이 안부를 묻더라구요. 개도 아니고 왜 그런 이름을 지어놓았냐고 하던데요?"

다행히 리녹은 평소처럼 더는 추궁하지 않고 넘어갔다. 펜릴이 전한 사안이 중대하고 심각한 일이긴 한 모양이었다. 이내 우리는 야영할 곳에 도착했고, 우리의 대화는 거기서 끝이었다.

다음날, 눈을 뜨자마자 다시 출발이었다. 아이가 된 리녹이 내 허리를 붙잡고 새근새근 잠들어 있었다. 좀처럼 낮에는 잠들지 않던 아이인데, 마차 여행이 피로했던 걸까? 늦은 오전까지 눈을 뜨지 못했다.

"대장님은 대공령에서 멀어지면 일시적으로 저런 현상이 나타나요. 피로해 하시고 잠이 많아지시고."

명확한 해답을 준 사람은 그레이였다. 리녹과 함께 통솔자 겸 호위대장으로 따라온 그레이는 꽤 자세하게 설명해 주었다. 염려하지 말라는 뜻인 듯했다.

그리고 보면 어린 리녹은 처음 숲속 집에 왔을 때도 잠이 많았었지. 이래저래 그의 마법에는 불편한 점이 많은 듯하여 새삼 짠한 마음이 들었다.

식사를 하고 막 돌아가려 하는데, 팔 쪽에서 진동이 느껴졌다. 리녹이 혹시 모른다며 준 마법이 걸린 구슬이었다.

[안녕하십니까, 아가씨. 잘 들리십니까?]

이 구슬에는 몇 가지 마법이 걸려 있었는데, 그중 하나가 통신 마법이었다.

"아, 로테 씨. 네, 잘 들려요."

[그렇군요. 점검 차 한번 연락드렸습니다.]

저택을 책임지는 로테는 이번에 따라오지 않았다.

[그리고 중요하게 알려 드릴 이야기 또한 있으니 말입니다.]

"중요한 얘기요? 뭔가요?"

로테가 내게 중요한 얘기? 고개를 갸웃하면서도 나무 쪽으로 걸음을 옮겼다.

[예. 각하와 관련된 사항입니다. 혹시 알고 계십니까? 오늘이 각하 마법 주기의 마지막 날입니다.]

"아……."

몰랐다. 벌써 그렇게 된 건가? 놀라서 말을 잇지 못하는 사이 로테의 소리가 다시 들려왔다.

[정확히 1일에 시작하는 것이 아니니 헷갈리실 수 있다 생각합니다.]

로테가 말했다. 내일부터 리녹은 다시 어른의 모습만을 유지할 것이라고.

[이제 아가씨께서 더는 말없이 도망가실 것이라고는 생각하지 않습니다. 그러나 다음 주기쯤에는 아가씨와 각하의 내기가 끝난 뒤이겠지요.]

로테의 말은 어린 리녹과는 오늘이 마지막일지도 모른다는 뜻인 것 같았다. 그래서 이렇게 알려 드리는 것이라고. 간결했던 로테의 통신은 그대로 끝이었다.

빛이 꺼진 구슬에서 더는 로테의 말이 들려오지 않았지만 나는 계속 쳐다봤다. 머리를 한 대 얻어맞은 기분이었다. 이내 입술을 꾹 깨물고 결연한 표정으로 고개를 들어 올렸다.

'로테가 아는 것을 리녹이 모를까?'

답은 아니다였다. 나는 황급히 리녹이 있는 마차로 걸음을 옮겼다. 그리고 문을 열었을 때, 울먹이는 한 쌍의 눈동자와 눈이 마주쳤다.

"녹스."

그렁그렁한 아이의 눈이 나를 담았다. 그리고 깨달았다. ……리녹도 오늘이 주기 마지막인 걸 알고 있었구나. 단순히 잠에서 깨어났을 때 내가 없는 것만으로 아이가 울먹이지 않는다.

나는 그대로 허겁지겁 마차 안으로 들어가 아이의 앞에 무릎을 꿇고 앉았다. 나조차도 놀라울 정도로 빠른 속도에 무릎이 부딪쳐 아렸지만 상관없었다.

"떠나지 않을게."

꼭 하고 싶은 말이 있었으니까.

울먹이던 아이의 눈이 그대로 커졌다.

지난날을 생각했다.

"떠나도 돼."

그렇게 나를 붙들던 밤의 리녹과는 다르게 포기와 체념이 만연했던 아이. 나는 네게 알려주고 싶었다. 세상에는 포기하지 않아도, 그렇게 놓지 않아도 되는 것이 있다고.

다만 내가 알려주는 것이 맞을까 고민하고 또 고민했다. 나는 결정했고 망설이지 않았다.

"너는 다음 주기에도 날 볼 수 있을 거야."

"……."

"다음 주기에도, 다음다음 주기에도, 그다음에도."

길 잃은 강아지처럼 황망함을, 비에 젖은 것처럼 처연함을 품던 아이의 눈동자에서 그늘이 씻겨 내려갔다. 제대로 울지도, 웃지도 못하던 아이였다. 그렇기에 그는 이 순간에도 기쁨과 행복에 익숙하지 못한 사람처럼 굴었다. 나는 그런 아이를 품에 안았다. 이윽고 품에 안긴 아이가 울음을 토해냈다.

"아픈 게 뭐야?"

소리 내서 터트린 울음이 기쁘게 들릴 수 있다는 것을 처음 알았다.

"녹스, 다음 주기에는……."

네 이름을 불러줄게.

눈을 감으며 아이의 뜨거운 체온을 꼬옥 안아주었다. 더는 그가 가슴속 추위를 느끼지 않길 바라며.

그날, 어린 그는 반나절 내내 내 품에 꼭 안겨 있었다. 우리는 점심조차 먹지 않았지만 먹지 않아도 배고프지 않을 만큼 큰 기쁨이 만연했다.

△

그렇게 아이와 주기의 마지막을 보내고 5일 뒤. 우리는 목적지인 스틸라 공작령에 도착했다. 마차에서 내려 안내받은 우리는 저택의 주인과 바로 마주할 수 있었다.

"스틸라 공작령에 오신 것을 환영합니다, 대공 각하."

아주 화려한 백금발 머리를 우아하게 틀어 올리고 시원시원하게 푸른 눈동자를 가진 눈부신 미인이 우리를 반겼다. 나는 리녹의 한 발짝 뒤에서 침을 꼴깍 삼키며 그녀를 보았다.

"공녀 비네아 스틸라, 여러분을 진심으로 환영합니다."

비네아 스틸라. 그녀는 이 책에서 악녀이자, 황태자의 명으로 리녹을 유혹하는 역할이었다. 여기서 '유혹'이란 달콤하고 아찔한 유혹이 아니라……. 리녹을 죽음에 빠트리기 위한 유혹이었다.

화사한 축포가 아스라이 들려오는 사이, 비틀어진 원작의 절정의 막이 올랐다.

"실로 오랜만이 아닌던가요, 각하."

리녹을 제외한 공작가 중 하나이자 그곳의 유일무이한 외동딸로, 보시다시피 세레나와 투 톱을 이룰 정도로 아름다운 미인이었다. 세레나가 차갑고 달빛처럼 은은하고 청초한 쪽이라면 이 언니는 화려하고 다채로우며 살짝 처진 눈꼬리가 꼭 털이 보드랍고 우아한 강아지 같은 느낌이다.

잠시만 그러고 보니 이 언니도 갯과네? 여기 작가님 개를 좋아하시나. 나는 요상한 생각을 하며 두 사람의 인사를 멍하니 바라보고 있었다. 아니, 정확하게는 리녹에게 더 시선이 머물렀다. 저기 있는 악녀 언니도 참 아름답지만 옷을 단정히 입고 있는 리녹이 더 눈에 띄었다고 할지.

함께 경매장에 갔을 때도 보긴 했지만 여전히 정장 차림의 그는 낯선 느낌이었다. 그때와 다르게 머리까지 단정히 빗어 내렸기에 또 다른 느낌이 들기도 했다. 미인은 꾸미는 맛이 있구나. 다음에 리녹에게 다른 옷도 입어 달라 부탁해 볼까. 실없는 생각을 할 때였다.

악녀 언니의 눈이 이쪽을 향했다.

"그런데…… 저분은?"

맑은 푸른 눈이 고아하게 기울어졌다. 역시 진짜 귀족은 때깔부터 다르구나. 리녹이 내 손을 살짝 쥐고 나를 끌어당겼다.

"인사가 늦었군. 이쪽은 내 약혼녀다."

내게 말을 할 때처럼 권유형이 아닌 단정적인 어조가 그의 입에서 나왔다. 비네아의 눈이 조금 커졌다.

"세상에나, 제가 이렇게 세상에 무지했군요?"

비네아는 "난 한 번도 듣지 못했는데, 신기하네!"라는 말을 돌려서 표현했다. 나는 슬그머니 눈치를 보다 나섰다. 원래 이럴 때 주눅 들면 안 되는 법이다.

"안녕하세요, 에이미라 합니다. 성은 없어요."

언니가 말했다.

"*에이미, 어떤 순간에도 우리 성을 말해선 안 돼.*"

"*그럼 앞으로 절대 바깥에도 나가면 안 돼? 이를테면 귀족과 마주치지 말라거나.*"

"*아냐. 그건 아니야.*"

그때 언니는 고개를 저었다.

"우리 이름 때문이지 얼굴 때문은 아니니까. 특히나 나라면 몰라도 에이미 너는 문제없어."

이제는 아주 오랜 시간이 흘러 언니조차 내게 홀로 살아도 된다고 말을 할 정도였지.

"성…… 이? 없다 하셨나요?"

그녀가 다시 한번 놀란 눈을 했다. 아니, 지금까지 그녀는 줄곧 리녹을 쳐다보고 있었는데, 그제야 내 얼굴을 본 것 같기도 했다. 그 순간 아주 잠시지만 비네아의 눈이 살짝 찌푸려졌다. 그러나 얼른 원래의 고상한 얼굴로 돌아갔다.

눈꼬리가 살짝 처지고 아래가 곱슬곱슬한 머리 때문인가. 이 언니는 개의 종류 중에서도 우아하고 사랑스러운 종류, 꼭 코카스파니엘 같은 느낌이 들었다. 음, 여기서 좀 더 우아한 느낌?

아니면 내가 갯과 사람들에 너무 익숙해진 건가. ……갈수록 사람과 강아지를 매치하는 능력이 나날이 일취월장하는 것 같은데.

"이것 참 제국이 뒤집힐 만한 일이네요."

그러나 놀랍게도 그녀는 별다른 말 없이 수긍하고 넘어갔다.

이상하다? 이상한데. 로테는 분명 여기 모인 이들이 백이면 백, 신분을 걸고넘어질 것이라 했다. 수습은 리녹이 할 테니 굴하지 말라고 그답지 않게 덧붙이기도 했지.

사실 난 비단 내 신분이 아니더라도 비네아, 이 언니가 날 탐탁지 않게 볼 거라고 생각했다. 그도 그럴 것이 책 속에서 이 언니는 리녹에게 호감을 품고 있던 인물이었으니까.

하나 유약한 성격 탓에 아버지와 가문, 그리고 황태자의 압박에

이기지 못하고 리녹 살해 작전에 협력하게 된다. 적어도 내 정체와 신분이 이렇게 순순히 수긍하고 넘어갈 일이 아닐 거였다.

"이런, 제가 너무 오래 붙잡았네요. 각하께서 마지막 손님이시랍니다. 먼 길을 오신 분이시니 일단 푹 쉬시는 것이 좋겠죠?"

그러나 그녀는 나에 관해 별다른 말이 없었다. 비네어가 손짓하자 대기하던 하녀들이 앞으로 나섰다.

"약혼하신 분과는 또 이야기 나눌 기회가 있으면 좋겠네요."

그녀가 고운 눈웃음을 보였다. 저기, 이따 너를 말로 때려보겠다는 의미는 아니겠지? 물론 여리여리한 눈매에 그런 의도는 보이지 않았다. 내가 보지 못한 것일지도 모르지만 그렇게 느껴지지도 않았고.

그렇게 나는 비네어가 배정한 방으로 안내받았다.

"우와, 한참 걸어가네요."

옆에는 키가 큰 첼시가 살짝 뒤에서 함께 걷고 있었다.

"얼마나 좋은 방을 주려고."

"좋은 방요?"

"성 깊은 곳으로 갈수록 좋은 방이죠. 안전하고 지키기 편하니까요."

나는 눈을 깜빡였다. 오오. 이런 건 전지적 기사의 시점인가? 몰랐던 사실에 끄덕였다.

"그런데 아가씨, 눈 한 번만 더 깜빡여 주시면 안 되나요?"

"네?"

"그렇게요. 귀엽습니다. 귀여워. 대장님 없을 때 만끽해야지."

그녀는 앞으로 리녹이 없을 때 내 호위를 맡게 되었다. 그러니 꾸준히 볼 건데⋯⋯. 어째, 언니와 비슷한 느낌을 지울 수가 없다.

첼시의 새까맣고 활기찬 눈은 들판이나 풀밭에 어울릴 법했다. 이를테면 그 뭐냐, 양치는 개의 종류가 뭐더라. 보더콜리?

"그런데 대공님은."

"아, 대장님요? 지금쯤 응접실에서 한창 손님 받느라 바쁠 거예요. 늘 그렇거든요."

온 지 30분도 안 된 것 같은데 소식이 그렇게나 빨리 전해진단 말이야?

"대공가 가문 표시를 한 마차가 대로로 들어왔으니 주목할 수밖에 없죠. 대장님도 참 피곤하시겠어."

"그러게요."

"아. 안전은 걱정 마세요. 성에서는 대장님과 따로 방을 쓰실 테니 잘하라는 신신당부도 들었습니다."

"첼시 씨에게요?"

그녀가 씩 웃더니, 편히 첼시라 불러 달라 했다. 보통 같았으면 거절했겠지만 어쩐지 언니와 비슷한 느낌 때문일까, 나는 편히 끄덕였다.

"그나저나 딱 아슬아슬하게 도착했네요. 오늘이 딱 무도회 시작날이잖아요."

"그러게요."

첼시의 말처럼 우리는 아슬아슬하게 도착한 참이었다. 비네아도 우리가 마지막 손님이라 했다. 사실 대공이 아니었다면 주최자에겐 무례하게 비칠 일이었다.

"주최 측에서도 이해하는 일일 거예요. 멀긴 더럽게 멀거든요."

사실 이렇게 도착한 것도 베이커가 빠르면서도 안정적으로 갈 수 있게 마법을 건 덕택이었다. 보통은 한 달 넘을 거리를 10일 이내로 단축한 것이니까.

어쩐지 그래서인지 기후가 다른 느낌이었다. 대공저와는 다른 따뜻한 공기가 느껴졌다.

"눈이 없으니까 신기하긴 하네요."

"여긴 눈이 잘 내리지 않을걸요?"

그렇게 첼시와 시시콜콜한 이야기를 나누며 방에 도착했다. 문을 열었을 땐, 이미 먼저 도착한 대공가 하녀들이 미리 짐을 정리해 둔 뒤였다. 고개를 꾸벅 숙이는 하녀 사이에는 로잘린도 있었다.

'와, 정말 넓네.'

로잘린이 다가와 리녹의 방은 이곳에서 멀지 않다고 말해주었다. 바로 옆방은 아닌 모양이었다.

"일단 오늘 무도회 첫날은 참석하지 않는다고 미리 말을 해두었다고 해요. 그러니 편히 쉬세요."

"음. 할 일도 없는데 저도 정리하는 걸 도울까요?"

"아, 아뇨 아가씨. 기사님 말씀이 맞아요. 저희는 미리 내일을 위한 준비를 해두느라 분주한 거고 아가씨는 편히 쉬시는 게 좋을 것 같아요. 잠을 푹 자야 피부에 좋대요."

첼시와 로잘린의 친절한 권유에 거절할 이유도 없어 알겠노라 했다.

"아마 오늘 저녁까지는 대장님 얼굴 보기 어려울 거예요. 우리 대장 도착한 날이 제일 바쁘거든요."

첼시가 소파에 편안히 기대어 서서 씩 웃었다.

"쓸데없이 청탁하는 귀족 나리들 거절하느라 말이지요."

확실히 리녹이 그런 걸 용인하는 인물은 아니었다. 3분 만에 내쫓으면 모를까. 이를 말했더니 첼시가 웃으며 3분이 아니라 30초 컷도 가능하단다. 다만, 그러고도 사람이 많아서 오래 걸린다고. 인기가 좋긴 좋구나.

쉬라고 권유받긴 했지만 딱히 할 일이 없어서 방에서 빈둥대는 것이 전부였다. 비네아의 배려로 식사도 방에 딸린 응접실에서 할 수 있었고.

저녁 무렵이 되자 조금 무료해지기 시작했다. 황태자, 비네아 스틸라, 그리고 어쩌면 세레나까지. 원작 인물들이 몽땅 있는 이곳에서 무료함을 느낀다는 게 생경하기도 했다.

'거기다 가면무도회라니.'

본래 가면무도회란 황궁에서 열리는 행사였다. 물론 황궁의 허락 하에 열리는 것이겠지만 아무래도 황궁에서 열리는 것에 비해 규모가 현저히 작을 것이라나.

내가 순순하게 따라가겠다 한 것도 이 때문이었다. 황궁이라면 나도 망설였을 거다. 작은 규모에 이름처럼 가면을 쓰는 행사라면 괜찮지 않을까 생각했지. 그렇다고 긴장하지 않은 건 아니지만.

나는 천천히 일어났다.

"심심하시죠? 산책이라도 나가 보시겠어요?"

"음, 글쎄요."

첼시의 물음에 웃음을 흘렸다.

"나가고 싶긴 한데, 홀로 산책하는 것은 안 되겠죠?"

그리 말하며 고개를 저었다. 안 될 일이다. 대공저야 홀로 다니더라도 곳곳에 기사가 있어서 괜찮았지만 이 낯선 곳에서 무슨 일이 있을 줄 알고 홀로 다니겠나.

원래부터 홀로 무언가를 하는 데 익숙해서 한 말이었을 뿐 별다른 의도는 없었다. 그런데 첼시가 불쑥 얼굴을 내밀었다.

"왜 안 되나요? 그렇게는 해드릴 수 없지만 홀로 산책하시는 기분은 느끼게 해드릴 수 있어요."

"네?"

"제가 숨어서 호위하면 되죠."

첼시의 검은 눈이 반짝반짝했다.

"곧 대장님이 올 때가 되었으니 그전에 얼른 다녀와요! 제가 샥샥, 숨어서 잘 호위해 드릴게요."

그녀의 모습 뒤로 마치 뼈다귀를 물고, 나 잘했지? 잘했지? 하고 묻는 커다란 강아지가 겹쳐 보이는 것 같았다. 나는 웃음을 터트렸다. 거기서 거기 같긴 한데, 그녀의 친절을 외면하고 싶지는 않았다.

"좋은 방법이네요. 그런데 그게 가능한가요? 어떻게?"

"후후. 가업 비밀이에요. 하지만 아가씨가 귀여우니 알려 드리죠. 제가 능력이 뛰어나기 때문이죠."

확실히 그레이와는 다른 캐릭터였다. 나는 웃으며 끄덕이고는 산책을 나섰다. 저녁이 되며 남색으로 물든 하늘에는 이른 별들이 총총히 떠 있었다.

멀지 않은 곳에서 웃음소리와 작은 축포 소리가 들려왔다. 저쪽에서는 연회가 시작된 모양이었다. 아니, 시간을 봐서는 시작하고도 조금 된 듯했다. 리녹이 대체 얼마나 붙잡혀 있는지 실감이 났다. 대공이 바쁘긴 하구나. 하기야 그동안 나랑만 시간을 보내서 실감하지 못한 것이겠지.

나는 이곳저곳을 정처 없이 걸었다. 출발하기 전, 미리 하녀에게 어디든 가도 된다고 말을 전해 들었기에 걸음은 거침없었다.

'무엇보다 길을 잃어도 첼시가 돌아가는 길 찾기는 문제 없다고

큰소리쳤지?'

보이진 않지만 지금쯤 나를 따라오고 있을 멋진 기사 언니를 떠올리며 슬그머니 미소를 지었다.

'으음…… 그나저나 너무 멀리 온 것 같은데.'

너무 신나서 걸었던 탓일까. 나는 어느 복도에서 걸음을 멈췄다. 군데군데 테라스가 보이는 복도. 어느새 사람들의 웃음소리가 현저히 가깝게 느껴졌다. ……아무래도 길을 잘못 들어 연회장 가까운 곳에 도달한 모양이다. 얼른 돌아가야겠다고 생각하고 기둥 그림자 아래서 등을 돌리려 할 때였다.

"하하하, 공녀께서는 이리 봐도 아름다우시군요."

낯선 목소리에 눈을 돌리니 멀지 않은 테라스에서 나오는 두 인영이 보였다.

"과찬이세요."

"이 나이에 이리도 농염하고 성숙하신 모습을 드러내니 눈이 즐겁기 그지없습니다."

대꾸 없이 미소로 화답하는 사람은 다름 아닌 비네아였다.

"과한 칭찬에 제가 우쭐할까 염려되네요."

맞은편에 있는 남자는 비네아보다 꽤 나이가 많고 살집이 두툼한 남성 귀족이었다.

"역시 여성은 참하고 조신해야 하는 법이지요. 어디 밖을 돌아다니며 마물을 잡겠다 칠렐레팔렐레 돌아다니는 여성도 있다 하던데, 그게 다 대공 옆에서 수작질 좀 해 보겠단 소리 아니겠습니까?"

저 여성 얘기 아무리 봐도 세레나 얘기 같은데? 걸음을 옮기는 대신 슬그머니 기둥 뒤로 붙었다.

"어머, 그런 사람도 있나요?"

"왜 있지 않습니까. 마법 좀 쓴다고 품위 없이 돌아다니는 여자."

귀족 남자는 이젠 여성이라는 존칭마저 생략했다.

"마법을 써봐야 뭐 얼마나 잘 쓰겠습니까. 험한 일에 나설 게 아니라 혼처를 알아볼 나이일 텐데 말이지요. 여성은 스물셋만 넘어도 꺾이는 나이 아니겠습니까."

듣자 하니 무시하는 말투가 다분했다. 괜히 듣는 내가 열이 날 정도로.

"물론 여성은 시집을 잘 가면 그만일 테니 그 마음은 이해하나. 속 보이는 행동에 어이가 없을 지경입니다."

남자가 쯧 혀를 찼다. 나는 문득 저 남자의 세 번째 다리를 차주고 싶었다.

"그와 다르게 공녀께서는 이 시대의 영애들이 닮아 마땅한 참한 여성상이시지 않나 합니다."

잘은 보이지 않지만 비네아가 눈을 내리깔며 깜빡이는 듯했다. 아스라한 어둠 속에서 음영이 진 그녀는 더욱 가녀려 보였다.

"……그런가요?"

"예. 공녀께서는 부친의 말에 순종하며 이렇게 물심양면 돕고 계시지 않습니까. 귀족 남성들이 공녀를 얼마나 높이 사는지 모릅니다."

"그렇군요."

"거기다 이 빛나는 미모와 내조에 충실한 현명한 모습까지, 정숙한 숙녀라 칭송받으실 만합니다."

"흐응……."

딸랑딸랑. 남자의 목을 열면 방울이 하나 튀어나올 것 같았다. 감이지만 저 남자는 칭찬마저 깔보는 듯 무례한 느낌이었다. 더는 들을 필요 없겠다 싶어 걸음을 뒤로 뺐다. 조용히 사라져야지. 그렇게 고개를 돌리려는 순간이었다.

"그렇게 말해도 나는 네 청혼을 받아줄 생각은 없는데 말이지요."

나는 얼른 눈을 들어 올렸다. 결이 다른 목소리를 꺼낸 비네아의 표정은 변함없었다.

"여, 여, 영애?"

그러나 놀랍게도 비네아가 살집 좋은 남자의 멱살을 잡고 있었다.

"이, 이 무슨 품위 없는 짓입니까!"

"품위는 네 모습에서 찾으시고요. 아, 아니, 존재하지 않는 걸 찾기는 어려우려나?"

그리 말하는 비네아의 표정이 자연스러워 무슨 일이 있나 싶을 정도였다.

"치. 칭찬만 했는데 어찌 이러십니까!"

"칭찬이 칭찬 같아야 말이지요. 꺾이긴 누가 꺾여? 삿대질하지 말아요. 그 손가락이 꺾어지면 어떡해요."

비네아가 살랑살랑 예쁘게 눈웃음 지었다.

"입은 쓸데없는 말을 뱉어내라고 만들어진 구멍이 아니에요."

"그건 영애를 겨냥한 말이 아닙니다! 영애는 다, 다른 여자와 다릅니다!"

"그래서 특별 대우하듯이 다른 누군가를 폄훼하면 좋아할 줄 알았나요? 저급하게도."

새가 지저귀는 듯 간드러진 목소리가 날을 세웠다.

"그리고 잘은 모르시는 것 같은데."

그녀가 들고 있던 부채를 접어 얼굴을 탁탁 두드렸다.

"내가 부친의 말에 잠시 순종하며 물심양면 돕는 것은, 부친의 후광에 힘입어 시집을 잘 가기 위함이 아니라."

그녀의 입술이 휘었다.

"이 공작가를 내 손아귀에 넣기 위함이랍니다. 알았어요?"

"다, 다, 당신은."

"네, 공녀지요."

"이, 이리 말하며 행동한 걸 후회할 겁니다."

"어머나. 제 아버지에게 가서 한번 말해 봐요. 공녀가 부친 밑에서 후계자 자리를 노린다고. 흥, 누가 믿으려나."

비네아가 남자의 멱살을 놓았다. 그리고 손을 톡톡 두드렸는데, 마치 더러운 것을 조심스레 털어낸다는 듯한 태도였다.

"저도 기꺼이 아버지께 말씀드리지요. 투스레 백작가 장남은 몰래 도박으로 막대한 빚을 졌다고."

"……."

"감히 숨긴 채로 내게 청혼하였으니, 신랑감 순위에서는 빼는 것이 좋겠다. 주제도 모른다고 말이지요."

"공녀! 지, 지금까지 그런 모습을 잘도 숨기고! 가증스럽게."

"가증스러우면 말해 보시지요. 공평하게 말해 볼까?"

"이익! 모, 못할 것 같나!"

내가 보기엔 빚 얘기가 아주 큰 비밀인 듯했으니 저 남자가 더는 말을 할 것 같지는 않았다. 소리친 기세와 다르게 탁탁 제 몸을 마구 털어 옷을 바로 한 남자는 뒷걸음질 쳤다.

"어머나. 무어라 하셨죠? 빚 때문에 안 들리네."

비네아가 눈으로 아름다운 호선을 그렸다.

"아니면, 첩이라도 되고 싶으셨나?"

이내 남자가 뒤로 돌아 황급히 자리를 비웠다. 도망치듯이. 후회할 거라 외치는 남자의 목소리는 형편없었다.

'아니, 이게 무슨 일이야……'

나는 얼떨떨함을 숨기지 못했다. 그도 그럴 것이 비네아는 남자가 말한 그대로였다. 시집 어쩌고 운운한 개소리는 모두 빼고, 우아하고 모든 귀족 영애의 표본이 되는 가녀리고 차분한 성격의 아가씨. 그러나 결코 싫은 소리를 못 하며, 리녹에게 호감을 품고도 아비지의 압박에 못 이겨 제 뜻을 꺾는 여리여리한 성정의 소유자. 그러니까 능숙하고 살벌하게 협박을 할 줄 아는 언니는 아니었다는 거다.

아니, 어째서 저기에 범 한 마리가 있는 거죠? 일단, 돌아가야…….

고개를 절레절레 저으며 숨죽인 채로 걸음을 옮기려 했다. 그러나.

탁. 아무리 발소리를 죽이려 했지만, 구두 굽이 대리석을 차는 소리가 울렸다. 주변이 워낙 조용한 탓이었다. 그리고 이 소리에 아직 돌아가지 않던 비네아가 고개를 돌렸다.

"거기 누구 있나요?"

동시에 그녀와 눈이 마주쳤다. 어쩐지 탄시즈와 복도에서 숨바꼭질 비슷한 추격전을 하던 때가 생각났다. 발견되었을 때 이런 기분이었던 것 같은데.

"흐응, 각하의 약혼녀분이시네요."

자박자박. 비네아가 고상한 걸음으로 내게 다가왔다.

"전부 들었죠?"

팔짱을 풀어낸 그녀가 고개를 비스듬히 기울였다. 처음 봤을 때

처진 채 순진해 보이기까지 했던 눈은 어디에도 없었다. 꼴깍 침이 넘어갔다. 무어라 말을 해야 할까. 고민하던 나는 시선을 슬그머니 피했다.

"무슨 생각을 하고 계시려나요?"

놀라서 아무 생각도 안 드는데요.

"어떡한다, 듣지 말아야 할 것을 들으셨네. 다른 사람은 몰라도 대공 귀에 들어가면 성가실 것 같은데."

"하하하……"

그녀의 말의 뜻을 알아차렸다. 방금 나간 남자는 아무런 힘이 없지만 리녹은 달랐다. 거기다 공작과는 반대 세력이었으니 내가 이 일을 전한다면 그가 어찌 이용할지 비네아로서는 불안한 요소일 터였다. 물론 나는 말하겠다 말겠다 정하지도 않았지만…….

비네아가 내 턱 밑에 부채를 가져다 대고, 천천히 들어 올렸다.

"어떡하지, 귀여운 아가씨인데."

눈앞에 전혀 다른 느낌의 푸른 눈이 보였다. 그렇게 허공에서 눈이 마주친 순간 그녀가 살포시 미간을 찌푸렸다.

"잠깐, 당신 혹시……. 언니 있어요?"

"네, 네?"

나는 입술을 달싹였다.

"어…… 그건 왜."

비네아는 가까운 거리에서 빤히 보기도 하고 고개를 기울이기도 했다. 고운 미간이 찡그려지는 것이 고스란히 보였다.

"이상한데, 닮은 것 같은데……."

곱씹듯 곰곰이 고민하던 입술이 천천히 열렸다.

"디아나라는 여잘 알아요?"

나는 멈칫했다. 언니를 알아? 순간 수많은 생각이 스쳤지만, 위기에 단련된 정신으로 가까스로 태연함을 가장하는 데 성공했다.

"저는…… 자매가 없어요. 외동딸이에요."

언니, 미안해. 상황이 상황인 만큼 어쩔 수 없는 거짓말이었다. 아군인지 적인지도 모를 사람에게 언니를 노출할 순 없으니까.

"……그런가요?"

그녀가 눈을 살짝 좁혔다.

"하긴 이미……."

부채가 얼굴에서 떨어졌다. 그녀의 시선이 나를 스쳐 옆으로 향했다. 가늘어진 눈에 살짝 서글픈 기색이 스친 것 같았지만 빨리 사라져 잘못 본 것이려니 했다.

먼 허공을 보는 것 같던 눈동자가 내게로 돌아왔다. 그녀는 혼란을 지워내고 또렷하면서도 찬연한 홍채에 나를 담았다.

"하필 닮아서…… 화가 나질 않네."

비네아의 고개가 사르르 기울어졌다.

"흐응. 다치게 하고 싶지도 않고."

"네, 네?"

"농담이에요."

그녀가 생긋 웃었다. 처진 눈이 가늘어지며 언제 그랬냐는 듯이 우아한 얼굴로 돌아왔다.

"일단 우리 다시 보죠."

그 말이 '너 일단 두고 보자.'로 들렸지만 얌전히 끄덕였다. 눈꺼풀 사이로 그녀의 눈이 사라지고 그녀가 그대로 등을 돌렸다. 그리고 멀어지는 그녀를 바라보며 참았던 숨을 뱉었다.

툭. 비네아가 완전히 사라지고 옆에 누군가 자리를 채웠다. 첼시였다.

"와, 희귀한 구경을 했네요. 생각지도 못한 일인데요?"

……그러게 말입니다.

첼시 또한 당황한 것은 마찬가지였는지 놀란 표정이었다. 첼시를 툭 건드리자 이내 활짝 웃었지만. 나는 일단 돌아가자고 말하며 방으로 돌아왔다.

"에이미?"

방으로 돌아가자 리녹이 나를 기다리고 있었다. 그는 허물없이 쓰러지는 나를 붙잡으며 내 허리를 조심스럽게 잡았다.

"무슨 일인가? 놀란 표정인데."

"으음, 산책을 하다 멋진 분을 만나서요……."

차마 산책하러 나갔다가 어떤 예쁜 언니에게 코를 꿰였다는 말은 못 하겠다. 가만히 듣던 리녹이 돌연 표정을 굳혔다.

"……남자?"

"아뇨, 아뇨아뇨. 여성분이에요!"

리녹의 오해를 바로잡으며 머리를 흔들었다. 리녹은 첼시에게 고개를 돌렸다. 첼시도 얼른 맞다고 맞장구쳤다.

"제가 봤습니다! 그레이의 신장을 걸고 맹세합니다."

"잠시만, 왜 내 신장을 거는 건데?"

문을 지켜서고 있던 그레이가 억울한 얼굴로 항변했다. 이제 그레이의 저 얼굴이 익숙해질 지경이다. 웃기게도 리녹은 첼시의 말을 또 믿었다는 거다. ……그레이의 장기가 이런 위력이 있단 말이야?

어쩐지 짠한 마음을 숨기며 나도 항변에 슬그머니 동참했다.

"……저도 걸게요."

내가 그레이의 나머지 콩팥을 걸자, 그레이가 주인에게 배신당한 강아지처럼 나를 보았다. 슬쩍 모른 척했지만.

그렇게 상황이 일단락되고, 리녹은 첼시와 그레이를 밖으로 내보냈다. 문밖으로 걸어 나가는 첼시와 달리 그레이는 테라스를 훌쩍 뛰어넘어 밖으로 내려갔다. 멀쩡한 문을 놔두고 왜 저쪽으로 나가는 거지? 이상하긴 했지만 굳이 지적하지는 않았다. 제법 높아 보이는데 그레이 정도 기사에게는 별일 아닌 모양이다.

리녹에게 양해를 구하고 옆방에서 옷을 갈아입고 나오자 침대에 앉아 있는 그가 보였다. 아마 일을 보다 그대로 나온 것인지 그는 여전히 정장 차림이었다. 맨 윗단추는 풀긴 했으나 크라바트가 얌전하게 매여 있는 모습. 그레이가 꽉 닫지 않은 모양인지 문틈 새로 들어온 바람에 크라바트가 옅게 흩날렸다.

생각에 잠긴 듯, 한 손으로 턱을 괸 그의 옆모습을 홀린 듯이 바라봤다. 검은 머리칼이 어둠 속에 녹아들고, 음영이 진 나뭇가지 그림자가 그에게 그물처럼 엉켜들었다. 인기척을 느낀 그가 천천히 고개를 돌렸다. 그 순간 그의 입술이 물결처럼 움직였다. 꽉 잠긴 단추가 자아낸 금욕적인 모습과 나른한 미소가 상충하며 모순 속에서 심장이 쿵쾅 뛰었다.

"에이미."

나는 늘 느낀다. 그는 나를 부를 때 항상 온 진심을 다해 지긋하고 낮은 목소리로 부른다는 것을. 이제야 고백하지만 그가 귓가에 대고 이름을 부를 때면 아주 가끔 밀어내던 마음을 서툴게 고하고 싶을 때가 있었다.

쏴아아. 불어온 바람이 내 머리마저 흩트려놓았다. 그 속에서 그의 시선은 직선을 그린 듯이 나를 향했다.

들어본 적 있다. 누군가를 좋아하기 시작한 데에는 이유가 있지만, 어느 순간 이유가 필요치 않은 지점이 찾아온다고. 당신은 그 지점까지 도달했을까. 거기에 서서 나를 바라보고 있는 걸까?

"여기서는 저희가 같은 방을 쓸 수가 없다네요."

"그렇다는군."

그가 손을 뻗었다. 평소처럼 권유형 물음이 돌아오는 대신 손바닥을 보인 손. 오늘은 손이 물음을 대신하는 듯했다. 내가 조심스럽게 손을 잡자 그가 나를 끌어당겼다. 나는 순순히 그에게 허리를 내어주었다.

단단하게 감기는 팔은 이제는 없으면 허전할 정도로 익숙했다. 그는 내게 기댄 채 머리를 살짝 비볐다. 그의 생소한 행동에 잠시 당황했다. 커다란 강아지 같은 태도에 놀라서.

"밤 내내 함께 있고 싶으나. 그리되면 네게 좋지 않을 거다."

"제게요?"

"모두 네게 주목하고 있을 테니."

하기야 그렇겠다. 이곳에서 나는 리녹의 약혼자로 소개되기로 약조되어 있었다. 저택에서만 머물던 대공이 갑작스럽게 약혼자가 있다고 발표했으니 깜짝 놀랄 만도 하겠지. 이 정도는 나도 예상했던 일이었다. 그런데 고개를 든 리녹은 그렇지 않았는지 잠시 복잡한 표정을 보였다.

"에이미, 나는……."

그의 그림자가 나를 덮쳤다. 덩치가 워낙 큰 탓에 갑작스럽게 일어난 그의 덩치는 위협적이었지만 나는 그저 눈만 깜빡였다. 그가 위해를 가하지 않을 거라는 확신이 있었으니까. 그러나 갑자기 뒤집어진 분위기는 절로 긴장을 불러왔다.

"그 누구도 너를 보지 않았으면 좋겠다."

"……네?"

"네 목소리를…… 나만 들을 수 있다면 얼마나 좋을까 생각했다."

침묵 속에서 고요한 목소리가 따라붙었다.

"너는 매일 너를 더 욕심내게 해."

그는 붙잡은 나의 손을 그의 가슴 위로 올렸다. 쿵. 거센 심장 박동이 손끝을 진동하게 했다.

"네가 오직 나만 본다면. 네 목소리가 나만을 향한다면."

"……."

"이 손끝이 나만을 붙잡는다면……."

그가 눈을 감았다.

"무엇이든 할 수 있으리라 생각했다."

그가 심장 부근에 손을 올린 채로 상체를 기울였다. 반듯한 콧날이 코를 스칠 듯 가까워졌다.

"그리고 지금도."

그에게서 거친 숨이 터져 나왔다. 애원하듯.

"너를 위해 무엇이든 할 수 있어. 네가, 나만 바라본다면."

오늘따라 그 어느 날보다 숨 막히는 고백이었다. 달빛에 물든 눈은 서늘하게 타오르고 있었다. 요요하게 흘러내린 시선은 파란 불꽃인가 착각이 일 정도로 차갑고 깊게 일렁이고 있었다.

소유욕인가 독점욕인가. 그렇지 않으면 집착인가. 어느 쪽이든 간에 나는 이 시선이 어느 것이라고도 명확히 정의 내릴 수 없는 것이라 생각했다.

"불안하세요?"

그저 소유욕이라기에는…… 그는 내게 애원하고 있었으니까.

"그래."

"어째서요?"

"……많은 사람이 널 볼 테니까."

한 대 맞은 듯 머리가 멍해졌다. 아주 잠깐 현실감이 느껴지지 않았다. 대공인 데다 아름다운 미모, 거역할 수 없는 위압감, 무엇이든 지킬 수 있는 강함까지. 리녹처럼 모든 걸 갖춘 남자가 내게 애걸하는 것이.

"어차피 저는 대공님의 약혼자로 소개될 텐데, 염려하실 것이 없지 않을까요?"

"너를 보지 않나."

"……그건 제가 어떻게 해드릴 수 없는데요."

"모든 사람의 눈을……."

"안 돼요. 무슨 말을 하려고 하셨든 간에 안 돼요. 절대 안 돼요."

그러자 그가 시무룩해졌다. 보통 사람이 보기엔 거의 차이가 없겠지만 내겐 분명히 보였다.

……아니, 날 보는 사람들 어떻게 하면 안 된다고 했다고 시무룩해하는 거야? 그에게 귀와 꼬리가 있었다면 축 처져 있을 것 같았다. 당황스러웠다.

"그럼, 에이미."

"안 돼요."

그의 고개가 추욱 처졌다.

리녹이 하려고 했던 말은 익히 추정할 수 있었다. 사실 원작에서도 그가 여러 번 깽판을 놓은 적이 있기 때문이었다. 그러다 황실에게 찍혀서 마물 토벌을 갔지. 그럼 어떡할 거야. 여기까지 와서 무도회에 혼자 갈 거냐고요, 선생님. 그렇게 되면 댁이 황실에 찍히지 않습니까.

"무도회 혼자 가실 거예요?"

"그건 아니다."

"그렇죠? 약조할게요."

"약조?"

"네."

나는 리녹의 양손을 얼른 붙잡았다. 그리고 반짝거리는 시선으로 그를 진득하게 응시했다.

"물론, 이건 당연한 일이긴 하겠지만 대공님 옆에만 꼬옥 붙어 있을 거라고요."

그러고는 이내 활짝 웃었다.

"대공님이 가끔 이렇게 나와 주실 때마다 저는 대공님이 참 귀여워 보여요."

정말이다. 숲속에서 지내던 때보다, 대공저에 막 도착했을 때보다 그가 더욱 사랑스럽게 보인다. 아니, 이런 모습을 상상이라도 할 수 있었을까? 원작에서도 본 적 없는, 나만이 볼 수 있는 모습이라는 것이 더욱 기뻤다.

"이런 말을 해도 되는지 모르겠지만 음, 사랑스, 읍!"

말을 채 잇기도 전에 벽 같은 것에 코를 찧었다. 허리로 단단한 팔이 깊게 감겼다. 정신 차려 보니 공기 샐 틈도 없이 살갗이 밀착한 상태로 리녹에게 안겨 있었다.

"……그만."

그는 내 키에 맞춰 상체를 숙인 채, 내 귓바퀴에 날숨을 내쉬었다.

"네 그런 목소리를 더 들으면 참을 수 없을 것 같다. 나는……."

열이 오른 입김에 목이 간질간질했지만 내색하지 않았다. 나는 어색하게 손을 들어 올려 등을 토닥여 주었다.

"에이미 너는, 꼭 신기루 같아서……. 이리 안고 있음에도 금방 사라질 것 같아 두렵다."

그가 갈증이 이는 목소리로 읊조렸다.

"나는 기다릴 거다."

"기…… 다린다니요?"

말하다 말고 깨달았다.

"제가…… 대공님을 좋아할 때까지요?"

"그래."

그가 내게 기댄 상태에서 날숨을 토해냈다.

"기다릴 수 있어. 이 기다림이 평생을 가도 괜찮다. ……네가 곁에만 있어 준다면."

나는 조금 황당했다. 아니, 이 선생님이 얼마 전에 내가 끌린다고 말한 건 어디 팔아 드시고……. 짝사랑하는 사람처럼 이러세요?

그때의 그 말은 크게 와닿지 않은 걸까? 아니, 그건 아닐 거다. 그저 그날보다 그의 마음이 더 커졌기에 갈증도 함께 인 것이겠지. 솔직히 내가 애매하게 말을 하기도 했잖아. 아니, 그때는 대뜸 좋아한다고 말을 할 수가 없었는걸. 막 인정하던 때였단 말이야.

'잠시만, 그럼 이건 아주 좋은 고백 타이밍 아니야?'

나는 치열하게 고민했다. 안 되는데. 내가 생각한 타이밍이 있는데. 그건 아주 약간의 준비가 필요했다. 이왕이면 장소는 바깥이 좋고.

고민하는 사이 리녹이 느슨하게 팔을 풀며 귓불 바로 아래에 입술을 묻었다. 나는 파드득 몸을 떨었다. 그도 그럴 것이 리녹이 처음으로 입술을 가져다 댄 곳이라 생소했다. 나는 생각하던 것도 잊고 귀를 부여잡은 채 후다닥 떨어졌다. 볼에 발긋 열이 올랐다.

"지, 지, 지금 무, 무슨."

"왜 그러지?"

"기, 기분이 이상했단 말이에요!"

이곳저곳 입술이 닿았었지만 조금 전 닿았던 곳은 기분이 남달랐다. 묘했고 또…… 야릇했다. 일순 이상한 상상이 들 만큼.

아, 설마. 거기야? 성감대? 나도 몰랐던 내 몸의 민감한 부분을 알게 된 나는 더욱 열이 오르는 기분이었다. 리녹이 사과했으나, 잘 들리지 않았다. 정신없는 탓이었을 거다.

"시간이 늦었군."

잠시 실랑이 아닌 실랑이가 지나고 리녹이 내게 저녁 인사를 건넸다. 잠시만, 이렇게 간다고? 나는 여태 고민했다. 아무리 봐도 지금이 최상의 고백 타이밍인 것 같은데. 이렇게 되면 준비한 것이 아깝게 되고. 그렇지만 나는 더 이상 그가 기다리는 사람으로 있길 바라지 않았다. 고민하던 나는 차선책을 택했다. 이내 입술을 앙다물고는 고개를 홱 들었다.

"대공님, 거기 멈춰 서세요."

그는 의아한 눈을 하면서도 얌전히 멈춰주었다. 나는 호기롭게 다가가서 그를 돌려세우고 그의 크라바트를 붙잡았다.

그를 잡아당기자, 그의 눈에 의문이 어린 것 같았으나 순순히 이끌려 왔다. 쪽. 그는 눈꺼풀에 느껴진 내 입술의 감촉에 눈을 깜빡였다. 그러나 나는 그대로 멈추지 않고 뺨에도 입을 맞췄다.

'좋아, 잘했어!'

그러고 나서 그가 붙잡을세라 얼른 뒤로 떨어졌다. 손등으로 괜히 입술을 문질렀다. ……내 안에 짐승이 드글드글한데 얘넬 잡아놓기도 참 어렵구만. 응, 어려웠어. 하마터면 입술로 입술을 가져갈 뻔했잖아? 또한 막상 나서려니 이게 꽤나 많은 용기를 필요로 하는 일이었다.

그는 멍한 얼굴로 나를 한참 바라봤다.

"대공님, 여기에서 머무르는 날이 끝나기 전에 대공님께 반드시 하고 싶은 말이 있어요."

나는 빠르게 말을 뱉어냈다. 차가운 공기에 열을 식히듯이.

우리가 이곳에 머물기로 한 것은 단 3일이었다. 정확히는 이곳에 오래 머물기를 바라지 않는 리녹이 내린 결정이었다.

"그 말은 분명 대공님의 마음에도 쏙 드실 거예요. 장담해요."

주먹을 꾹 쥐었다가 폈다. 쿵쾅쿵쾅. 하고 싶은 말을 하루 뒤를 위해 꾹 참았는데도 심장이 마구 떨렸다. 그럼에도 눈을 들어 올려 그를 똑바로 마주했다.

"그리고…… 대공님은 더는 기다려 주시지 않아도 돼요."

됐다. 하려던 말은 무사히 다 했어. 더듬지도 않고. 뿌듯함에 입술을 끌어 올리려 할 때였다. 성큼. 허전하던 허리로 휙 팔이 감겼다.

나는 눈을 크게 떴다.

"대공, 읍!"

이번에는 코를 부딪쳐서 말이 막힌 것이 아니었다. 말을 할 수가 없었다.

"으응……."

입술에 말랑한 것이 닿아 있었으니까. 그의 다리가 내 다리 사이로 파고들었다. 눈을 감고 입을 맞춘 그가 천천히 눈꺼풀을 들어 올렸다. 손가락 사이로 그의 손가락이 파고들었다. 그의 엄지가 손바닥을 살살 문질렀다.

"……그럼 다음엔 이보다 더한 것을 해도 괜찮겠나?"

그저 입술을 눌렀다 떼었을 뿐이지만 더한 것을 한 기분이었다.

그의 고개가 우아하게 기울어졌다. 조각같이 아름다운 낯이 여느 때보다 빛을 발했다.

"대답이 없는 것을 허락으로 받아들여도 되는지도 묻고 싶군."

그가 속삭였다.

잠깐만, 나 지금 선택을 조금 잘못한 것 같은데! 왜 궁지에 몰린 기분이 드는 거지. 잠시 시간을 벌려던 것인데……? 고백을 안 하겠다는 것이 아닌데. 뭐랄까 잘 자던 짐승을 깨운 기분이 들었다.

그러나 수습하기도 전에 그는 천천히 내 손을 잡고 나를 깊은 눈으로 집요하게 응시했다. 대답해 달라는 듯이.

망설임 끝에 가까스로 고개를 끄덕였다. 그는 천천히 내게서 물러났다. 그의 얼굴에는 배부른 짐승처럼 나른한 만족감이 새겨져 있었다. 아니 잠깐만. 그런데 왜 테라스로 나가? 그 순간 테라스를 훌쩍 넘는 그의 모습에 놀라 달려갔다.

"대공님!"

물론 뛰어난 검사인 그가 이런 높이에서 다칠 일이 없을 거란 건 안다. 하지만 이를 보고 놀라는 것은 별개의 일이었다.

"노, 놀랐잖아요!"

그리 높지 않은 난간 아래에서 그가 나를 올려다보고 있었다. 나를 보던 그가 눈을 마주친 그대로 꿈결처럼 눈을 휘었다. 늘 서늘해 보이던 눈에서 찬 기운이 사라지고 입매가 부드러이 늘어졌다.

리녹은 눈꼬리에 나른한 만족감과 달빛을 담은 채, 짐승과 사람의 경계의 서 있는 그로서 나를 응시했다. 그는 눈에 보일 정도로 입술을 끌어올려 웃었다.

"에이미."

이 순간 나는 문득 전생에서 언젠가 보았던 영화 속 한 장면을 떠올렸다. 아주 비슷하다고. 내가 참으로 사랑하고 좋아하며 아꼈던 장면이었다. 나는 남자 주인공을 로미오로 빗댈 만큼 그 고전을 좋아했다.

"대공님, 제가 막 어느 책을 떠올렸는데요. 거기서도 대공님처럼 멋진 남자 주인공이 이렇게 테라스를 올려다봤어요."

나는 난간에 팔을 기대며 말했다. 그는 들어주려는 듯이 귀를 기울였다.

"어떤 책인지. 물어도 되겠나?"

"으음."

사람들이 듣지 않을까 걱정했더니, 이미 이 주변을 그레이가 지키고 있을 거란 답이 돌아왔다.

"그렇게 올려다보면서요, 이름을 불렀어요."

"에이미."

멈칫했다.

"이렇게 말인가?"

누군가를 사랑스럽게 올려다보는 아름다운 남자의 모습이 이렇게 눈이 시릴 일일까. 예쁜 입술 선이 부드러운 곡선을 그렸다. 평소에는 꽝꽝 얼어붙은 호수처럼 차갑고 사나운 분위기를 가진 남자가 이 순간 내게만 봄처럼 녹아내렸다. 어둠 속에서 황홀하리만치 근사한 음성이 귀를 적셨다.

"그렇다면 에이미, 너는 책의 주인공인가?"

나는 잠시 굳었다.

목 끝까지 올라온 말을 삼킨 채 웃어 보였다.

글쎄요. 나는.

"주인공이 아니지만 멋진 남자 주인공을 탐내는 사람이요."

더는 얽매이지 않고 앞을 보려는 사람이요. 여전히 짐이 없는 것은 아니지만, 나는 선택했고 그 결과가 어찌 되든 걸어가기로 했다. 당신을 위해. 그가 그랬듯이 나도 활짝 웃어 보였다.

그 순간 리녹의 말이 돌아왔다.

"상관없다, 에이미."

그에게서 겨울을 몰아낸 순간, 그가 환하게 웃었다.

"너는 이미. 내 인생의 주인공이니."

나는 잠시 아무 말도 하지 못했다. 숨조차 막히는 이 순간에 꺼낼 수 있는 말이 없었다. 머릿속이 그저 반짝이는 듯 하얘졌으니까.

리녹은 그 상태의 나를 한참 바라보다가 천천히 등을 돌렸다.

아주 아쉽다는 듯이, 느린 그림자를 남기며.

△

다음날.

나는 예정된 것보다 훨씬 일찍 일어났다. 솔직히 말해서 잤다기보다는 밤새 뜬눈으로 지새운 쪽이었다. 아니, 그 말을 듣고 어떻게 자냐고. 이건 나뿐 아니라, 그 얼굴 그 표정을 보며, 그리고 그 말을 들은 누구라도 그랬을 것이다.

나는 세수하는 여우처럼 얼굴을 비비적거리고는 고개를 들었다. 눈앞에서 첼시가 한 손을 허리 뒤에 지고 무어라 말을 하고 있었다.

'정신 차리자.'

정신을 차리고 첼시가 조금 전 내게 건넨 말을 곱씹었다.

"세레나 님은 마지막 날에 오신다구요?"

그녀가 끄덕였다. 첼시가 내게 해준 말은 리녹이 그녀를 통해 전달하라고 지시한 말이기도 했다. 첼시는 이외에도 오늘 연회 시간이나 준비에 필요한 것들 등을 이어 말했지만 기억에 가장 남는 것은 역시 세레나에 관한 이야기였다.

세레나는 마지막 날이라. 그날은 이틀 뒤였다. 그리고 리녹과 나는 딱 사흘을 머무르기로 했으니 이대로라면 마주칠 일 없다는 소리기도 했다.

"으음, 저희가 내일 돌아가기로 했으니까 마주치지 못할 수도 있겠네요?"

"네. 변경 사항이 있다면 전령을 먼저 보내겠다고 그분이 대장님께 말씀하셨어요."

"그렇구나. 그런데 그래도 괜찮은 건가요?"

이제는 적어도 원작 같은 관계는 아니니까. 두 사람이 정확히 어떤 관계인지 알 수 없었지만, 일단 3년간 함께 마물 토벌을 했으며 퍼레이드를 다닐 정도로 친분은 있는 듯했다. 리녹이 탐탁지 않아 하는 것 같긴 해도 전혀 관계가 없는 것은 아닌 것 같다.

"으음, 괜찮지 않을까요?"

첼시는 산뜻하고 상쾌하게 말을 던졌다.

"그분은 워낙에 종잡을 수 없는 분이셔서요."

"세레니 님이요?"

"네. 그리고 이번에 보지 못하더라도 대장님은 별 유감이 없으실 걸요?"

첼시가 곱슬곱슬한 머리를 스르륵 기울였다.

"어차피 대공저로 돌아가면 보실 테니까요."

그건 그랬다. 듣기로는 리녹에게 약을 전달하러 온다고 했었지.

"그리고 만약에 이쪽을 들르지 않고 대공저로 오신다고 하셔도 한참 걸릴 거예요."

"왜요?"

"그분은 늘 마물을 때려잡으면서 오시거든요."

첼시가 그건 우리 대장님이랑 비슷해, 하고 덧붙이며 고개를 가로저었다. 결국 어떡하든 세레나를 보게 되겠지만 여기에서는 볼 확률이 낮고, 대공저로 오게 된다면 아마도 리녹과 나의 내기가 끝나는 날 이후에나 온다는 얘기였다.

사실 처음에 생각했던 부분이기도 했었지. 부러 세레나가 도착하기 전에 떠나려 했으니까. 지금은 달라졌지만.

첼시와의 이야기는 어느새 오늘 있을 연회 얘기로 돌아왔다.

"아가씨가 쓰실 가면은 이따 하녀를 통해 전한다고 해요."

"전해요?"

"보통 가면무도회에서는 파트너와 가면을 맞추곤 하거든요. 색이라거나. 모양이라거나?"

그녀가 손으로 얼굴 위를 쾌활하게 휘휘 저었다. 곧 이어, 오늘 입을 옷이라거나 그밖에 저녁쯤에 있을 식순에 대해 전해 들었다. 첼시는 리녹이 황궁에 갈 때 보좌가 따로 없어 그녀와 그레이가 이것저것 함께 처리하면서 아는 것이 많아졌다고 이야기했다.

"제가 대장님같이 크고 시커먼 사내만 챙기다 아가씨를 모시게 될 줄은 생전 몰랐지만요."

첼시가 자신의 양 뺨을 잡고 고개를 파르르 즐겁게 흔들었다.

"거기다 귀엽다니!"

"……어, 음. 대공님이 시커먼 건……."

"속이 시커메요, 속이요. 어찌나 굴리는지!"

"아하하하."

"그리고 귀여운 건 옳습니다."

첼시가 나를 보더니 진지하게 얼굴을 숙였다.

"귀여움이 세상을 지배할 거란 얘기, 들어보셨어요?"

아뇨. 처음 들어보는데요.

그러자 첼시가 귀여운 것으로 가득 찬 세상을 생각해 보란다. 나는 곰곰이 고민했다. 만약 낮의 리녹이 가득한 세상이 있다면? 옆에는 수많은 하양이가 있고…….

"……에이미, 흐끅, 이제 쟤가 더 좋아?"

차를 마시다 말고 헛기침했다. 딸꾹질이 나올 것 같았다.

"……완전 행복한데요?"

"그렇죠? 그겁니다!"

첼시가 그거라며 방방 뛰었다. 꼭 뒤로 붕붕 돌아가는 꼬리가 보이는 기분이다. 하필 머리색이 연한 갈색이라 더욱 그렇게 보이기도 하고. 그렇게 첼시가 내 손을 꼬옥, 잡지는 못하고 대신 내 앞에 쪼그려 앉아 뭔가 더 설파하려 할 때였다. 똑똑. 노크와 함께 문이 열리고 이 성의 하녀가 꾸벅 고개를 숙였다.

"실례하겠습니다."

첼시가 표정을 바꿨다. 든든한 호위기사로 돌아온 그녀가 눈을 가늘게 좁혔다. 경계가 무색하게 하녀가 정중히 용건을 말했다.

"공녀께서 이 방의 주인 아가씨와 차를 마시며 담소를 나누길 바라십니다."

……올 것이 왔구나. 근데 벌써? 이렇게 빠르게 찾을 줄은 몰랐는데, 하루만 늦게 찾았더라면 이곳에 없을 수도 있었는데 말이다. 끙. 할 수 없지. 그녀가 이 성의 주인인 이상 안 갈 수는 없었다. 어제 본 성격으로 보아…… 그냥 둘 것 같지도 않고.

"염려 마세요, 아가씨. 여차하면 대장을 부를게요."

첼시는 나를 안심시켜 주겠다며 이런 말을 했다.

"대장님 깽판 치는 솜씨는 정말, 최고입니다!"

"……첼시 씨, 다 들려요."

그리고 저도 익히 아는 얘기랍니다. 책 속 리녹의 화려한 전적을 떠올리며 고개를 저었다.

하녀가 안내한 곳은 내 방에서 그리 멀지 않은 정원이었다. 아치형 문을 지나가자 자그만 정자가 나왔고, 그곳에서 비네아가 나를 기다리고 있었다. 내가 이곳의 예의범절을 잘은 모르지만 보통은 지위가 낮은 사람이 높은 사람을 기다리는 것이라 하던데……. 로테가 속성으로 교육시켜 준 것이니 틀림없는 사실이었다.

내가 리녹 약혼자라고 한들 귀한 공녀보다 높지는 않을 것 같은데. 실제로 비슷하거나 내가 아래라고 들은 것도 같다. 하기야. 리녹이 대공이지, 내가 대공인가.

"어서 와요."

먼저 와서 앉아 있던 비네아가 눈을 휘었다.

"공녀님을 뵙습니다."

"그런 인사는 생략해도 좋아요."

그녀가 고상하게 일어나 자신의 맞은편을 가리켰다.

"앉아요. 점심 식사는 했나요?"

"아뇨. 아직요."

레몬 빛이 도는 백금발을 반은 틀어 올리고 반은 어깨로 늘어트린 그녀는 빛이 내리쬐는 이 공간과 무척이나 잘 어울렸다. 처진 눈매와 뽀얀 뺨, 깜빡이는 눈동자가 이내 긴 속눈썹 사이로 접혀졌다. 처진 눈매 때문인지 고아함과 사랑스러움을 함께 갖춘 그녀는 마치 봄햇살 아래, 새싹을 밟으며 사박사박 우아하게 걷는 강아지 같았다.

"흐음, 하기야 당장 저녁이 연회이니 굶는 걸 수도 있겠네요. 여느 영애들처럼."

음, 네? 그저 어제 잠을 설쳐서 늦잠 자느라 때를 놓친 건데……. 해명할 기회를 놓쳤다. 그사이 비네아는 자신의 턱 아래를 느릿하게 쓸어내렸다.

"그래도 그러지 말아요. 코르셋과 같은 거 재미없잖아요?"

"재…… 미요?"

"내가 주도한 터라 여기서는 사용 안 한 지 오래됐거든요. 누가 이걸 지적하면 유행도 모르는 사람 취급해 줘요. 잘 먹힐 거야."

그녀는 어떻게 오해한 것인지 홀로 드레스에 관한 이야기를 꺼냈다. 어찌하면 좋을까 생각하다가 얌전히 끄덕였다.

"그런데 뭘 그렇게 빤히 쳐다보나요?"

"네?"

"난 서론 별로 좋아하지 않아요. 우리 얼른 하고 싶은 얘기 할까요?"

그녀가 탁자에 놓인 부채를 거머쥐었다.

"어제 당신이 본 장면에 대해서요."

부채를 편 순간 그녀의 표정이 미묘하게 달라졌다. 확실히 리녹을 환영하러 나왔을 때 조신하고 순진해 보이던 모습과는 조금 달랐다.

"공녀인 내가 공작의 자리를 운운하니 우습다고 생각했나요?"

생각하던 중에 대꾸할 타이밍을 놓쳐 버렸다. 웃고 있지만 그녀의 미간에 살짝 주름이 진 것도 같았다. 나는 얼른 고개를 저었다. 반 발짝 늦긴 해도 거센 도리질이 통한 모양이었다.

그대로 고개를 갸웃했다.

"어……. 외람되지만 그렇게는 생각하지 않았어요."

어제 그녀와 낯선 남자가 나누던 대화를 차근히 떠올려 보았다. 그녀가 물은 질문을 포함해 우습다고 생각할 부분은 없는 것 같은데.

"그럼요?"

"네?"

"당신의 생각을 듣고 싶은데."

그녀가 턱을 괸 채로 이어 말했다.

"제일 숨기고 싶던 내 모습을 들켰으니 이 정도는 요구할 수 있죠?"

내 생각이라니.

"그전에 죄송한데, 제가 예절에는 아직 익숙지 않아요. 그래서 실례가 되는 발언이나 행동이 있어도."

"이해해요."

진짜 괜찮은 건 아니어도 일부 감안해 주겠다는 거겠지? 그렇다면야. 나는 망설이면서도 머뭇머뭇 입을 뗐다.

"왜 굳이 공녀님이 공작이 되시면 안 되나요?"

아이헨나, 어머님은 대공이시라던데. 물론 스스로 그 자리를 넘겨주긴 했지만 원래는 대공인 거잖아. 그러니까 딸이라도 자리를 물려받을 수 있는 것 아닌가? ……아닌가?

"흐응, 계속해 보세요."

뺨을 만지던 손을 그대로 톡 내려쳤다.

"저어, 제가 잘 몰라서 그러는데, 공녀님은 외동딸이시고 공작님의 유일한 자식이신 거죠?"

"맞아요."

나는 고개를 갸웃했다.

"그럼 유일한 후계자이시지 않나요?"

자식이 하나밖에 없으면, 그대로 물려주는 것 아닌가? 어머님처럼 전부 넘겨주지 않는 한에야. 내 기준은 어머님이었다. 아니, 그분 말고 누굴 봤어야 말이지. 세계관을 봐도 어머님이 후계자였다거나, 세레나가 고생고생했긴 해도 끝내 제일 높은 자리로 간 것을 보면 불가능한 일은 아닌 것 같은데.

하지만 비네아에겐 이런 말을 해주었던 사람이 없을지도 모른다. 이미 견고하게 굳혀진 상류 사회는 대체로 보수적이고 변화에 달가 워하지 않는다. 그렇게 생각하고 고개를 들었을 때, 나는 멈칫했다.

"그래서요?"

새파란 눈이 웃음기를 조금 잃고 흥미를 보였다. 하지만 내 입술 은 멈추지 않았다.

"으음, 제 언, 아니, 아는 사람은 스스로 생각했을 때 제일 잘 어울 리는 자리에 그대로 앉으면 된다고 했어요. 자기에게 걸맞은 자리는 스스로가 제일 잘 안다고……."

"당신의 지인은 자신감이 넘치는 분이시네요."

비네아가 계속해 보라는 듯 고개를 까딱였다. 이 때문에 나는 이 어 말했다.

"네. 그때에는 남이든 가족이든 누구의 의견도 들을 필요가 없다 고 했거든요."

"내게 잘 어울리는 자리가 어떤 자리인가요?"

일순 진동했던 비네아의 눈이 나를 또렷하게 응시했다.

"지금 내가 공작가 최고위 자리를 거머쥐는 것이 가능하다 말하 는 건가요?"

"네, 근데……. 이건 제가 무어라 할 부분이 아니지 않을까요?"

이야기 진행이 조금 빠른 것 같은데. 어쩌다 얘기가 이렇게 된 거 지? 뺨을 긁적였다. 그런데 보통 이런 얘기는 이제 막 세 번째 본 사 람에게 할 말은 아니지 않나. 혹시 이건 비네아가 봤다는 언니의 영 향인가…….

비네아 또한 조금 당혹스럽기는 마찬가지였던 모양이었다.

"그저 떠보려 건넨 말이었는데……."

그녀의 속눈썹이 낮게 팔랑거렸다.

"아시나요? 지나친 솔직함은 이 세계에서 독배와 같아요."

"……네?"

부드러운 그녀의 얼굴에 불쾌함은 보이지 않았다.

"아무도 내게 하지 않을 말을 한다는 얘기예요. 거기다 여기서 피할 줄 모르는 당신도 이곳에는 어울리지 않고."

나는 움찔했다. 비네아는 부채로 입술을 건드렸다.

"아주 오래전에 내게 당신과 비슷한 말을 해준 사람이 있었어요. 세간의 흉을 이겨내고 황실의 준기사가 되었던 사람이자, 처음으로 깊이 친해지고 싶던 이였죠."

비네아의 목소리가 점차 낮아졌다.

"그런데 그 시도가 미처 이뤄지기 전에…… 반역 가문으로 낙인 찍혀 이제는 이 세상에서 사라지고 말았어요."

가문을 말하든 사람을 말하든 이건, 명백히 내 가문과 언니를 말하는 것이 분명했다.

"하루아침에 그렇게 된 것이 이상해서 알아보려고도 했지만 어렵더군요. 황실이 깊게 관여했단 증거겠지만."

"으음, 그런가요?"

태연함을 가장한 내 얼굴로 나직한 비네아의 시선이 내려앉았다. 그녀의 눈은 무언가를 찾듯 나를 더듬었다.

"나는 왜 당신에게서 그 사람이 느껴질까요? 비슷해서인지 화도 나질 않고. 따지려 했던 것도 추궁하기 어렵고."

그녀가 조곤조곤 말하며 옅게 눈웃음 지었다.

"이상하죠? 난 이미 죽었을지 모를 그 사람에게 '동생'이 있단 소문을 들은 것 같거든요."

그렇게 말하는 눈을 본 순간 등줄기로 식은땀이 흘렀다.

"어제 일. 내 예상대로라면 그 장면은 아무에게도 들키지 않아야 했어요. 미리 인적 없는 곳을 찾아둔 곳이었으니까."

"……."

"하지만 나는 들켰고 아주 곤란해졌어요. 사실 어떻게든 당신의 입을 막아야 하는데."

갈수록 그녀의 밀은 밀꼬리가 은밀하세 휘어시며 작아졌다.

"싫단 말이죠."

이내 완전히 작아진 소리가 잦아들고, 그녀는 그 끝에서 입꼬리를 매력적으로 끌어올렸다.

"어찌 됐건."

장밋빛 입술이 떨어졌다.

"나는 억지로 입을 막는 대신에 당신에게 도움을 주고 은혜를 입히는 쪽을 택하겠어요."

"……은혜라니요?"

"무엇이든. 당신에게 필요한 것이 있지 않겠어요?"

"전 지금은."

"지금이 아니어도 상관없어요. 지금이든 앞으로든. 앞으로 한 번쯤은 있지 않겠어요?"

그녀는 "돈이든, 명예이든. 혹은 영향력이든."이라고 덧붙였다.

"뭐. 천천히 생각해 봐요."

강아지 같은 눈매가 간드러지게 휘어졌다.

"그 사람을 생각해서 뭐든 줄 테니."

"어, 음 제안은 감사하지만 왜 그렇게까지……."

"궁금하니까요. 간만에 호기심이 생겼답니다. 이곳은 꽤나 지루하고 따분한 곳이라 당신 같은 신선한 자극이 어찌 반갑지 않겠어요."

"자극……."

"난 솔직한 거 싫어하지 않아요."

나는 갑자기 뚝뚝 떨어지는 호감에 어찌할 바를 모르고 눈을 깜빡였다. ……이 언니, 별안간 왜 저를 꼬시세요? 우리 언니가 이 예쁜 언니에게 뭔가 한 것 같은데, 엉뚱하게 수혜는 내가 받는 기분이다. 그렇다고 사실대로 털어놓을 수는 없었다. 그녀는 내게 꽤 솔직했던 것 같지만 모든 걸 말하기는 어려운 일이었다.

만약 언니가 살아 있지 않았다면 나는 평생 이것을 몰랐을까? 의미 없는 가정이었다. 우리 언니가 죽는다는 선택지는 내 삶에서 단한 번도 없었으니까. 상념을 떨치기 위해 고개를 한번 흔들었다. 그러고는 무엇이든 대꾸하기 위해 고개를 들었을 때였다.

나는 눈을 동그랗게 떴다.

'……탄시즈?'

비네아의 어깨 너머로 저 멀리 걸어오는 탄시즈가 보였다. 아니, 쟤가 왜 여기 있어? 아니지. 탄시즈가 초대했지? 여기 있는 건 당연하지만, 마주치고 싶지 않았다. 쟤 불편해. 아주 불편하다고. 리녹과 함께 조우했던 날을 떠올리면 더욱 그러했다. 뭐 마려운 강아지처럼 끙끙대는 내 표정을 본 비네아가 내 시선이 향한 곳을 확인했다.

"……황태자 전하시네."

비네아의 얼굴이 묘해졌다.

"설마, 마주치고 싶지 않아요?"

눈치가 빠른 언니였다. 눈을 굴리다가 고개를 잽싸게 끄덕였다. 상황이 급하니 이해해 줄까? 일어나는 내 손을 그녀가 살짝 부여잡았다.

"지금은 뚫린 길 어디로 가든 잘 보일 거예요."

그녀가 내 손끝을 잡아당겼다.

"그러지 말고 날 따라와요."

그러고는 생긋 웃었다. 네? 네에? 답변하기도 전에 이끌려 움직였다. 대기하던 챌시가 잽싸게 따라붙었다. 비네아는 길로 가는 대신 정원 나무 쪽으로 다가갔는데, 신기하게도 그녀가 슥슥 손을 한번 움직이자 순식간에 길이 생겼다. 정확히는 숨겨져 있던 길이.

"자, 여기로 가요."

그 순간 누군가 한숨을 쉬었다. 돌아보니 챌시 옆에 있던, 아마도 비네아의 호위를 하는 사람 같았다. 이상하게도 호위하는 사람치고는 선이 갸름한 남자였다. 내 시선을 느꼈는지 비네아가 나를 한번 보고는 가볍게 입술을 열었다.

"호위치고는 약해 보이죠?"

"네? 아, 아뇨."

"괜찮아요. 호위 아니고 애인이거든."

······네?

"남작 아들인데, 어디다 두면 자꾸 돈 많은 마나님들이 노리개로 데려가려 해서. 데리고 살려고 데려왔어요."

상큼하게 말할 일이 아닌 것 같은데, 이 언니가 말을 하니 아무렇지 않게 느껴졌다. 이것도 재주라면 재주인가. 그런데 이 언니 애인도 있었던가? 금시초문이었다.

"데리고 산다는 건."

"난 데릴사위 좋아해요."

다시 호위를 보니, 헛기침을 하며 붉어진 얼굴이 상당히 잘생겼다. 일단, 급하다 보니 얼른 나무 사이로 몸을 넣었다. 나와 함께 비밀스러운 문을 빠져나온 비네아가 이내 내 등을 살짝 밀었다.

"그분과 마주치기 곤란했던 거죠? 얼른 가요."

"아, 저…… 감사합니다."

"천만에요."

비네아의 눈이 예쁘게 휘어졌다.

"이건 도움으로 치지 않을게요."

그녀가 이건 임시방편이니 어서 가보라면서, 한마디를 더 덧붙였다.

"이런 말, 하기 조금 그렇지만, 기왕 격식 다 떠난 거 솔직히 말할게요."

그녀는 나보다 키가 작았다. 고개를 살짝 든 그녀가 목소리를 낮췄다.

"난 당신을 처음 보지만 황태자 전하께 살짝 얘기를 건네 들은 적 있어요. 당신의 얘기라는 건 조금 전에 알았지만."

탄시즈가 무슨 얘기를 한 걸까. 비네아는 여기에 대해 알려주는 대신 살포시 눈웃음지었다.

"어쩌다 저분 눈에 들었어요? 황태자 전하와는 가까이 지내지 말아요."

"어…… 가, 감사합니다. 그런데 왜……?"

"당신은 잡아먹힐 것 같아."

……음, 틀린 말은 아닌 것 같긴 한데, 귀엽고 싱그러운 얼굴로 할 말은 아닌 것 같은데요, 언니.

"그 사람, 얼굴만 더럽게 잘생겼잖아요."

"……그렇게 말씀하셔도 돼요?"

"뭐 어때요. 당신 약혼자가 더 잘생겼어요."

"제가 대공님 약혼자가 아니구요."

강아지처럼 처진 눈이 휙 휘어지고, 귀여운 얼굴이 기울어졌다.

"나는 각하보다는 당신에게 호감이 가니 당신 중심으로 보이네요."

와. 이 언니도 깜빡이가 없는 것 같은데. 훅훅 떨어지는 직구에 정신을 못 차리겠다. 나는 애써 웃으며 끄덕이고는 고개를 숙여 보였다.

"그분과는 어울리지 말라는 말, 진심이에요."

"네? 네."

비네아가 나를 보며 사랑스럽게 웃어 보였다.

"기억하세요. 우리 제국의 황태자께서는 인성이 개 사료 맛이에요."

그걸 어떻게 아시지. 그 순간 엉뚱한 생각이 들었다. 개 사료라니. ……드셔보셨나? 우아한 귀족의 모습을 한 그녀에게서 나올 말은 아닌 것 같지만, 어제 멱살잡이에 박력 있는 모습을 봐서인지 얼른 수긍했다. 어제 모습이 강렬하긴 했지.

조금 생경한 기분이었다. 비네아가 책 속처럼 여릴 거라고 생각했는데, 눈앞의 사람은 귀여운 외모와 다르게 여림은커녕 불로 수천 번 담금질 된 강철 같았다. 그렇다면. 내가 알고 있던 등장인물들의 성격이 실제와 다를 수 있다. 가령 세레나도.

"그럼 가 봐요. 저녁에 보죠."

그녀가 살랑 흔들어주는 손을 뒤로하고 등을 돌렸다. 꾸물거리면 마주칠지도 모른다는 비네아의 말을 곱씹으며 발걸음을 빨리했다.

"와, 정말 일 처리가 시원시원한 공녀님이시네요. 어제 보고도 또 놀랐어요."

"그러게요."

그렇게 한참을 갔을까, 정원의 끄트머리에 도달했을 즈음 누군가 앞을 가로막았다. 커다란 그림자에 혹시나 탄시즈일까 싶어 흠칫했다. 그러나 그랬다면 첼시가 먼저 막아섰겠지.

눈앞에는 리녹이 있었다.

"대공님."

"방으로 갔더니 보이지 않더군."

그가 내 한 손을 그러모아 쥐며 다른 손으로 크라바트를 쭉 잡아당겼다. 고개를 들자 조금 흐트러진 머리칼이 보였다. 이내 크라바트를 놓은 손이 내 허리로 감겼다. 그리고 가까워진 얼굴……. 응?

"대, 대공님?"

"왜 그러지?"

"여기…… 바, 밖인데요."

"그런가."

"아니, 그런가가 아니구요."

그의 팔을 살짝 밀어 보았지만 꿈쩍도 하지 않았다. 오히려 그가 살짝 시무룩한 얼굴로 나를 내려다봤다.

"……싫은가?"

"아, 아뇨아뇨. 싫은 건 아닌데. 누가 보……."

"밤새 네 생각만 했다."

"……."

"아침에도 네 생각만 했어, 에이미."

쿵쿵. 심장이 마구 뛰었다. 잠시의 틈을 타 리녹이 손가락 하나하나에 입을 맞추었다. 그러고는 내 목덜미에 고개를 묻었다. 분명 비네아와 함께 다디단 꿀차를 마신 것 같은데, 차보다도 단것이 눈앞에 있는 기분이었다.

그는 천천히 내 목덜미에서 고개를 들었다.

"뽀뽀해 주면 안 되나?"

……네? 뭐라구요 선생님?

"네, 네? 아, 안 돼요."

"왜 안 되지? 물어도 되겠나?"

"그야 여기서는……."

우리 사이의 거리는 은밀하고도 가까웠다. 날숨이 그대로 느껴졌다. 순식간에 그가 거리를 좁혔다.

"……대, 훗."

그의 입술이 입술로 내려앉았다가 떨어졌다. 놀라 눈을 크게 뜨니 그가 만족한 짐승처럼 나른하게 나를 내려다보았다. 맞물린 입술이 떨어졌다. 그러고는 이내 휘어졌다.

"그럼, 내가 하는 것은?"

눈앞에서 입술이 움직이는 게 보였다. 나도 모르게 입술의 모양을 쫓았다. 리녹이 무어라 더 말을 한 것 같지만 들리지 않았다. 꼴깍 침이 넘어갔다.

싫냐고? 전혀. 그럴 리가 있나. 오히려 다가와 주는 그에게 감사할 지경인걸. 솔직히 고백 타이밍을 잡느라 참는 것이었지 그가 다가오는 것까지 막을 이유는 없었다. 나도 원해. 다만, 여기서 한 번 더 하자 하기에는 장소가 마땅치 않았을 뿐이지.

사박. 발소리가 들려왔다. 리녹을 붙잡고 어째야 하나 고민하던 나는 얼른 귀를 기울였다.

'탄시즈인가?'

다가오던 발소리가 잠시 멈췄다. 고개를 슬쩍 옆으로 기울이자 리녹의 뒤로 낯선 제복을 입은 기사가 보였다. 기사는 이쪽을 보는가 싶더니 얼른 몸을 돌렸다. 당황한 사람처럼.

탄시즈가 아니네. 무사히 황태자를 따돌린 모양인가 싶어 시선을 떼어냈다. 그렇게 리녹을 올려다보는데, 왜인지 그는 나를 보지 않고 내 뒤의 허공을 지그시 응시했다.

그가 순간 눈을 가늘게 좁혔다.

"대공님?"

무슨 일이냐는 듯 묻자, 그가 아무것도 아니라는 듯 가로저었다. 그러고는 고개를 살짝 숙였다.

"아니다. 준비가 필요하겠군."

그의 입술이 관자놀이에 내려앉았다.

"준비 뒤에 너를 보러 가도 되겠나?"

"물론이죠."

슬쩍 뒤를 보았지만 아무것도 없었다. 나는 이따 저녁을 기약하고, 리녹과 헤어져 복도로 돌아왔다. 다행히도 가던 길에 우리를 안내했던 하녀를 만나 방으로 안내받았다.

그렇게 잠시 걸었을 때쯤 나는 다시 비네아를 만났다.

"잘 따돌린 모양이네요."

그녀가 목적어를 쏙 빼놓고 말했다.

'아니, 어째서 여기 있는 거야?'

조금 전에 나랑 다른 길로 간 것 아니었어? 동에 번쩍, 서에 번쩍하는 홍길동도 아니고. 눈을 끔뻑였다.

"내가 다시 나타나서 놀란 얼굴이네요. 그것도 이렇게 빨리."

"음, 아. 어, 네. 분명 반대 방향으로 가셨던 것 같아서."

"공작가인만큼 저택 내에 간편한 마법진 정도는 갖추고 있어요."

그녀가 생긋 웃었다.

"수고해 준 분은 이쪽."

비네아의 옆에 있던 사람이 고개를 꾸벅 숙였다. 30대 중반쯤 되어 보이는 여성은 푸른 로브를 입고 있었다. 기묘한 문양이 새겨진 푸른 로브라, 기억하는 것이 맞다면 마탑의 망토였다.

"저택 내 이동 마법진은 공작가의 자랑거리 중 하나예요."

나는 대공저 곳곳에 있던 결계 마법을 떠올리며 고개를 끄덕였다. 고위 귀족들은 각기 저택에 특징적인 마법진이 있는 모양이었다.

"나는 중앙 마력 동원 마법진에 다녀왔답니다. 자리를 피할 구실이 필요해서 말이에요."

"피할 구실요?"

"네."

그녀와 정자를 떠났던 상황을 떠올려 보면, 나와 함께 황태자를 피해 이동했던 것을 말하는 것 같은데. 하기야 탄시즈가 보았을 수도 있는 각도였다.

"방으로 이동하려 하는데 당신이 보여서."

다시 보고 싶어 왔노라며, 그녀는 자신이 안내해 주겠다 나섰다. 그렇게 그녀와 그녀의 호위, 그리고 말 없는 마법사와 함께 방으로 이동했다.

비네아는 걸어가면서 마법사를 소개시켜 주었다. "처음 뵙겠습니다."라고 마법사는 인사를 올린 뒤 약간 망설이다가 내게 물었다.

"외람되지만 마법사이신가요?"

나는 잠시 놀랐다가, 눈을 데구르르 굴렸다. 베이커가 이르길, 마법을 숙련하게 되면 슬슬 내게 마법사 같은 기운이 흘러나온다고 했다. 그렇기에 공작가에서 누군가 묻더라도 놀라지 말고 자연스럽게 수긍해도 괜찮다고.

그가 미리 전해주지 않았다면 당황했을 터였다.

"네. 맞아요."

"오 세상에, 역시. 그렇다면 혹시 수식어를 여쭤봐도 괜찮을까요?"

정식 마법사는 누구든 자신의 속성과 마법 사용 특성에 맞춰 수식어를 받곤 했다. 불의 마법을 잘 쓰면 불과 관련된 수식어가 붙는 다거나.

"음, 거기까지는 아직요."

"아직 스승에게 인가받기 전이신가 보군요."

"네."

"하긴 떠올린다고 다 할 수 있는 건 아니니까요."

공작가의 마법사는 끄덕이더니 살짝 상기된 얼굴로 말했다.

"그렇지 않아도 곧 제국에 대마법사가 나오는 경사가 있으니, 귀하께서도 자연어에 가까운 좋은 수식어를 인가받으시길 바라겠습니다."

"감사합니다."

"세레나 히아신스. 모든 속성을 할 줄 아는 사람에게만 붙는 대마법사, 그 호칭을 쓰는 천재와 동시대를 사는 것은 모든 마법사에게는 경사로운 일이지요.”

하긴 세레나가 대대적으로 그런 호칭을 받을 때였지. 이것은 원작과 다르지 않은 모양이었다.

아울러 마법사가 말한 자연어에 가까운 호칭이란, 강력한 마법사일수록 자연물 그대로의 이름을 받는다는 소리다. 나도 베이커에게 들은 얘기인데, 이를테면 ‘작고 작은 불의 마법사’, ‘작은 불의 마법사’는 수백이 되지만 ‘불의 마법사’는 거의 없다는 얘기다.

비네아는 옆에서 나와 마법사의 이야기를 들으며, 흥미롭다는 듯이 나를 쳐다봤다.

“도착했네요.”

그녀는 나를 데려다주고는 고개를 까딱했다. 이제는 이런 모습을 계속 보여주려는 듯 장난스러운 기색이 스쳤다.

“가면무도회는 방종과 방만이 드러나도 허락되는 특별한 형태의 연회이죠. 반듯하게 예의를 차릴 필요 없다는 얘길 하는 거예요.”

장갑 낀 그녀의 손이 내 손을 콕 찌르고 떨어졌다.

“오늘 즐거운 파티가 되길 바라요.”

△

준비는 빠르게 끝이 났다. 오히려 아주 빨리 끝난 기분?

정신 차려 보니 사위가 제법 어둑한 저녁이었다. 첫째 날 그러했던 것처럼 공기를 타고 아스라한 음악 소리와 축포가 들려왔다. 먼 풍경을 바라보던 나는 곱슬곱슬한 머리를 만져 보았다. 평소보다 더 굵게 꼬불거리는 머리를 꼬았다. 머리부터 발끝까지 칭칭 꾸며진 느낌이 생소했다. 리녹과 경매장에 갔을 때에는 그저 옷만 조금 예쁘게 입었었지.

'만약 언니와 내가 무사히 가문 사람으로 살았다면 나는 이런 것에 익숙했을까?'

내 가문은 권력 분쟁에 휘말려 사라졌다. 아는 것은 이게 다다. 여기서 더는 알려고도 하지 않았다. 언니가 슬픈 표정을 했을뿐더러 알 필요도 없었으니까. 언니가 살아주기만 하면 그만이었지. 하지만 이젠 궁금해졌다. 곰곰이 생각에 빠질 때였다.

"아가씨, 각하께서 도착하셨습니다."

들어와도 된다고 고개를 끄덕이자, 곧 열린 문틈으로 리녹이 성큼 걸어왔다. 그는 나를 본 순간 걸음을 멈칫했다. 하지만 그것은 잠시일 뿐, 이내 빠르게 내게 다가왔다.

"에이미."

멈춰 있는 쪽은 오히려 나였다. 반은 내리고 반은 올린 머리 아래 드러난 흰 얼굴과 옷으로도 가려지지 않는 탄탄한 체격이 얼마나 매력적이던지 눈을 뗄 수가 없었다.

거기다 빈틈없이 채운 제복은 그를 금욕적으로 보이게 했다. 평소와는 정반대의 모습이었지만 이건 이것대로 심장이 두근거리는데?

……세계 최대 난제 중 하나가 미남의 덮머리와 깐머리라더니. 리녹은 둘 중 어느 쪽으로도 우열을 가릴 수 없이 잘 어울렸다. 역시, 잘생긴 건 뭐든 옳다는 진리를 다시 한번 깨닫는 순간이었다.

"에이미?"

"……아. 네. 음. 아뇨."

습관처럼 뺨을 긁적이려다가 그에게 붙잡히고 아차 했다. 분가루를 두드렸었지?

"대공님이 멋있으셔서 잠시 넋을 놓았어요."

그렇게 말하고는 입술을 흘리며 배시시 웃었다.

"이제 이런 말씀 지겨우시죠?"

그는 대답 없이 나를 지그시 내려다봤다. 집요하게 응시하는 두 눈이 작열하는 푸른 태양 같았다. 왜 그러지? 그에게 손을 뻗는 순간이었다. 내 어깨를 조심스럽게 잡아 슬며시 미는 손길에 시야가 뒤로 밀려났다.

털썩. 나는 소파에 드러누워 얼떨떨한 표정을 했다. 나를 양팔 사이에 가둔 그의 얼굴이 고스란히 보였다. 그는 유혹하듯 눈을 내리뜨고는 상체를 기울였다.

"에이미, 오늘 연회는 가지 않아도 될 것 같다."

"네…… 네에? 아, 안 돼요! 안 돼!"

이 사람이 지금 무슨 소리를 하는 거야. 나는 그의 어깨를 붙잡았다가 두툼한 두께에 흠칫했다. 새삼 적응 안 되는 몸이네.

"대공님, 저, 머리, 머리!"

"예쁘다."

"아니요오!"

머리 셋팅 했다고 이 사람아!

"싫은가?"

"저도 좋지만, 로잘린 씨의 고생을 헛되게 만들고 싶지 않아요!"

"조금만…….”

머리를 그대로 아래로 숙였다. 그의 입술이 이마를 스쳤다. 그러고는 관자놀이를 눌렀다.

"예뻐."

"……."

"예뻐서 보내주고 싶지 않다, 에이미."

그의 입술이 입술로 내려앉았다. 지그시 눌러앉았던 입술이 떼어지고, 달빛과 조명이 섞인 빛에 의해 아롱진 아름다운 얼굴이 드러났다. 그는 내 대답을 듣지 않고 천천히 내려가 귀 옆에 입술을 맞췄다. 어제 닿자마자 파드득 떨었던 그곳이었다.

"자, 잠시, 대공님 거긴……! 훗……."

더운 숨결이 지나가는 자리로 나도 함께 뜨거워지는 기분이었다.

"에이미."

"……네."

"이보다 더한 것은 언제 할 수 있지?"

한참 미뤄두고 싶은 생각이 드는 건 왜일까요.

"어, 얼마 남지 않았어요. 아마도."

"아마도?"

"……이 파티 후에요?"

그가 잇새로 신음을 뱉었다.

"……길어. 길다고 생각한다."

네? 겨우 이 정도가요? 지금 그는 허락만 한다면 나를 꿀꺽 삼킬 짐승 같았다. 여러 가지 의미로. 나는 숨을 삼켰다. 긴장된 그의 근육이 온순한 척하지만 끈만 풀리면 튀어 나갈 준비를 마친 맹수처럼 느껴졌다.

"대공님, 저희 무도회 안 가요?"

"안 가도 될 것 같군."

아니, 잠시만. 리본은 왜 푸세요? 그가 어쩔 작정이라기보다는 본인도 모르게 나온 행동인 것 같았다.

"아니, 대공……."

똑똑. 그 순간이었다. 나는 약속이라도 한 듯이 문을 응시했다. 적절한 타이밍이었다.

"준비는 끝났니?"

아이헨나의 목소리였다. 아니, 어머님의 음성이 이렇게 반가울 데가. 리녹은 살짝 이마를 찌푸리나 싶더니 결국 낮은 날숨과 함께 나를 일으켜 세웠다.

다행스럽게도 머리는 많이 흐트러지지 않았다. 드레스에 구김이 가지 않았는지 꼼꼼히 확인한 나는 고개를 들었다. 리녹이 나를 유심히 응시하고 있었다. 그것도 응어리가 풀어지지 않은 눈으로. 나는 정염이 타듯 일렁거리는 시선을 살짝 모른 체하며 손을 들어 올렸다.

"대공님 머리요."

"머리?"

나는 내 머리를 가리켰다.

"여기 뻗쳤어요. 아주 조금요."

그러자 그가 순순히 고개를 숙여주었다.

"……직접 만져 주겠나."

으음. 나는 머뭇거리면서도 이내 그의 머리를 살짝 빗겨 주었다. 그동안에도 그의 시선은 나를 떠나지 않았다.

달칵. 문을 열고 나가자, 우아하게 기다리고 있던 어머님이 보였다. 그녀는 나를 보더니 보일 듯 말 듯 눈을 휘었다.

"즐거운 시간 보냈니?"

"네? 하하하."

웃는 아이헨나 님의 얼굴은 어쩐지 자식의 실수를 알면서도 모른 척해주는 부모님의 것과 같았다. 하기야 모친이니까 맞긴 하지만. 나는 그저 난감하게 웃고 말았다.

"우린 마차를 타고 갈 거란다."

연회 장소까지는 가까웠지만, 첫날 걸어서 근처까지 갔던 것과 다르게 오늘은 근거리임에도 마차를 탔다. 아주 잠깐 마차를 타고 금세 내리자 거대한 문이 보였다. 뒤를 보니 문 근처로 수많은 마차가 정차해 있었다.

우리는 문을 지나 새하얗다 못해 반질거리는 대리석 복도로 안내받았다. 사실 난 황궁을 본 적이 없지만 이 규모는 황궁의 것이라 해도 믿을 수 있을 것 같았다. 태어나서 본 장소 중 제일 넓은 곳이 대공저 연무장이었는데, 그보다 더 크니······.

"아가."

"네?"

고개를 돌리자, 눈앞으로 새카만 것이 다가왔다. 나는 뺨을 만지고서야 가면이라는 것을 알았다. 어머님은 친히 끈을 매어주고 입술을 끌어올렸다. 그때, 커다란 손이 내 어깨를 조심스레 붙잡았다.

"제가 하려 했습니다."

"그러니?"

어머님은 리녹의 살짝 미간이 좁혀진 얼굴을 태연히 넘겼다.

"이번 한 번은 봐주렴. 앞으로 십수 년은 네가 하지 않겠니."

"왜 십수 년입니까? 평생 해 줄 겁니다."

"어머나. 혹시 모르잖니. 한번 다녀올지."

"······무슨 말씀입니까."

"요즘 이혼은 흠도 아니라더구나. 세상에 남자는 많지 않든?"

"······."

"······대공님, 선대공비님 노려보지 마세요."

······아니, 우리 혼인 얘기가 나오지도 않았는데, 왜 벌써 이혼 얘기가 나오죠? 빙긋 웃는 어머님의 얼굴에는 짓궂음으로 가득했다.

"나는 너도 좋지만 아가 편이란다."

나른하게 고개를 기울인 어머님은 내 어깨를 살짝 껴안았다.

"질투하지 말렴. 너와 만나게 해준 이잖니."

수하들은 기가 눌려서 깨갱거리는데, 어머님은 냉혹한 대공님을 놀리는 솜씨가 대단하셨다. 이래서 어머니는 위대하단 말이 나온 건가. 가만 보면 어머님도 부단히 노력하는 중일지도 몰라.

나는 두 사람의 눈싸움을 슬쩍 모른 체하며 리녹의 팔을 붙잡았다. 리녹은 내가 잡아주자 표정을 살짝 누그러트렸다.

"그 가면, 잘 어울리는 한 쌍이구나."

마침내 복도 끝에 다다랐을 때, 리녹과 아이헨나도 가면을 착용했다. 아이헨나의 것은 공작 깃털이 달려 있는데, 심플하지만 고상함이 느껴졌다. 리녹의 가면은······ 늑대를 형상화한 것 같았다.

"가면을 벗을지 말지는 네 선택이란다. 다만, 가면을 벗는다는 것은 이곳에서 내 존재를 표출하며, 동시에 허락을 뜻하는 것이니 조심하렴."

"어떤 허락이요?"

"무엇이든 해당된단다."

조심하라는 아이헨나의 조언에 빠르게 끄덕였다. 그리고 마침내 마지막 유리문 앞에 도착했다.

"이베르크 선대공비님과 대공 각하, 각하의 약혼자께서 드십니다!"

우렁찬 알림이 거대한 연회장 안에 쩌렁쩌렁 울렸다. 그리고 나는 소란스럽던 공간이 순식간에 고요해지는 진풍경을 목격했다. 셀 수 없는 시선이 나를 향했다.

……작은 규모라면서요. 나는 축소시켜도 한참은 축소시킨 규모로 알려준 로테를 살짝 원망했다. 가면이 있어서 다행이었다. 뺨의 떨림을 숨겨주었을 테니까.

"그럼 에이미, 나는 잠깐 자리를 비워도 괜찮겠나? 잠시 뒤에 보지."

"네?"

나도 모르게 떨어지려던 그의 손을 붙잡았다.

"어디 가세요?"

아이고. 떨지 않으려 했지만 나도 모르게 불안한 음성이 샜나 보다. 낯선 마을에서 사는 데에는 억척스러운 나였지만 그래도 그곳은 편안한 평민들과 비교적 인심 좋은 이들이 살던 곳이었다. 그러나 이곳은 생전 겪어보지 못한 장소였다.

나는 지금부터 빗발치는 시선이 교차하는 이곳에서 모든 걸 생각하며 움직여야 한다. 어쩔 수 없는 불안이었다. 좀처럼 표정이 펴지지 않자, 나를 본 그가 표정을 설핏 굳혔다.

"대공은 반드시 가장 처음으로 황족에게 인사를 올려야 한단다."

표정이 굳은 리녹 대신 대답해 준 것은 아이헨나였다.

"이미 얘기된 사항이니 너무 걱정하지 말렴. 난 여기 있을 거란다."

어머님이 내 다른 쪽 손을 붙잡아 주었다. 리녹은 황족에게 인사

를 하러 간다고? 이곳에서 황족이라면…… 탄시즈였다. 나는 약혼
자인데 같이 가지 않아도 되는 건가? 일단 그렇게 소개되었잖아.

"혼자 가도 충분하다."

내 표정을 알아챈 것처럼 리녹이 말했다.

"그래, 나와 대공이 번갈아 가기로 했으니 염려 말렴. 누구든 네
곁을 비우는 일이 없을 테니."

내게 팔짱을 낀 어머님의 눈이 휘어졌다. 가면 때문일까. 그 순간
두 마리의 늑대가 나를 든든하게 지켜주는 기분을 받았다. 어머님의
가면이 늑대가 아님에도 이렇게 느낀 것은 비슷한 눈동자 때문인가
보다.

"부디, 잠시만 기다려 주겠나."

리녹이 내 손을 끌어당겨 손끝에 입을 맞췄다.

"……지금 네 아름다운 모습을."

그러고는 고개 숙여 속삭였다. 오싹할 정도로 낮은 음성엔 내가
아닌 누군가를 향한 사나운 울부짖음이 섞인 듯했다.

"그 새……. 흠, 그자에게 보여줬다간 가만있지 못할 것 같군."

……방금 그 새끼라 한 것 같은데. 착각인가.

평소와는 조금 다른 진득한 입술이 움직였다. 그러나 모양 좋게
늘어진 입술은 말을 하는 대신 내 손끝에 다시 내려앉았다.

"그럼 조금 있다 다시 보지."

리녹은 그렇게 말을 남기고 사라졌다. 리녹이 눈앞에 사라지고 나
서야 나는 비로소 수많은 시선을 느꼈다. 하지만 그 많은 시선에도
불구하고 조금 전처럼 강한 불안감은 들지 않았다. 리녹을 대신해
가냘프지만 강단 있는 손이 나를 붙잡았기 때문이었다.

"그거 아니, 아가? 나는 딸을 갖고 싶었단다."

"엇, 네?"

"아니. 그렇다고 대공에게 불만이 있는 것은 아니란다. 그저 그랬던 때도 있었다는 것이지. 딸이 태어난다면 나와 같이 살게 하고 싶지는 않았어."

어머님이 팔짱을 낀 채 내 손을 잡았다가 놓았다.

"지금이라도 늦지 않았단다."

"무엇이 늦지 않았어요?"

그녀가 호기심 어린 내 눈을 보며 눈을 살짝 휘었다.

"입양……."

"헉."

"……은 내 아들이 나를 평생 미워하는 거로도 모자라 갈라설지도 모르겠구나."

그녀가 짓궂게 웃었다.

"이번엔 북쪽 산 늑대에게 던져질지 모르니."

"……농담 한번 살벌하신데요."

어머님이 농인 걸 알았느냐며 담백하게 대꾸했다. 아니, 농이 아니면 더 위험한 발언이시잖아요. 하지만 나는 웃고 있는 아이헨나의 얼굴을 보고 깨달았다.

"손에 땀이 가셨구나."

이것은 내 긴장을 풀어주기 위한 말이었음을.

"가 볼까?"

이루 말할 수 없는 따뜻함이 마음 한구석을 차지했다. 눈을 깔았다가 그대로 들어 올렸다. 낭랑한 목소리가 입을 가르고 터졌다.

"네."

나를 위해서 이렇게까지 나서주는 이가 있는데, 그저 넋 놓고 보호만 받고 있을 수는 없겠지. 우리 언니는 나를 보듬어주었을지언정 약하게 키우지 않았다.

그러고 보니 언니는 잘 지내고 있을까? 편지가 무사히 잘 도착했으면 좋겠는데. 언니가 내 편지를 봤다면 몇 달간은 편지를 보내지 않을 테니까. 보지 않았다면 큰일이긴 한데. 아니야. 아니야. 잘 갔을 거야. 아찔한 상상을 지워내며 고개를 저었다.

'정신 차리자.'

일단은 눈앞에 집중하기로 했다.

나와 어머님이 걸을 때마다 홍해의 기적이 재현되는 듯 사람들이 양옆으로 갈라졌다. 가지각색 가면을 쓴 사람들, 화려하고 화사한 가면은 또 하나의 얼굴 같았다. 번쩍. 가면의 보석이 반사하는 빛에 눈이 살짝 아프기도 했다. 눈을 찡그렸다가 다시 떴을 때, 어머님이 걸음을 멈췄다. 의자가 곡선을 그리며 모여 있는 곳에는 다양한 사람들이 앉아 있었다. 공통점은 모두 화사한 옷을 걸친 부인들이라는 점이었다.

"어서 오세요."

누군가 입술을 열어 환영 인사를 보였다. 잘 차려입은 귀부인이었다. 그녀의 시선이 나와 어머님을 번갈아 가며 스쳤다. 이내 끝에 쳐다본 것은 어머님이었다.

"제가 잘못 본 것이 아니라면 아주 귀하신 분이 오신 것 같은데, 그렇지 않나요?"

가면무도회의 기본 원칙은, 가면 속의 정체를 드러내지 않는 한 상대 또한 아는 체하지 않는 것. 하지만, 웃기긴 했다. 그도 그럴 것이 이곳에 입장할 때 누가 납시오, 쩌렁쩌렁하게 알리지 않았던가.

눈 가리고 아웅이라지만 가면 연회에서 꼭 지켜져야 할 규칙이었다. 고로 이들은 전부 나와 어머님의 정체를 알고도 모른 척하는 중이었다는 거다.

"아, 주인께서 먼저 인사를 하셔야 했는데 반가운 마음에 주제넘게 나서고 말았네요."

유일한 규칙이 있다는 것은 그 외에는 살포시 어겨주어도 상관없다는 거다. 평소에는 무례가 될 것도 슬쩍 넘어간다고 했지?

귀부인의 말에 누군가 고개를 들었다. 가장 사람이 많이 모여 있는 중심 자리였다. 나는 푸른 눈을 보자마자 확신했다. 비네아구나. 그녀의 화사한 백금발은 샹들리에의 빛을 받아 황금처럼 반짝반짝했다.

"글쎄요, 누가 주인이라는 걸까요? 여기는 가면을 쓴 수많은 영애와 귀부인만 계실 텐데."

"……."

"자유롭게 노는 것은 단 하나의 규칙을 지켜줄 때의 얘기가 아닐까요?"

비네아가 눈을 접었다.

"황비님의 여동생을 닮으신 어느 귀부인."

그러니까 저건 일종의 경고인 거지? 나도 네 정체는 알지만 얌전히 닥치고 있지 않니. 우리 규칙은 지키자? 이런 건가.

이곳의 분위기를 알 것 같은 기분이 들었다. 눈만 가린 반가면을 쓴 귀부인은 잠시 얼굴을 붉게 물들였다가 부채를 들어 흔들었다.

그나저나 황비의 여동생이라면…… 원작에서도 나온 바 있는 조연이었다. 비네아와 함께 악역을 담당했던 조연이었지? 이름은 생각 안 나네.

귀부인의 아름다운 낯을 대변하듯 피부는 희었고 입술은 붉었다. 이곳에서 미의 기준은 다 갖춘 듯한 그녀는 다만 숨을 꽉 졸라맬 것 같은 드레스를 걸치고 있었다.

한 줌 개미허리. 저 정도로 허리를 가늘게 하기 위한 방법은 코르셋밖에 없었다. 어쩐지 내가 숨이 막히는 기분에 슬그머니 고개를 돌렸다. 손으로 배를 살살 문지르며.

"앉으시죠. 새로운 손님들."

비네아가 웃으며 자리를 권했다. 문제는 자리가 몇 없던 통에 조금 전까지 부채를 지피던 귀부인과 멀지 않은 자리였다는 거다.

"호의에 감사하네."

정체를 입 밖으로만 드러내지 않는다는 것을 가리키듯 어머님은 태연하게 하대를 했다. 여기서 제일 높은 신분의 사람임을 알려주는 일이었다. 그걸 느낀 것인지 황비의 여동생이라는 귀부인의 낯이 이쪽을 향했다. 나는 그녀의 눈이 뾰족해지는 것을 보았다.

"여기까지 오시는 길은 불편하지 않으셨나요?"

"딱히 없네. 흠잡을 데 없이 편했지."

"그것 참, 파티를 준비한 이가 기뻐할 말이네요."

비네아가 능청스럽게 대꾸하며 웃었다. 그러자 주변에 있던 이들이 하나둘씩 입을 열기 시작했다.

"반가워요."

"맞아요. 정말 반가워요."

어머님은 조금 차갑긴 했지만 답변만은 담담하게 해주었다. 그런 두 사람 덕에 잠시 경직되었던 분위기가 부드럽게 풀리는 듯했다.

"귀여운 아가씨네요. 몇 살인가요?"

"어머나. 평소라면 누가 될 질문을 하세요."

"뭐 어때요. 저도 오늘은 추근대는 영식처럼 굴어볼까 하는 걸요. 거기 귀여운 아가씨, 어디에서 왔어요? 언니랑 놀아볼래요?"

"하, 하하하……."

어머님과 마찬가지로 나 또한 호기심 어린 질문 공세에 진땀을 흘려야 했다. 정체가 명확히 드러나는 말만 하지 않으면 됐지? 하나씩 대꾸하며 생각했던 것보단 부드러운 분위기에 안심하던 때였다.

"호기심도 좋지만 내가 더 재밌는 얘기를 해볼까 하는데 어때요?"

대화 중간에 황비의 여동생이라는 귀부인의 목소리가 끼어들었다. 워낙에 각자 대화를 하던 터라 처음에는 그리 많이 주목하지 않았다.

"오늘 이렇게 기쁜 자리에 선대공비께서 참석해 주셨다고 하지 않겠어요, 무려 24년을 잠적하셨던 분이."

그러나 그녀의 다음 말은 모든 이의 말허리를 끊어내기에 충분했다. 한순간 쥐 죽은 정적이 가라앉았다. ……저거, 확실히 머리 쓴 거지? 어머님을 콕 찍어 너 선대공비지, 한 건 아니니까.

"궁금하지 않으신가요? 저는 어떻게 지냈는지 궁금한데. 참, 얼마나 많은 소문이 있었어요. 당시는 저도 젊고 어렸던 때였는데……. 아, 그 당시에 고귀하신 대공가 공녀님이 별 볼 일 없는 백작가 영식과 혼인한다고 자자했거든. 그 얘기예요. 다들 궁금했잖아요?"

돌아보니 고요할 뿐 누구도 지적하는 이가 없었다. 한 가지 규칙

외에 전부 가능하다는 게, 다시 말해 이런 것도 가능하단 소리인가 보다. ……앞담도 가능하다 이 소리지. 나는 눈을 가늘게 좁혔다.

입술을 살짝 물었다 놓으며 혀로 축이는데, 누군가 내 손을 거머쥐었다. 슬쩍 보니 어머님이었다.

"라르베르 전투, 최연소 지휘관씩이나 했던 대단하신 분이 갑자기 사라져서 무엇을 하고 지내셨는지. 아아, 그때 제 아버진 절 향해 저런 남세스러운 일은 하지 말라 하셨지만요. 역시 세월이 무서워요. 그 대단한 분도 아무렇지 않게 만드는 시간이라니."

황비의 여동생이라 했던가? 눈가의 살짝 진 주름을 보아 동년배거나 아이헨나보다 조금 어린 것 같은 외양이었다. 적갈색 눈에는 조금 전에는 없던 적의와 심술이 가득했다. 과거의 적을 보는 시선이었다.

"아, 다들 심심한 얼굴이네요. 아쉬워라. 그럼 이 얘기는 그만하고, 이런 건 어때요? 그토록 열렬히 사랑했던 남편에게 반강제로 갇힌 이유가 야만족의 아이……."

"에에췌!"

그 순간 귀부인의 말이 멈췄다. 그녀의 말을 방해하게 된 나는 아무렇지 않게 코를 비볐다. 비네아나 로테의 우아함을 흉내 내며.

"어머, 정말 죄송해요. 제가 쓸데없는 소리만 들으면 재채기를 하는 병이 있어서."

서당 개 삼 년이면 풍월을 읊고 이베르크네 김로테를 3주만 마주하면 비꼼 정도는 중급까지 마스터한답니다. 하지만 이렇게 하면서도 소시민인 나는 심장이 벌렁벌렁했다.

"뭐요?"

할 말이 있고 못 할 말이 따로 있지. 원작을 읽은 나는 아이헨나님이 어떤 말을 들었는지 알았다. 남편이 아닌 야만족의 아이를 밴 여자. 이제는 알았다. 고고한 그녀에게는 참을 수 없는 일이 아니었을까? 그런 더러운 말을 굳이 재생시켜 주고 싶지 않았다. 나는 코를 톡 두드리며 모른 척했다.

"재채기가 또 나올 것 같아요, 어머님."

이건 우리 언니에게만 보여주던 표정이었는데, 내가 애교스럽게 어머님의 팔을 붙잡자 바람 빠지는 소리가 들린 것도 같았다.

"우리 아가, 재채기가 나오면 안 될 일이지. 참으로 몹쓸 병이지 않니."

어머님이 소리 죽여 웃으며, "적재적소의 병이구나." 하고 내게만 들릴 정도로 속삭였다. 나는 충성스러운 강아지처럼 끄덕였다. 맡겨만 주시죠. 재채기 정도야 열 번이고 스무 번이고 할 수 있다. 차마 "개소리에 재채기가 나오는 병이 있어서요."라고 말을 못 한 게 한이다.

"알 만하군요. 이딴 사람을 달고 온 것도. 같은 수준인가요?"

귀부인이 입매를 일그러트렸다.

"이봐요, 영애. 당신."

"에취! 네? 재채기 소리 때문에 듣지 못했네요."

귀부인은 이제 나를 보며 파르르 어깨를 떨었다. 시선을 해석하자면 감히 하룻강아지가 내게 짖어? 정도인 것 같다. 그제야 다음을 대비하지 않았다는 생각에 식은땀이 주르륵 흘렀다. 여기서 너무 나대다간 이베르크의 이름에 좋지 않은 누를 끼칠 것 같은데.

나는 어머님이나 비네아처럼 우아하게 대처하는 방법은 몰랐다.

재채기도 임기응변이었지. 하지만, 이를 어쩐다.

"하. 새파랗게 어린 영애가 저보다 명망 높은 이를 망신 주는 방법도 가지가지군요."

그러나 이미 사고는 쳐버렸고, 다음 응변은 생각나지 않고. 확 바람이라도 불어서 저 사람 머리가 엉망이라도 되면 좋겠구만.

"거기 영애, 듣고 있어? 어디서 되먹지 못한 촌스러운 드레스나 걸치고 온 것이······!"

"그만하세요."

언성이 높아지자 참다못한 비네아가 끼어들었다.

"어머나, 실례. 적절치 못한 단어를 들은 듯하여 끼어들었네요."

"하. 무슨 말씀을? 제가 한 말 중에는 적절치 못한 말은 없을뿐더러 이곳은 가면무도회가 아닌가요?"

귀부인의 말은 여기서 무슨 말을 하듯 하등 상관없다는 소리였다. 오호라 개싸움을 만들자 이거지.

"저런 촌스럽고 볼품없는······."

"드레스라 말씀하시려는 거라면, 전 이런 말씀을 전해 들었는데요. 이곳에서 코르셋을 착용한 분에게, 유행을 가르쳐 드리라고."

나는 내 허리를 툭툭 두드렸다.

"요즘 촌스럽게 누가 하나요? 숨은 안 막히시나요? 소화 불량은 몸에 좋지 않아요."

비네아가 이리 말하라 알려주었지? 말 그대로 고스란히 돌려주었다. 이판사판이다 이거야. 거기다 잘은 모르지만 코르셋이 그런 부작용이 있다고 들은 것 같은데, 알게 뭐람. 일단 토해내고 본 말에 평정을 유지하던 귀부인의 표정이 변했다.

"흐응, 그렇네요. 그렇지만 유행에 조금 더딘 것이 흉은 아니에요, 귀부인."

비네아가 타이밍 좋게 끼어들었다.

"당신까지 이리 나올 겁니까?"

"무엇을 말씀이실까요? 애초에 집주인의 파티에 응했다면 집주인에 대한 예의를 지켜주는 것이 객의 도리이지만 이곳은 가면무도회니까 집주인은 그저 지켜볼 따름일 텐데요."

비네아가 말하는 것은 드레스 코드, 즉 집주인이 만든 것에 예의를 차려 따라주는 손님의 예우를 말했다. 귀부인의 이마는 일그러지기 시작했다.

"난 죽어도 코르셋을 벗고 못난 맵시를 드러내는 유행 따위를 따를 수 없어요."

"네, 부인. 내가 조금 일찍이 깨달았다고 해서 강요할 생각은 없어요. 그저 부인도 언젠가 이것이 얼마나 불편하고 기이했는지 깨달아주시길 빌어보며."

비네아가 눈을 휘었다.

"황비님의 여동생과 닮으신 귀부인, 조심스럽게 조언해 드리건대 진정하시고 과거의 연은 과거에서 매듭짓는 것이 어떨까요?"

그러자 귀부인이 차분하면서도 날 선 미소를 흘렸다.

"어찌 진정하라는 거죠? 나는 못 하겠어요."

"부인."

이제는 독기를 품은 귀부인의 눈이 이쪽을 향했다.

"말할수록 불쾌하네요. 야만족의 애인지도 모를 애를 밴 여자와 집안사람들이 여기 있다는 건데."

뭐? 설핏 인상을 굳혔다. 황비의 여동생이라면 분명 황실의 힘을 업었을 테니 이베르크를 책잡고도 아무렇지 않게 빠져나갈 터였다. 그러니 이렇게 방약무인하게 나오는 것도 이해관계에 따른 것일 터였다. 그러나 이해하는 건 다른 문제지. 손을 꽉 쥐었다 펴는 순간 얼핏 손등에 빛이 나며 문양이 드러난 것도 같았다. 황급히 손등을 숨겼다.

"또 재채기를 해보죠? 당신."

성큼 다가온 발소리에 얼른 고개를 들었을 때였다. 탁. 내게 날아오던 부채가 얼굴 앞에서 멈췄다. 고개를 돌리자 고아하게 부채를 부여잡은 어머님이 가면을 쓴 그대로 머리를 기울였다. 나는 어머님이 내 뺨으로 날아온 부채를 막아줬음을 알았다. 그것도 아주 쉽고 빠르게.

"뭐가 문제인지 모르겠네."

어머님의 목소리는 평온했으나 그저 흘려보낼 수 없는 기도(氣度)를 품고 있었다.

"우리 애가 재채기를 했기로서니, 이렇게 행동하시면 되나요. 아니면 아무것도 아닌 행동 하나에 발끈할 만큼, 속이 좁은가?"

……어머님? 같이 후려치는 대신 이렇게 공격할 줄이야. 하지만 효과적인 공격이었는지 부채의 손잡이를 애써 잡고 있던 귀부인이 입술을 파들파들 떨었다. 이를 천천히 지켜보던 어머님이 한걸음 앞으로 나섰다. 여성치고는 장신인 그녀의 그림자가 귀부인을 일부 덮었다.

"이런, 과거의 망령이려니 생각하고 넘어가려 했더니. 과거의 정도 잊게 하네. 그렇지 않나요?"

"웃기네. 나와 더러운 당신 사이에 무슨 정이 있다고?"

"악연도 연이라면 말이지."

아무래도 나는 모르는 두 사람 사이에 무슨 일이 있긴 했나 보다. 그런데 그게 무슨 상관이람. 나는 금방이라도 물어뜯을 개처럼 주먹을 꾹 쥐었다. 그 순간 다시 한번 문양이 떠올랐다.

조금 전보다는 이성을 찾고 냉정해진 덕분일까, 강력한 바람 대신 실바람같이 잔잔한 바람이 내 주변을 쓸었다. 몇몇 사람이 의아하게 본 것도 같았지만 이는 곧 다음 순간 묻혀졌다.

느리게 손을 들어 올린 어머님이 얼굴로 부채를 잡고 있지 않은 다른 손을 가져다 댔다. 툭. 가면이 얼굴에서 떨어지고 그녀의 맨얼굴이 드러났다. 누군가 헉, 숨을 삼켰다.

"자, 선대공으로서 자네에게 무슨 말이든 허하지."

귀부인은 입을 꽉 깨물면서도 아무 말도 하지 않았다. 가면의 탈을 쓰고 조롱하는 것과 이 순간의 차이를 나조차 알 수 있었으니까. 가면을 벗는다는 것은 존재를 드러내며 무엇이든 감내한다는 뜻이었다.

"아이헨나 이베르크……. 너는……."

"거기서 한마디만 더 나와 내 귀에 거슬린다면."

어머님이 가면을 든 채로 느릿하게 시선을 기울였다.

"나는 기꺼이 이베르크의 적으로 삼아주겠네."

툭. 가면이 발아래로 떨어졌다. 함께 가면을 벗은 귀부인에게선 어떤 말도 나오지 않았다.

"내 아들도 조금 전과 같은 모욕은 기꺼이 이베르크의 적으로 삼아주겠지. 아, 아들의 힘이 아니라도 나는 내 스스로 선언할 수 있거든. 선대공으로서, 적으로 삼겠노라고."

"웃기지 마. 당신이 어째서 선대공이지?"

어머님은 꿈쩍도 하지 않은 채 눈만 휘었다. 눈이 웃지 않고 있음이 선명하게 느껴졌다.

"내가, 선대공이라 했네."

그렇게 말하고는 어머님이 고상하게 입술을 끌어올렸다. 일순 희미한 서리처럼 차가운 냉소가 스쳤다.

"남편에게 주었던 자리, 주었다면 다시 가져올 수도 있는 자리 아니겠나?"

틀린 것 하나 없는 말에 반박하지 못하고 이를 악문 귀부인이 손을 뿌리쳤다. 두 사람이 팽팽하게 붙잡고 있던 부채가 바닥으로 떨어졌다.

"세월이 흘렀다 해서 늙고 이 빠진 사자가 된 것은 아니지. 물론, 그걸 바랐겠지만."

그녀가 검지를 턱 밑으로 가볍게 가져다 댔다.

"죽어가던 내가 사자가 되길 원하는 아이가 있으니. 가만히 있어 줄 생각은 없네."

그대로 등을 돌린 어머님은 살짝 뒤로 물러나 내 머리에 손을 대었다가 뗐다. 그 순간 얼굴에 하얗게 얼어붙은 얼음이 잠시 녹은 듯 희미한 미소가 드러났다. 그러나 그것은 잠시뿐이었다.

"어디 한번 더 말을 해보게나."

가면들 사이에서 홀로 맨얼굴을 드러낸 그녀는 홀로 고고한 백로처럼 다가가기 힘든 분위기를 자아냈다. 그런 얼굴이 나를 볼 땐 자애롭게 누그러졌다.

"이베르크의 칼날을 보여줄 터이니."

내가 그 탑에서 어머님을 꺼낸 것은 어쩌면 내가 생각하는 것 이상의 의미였던 걸까. 나는 어떤 말도 할 수 없어 그저 가만히 강인한 얼굴만 바라볼 뿐이었다. 무슨 생각을 하셨을까? 이 순간 그녀가 어떤 생각을 하고 있을지 나는 짐작조차 할 수 없었다.

누구도 입을 떼지 못하던 그때, 나지막한 발소리가 들렸다. 홀은 여전히 소란스러웠는데도 이상하게 나는 이 발소리를 구분할 수 있었다. 그리고 머지않아 내게 그림자가 내려앉았다. 나는 그림자를 포근하게 바라봤다. 리녹의 것이었으니까.

"조금 늦었군."

나는 눈을 굴리다가 이내 웃었다.

"전혀요."

아주 적절한 타이밍에 오셨습니다. 역시 주인공답게, 그가 와주었으면 하는 타이밍에 귀신같이 등장했다. 나는 리녹의 소매를 한번 잡았다 놓았고, 리녹은 화답하듯 커다란 손으로 내 뺨을 부드럽게 쓰다듬은 뒤 천천히 고개를 돌렸다. 그의 눈이 좌중을 향해 굴러갔다. 얼어붙은 돌을 얹듯 서늘하고 무게 있는 시선에 그를 쳐다보던 이들이 설핏 굳거나 얼른 고개를 돌렸다. 그는 이들을 한번 쓱 훑으며 나른하게 입술을 쓸었다.

"내 사람들에게 무슨 문제라도?"

그러자 그에게 압도된 사람들이 꿀 먹은 벙어리가 되고, 침묵은 더욱 견고해졌다. 입은 침묵했으나 시선은 막을 수 없다고, 수많은 눈이 소란스러웠다. 옆에서는 의자 사이를 뚫고 들어온 불도저 같은 이 남자를 두고 곁눈질하기 바빴다. 압도되었을지언정 그 와중에 얼굴을 발그레 물들이는 사람도 있었다.

내가 있는 자리까지는 꽤나 널찍했으나 리녹이 들어오니 좁아 보였다. 하기야 이렇게 산만 한 덩치의 사람이니. 순간 나도 모르게 제복 아래 꽉 짜인 몸을 상상하고 말았다. 나는 얼른 고개를 돌려 손부채질했다.

"……더운가?"

"네, 네?"

흠칫 놀랐지만 가까스로 신음을 토하지 않을 수 있었다.

"뜨겁다."

리녹이 상체를 숙이고 그대로 자신의 이마를 내게로 가져다 댔다. 아니, 대공님 너무 가까운데요……. 싫은 건 아니지만.

주변에서 꺄악, 하는 소리가 들린 것도 같았다.

정말 선생님, ……공공장소 구분 없는 멋진 스킨십 솜씨를 가지고 계시는군요. 입술을 부딪치지 않은 게 다행이라고 할지. 그렇게 생각한 순간이었다. 모든 불이 꺼지고 눈앞이 깜깜해졌다.

"뭐야?"

"마법등이 꺼졌어요!"

"마법사, 마법사를 불러!"

주변이 한순간 요란하게 소란스러워졌다.

'어째서 불이 꺼진 거지?'

나도 놀라 그대로 멈춰 있었다. 일어나려던 그때 눈앞에서 무언가 휙 꺾어지는 실루엣이 보였다.

촉.

읍. 나는 눈을 크게 떴다.

"대공님!"

깜짝 놀라 소리 죽인 채 외쳤다.

이 어둠 속에서 입을 맞춥니까? 어떤 의미로는 대단하다고 할지. 어안이 벙벙한 얼굴로 실루엣을 응시했다. 그사이 그가 한 번 더 입술에 입술을 눌렀다.

촉.

차마 누군가 들을까 봐 소리조차 내지 못했다. 버드 키스이건만. 누군가 보았을까 봐 심장이 쿵쾅쿵쾅 뛰었다.

"미, 미, 미쳤어요!"

"아무도 안 본다."

"내가 봤잖아요!"

차마 소리는 키우지 못하고 숨죽여 속삭이던 그 순간, 거짓말처럼 불이 켜졌다. 나는 실랑이를 멈추고 잽싸게 뒤로 떨어졌다.

"어딜 가나."

"읏."

리녹은 내 손목을 부드러이 붙잡고 보일 듯 말 듯 입술을 끌어올렸다. 사람들은 부신 눈을 비비며 주변을 두리번거리느라 정신이 없었다. 다행스럽게도 이쪽에 시선을 주는 이는 없었다는 거다.

"빨갛군, 에이미."

……이게 다 누구 탓인데. 빨개진 얼굴을 애써 수습하며, 뾰족한 눈으로 쳐다보던 나는 이내 입술을 벌렸다. 리녹의 어깨 뒤로 저벅저벅 걸어오는 사람의 낯이 익었다.

"놀라게 하여 미안합니다, 숙녀분들."

탄시즈였다. 유려하게 상체를 기울였던 탄시즈가 고개를 들어 좌중을 응시했을 때, 탄시즈와 눈이 마주쳤다.

"아리따운 숙녀님께도."

그 순간 그의 눈이 더욱 깊게 휘어진 것도 같았다. ……저거 날 보면서 한 말이지. 콘서트에서 날 보고 웃었다며 설레발 치는 팬의 마음이라기보다는 찝찝함이 남아 피하고 싶은 마음이 들게 하는 시선이었다. 솔직히 나는 탄시즈의 행동을 도통 예측할 수 없었다.

흰색과 붉은색이 섞인 우아한 풍의 제복과 안쪽이 붉은색인 망토를 걸친 그는 그림 속에서 툭 튀어나온 사람처럼 고결함을 풍겼다. 탄시즈가 고개를 까딱였다.

"내가 데려온 마법사가 문제를 일으켰던 것 같더군요. 소동에 친히 사과하지요."

이 파티의 책임자로서 사과하되 비굴하지 않게.

그러고 보니 탄시즈는 가면을 쓰고 있지 않았다. 손에 들려 있는 걸로 봐서는 이 소동 사건 때문에 스스로 벗은 듯했다. 탄시즈가 썼던 가면은 신기하게도 붉은 나비 가면이었다. 그의 메달이 붉은 드래곤이고 하니 드래곤을 쓸 법도 한데, 생경하고 섬세한 디자인의 가면이었다.

그사이, 탄시즈가 이쪽으로 저벅 걸어왔다.

"반갑습니다. 귀부인, 숙녀분들. 이곳이 내가 마지막으로 심심한 사과를 건네는 곳이군요."

탄시즈는 반대편 저 끝에서부터 온 모양이었다. 그리 말하는 탄시즈가 생소하긴 했다. 보통 황족쯤 되면 "내 아래 사람이 실수 좀 했는데 그럴 수도 있지 뭐."라는 말을 하며 방만하지 않나? 음, 소설을 너무 많이 읽은 건가.

"이리 직접 나와 주시니 하해와 같은 영광입니다, 전하."

가면을 쓴 누군가가 이리 화답했다. 탄시즈는 좌중을 돌아보다 한 곳에 시선을 멈췄다.

"이런. 이리도 아름다운 영애들이 함께 있는데, 가장 고귀한 분을 알아볼 수 없으니."

탄시즈의 눈이 버들가지처럼 부드러이 휙 휘어졌다. 그 순간 리녹의 손에 힘이 들어갔다.

"어쩔 수 없이 한 분께 이 자리의 대표로 인사드려야겠군요. 그렇지 않습니까?"

나는 내게 드리워진 긴 그림자에 살짝 입을 벌렸다. 탄시즈가 택한 한 분이 나였으니까.

'아니, 이봐요 왜 이러세요?'

그보다 뻔히 얼굴을 드러낸 어머님도 계시는데 콕 집어 나를 지적한 저의가 궁금했다. 리녹을 거슬리게 하려고 한 행동이면 완전히 성공한 것 같은데.

목구멍을 맴돌던 심한 말들을 가까스로 삼켰다. 여기는 사교계다. 사교계다. 여차하면 튈 수 있는 외딴 마을이 아니다. 하지만 어쩐지 꾹 참을수록 손등이 살짝 따끔한 느낌이었다.

"이곳에서 가장 아름다운 분께. 찬사를."

확실히 빛을 섬세하게 조각한 듯 정말 아름다운 남자였다. 둘 다 원작 주인공들 아니랄까 봐. 리녹이 차갑고 새파란 달빛이라면 이 남자는 부드럽고 붉은 태양이었다.

탄시즈가 내게 손을 내민 것은 분명 손을 달라고 한 것이 분명한데. 나는 망설였다.

'이거 안 주면 안 되겠지? 예의라니까.'

어쩔 수 없이 손을 내밀던 순간이었다. 리녹의 두터운 손이 허공에서 나를 붙들었다.

"제 약혼녀입니다, 전하."

전하, 하고 발음하는 리녹에게서 짓눌린 소리가 튀어나왔다. 방금 왠지 철근을 씹는 것 같은 소리가 들린 것 같은데…….

"나는 그저 인사를 하려 했네만."

탄시즈가 지지 않고 받아쳤다. 신기하게도 조금 전까지 아랫사람에게도 존대를 쓰던 그는 리녹에게는 보란 듯이 하대를 사용했다.

"이쪽이 그 소문이 자자한 그대의 약혼자인가."

흘끗 시선을 올리자, 리녹의 눈썹이 하늘로 치솟는 것이 보였다. 알면서 무슨 수작이냐는 눈이었다.

"대공, 인사하는 것이 이 '아가씨'에게도 나쁜 일은 아닐 텐데."

"전하의 덕을 볼 것이 아니니 상관없습니다."

리녹의 심상찮은 기운을 느끼고 오소소 소름이 돋았다.

"유일무이한 황태자에게 이리 말하는 것은 그대밖에 없을 걸세. 대공."

가늘어진 탄시즈의 눈에서도 예기가 흐르기 시작했다.

"어찌 처음 보시는 척 연기를 하십니까."

"언제 봤다고 아노라 아는 척을 하겠나."

"……."

"아니면 대공은, 내가 그대의 약혼자와 재회한 사이인 쪽을 원하나?"

빙글 웃는 탄시즈의 낮은 눈은 휘었지만 정말 즐거워 웃는 낯이 아니었다. 마찬가지로 뒤에서 무시무시한 기운을 뿜어내는 리녹 또한 장난이 아니었고.

나는 흡사 햄버거의 패티, 아니, 고래 사이에서 등 터지는 새우의 감정을 느꼈다. 아니, 리녹 편이긴 한데……. 왜들 이러세요.

눈이 확 트이는 반짝반짝한 미남의 특징은 시선 따위 고려하지 않는 뻔뻔함인 걸까. 실없는 생각까지 하던 나는 결국 손을 내미는 것을 포기하고 리녹의 손을 잡았다.

그러자 리녹의 얼굴이 미미하게 누그러지고 반대로 탄시즈의 얼굴이 찡그려졌다. 아니, 잠시 나를 본 탄시즈가 시무룩해졌던 것도 같았다.

"여성에게만 친절하신 전하이시니 제 약혼자의 의사를 충분히 헤아리시리라 믿겠습니다."

리녹이 내 손을 붙잡은 채 입술을 끌어올렸다.

"친절이 아니라 존중하며 배려하는 걸세, 대공."

"차별이라 부르지는 않습니까?"

"글쎄, 차별은 대공이 내게 하는 것 같군."

"전혀 섭섭해하지 않으실 전하를 압니다."

"이런."

탄시즈가 차갑고 삐딱하게 기울어진 리녹의 얼굴을 향했다.

"슬프게도 너무 잘 봐주어서 문제군."

이어 탄시즈가 중얼거렸다. 호선을 그린 금색 눈으로 맹견과 같은 날 선 적의가 어리고, 일촉즉발의 순간이었다.

타닥타닥. 발소리가 들려왔다.

"황태자 전하와 대, 대공 각하를 뵙습니다."

깡마른 사내가 탄시즈에게 꾸벅 깊이 고개를 숙였다. 탄시즈가 우아하게 손을 흔들자, 사내는 이어 리녹에게도 고개를 숙였다.

"시, 실례하겠습니다, 각하."

금방이라도 휘청거릴 것 같은 사내는 무엇이 급한지 땀을 뻘뻘 흘렸다. 그리고 이내 옆구리에 끼고 있던 양피지를 내밀었다.

"황제 폐하의 칙서입니다."

양피지를 바라본 리녹의 표정이 설핏 굳었다.

"황제 폐하께서는 이를 받는 즉시 열어볼 것이며, 반드시 각하 홀로 계실 때 보시라 명하셨습니다."

그 말에 리녹이 거칠게 고개를 돌렸다. 탄시즈가 있는 곳을 향해서. 그러자 탄시즈는 손을 들어 올렸다.

"대공, 나와는 관련 없는 일이네. 내 힘이 강력하다 한들 감히 부황을 좌지우지할 수 있겠나?"

탄시즈의 음성은 비단에 구슬이 굴러가듯 나긋나긋했다.

이곳에 가기 전 로테에게 "아직 황제가 되기 전인 황태자라면 모를까, 황제 폐하께 항거할 수는 없는 처지입니다."라고 들은 적 있었다.

리녹의 목에서 끓는 목소리가 새어 나왔다. 양피지를 가져온 사내가 어쩔 줄 몰라 했다.

"가, 각하."

심상치 않은 분위기에 나는 리녹의 손을 잡아주었다.

"에이미."

"네. 다녀오세요."

어쩔 수 없는 일이라는 것쯤은 짐작할 수 있었다.

"얼른 다녀오시면 다시 손잡아드릴게요."

그가 안심할 수 있게 방긋 웃어주자, 그가 그제야 딱딱했던 눈매를 조금 풀어냈다. 그는 내 손을 잡아 뺨에 잠시 가져다 댔다. 사납게 짖던 커다란 짐승이 나에게만 꼬리를 내린 기분이었다.

"음, 선대공비님도 계시고. 염려 말아요. 이제 불안하지 않아요."

쳐다보고 있는 이들에게는 들리지 않을 정도의 소리로 속삭였다. 리녹은 남들이 보거나 말거나 내 손등에 입을 맞춘 뒤 상체를 기울였다. 입을 맞추려나 싶어 흠칫했다. 그러나 그의 목적지는 귀였다.

그가 끓는 음성으로 낮게 속삭였다.

"오늘 파티 뒤에 있을 일. 잊지 않았다."

"……."

……아니, 그걸 왜 하필 이 순간에.

얼른 뺨을 감싸 쥐었다. 이목이 몰린 상태에서 얼굴이 빨개질까 싶었다. 리녹은 빠르게 다녀오려는 듯 빠른 걸음으로 홀에서 사라졌다. 여전히 탄시즈가 남아 있었지만 무섭지 않았다.

어느새 자연스럽게 리녹의 빈자리를 채운 어머님이 계셨으니까.

"처음 뵙겠습니다, 황태자 전하."

"이런, 면식이 없어 인사가 늦었군요."

탄시즈가 자연스럽게 어머님의 인사를 받았다.

"내가 태어나기 이전의 대단하셨던 활약은 익히 들어 압니다, 이베르크 선대공비."

"오래전 과거를 아신다니 부끄러울 따름이군요."

분명 조금 전에도 알아챘지만 모른 척한 것일 텐데. 두 사람의 대화는 태연하게 이어졌다.

"그런데."

어머님이 한마디 더 하려 할 때였다.

달칵. 다시 한번 불이 꺼졌다. 두 번째로 찾아온 어둠에 사람들이

웅성거렸다. 그 순간이었다.

"저, 저건 뭐야?"

"침입자, 다!"

"꺄아악, 카, 칼!"

홀의 한 창문으로 새카만 옷을 입은 실루엣이 보였다. 비명과 발소리, 무언가가 쨍그랑 깨지는 소리로 소란스러웠다. 옆에서 어머님이 나를 부르는 소리가 들려왔다. 나는 그 소리에 집중하는 대신 시선을 한데 향했다. 발걸음이 멈춰졌다. 싸늘하게 피가 식는 기분이 들었다. 저 새카만 실루엣의 대다수가 사라진 길은, 리녹이 간 길이었다.

'설마, 함정일까? 리녹을 노리고서?'

나는 주먹을 쥐었다가 폈다. 손이 차가웠다.

'어떡하지?'

다시 손등을 쥐었다가 폈다. 생각하기 무섭게 손등에 문양이 새겨졌다.

'내 마법이 리녹을 도울 수 있나?'

난 이내 고개를 저었다. 아니, 아니다. 내가 괜히 나서서는 리녹에게 불필요한 짐이 될 수 있다. 마법을 이용할 수 있다고 하지만 아직은 미숙한 점이 있는 것이 사실이었다. 급할 때 제대로 이용하지 못할 거라면 리녹을 믿고 이곳에서 기다리는 것이 맞았다. 그러나 걱정되는 것은 어쩔 수 없었다.

"아가, 이리 오렴."

어머님의 손이 나를 붙잡았다. 그렇게 어머님과 손을 잡고 걸음을 옮겼다.

'혹시, 이런 마법도 될까?'

내 마법은 간절히 바라는 것을 이루어준다고 했다. 나는 손등을 꽉 쥐며 마법이 리녹을 보호해 주길 간절하게 바랐다. 내게 화답하듯 손등에서 환한 빛이 새어 나왔다. 그렇게 안심하고 걸어갈 때였다. 누군가를 스쳐 지나간 순간 묘한 기분을 느꼈다.

어둠 속에서 새어 나온 것은 내 손등에서 나온 새하얀 빛뿐이었다. 이마저도 사람들에게 들키지 않게끔 다른 손등으로 가린 상태였고. 그런데 빛이 왜 깜빡이는 거지?

그때였다. 발밑에서 눈부신 황금빛이 터져 나왔다.

낯설고 기분 나빴다. 그 순간 금빛이 발목을 휘감아 나를 쑥 잡아당겼다.

"……위험!"

기이한 황금빛에 놀라 몸이 굳는 순간 누군가 나를 홱 잡아당겼다. 눈을 꾹 감았다가 뜨자 휘청거리는 몸이 바닥을 향했다. 다리가 바닥에 닿기 전, 단단한 것이 나를 붙들었다.

"괜찮습니까?"

목소리에 멈칫했다. 탄시즈였다.

"다친 곳은, 부상은 없습니까!"

탄시즈의 등 뒤로 테라스가 보였다.

'테라스? 분명 나는 홀 안이었는데?'

정신 차리고 고개를 돌리자 짙푸른 하늘과 유리문이 보인다.

'이동한 건가?'

막 움직이려 하는데, 탄시즈의 손이 나를 막았다.

"아가씨, 실례지만 움직이지 않는 것이 좋습니다. 허용된 공간이 좁습니다."

그가 고개를 저었다.

"좁다니요?"

테라스가 이렇게 넓은데? 나는 눈에 보일 듯이 그를 경계했다. 탄시즈는 이를 이해한다는 듯이 내게 손바닥을 보였다.

"눈에 보이는 것은 허상입니다. 아가씨와 나는 마법적인 공간에 갇힌 상태예요."

"말도 안 돼. 갇히다니……."

탄시즈의 말을 믿지 못하고 손을 뻗었다. 탄시즈는 선선히 손을 내려 확인하게 해주었다.

'……이게 뭐야.'

보이지 않는 벽 같은 것이 느껴졌다. 정말이었다. 더듬어보니 한 걸음 정도 앞에 동그란 유리 격벽 같은 것이 느껴졌다. 황당함이 들었다.

"갑자기 이게 무슨……."

"마법을 쓰려 하셨지요."

탄시즈가 침착하게 말했다.

"내 마법과 꼬인 겁니다."

탄시즈가 그리 말하며 "실례."라고 중얼거리고는 입술로 손가락을 물었다. 그러고는 이 끝으로 장갑을 벗었다. 그가 손등을 걷어 올리자 새카만 문양이 드러났다.

"내게는 보호 마법이 걸려 있어 습격이 있을 시에 지금 이 허상 결계로 이동합니다."

그가 바닥을 가리켰다.

"그리고 이 마법이 발동하는 순간, 나를 공격한 자에게 그대로 공격을 돌려주죠. 나와 스치는 순간 마법을 사용하지 않습니까?"

나는 멀리 떨어진 리녹의 몸을 보호해 주길 바랐을 뿐이었다.

"전 전하를 공격한 적이 없어요."

"네. 공격한 것이 아닙니다. 하지만 내 마법이 아가씨의 마력을 위협으로 느낀 것 같군요."

탄시즈가 손을 쥐었다가 폈다. 설핏 그의 미간이 고통스러운 듯 찡그려진 것도 같았다.

"……내 마법은 강대한 마력에 반응합니다. 아가씨가 저를 스쳐 걸어간 순간 강한 마력을 느꼈습니다. 아가씨가 고대 마법을 가진 이라서 반응한 것 같지만."

그가 엄지로 입술을 쓸었다.

"그대로 두었다면 내 마법에 살아남지 못하거나 크게 다쳤을 겁니다. 고대 마법끼리의 싸움은 더 미숙한 쪽이 잡아먹히니까요."

"……그럼."

"어쩔 수 없이 이 공간에 데려왔지만, 이곳은 본디 나 하나만을 위한 공간. 곧 사람이 올 겁니다."

그의 젖은 관자놀이에서 식은땀이 흘러내렸다.

"바깥에서 내 사람이 오기 전까지는 움직이지 않는 것이 좋습니다. 이 왜곡된 공간에 어찌 휘말릴지 모르니."

앉은 채 그대로 다리를 접어 위로 세운 그는 나른하게 상체를 기대어 손가락을 움직였다.

"……나쁜 상황은 아니군요."

주춤, 나는 발을 뒤로 물렀다. 물러날 곳이 없음을 알았지만.

"어째서 피하십니까?"

이내 그가 목 끝까지 채운 단추를 풀어냈다. 스르륵. 풀려난 단추와 함께 단정하게 빗어 올린 머리의 일부가 흘러내렸다. 탄시즈는 고개를 숙인 채 시선만 올려 나를 보았다.

"이런."

그가 낮게 중얼거렸다. 탄시즈는 옷 틈에서 천천히 손수건을 꺼냈다. 저걸 꺼내서 뭐 하려는 거지? 곧, 그의 상체가 세워졌다. 이어 일어난 그는 내 앞에 무릎을 접어 앉았고, 나는 놀라고 말았다.

"실례하겠습니다."

탄시즈는 말없이 손을 뻗어 맨발인 내 발에 손을 가져갔다. 손수건이 발에 묶이기까진 오래 걸리지 않았다. 그가 느른히 고개를 들어 올렸다. 은은한 빛 아래에서 고혹적인 얼굴이 드러났다.

"경계하시는 까닭은 알겠습니다만."

이어 탄시즈의 신비로운 금안이 유혹하듯 사르르 휘었다.

"이런 상황에서 아가씨를 놀라게 하거나 몹쓸 짓을 할 정도로 그른 사내는 아닙니다."

"……."

"내 이름을 걸고 맹세하지요."

나는 긴장했다. 아니 그럴 수밖에. 탄시즈 앞에서 안심할 수 있을 리 없었다. 이것은, 그러니까 리녹의 습격은, 탄시즈가 만든 상황이 아닐까? 빳빳하게 털을 세운 고양이처럼, 그에게 경계심 어린 시선을 보냈다. 최대한 감정을 숨기려 했지만, 새어 나오는 경계심까지는 막을 수 없었다.

내 눈을 빤히 바라보던 탄시즈가 이내 웃었다.

"왜 그렇게 보십니까. 혹시 이 일을 제가 꾸몄다고 생각하십니까?"

나는 잠시 대답하지 않았다. 눈치를 봐야 할까? 아니. 이제는 지켜보는 눈이 없었다.

"전하께서는 대공님과 사이가 좋지 않으시다고 들었어요."

"단순히 사이가 좋지 않은 정도가 아닐 건데."

"……."

"그렇게 귀엽게 표현될 수준은 아님은 알고 있습니다."

자꾸만 접근하는 탄시즈를 보며, 나는 연회장에서의 일을 떠올렸다. 그는 리녹이 보는 앞에서 보란 듯이 손을 내밀었다. 황태자의 권위를 이용해 그의 손을 맞잡을 수밖에 없는 상황을 만들었다. 가면 속 수많은 눈이 이쪽을 주시하고 있으니까. 아무리 이베르크의 힘을 등 뒤에 업었지만, 공석에서 황태자에게 무례를 저지를 순 없을 테니까.

그러나 이렇게 면대면으로, 아무도 없는 곳에서 만나는 거라면. 내가 탄시즈를 반기거나 좋아할 이유, 그의 비위를 맞춰 줘야 할 이유는 어디에도 없었다. 오히려 그를 경계할 이유만이 충분했지.

"반역 가문으로 낙인찍혀 이제는 이 세상에서 사라지고 말았어요."

탄시즈는 어쩔 작정인지 내 옆에 무릎을 접고 앉은 채 움직이지 않았다.

"생긴 것이 사나워 여자를 울릴 상이라 하더군요."

그가 말했다.

"웃지 않으면 경계를 사기 십상이니."

탄시즈를 보자, 그는 웃음을 유지하며 말했다.

"웃음 뒤로 감정을, 그리고 칼은 감추라."

그는 천천히 일어났다.

"죽은 모친이 한 말씀입니다."

그는 싱긋 웃더니, 그대로 내게서 멀리 떨어졌다. 그래 봐야 좁은 공간이라 거기서 거기였지만.

다리를 세운 그는 나른하게 상체를 기대어 손가락을 움직였다.

"아가씨의 긴장이 풀리길 바라며 하는 말입니다."

"……신경 써 주시니 감사할 따름이네요."

감정이 섞이지 않은 건조한 대답이었다. 사실 그가 신경 써 주는 것이 고맙게 여겨지지 않았다. 하기야 첫 만남부터 의구심을 품을 수밖에 없었지 않았던가? 아무리 감언이설로 나를 구슬린들. 그에 대한 의심과 경계심만이 점점 깊어질 뿐이었지.

"드릴 말씀이 있어요."

"말씀하십시오."

"제 능력이 특출나서 쫓아왔다는 말은 거짓이시죠?"

"……."

나는 줄곧 탄시즈의 언행과 행보를 이해할 수 없었다. 상식적으로 첫 만남에서 손 한 번 고쳐 줬다고 도시까지 졸졸 쫓아다니는 게 말이 되나? 꿈속에서 본 것도 그렇다. 자연스럽게 도움을 주고 호의를 베풀었다. 그리고 이러한 것들은 경매장의 일로 절정을 이루었다.

사실 첫 만남에서 해주었던 상처 치료. 상급 마수 로렘린의 손톱 자국 상처를 치료하는 것은 그리 특이할 것은 없었다.

"제 나이에 비하면 조금 수준급 성취이지만 이것이 특이한 일은 아니었죠? 아니었을 거예요."

여기서 특이한 일이란.

"제가 고대 마법을 쓸 줄 알았더라도 전하께서 눈독을 들일 천재가 아니었음을, 알아요."

"······왜 그렇게 생각하십니까?"

"이미 전하는 천재적인 마법사 세레나를 알고 계시니까요."

"······."

그가 낮게 웃음을 터트렸다.

"과연."

그러고는 느긋하게 시선을 들어 올렸다.

"반쯤은 사실입니다. 이렇게 쉽게 들킬 줄은 몰랐군요."

탄시즈가 움직이지 않은 채 말했다.

"맞습니다. 아가씨를 찾은 것은 비단 그 일 때문은 아니었지요."

탄시즈는 기댄 채로 나를 물끄러미 응시했다.

"눈 감으면 후회하는 일이 있습니다."

어스름한 하늘 아래에서 그가 속삭였다.

"아십니까, 마법사는 보통 사람보다 꿈을 많이 꿉니다."

"······."

"제 꿈을 보았으니 아가씨도 아실 겁니다. 저에겐 잠을 이루면 꿈에 나오는 이가 있지요."

그랬던 것 같다. 사람은 모르겠지만 탄시즈의 꿈은 늘 배경이 같은 정원이었지. 그를 잔뜩 경계하던 나는 그의 표정이 한순간 흐트러지는 것을 목격했다.

"이 소녀에 관해 말하기 위해 말하자면, 나는 오래전에 부친을 막지 못한 한 가지의 일을 후회합니다."

후회? 그와는 너무나도 어울리지 않은 단어였다. 원작이든 현실이든. 나는 그가 움직일까 경계의 눈초리를 늦추지 않으며 숨죽였다. 탄시즈는 내 대답을 기다리지 않았다.

"어떤 가문이 멸망한 것에 관한 것이지요."

탄시즈가 제 머리칼을 쓸어 올리며 입술을 혀로 쓸었다. 흘러내린 머리칼이 미혹적인 분위기를 자아냈다.

"나는 황궁에 놀러 왔던 작은 소녀를 기억합니다. 소녀라기에는 어린……. 아니. 나도 어렸을 때겠군요."

풀벌레 소리 하나 없는 밤, 진짜인지 모를 밤하늘 아래서 음성은 잦아들 줄 몰랐다. 왜일까. 아주 잠깐, 탄시즈의 입을 막고 싶다는 생각이 들었다.

"그 가문에는 여식이 둘 있었을 것이고, 한 사람은 기사였으며 다른 사람은 지금쯤 아가씨쯤의 나이일 겁니다. 그래. 머리 색도 참 비슷해, 노을 같은 주홍이었지요."

쿵. 심장이 가라앉았다.

"반역도라는 누명을 쓰게 한 것을 막지 못해 후회합니다."

나는 본능적으로 내 가문의 이야기라는 것을 알아차렸다. 아니, 감이 외치고 있었다. 그가, 탄시즈가 내 가문에 대해 이야기 하고 있다고. 이름을 듣지 못함에도, 감은 경종을 울리고 있었다.

'왜? 우리 가문이 황실에 출궁했었다고?'

언니는 아버지가 황궁 기사였으나 힘없는 말단에 가까웠다고 말했다. 그리고 운 나쁘게 권력 분쟁에 휘말려 쫄딱 망했던 것이라고. 그랬기 때문에 은연중에 내 가문과 나를 아는 사람은 없을 거라고 생각해 왔다.

그러나 비네아에게, 그리고 탄시즈에게 듣는 가문에 관한 얘기는 내가 알던 것과 너무나 달랐다.

'하루아침에 그렇게 된 것이 이상해서 알아보려고도 했지만 어렵더라구요. 황실이 깊게 관여했단 증거겠지만.'

비네아에게 들었던 순간엔 당장 연회의 일로 바빠 조금 미뤄두었을 따름이었다.

반역이고, 누명이라니? 거기다 황궁에서 황태자를 볼 만큼……. 아니, 그보다 탄시즈를 만난 기억 따위는 없었다. 전생을 떠올리기 전까지 나는 고작 어린아이에 지나지 않았으니까.

나는 탄시즈의 꿈에 나왔던 조그만 여자아이를 떠올렸다.

"세상에 저랑 같은 머리 색을 가진 이는 많아요."

"……그럴지도 모르겠군요. 수천 권의 책을 빼곡히 기억하더라도 그 색만큼은 정확히 떠올리지 못할 수도 있겠지요. 기억이 일으킨 왜곡일지도 모르는 일입니다."

잠시 입술을 다물었던 탄시즈가 느른히 입을 열었다.

"이미 죽어 세상에 없는 소녀가, 이상하게도 당신을 보면 떠올랐습니다."

탄시즈가 말을 이었다.

"당신을 본 순간 무채색이었던 세상이 처음으로 물들었습니다."

"……."

"나는 그 느낌이 그리웠습니다. 그래서 쫓고 싶었습니다. 이런 이유로는 안 됩니까?"

그가 손을 뻗었지만 자신의 앞을 짚는 것에 그쳤다. 부드러운 얼굴이 일순 애절하게 변했다.

"아가씨, 고대 마법 용어 중 '마법의 계절'이란 말을 압니까?"

경계를 숨기지 않은 채 입술을 깨물었다. 이것도 원작과 다른 그의 또 다른 모습인가? 비네아처럼? 책 속에서 보았던 탄시즈는 낭만과 환상, 꿈과 로맨스와는 동떨어진 인물이었다. 계략적이었으며, 지적이었고, 열등감으로 가득해 리녹을 위험에 빠트리는 사람. 아니, 위험에 빠트린 것은 책과 변함없는 점이었다. 그가 리녹을 싫어하는 것도. 그런데 이 사람이 나는 모르는 내 인생을 알고, 심지어 그것을 후회한다니.

"마법의 계절, 그것은 인생에 단 한 번 찾아온다는 기적의 순간을 말하지요. 고대 마법을 쓰는 대마법사들은 이를 오직 하나뿐인 사람을 향해 일컫습니다."

안다. 여기 오기 전 공부했던 고대 마법 책에 나와 있었으니까.

"아가씨."

탄시즈가 기지개를 켜듯 상체를 세웠다. 접었던 다리를 느슨하게 펼치고.

"마법은 기적이나, 마법사는 현실을 살아가지요."

그의 입매가 유혹하듯 곡선으로 휘었다. 몸을 완전히 일으켜 세운 탄시즈가 내게 다가왔다. 리녹과 다른 점이 있다면 리녹은 순진한 듯 일단 성큼 다가온다면 탄시즈는 느리게 닿지 않을 거리에서 상체를 기울여 시선만 마주한다는 것이다.

"내 인생은 언제나 현실이었습니다."

흘러내린 붉은 머리칼 사이로 황금을 녹인 듯 진한 금색 눈동자가 찬연한 빛을 흘렸다.

"그러니 당신 하나 정도는 마법이어도 괜찮지 않겠습니까?"

나는 가만히 그를 바라보다가 어느 순간 입을 열었다.

"싫어요."

탄시즈가 어린 시절의 나를 알고, 내 가문과 관련한 일을 후회해? 거기다 탄시즈의 꿈에 나온 여자아이가 나라니. 정말 나라고? 솔직히 말하자면, 기억도 안 나는 어린 시절과 그의 이유는 궁금하지 않았다.

산 밑 마을에서 처음 그를 보았을 때 나는 사실 정말 빨려들듯 눈부시게 아름다운 남자라 생각했다. 그가 탄시즈임을 알기 전까지도 그를 바라보며 정말 뛰어난 외모의 남자라 생각했지.

거창하게 말을 하자면 저기 어디 태양의 신 같다고 수식어를 붙여도 모자라지 않을 것 같은 붉고 화려한 머리칼과 낭창낭창하게 휘는 금안, 그리고 유려한 턱선과 나를 향해 간절함이 담긴 시선까지. 꿈속에서 만났을 때 또한 미모는 변함없었다. 하지만 그저 그뿐이다.

나를 본 건 아주 어린 시절이라면서 무엇 때문에 반역자로 낙인찍혀 평생을 쫓기던 가문의 보잘것없는 딸을 기억하며, 그 아이를 닮아 내게 끌렸다는 말을 하는지.

결과적으로 그는 그 소녀를 찾았겠으나, 나는 그가 이러는 이유를 전혀 이해할 수 없었다. 그는 머리가 좋은 사람이니, 자신이 할 수 있는 것과 없는 것을 잘 알 것이다. 그렇기에 나는 그가 이해할 수 없는 개연성을 논리 없는 미모로 메우려고 하는 것처럼 느꼈다.

스스로에게 물었다.

'리녹을 만나기 전에 이 남자를 만났다면 흔들렸을까?'

나는 웃을 수 있었다.

'그럴 리가.'

생각할 수 없는 가정이었다. 빼앗긴 마음은 이미 되찾을 수도 없이 저 멀리 가버렸으니까. 오히려 탄시즈의 뜻 모를 말들은 내게 한 가지를 가속화시켰다.

누명을 쓴 내 가문. 나와 언니가 평생 쫓기며 살아야 했던 이유. ……아마도 나를 위해 자세히 말을 못 하고, 홀로 감당했을 언니.

마침내 나는 고요 속에서 입을 열어 토해냈다.

"잘 들었습니다, 황태자 전하. 제가 들었던 고백 중에 손에 꼽는 멋진 말씀이었어요."

일부러 깍듯이 말하며, 탄시즈와 눈을 맞췄다. 그의 얼굴이 설핏 붉어진 것 같았다. 그러나 나는 무심히 이어 말을 꺼냈다.

"그런데 만약, 아주 만약에 제가 죽었다는 그 소녀였다면 과연 전하의 고백을 어떻게 받아들였을까요?"

웃고 있던 탄시즈의 웃음이 멈췄다.

"황실에 반역자라는 낙인을 찍혀 멸망한 가문, 아마 가족은 모두 죽었을 것이고. 자신도 곧 죽을 거라면……. 전하가 하신 일이 아님에도 그분의 아들이신 전하를, 전하의 고백을 어떻게 받아들였을까요. 저라면……."

누구도 훔쳐보지 않는 공간에서 나직하게 말했다.

"용서할 수 없을 것 같은데."

아마도 그렇지 않을까. 실제로 아무것도 모르고 그저 탄시즈에게 찜찜함만이 있던 내가 진실을 듣고 그런 기분을 느끼고 있으니까.

얼굴조차 모르는 부모님을 언니는 평생 그리워했다. 나는 어린 나를 이끌고 추적자를 피해 돌아다니는 언니의 고생을 늘 바라만 봐야 했다. 그것이 황실에서부터 시작한 것이라면.

"아가씨."

바람이 불었다. 마법으로 만들어진 공간이라 했는데, 불 리 없는 바람이 머리를 흩뜨렸다. 나는 이내 그것이 내가 일으킨 것임을 알

앗다. 바람이 내 맘대로, 자유자재로 움직여진다는 감이 들었다.

언니는 내가 크면 많은 것을 알려주겠다고 했으나, 성인이 되던 날에도 나는 듣지 못했다. 어린 시절, 나를 안고 도망쳤던 그때처럼, 언니는 혼자만 안고 가려 했던 것이다.

하지만 언니. 나는 항상 짐을 나누고 싶었어. 알아? 언니만 슬픈 것이 늘 마음이 아팠단 말이야.

탄시즈는 자신의 고백이 누군가에겐 아픈 진실이 되었을 줄 몰랐을 것이다. 그것이 그의 불행일지도 모르나 나는 기꺼웠다.

"전하, 전하의 호의에 대하여 바로 답을 드려도 될지요?"

"아니요. 당장은 듣고 싶지 않습니다."

"안타깝네요. 들려 드리려 하거든요."

"아가씨."

바람 속에서 나는 흩날리는 머리칼을 붙잡으며 말했다.

"저는 에이미. 성은 없는 평민입니다."

바람을 타고 내 목소리가 공기를 울렸다.

"제게 성이 생긴다면 그것은 이베르크일 것이며."

"……."

"이 자리에 저는 이베르크 대공의 약혼자로 있습니다."

"아가씨, 나는!"

"황태자 전하께서는 예법과 예의를 아실 줄 압니다. 부디 품격을 갖춰주시겠습니까?"

비네아와 어머님을 흉내 내며 나는 고개를 숙였다.

이곳은 공간이 협소에 약간만 걸음을 옮겨도 금방 그와 부딪칠 터였다. 그렇기에 나는 더더욱 몸을 꼿꼿하게 세우고, 허리를 폈다.

동시에 마력인지 무엇인지 알 수 없는 기운이 이 공간에 마구 요동치고 있었다. 슬쩍 시선을 흘리자 우리를 둘러싼 공간이 파도처럼 울렁거리고 있었다. 이 순간 왜인지 모르지만 감이 이렇게 외치고 있었다. 지금 공간이 흔들리는 건 내가 만든 결과물이라는 것을.

"그리고 전하. 한 가지만 말씀드리자면."

나는 진짜인지 가짜인지 모를 달빛을 받으며 웃었다.

"저는 일을 꾸며놓고 저를 데려다가 이런 말을 하는 사람은 좋아하지 않아요."

리녹의 습격을 꼬집어 말했다. 탄시즈는 말이 없었다.

"계산적인 사람도 좋아하지 않으며. 그리고…… 나를 위해 모든 것을 걸지 않는 사람도 별로네요."

그래서 안 돼요. 나는 딱 잘라 말했다. 무심하게. 그러고는 방싯 입꼬리를 끌어올렸다.

"이미 내게는 내가 세상이라 말한 사람이 있거든요."

손등을 들어 올려 바랐다. 내가 간절히 원하는 곳으로 나를 데려다주길……. 베이커는 고대 마법이 기적이라 했다. 하지만 나는 안다. 내게 있어 진짜 기적은 이 마법뿐이 아니란 것을.

거센 바람이 불었다. 흩날리는 머리칼 사이에서 탄시즈의 처음 보는 얼굴을 본 것도 같았다. 눈을 감았다가 뜨자, 나는 처음 보는 공간에 서 있었다. 숨이 차고 손등이 뜨거웠다. 낯선 공간임에도 놀라지 않았다. 왜냐하면 내가 원한 것은 단 한 사람이었으니까.

"……에이미?"

어디로 걸어가고 있었던 것인지, 리녹이 나를 보고 놀란 얼굴로 달려왔다.

"에이미! 대체 왜 네가 여기에 있는 건가?"

그는 머리뿐만 아니라 뺨에도 피가 튀어 있고 옷도 검붉은 얼룩으로 물들어 있었다. 한 손에 들려 있는 검에서는 피가 뚝뚝 떨어졌다. 온통 피로 얼룩진 모습이었다. 그러나 전혀 무섭지 않았다.

나는 내게 연신 묻는 그를 향해 손을 들어 올렸다. 발끝을 들어 올리고, 팔로 그의 목을 휘감았다.

"에…… 이미? 왜……."

그는 의아해하면서도 내가 안기 편하게 상체를 굽혀주었다. 어째서일까. 그의 작은 배려에 눈물이 날 것 같았다.

"대공님……."

나는 들릴 듯 말 듯 속삭였다.

"좋아해요."

리녹의 몸이 굳었다.

"나는 정말, 정말 많이 대공님을 좋아해요."

그 순간 감정이 풍선처럼 터져 흘러나왔다. 떨어진 눈물은 뺨을 타고 떨어졌다. 왜 알지 못했지? 솔직해지겠다고 결심했지만, 사실은 모자랐던 거다. 나는 진작에 정녕 솔직했었다면 이 흘러넘치는 마음을 고백했을 테니까.

살랑. 그 순간 리녹의 머리 위로 하얀 눈이 내려앉았다. 한 송이로 그치지 않는 눈이었다. 차가운 물이 리녹과 붙어 있는 내 뺨을 적셨다. 한 명을 위한 설경. 눈을 처음 보는 것이 아님에도, 이토록 신기했을까. 무어라 말을 꺼내려던 리녹이 시선을 올리고 말 만큼, 아름다운 풍경이었으리라. 내리는 눈을 바라보는 리녹의 시선은 그 풍경에서 떨어질 줄 몰랐다.

"대공님, 책에서, 고대 마법은, 아름다운 기적이래요."

리녹에게는 전혀 그렇지 않았을 것이다.

"끅, 이곳에는 눈이 오지 않는데요. 그래서……."

세상에서 오직 단 한 사람을 위한 계절이었으니까.

"대공님만을 위한 기적을 만들고 싶었어요."

눈이 오지 않는 지역에서 내리는 눈은, 그것도 오직 한 사람에게만 내리는 눈은, 얼마나 아름다울까. 그건 비단 내가 만들어서가 아니라 지금 멍한 표정을 짓는 이 남자가 그토록 간절하고 애절했기에, 세상 그 어떤 독주보다 황홀한 나락으로 이끌기 때문이겠지. 나는 이 나락을, 사랑이라 부르기로 했다. 나는 그대로 고개를 꺾어 그의 입술을 훔쳤다.

"울어버렸다, 그죠."

"……."

"너무 좋아서……."

"……."

"좋아해요."

다시 한번 고백이 내려앉았다. 흰 눈과 함께.

시선을 들어 올렸다. 우는 얼굴로 배시시 웃는 그 순간.

"읍!"

리녹이 거칠게 내 입술을 파고들었다.

"으읏……."

깜짝 놀라 눈을 깜빡일 새도 없었다. 내 얼굴을 붙잡고 입술을 파고든 그는 그대로 얼굴을 기울였다. 내가 볼 수 있는 것은 반듯한 콧날뿐이었다.

허리로 단단한 팔이 감겼다. 휙 기울어지는 몸을 지탱하려 그의 단단한 가슴을 짚었다. 틈을 주지 않겠다는 듯 그의 몸이 그대로 밀착했다. 나는 울어서 빨개졌을 눈을 천천히 감았다.

"으응……."

나도 모르게 신음을 흘리자 리녹의 움직임이 더욱 거칠어졌다. 난폭한 것은 아니었다. 그저 숨을 쉬지 못할 정도로 몰아붙이는 행동에 정신을 차리지 못할 것 같았다.

뺨을 잡고 있던 손이 천천히 내려가 귓바퀴를 쓸었다. 굳은살이 잔뜩 박인 손의 느낌에 사아악 소름이 돋았다. 입술은 여전히 나를 놓아주지 않았다. 동시에 리녹의 손은 마치 아기를 어루만지듯 귀를 살살 문질렀다.

"하아……. 대공님."

예민한 부분이 만져지자 등줄기가 찌릿하고 상체가 절로 곧게 펴졌다. 나는 잠시 입술이 떨어진 틈을 타 가쁜 숨을 내쉬었다.

"숨…… 막혀요."

달리기를 하듯 숨이 가빴다. 쿵쿵. 고조된 박동 소리는 달리기를 하더라도 이렇게 빠르지는 않을 것 같았다. 리녹은 날숨이 느껴지는 거리에서 속삭였다.

"더, 더…… 숨이 막혔으면 좋겠다."

목 끝을 긁어내린 것 같은 쉰 음성이 그에게서 터졌다.

"나는…… 네가 나로 더욱 숨이 막혔으면 좋겠다. 그렇게, 나를 필요로 여겨주겠나."

"……."

"갈망하고."

그의 손가락이 목덜미를 쓸었다. 스쳐 가는 차가운 손끝은 감각을 하나하나 일깨우는 느낌이었다. 옅게 붉어진 그의 눈 밑이 그 또한 흥분했음을 알려주는 것 같았다. 나도 모르게 아랫배에 힘이 들어갔다.

"……나만 바라보았으면."

그가 고개를 기울인 채 나른하게 중얼거렸다. 달빛에 물든 흰 얼굴이, 검은 머리와 대조될 만큼 희고 숨 막히도록 아름다웠다.

'더는 망설이지 않아도 돼.'

숨을 꿀꺽 삼켰다.

"대공님, 하나 남았어요."

"하나?"

숨소리가 뒤섞인 음성은 오싹하도록 관음적이었다.

"……네. 하나요."

차가운 손끝을 그의 뺨으로 가져갔다. 나는 입 맞추기 위해 상체를 기울인 그에게 이마를 맞댔다. 이마와 이마로 하는 입맞춤 아래, 나직이 말을 흘렸다.

"리녹."

나는 언젠가 결심했다. 내가 당신에게 정말로 홀리고 만다면, 그때는 당신의 이름을 부르고 말겠다고. 당신을 부르는 호칭인 '녹스'와 '대공님'. 그것은 당신에게 마음을 빼앗기지 않겠다는 나의 다짐이었다. 그러나 이제는 다짐을 할 이유가 없었다. 그럼에도 잠시 미뤄왔던 것은 그저 내 마음을 확실히 전하고 싶어서였다.

"……."

잠시 말이 없던 그가 나직이 신음을 흘리며 눈을 감았다. 그가 조용히 말했다.

"다시, 다시 한번 불러주겠나?"

이 아름다운 풍경에서 불린다면, 아마도 당신은 당신의 이름을 전보다 더 좋아할 수 있지 않을까? 내가 당신을 부른 순간, 당신은 이 마법 같은 순백의 눈이 되기를. 마침내 한 많던 이 이름을 어제보다 더 좋아하기를.

"리녹."

이마를 떼어내고 그의 뺨을 다시 잡아 속삭였다. 그러고는 웃었다.

"리녹, 내가 많이 좋아해요."

수줍게 터진 내 웃음이 나에게로 돌아와 가슴을 간지럽혔다. 그도 설레었을까? 그렇게 시선을 들어 올리는 순간이었다.

"리, 으읍. 응⋯⋯. 리."

말은 다시 덮쳐 든 그로 인해 이어지지 못했다.

"잠시, 읏."

숨이 막혀 잠시 멈춰달라는 말도 그대로 먹혀들어 갔다. 그는 정말 내 숨을 모조리 삼켜들 것처럼 파고들었다. 뱀처럼 얽힌 리녹의 것을 느끼며 눈을 천천히 감았다. 숨결이 얼마나 오갔을까, 잠시 입술을 떼어낸 그는 그대로 고개를 아래로 내렸다.

턱 끝에 새가 부리를 쪼듯 입술이 내려앉았다. 거기서 끝이 아니었다. 비스듬히 내려간 그는 귓바퀴를 입술로 쓸더니 입을 벌려 이로 살짝 깨물었다.

나는 아랫배로 파고드는 생소한 감각에 몸을 파드득 떨었다. 뭐야. 그가 귀를 깨문 순간에 나도 모르게 허벅지가 조여들었다. 입술로 내 귀를 지분거리며, 등 뒤로 두른 그의 손이 등줄기를 쓸었다.

이 순간에도 우리에게는 펑펑 눈이 쏟아졌다. 그렇지 않아도 쑥쑥 빠져나가는 기력을 느끼며 힘이 빠지던 차인데, 그가 자꾸 파고드니 본능적으로 움츠러들다 넘어질 것 같았다. 그러나 이를 안다는 듯 그의 몸은 나를 지탱해주었다.

"리…… 리녹! 자, 잠시만."

"……왜 그러지?"

"그, 으응, 기…… 분이 이상하거든요? 거기, 앗 잠깐."

그가 웃으며 귀를 한 번 더 살짝 물고는 더욱 고개를 아래로 내렸다. 목덜미로 조금 차가운 입술이 닿았다.

"에이미, 이젠. 나와 함께해 줄 텐가?"

"……웃, 네."

"영원히?"

"네, 그, 그럴 테니까. 잠깐만 더 누르지 말아요! 넘어질 것 같단 말이에요."

나는 그리 말하면서도 그의 머리를 살살 만져 주었다. 어색한 손길인데도 그는 기분 좋은지 나직한 숨을 뱉어냈다.

"그런데, 리녹."

"듣기 좋군. 왜 불렀나?"

"저……. 그래도 여기가 남의 집, 아니 성, 한복판인데……."

우리, 이러고 있으면 풍기문란으로 잡혀가는 것 아닙니까?

"아무도 없다."

"으응, 그래도 외설스러운 장면은, 아이의 정서에……."

"아이도 없지."

물론 여기에도 풍기문란이란 죄가 있을지, 음, 없을 가능성이 크지만. 약간은 쑥스러운 마음에 나는 실없는 농을 계속 던졌다.

그가 귀 바로 밑 목과 턱이 이어지는 부분에 입술을 꾹 내리눌렀다. 작은 진동으로 그가 웃고 있음이 전해졌다.

"에이미, 나는 네가 사랑스러워 견딜 수가 없다."

그런 리녹을 바라보며 나도 함께 웃음을 터트렸다가 그의 얼굴을 그러모아 쥐었다.

"이상하죠? 말을 뱉으면 마음이 덜어질지도 모른다고 여겼는데."

"……에이미?"

"그러기는커녕, 뱉는 순간 더욱 커지는 마음을 느꼈어요. 리녹, 나는 내 생각보다 더."

"……."

"당신을 좋아하나 봐요."

나는 거침없이 말하며 입술을 기분 좋게 끌어올렸다. 그리고 나는 순간 내 어깨 위로 올라간 그의 손을 보았다.

구슬? 저걸 왜 들고 있냐는 말은 순식간에 삼켜졌다. 구슬에서 눈부신 빛이 터졌기 때문이었다. 잠시 어안이 벙벙했던 나는 얼른 정신을 차렸다. 잠시만 저거 순간이동 구슬이잖아! 리녹이 설경을 보여주겠다며 썼던 것과 같은 것이었다. 그러나 이미 때는 늦어서 눈을 뜬 순간 나와 리녹은 낯익은 방안이었다.

대공저, 우리의 침실이었다.

"아, 아니! 대공님!"

"리녹."

"그…… 그래요. 리녹!"

……급해도 호칭은 바로 해야지 암. 일단 정정해 주고는 다시 소리를 높였다.

"그대로 돌아오는 게 가능한 거였어요?"

"돌아오는 것은 가능하다."

"아니, 돌아오면 어떡해요?"

"다시 그곳으로 가는 것은 불가능하지만."

"그러니까요!"

리녹은 나를 보며 보일 듯 말 듯 입술을 끌어올렸다. 무표정에 가까운 남자가 보인 변화에 나는 움찔했다. 작게만 웃어도 그림이네……. 아니, 이게 아니라.

"아니…… 어쩌시려고."

나는 공작 저에 두고 온 어머님과 그레이, 첼시를 떠올렸다. 그 외에 대공기사단과 하녀들 등 대공저 사람들도.

"괜찮을 거다."

리녹의 목소리는 어쩐지 신뢰가 가는 목소리였다. 그래. 리녹도 생각이 있겠지?

"충동이지만 상관없다."

……네? 계획된 것이 아니라구요?

"상관없지 않은가? 에이미."

"아니, 상관이 왜 없……."

"너는 연회가 끝나고, 내게 약속한 것이 있었지."

나는 주춤 한걸음 뒤로 물러났다. 그는 느른히 걸음을 좁혔다. 그가 고개를 비스듬히 기울이더니 크라바트를 쭉 잡아당겼다. 나는 침을 꼴깍 삼켰다.

'저, 언제부터 연회가 끝났습니까, 선생님?'

물론 싫은 건 아니다. 싫을 리가 있나. 다만, 이렇게 갑작스럽게 찾아온 상황에 마음의 준비가 되지 않았다고나 할까.

"저기, 리녹……."

"듣고 있다."

"……셔츠 단추는 왜 끄르는, 아니, 왜 벗으시는 건가요?"

그는 단추를 풀던 손을 멈췄다. 이미 바닥엔 그의 제복 재킷과 크라바트가 떨어져 있었다. 단추를 풀던 손이 어찌나 빨랐는지 풀어진 단추 사이로 선명한 가슴골이 보였다.

그는 나를 보더니 잠시 심각하게 미간을 좁혔다.

"옷을 입고 하는 것이 좋나?"

……뭘 하는데요?

리녹이 태연하게 말했다.

"너는 내 몸을 좋아하지 않나."

"그렇게 순진하게 고개를 갸웃하면서 물어주실 말은 아닌 것 같은데요."

"그래서 싫은가?"

"……아니요."

리녹의 표정이 묘해졌다. ……사람이 솔직해지는 건 나쁜 게 아닙니다. 암. 나는 붉어진 얼굴을 부여잡으며 그대로 쓸어내렸다. 침착하자. 리녹은 원래 목적어를 상실한 사람이야. 그래. 착한 생각하자. 착한 생각.

나는 대공저 굴에 들어가도 정신만 차리면 된다는 다짐을 되새기며 고개를 들었다. 어느새 그가 바로 앞에 있었다. 달빛을 받은 그의 몸이 고스란히 보인다. 넓은 어깨, 단단한 가슴 위로 보인 잘 짜인 근육과 언뜻 보이는 선명한 복근에 심장이 설레는 기분이었다.

'……그래. 잘 차려진 밥상을 거절하는 것도 예의가 아니지 않을까? 맞아. 예의가 아닐 거야. 응.'

바로 그때 그의 손이 뺨 위로 올라왔다. 상체를 기울인 그는 조금 전 공작저에서처럼 깊은 키스 대신 가볍게 입을 맞췄다. 나는 계속 불타오르다 못해 얼굴이 불타는 고구마가 될 것 같은데. 어쩐지 그는 태연한 느낌이었다. 이상하네. 분명 그는 내가 건드리면 빨개지기도 했는데.

나는 시험 삼아 나를 보고 있는 남자의 뺨을 쥐었다. 그의 뺨의 색은 멀쩡했다. 그 순간 괜스레 심술이 불쑥 치솟았다.

"그래요. 해요."

나는 거리를 확 좁혔다. 입술이 붙을 듯 코끝으로 날숨이 느껴졌다.

"……뭐를 말인가?"

"키스요."

나는 그와 시선을 나눴다. 그 순간은 길지 않았다. 이번엔 내가 그의 입술을 덮쳤으니까. 슬그머니 눈을 뜨고 그를 바라보자 이번에는 그가 파고든 나를 느끼며 천천히 눈을 감았다. 섬세하게 팔랑거리는 긴 속눈썹에 괜스레 나비가 심장에 들어와 간지럽히는 기분이었다. 동시에 붉어지지 않는 뺨을 보며 다른 생각이 들기도 했다.

길지 않은 키스 끝에 고개를 든 나는 그대로 리녹의 손을 잡았다. 그는 내 손에 순순하게 이끌려 침대로 누웠다.

"에이미, 무엇을 하는지 물어도 되겠나?"

"글쎄요."

나는 조심스럽게 침대로 올라가며 물었다.

"저기, 리녹 여기 위에 올라가도 돼요?"

잠시 멈칫했던 그는 천천히 고개를 끄덕였다. 허락이 떨어지자, 나는 리녹의 위로 올라, 무릎 사이에 그의 허리를 두고 그를 내려다봤다. 사실 드레스로 불편한 자세였으나 이는 금방 해결됐다. 손목에 차고 있던 구슬을 이용하자 드레스는 온데간데없고 늘 입는 가운과 원피스를 걸치게 되었으니까.

베이커가 말하길 드레스를 벗는 것도 마법으로 할 수 있다고 했다.

'이걸 이렇게 바로 써먹게 될 줄은 몰랐지만.'

나는 간편한 옷을 입은 채로 리녹을 가만히 응시했다. 쥐었다가 편 손엔 긴장이 스몄다.

"에이미?"

"생각해 보니까 대공님은 제가 좋아할 거라면서 자꾸 벗으려 드시는데, 제가 좋아할 거라는 생각은……."

나는 굳게 끄덕였다.

"맞아요."

암. 그렇지. 마음을 인정하면서 쿨하게 내 욕망도 인정하기로 했다. 이 잘생긴 얼굴과 좋은 몸을 보면서 싫어한다고 말할 사람 있으면 나와 보라고 해.

"그런데 자꾸 벗으려 하시니까요."

나는 손등으로 입술을 쓸어올렸다.

"그 단추, 제가 한번 풀어드리려 하는데 어떠세요?"

그가 움찔했다. 싫은가? 일어나려 하는 기색을 보이자 그에게서 급히 좋다는 대답이 돌아왔다. 나는 속으로 씩 웃었다. 그러나 이런 속과는 달리 손끝은 살짝 떨렸다. 조심스러운 손으로 그의 남은 단추를 풀어냈다.

사락사락. 옷깃이 스치는 소리만 들렸다. 남은 단추는 두 개. 그것마저 풀리자 그의 선명한 복근이 모두 드러났다. 달빛이 너무나도 밝아 모든 것이 고스란히 보였다. 동시에 나는 침을 삼키는 소리가 나지 않게 하느라 곤욕을 치렀다.

어쩐지 감당할 수 없는 사고를 쳐버린 기분에 나도 모르게 스르륵 주저앉았다. 그러나 나는 내가 지금 리녹의 위에 있다는 것을 간과했고 내가 앉은 곳은…… 그의 장골 위였다.

"어, 음, 대, 아니. 리녹."

"……."

엄마야. 나는 눈치를 보며 슬그머니 그를 쳐다봤다. 어느새 리녹은 자신의 얼굴을 부여답고 있었다.

"……하아, 에이미."

그가 나직한 신음을 흘렸다. 손으로 가리지 못한 모든 부분이 붉게 익어 있었다. 당연하겠지만 배와 어깨, 드러난 살갗 모두.

"……대체 갑자기 왜 그러나."

어, 음. 그러게 말이죠. 나는 등줄기 끝에서 느껴지는 것을 아무렇지 않게 받아들이려 애쓰며 솔직하게 시인했다.

"어, 음……. 죄송해요. 리녹이 너무 태연한 것 같아서요."

"……태연?"

나는 끄덕였다.

"고백도 하고, 키스도 했는데 나만 자꾸 빨개지고, 리녹은 아무, 꺅!"

다시 한번 엄마야를 외치고 몸이 휙 돌아갔다. 눈을 다시 떴을 때, 우리의 자세는 바뀌어 있었다.

리녹이 팔 사이에 나를 가두고 내려다보고 보고 있었다.

"아무렇지가 않을 수가 있나."

"하하하······."

"그저, 꿈이라 생각했을 따름이다."

그 말은 가슴이 아파, 입술을 꾹 깨물었다. 아니지. 이제 참아도 되는 관계가 아니다.

"그저 깨어나지 않는 꿈이구나 생각했을 뿐."

"꿈, 아니에요."

나는 팔을 뻗어 그의 목을 끌어당겼다. 내게 안긴 그가 힘주어 나를 누르지 않게 버텼다. 커다란 몸이 날 덮은 느낌은 나쁘지 않았다. 나는 힘을 주어서 움푹 팬 그의 등을 토닥토닥 두드려 주었다.

"저는 언제나 여기 있을 거예요."

그렇게 정했으니까.

그리고 나는 깨달았다. 정녕 이 저택에, 그리고 리녹의 곁에 머무르기로 결정했다면, 리녹에게 털어놓아야 할 것이 있음을. 평소라면 계속 미뤘을지도 모르지만, 솔직해지기로 정한 지금은 달랐다.

"그러기 위해서는 리녹이 아셔야 할 것이 있어요."

아니, 어쩌면 그가 감당해야 할 것인지도 모른다.

"제가 밤의 숲 깊은 곳에 살았던 것은 리녹도 알 거예요. 리녹은 어째서 나와 언니가 사람조차 살지 않는 곳에 살았는지 궁금했을지도 몰라요."

리녹이 보낸 시선은 무언의 동조였다. 나는 하기 힘들었던 말을 꺼냈다.

"사실······ 나는 도망자예요. 그냥 평민이 아니라, 떳떳하지 못한 신분이죠."

"네가 범죄자라도 상관없다."

"그래도 한번은 생각해야 하지 않을까요?"

나는 씁쓸하게 웃으며 덧붙였다.

"왜냐하면 저는 도망자 이전에 몰락, 아니, 멸문한 귀족 가문의 딸이었고."

"……."

"내 가문은 누명을 쓰고 반역자로 몰려 나와 언니를 제외한 모든 사람이 황실의 손에 죽었어요."

나도 오늘에야 확실하게 알게 된 사실이지만요. 덧붙이지 않은 말을 삼키며 눈을 느리게 깜빡였다.

"어린 시절부터 나와 언니에겐 추격자가 붙었어요. 나는 아직도 검을 휘두르며 울던 언니를 기억해요."

그것은 환생을 기억하기 전이라 조금은 어렴풋하지만. 앳된 언니의 모습, 갈라진 시체들, 피 웅덩이. 내가 피에 젖은 리녹에게 놀라지 않은 것은 이처럼 단련되어 있기 때문이기도 했다.

"그 추격자는 황실의 사람이겠죠. 밤의 숲으로 들어간 뒤에는 추적이 끊겼지만. 언제 다시 찾을지 몰라요. 언니와 저를."

그제야 언니가 타국에 자리를 잡으려 했던 것이 이해가 갔다. 신입 기사만 벗어나면 나를 꼭 여기로 데려오겠다고 말을 한 것도. 곧고 정의로운 언니의 성격상 부모님을 해친 원수를 그냥 둘 수는 없었을 것이다. 그리고 그런 언니가 복수를 포기한 것은 나 때문일지도 몰랐다.

"그래도 괜찮을까요?"

차분히 맺으려 했지만 내 입술 끝은 파르라니 떨리고 있었다. 나를 물끄러미 보는 시선을 차마 마주할 수 없어 날숨과 함께 시선을 내리려 할 때, 그의 손이 내 뺨을 감싸 쥐었다.

"에이미, 나는 그것이 왜 내가 너를 포기할 이유가 되는지 이해할 수 없다."

따뜻한 손은, 눈송이처럼 내려앉은 음성은, 이미 한바탕 울었던 눈에서 다시 펑펑 눈물을 쏟아내게 할 것 같았다.

"네가 도망자라면, 나도 도망자가 될 것이고."

"……흡."

"네가 반역자라면, 나도 반역자가 될 것이다."

거짓이 아니라는 듯 진지한 시선이 나를 담았다.

"네가 무엇인지, 어떤 사정을 가졌는지 그게 너를 이해할 수 있는 수단이 될지언정, 떠날 이유가 되지는 않아. 아무것도. 너만 곁에 있다면."

눈 위로 그의 입술이 내려왔다. 눈꺼풀 위에 한 번씩 입을 맞춘 그가 다시 속삭였다.

"모든 걸 걸고, 모든 걸 줄 수 있어."

그의 말이 귀로 깊숙이 스며들었다. 고장 난 수도꼭지처럼 물밀듯 감정이 밀려 들어왔다. 그가 내게 건네준 것과 내 안에서 솟아나는 것, 그리고 한데 뒤섞여서 계속 깊어지는 것.

도대체 지금까지는 어떻게 살아온 것일까 싶을 정도로 이 마음을 주체할 수가 없었다. 줄곧 언니와 성격이 많이 다르다고 여겼으나, 이처럼 결심하면 앞만 바라보는 모습은 언니랑 똑같다는 생각이 들었다. 그리고 앞으로도 그럴 것이라는 생각도.

"흐, 왜, 정말……."

꽉 붙잡고 계시잖아요. 목소리에 마구마구 울음기가 스몄다. 뭉개진 발음에도 그는 끼어들지 않고 차분히 들어주었다가 대답했다.

"진심이다."

고개 숙인 그는 내 이마, 코끝, 턱, 얼굴 여기저기에 입을 맞췄다.

"……그럼 흡, 내가 대공직을 달라고 하더라도요?"

나는 울음을 참기 위해 애써 농을 던졌다.

"그런 말, 함부로 하는 거 아니에요."

그의 목을 끌어안은 나는 그가 했듯이 촉, 그의 입술에 뽀뽀했다.

이미 나를 자신의 세상이라 말한 남자다. 그는 내게 모든 걸 주겠다고 말했다. 나는 그 말이 거짓일 가능성은 추호도 없을 거라 생각했다. 생각할수록 정말 늑대처럼 우직한 남자였다.

눈물이 살짝 멈췄다. 나는 눈물을 그렁그렁 매단 채로 입술을 살짝 끌어올렸다.

"선대공비님처럼 제게 대공 자리 주실래요?"

그런데 그가 말이 없었다. 아. 이건 지나친 농담이었나 싶어 얼른 정정하려는데 그가 상체를 빠르게 세웠다.

"어디 가요?"

내 물음에 그가 간결하게 대답했다.

"서류를 바꾸러 간다."

"서류요?"

"에이미, 대공 승계는 서류에서부터 시작된다. 기다려 주겠나. 오래 걸리지 않을 것이다. 로테만 부르면……."

잠깐, 잠깐만! 나는 울음도 잊고 벌떡 상체를 세웠다.

"어, 어디 가요. 이리 와요! 얼른! 리녹!"

그가 얌전히 내 옆으로 다시 왔다. 리녹이 고개를 갸웃 기울였다.

"대공직이 필요한 것 아닌가?"

울음을 완전히 거둔 나는 고개를 저으며 생각했다. ……리녹에게 이런 농담은 하지 않기로 하자.

"농담, 농담이에요. 그걸 누가 진심으로 들어요."

"원한다면 언제든……."

"아뇨. 말 안 해요. 안 해요."

나는 고개를 저으며 그의 팔을 잡아당겼다. 털썩 내 옆에 누운 그의 품으로 파고들었다. 셔츠를 모두 벗은 반라의 가슴에 뺨이 그대로 닿았다. 살갗이 닿는 느낌은 나쁘지 않았다. 아니, 좋았다.

"자요."

잠시 멈칫한 그가 나를 본 것 같았다. 이내 대답을 돌려주었다.

"……정말 자나?"

그가 망설이듯이, 하지만 아쉬움이 느껴지는 목소리로 물었다.

"그럼요?"

나는 괜히 장난기가 돋아 이리 말했다.

"너는 오늘 연회가 끝나고 내게 해주겠다고 하지 않았나."

"네. 뭘 하고 싶은데요?"

"……."

"저는 안 해주겠다고 한 적은 없는 것 같은데."

눈물을 참는다고 힘을 주느라 살짝 더웠다. 그렇지 않아도 꽉 조여 맨 가운을 벗을 생각이었다.

"뽀뽀보다 더한 것을 하고 싶으시다고 말씀하셨잖아요."

나는 그의 손을 직접 잡고는 그대로 내 허리에 올렸다.

"한번 풀어보실래요?"

물론 나는 안쪽에 침실용 원피스를 입고 있었다. 사실 이 가운은 줄곧 리녹과 자면서 한 번도 벗지 않았던 것이기도 했다. 힘줄이 도드라진 손등이 느껴졌다. 그런 그의 손가락을 붙잡고 리본을 풀어내자, 그가 참지 못하고 신음을 흘렸다. 곤란하다는 듯이. 어느새 그의 손은 잔뜩 빨개져 있었다.

"……에이미. 너무 빨라도 좋지 않은 듯하다."

그의 손을 놓아주자 그는 연신 얼굴을 쓸어내렸다. 빨개진 귀를 만져보고 싶었지만 꾹 참았다.

"그런가요?"

시치미를 뚝 뗐지만 나도 여기서 그만 하는 것이 좋을 것 같아 가운을 벗고는 그의 옆에 누워 리녹의 품으로 들어왔다. 살갗끼리 닿는 느낌은 조금 야릇했으나 따뜻했다.

"따뜻해요."

그의 어깨에 얼굴을 비볐다. 그의 몸이 잠시 굳었지만 이내 어색한 손으로 등을 토닥여 주었다. 나는 그 어설픈 토닥임이 너무나 사랑스러웠다. 머리카락 사이로 들어온 그의 손은 내 머리 밑을 어루만졌다. 조심스러운 듯 관음적인 손. 등줄기에 힘이 들어갔다.

"……첫날이니."

그가 느릿하게 속삭였다.

"……내일은 재우지 않아도 되겠나?"

나는 흠칫했지만 천천히 끄덕였다.

……내일 걱정은 내일 해도 되겠지?

깊은 밤.

키에에엑. 괴물의 포효가 깜깜한 풍경을 가득 울렸다. 꼬리에 활활 타오르는 불꽃을 가진 상급 마수 레키아. 상급 기사들도 대하기 까다로워하는 마수는 놀랍게도 비명을 토하며 죽어가고 있었다.

털썩. 곧이어 도마뱀 형태를 한 거대한 마수가 땅으로 쓰러졌다.

그웨에엑. 그런 마수 입으로 검이 꽂혔다. 죽으며 내뱉은 독을 막기 위함이었다.

새파란 달빛이 마수를 깔끔하게 해치운 사람을 비췄다. 놀랍게도 마수를 해치운 사람은 젊은 여성이었다.

"흐응, 상급 마수만 세 마리째라."

여성이 고개를 들며, 머리를 쓸어 올렸다.

"역시 국경 주변엔 마수가 많네."

짧은 단발머리가 턱 끝에서 찰랑거렸다. 온화한 듯 따뜻한 색의 녹색 눈동자가 깊은 시선으로 한곳을 향했다.

디아나가 화사한 웃음을 지었다.

"드디어 도착했네."

그 웃음은 그녀를 아는 이들이 보았다면 매우 화가 났을 때의 얼굴이라고 느낄 웃음이었다.

"여기가 이베르크 대공령인가?"

MY SISTER PICKED UP THE MALE LEAD

두 마리의 새

XI

11

두 마리의 새

눈이 부시게 환한 아침이었다. 기지개를 켜다 단단한 살에 닿아 소스라치게 놀랐지만. 놀란 것은 잠시였다.

'어휴. 깜짝이야.'

같이 잔 게 하루 이틀도 아닌데, 오늘따라 유난히 부끄러운 아침이었다. 그건 아마 끈으로 된 원피스를 입고 자느라 이전보다 살이 꼭 맞닿은 채로 일어나서인 것 같다. 나는 고개를 절레절레 흔들며 고개를 들었다.

아침이 되었는데도 리녹은 푹 잠든 듯했다. 보통은 리녹이 먼저 깨어 있거나 마법이 발동하는 시기엔 어린 그가 나를 반기곤 했다.

아직 깊은 잠을 자는 걸까. 내 뒤척임에도 리녹은 눈을 뜨지 않았다. 촘촘한 속눈썹을 손으로 건드리자 그가 미간을 찌푸렸다. 그래서 높고 날카로운 콧대와 매끄러운 턱선도 만져 보고 싶었지만 깨어날 것 같아 그만두었다. 그가 편히 자게 두자는 생각에 슬그머니 등을 돌렸다. 그러고는 살금살금 침대를 빠져나가는 순간이었다.

"······어딜 가나."

허리로 단단한 팔이 감기는가 싶더니 나는 순식간에 휙 들려 그에게로 끌려갔다. 그가 허리를 꽉 감아 안고는 내 목에 얼굴을 가져다 대고 숨을 쉬었다.

"좋은 아침이군."

"네? 아하하. 네······. 자고 있는 것 아니었어요?"

"자고 있었다. 네가 날 만지기 전까지는."

그가 내 목에 입술을 가져다 댄 채 웅얼웅얼 속삭였다. 아침이라 쫙 내리깔린 목소리는 평소보다 더욱 낮았다. 아랫배에 힘이 꽉 들어갔다. 아니, ······아침부터 사람 이렇게 꼬시기 있나요.

리녹의 몸을 타고 묵직하면서도 기분 좋은 향이 흘렀다. 분명 어제 피로 가득 젖어 있었는데 피 냄새가 전혀 나지 않는 것이 신기했다. 그에게 슬쩍 물어보니 그에게는 청결을 돕는 마법 도구가 있단다. 하도 피를 묻히고 다녀서 베이커가 만들어 주었다고. 전쟁이나 마수 사냥에 불려 나갔던 그에게는 아주 편한 물건이었겠구나 싶었다. 어쨌거나 궁금증이 풀린 것은 좋은데, 그가 놓아주질 않아 침대에서 빠져나오지 못했다.

"음, 리녹, 우리 언제까지 이렇게 있나요?"

"정하지는 않았다만."

"······바쁘지 않아요? 로테 씨가 원래 각하는 눈 돌아가게 바쁜 사람이라던데."

리녹이 잠시 고민하더니 말했다.

"······로테를 출장 보내야겠군."

······예?

나는 담담하게 읊조린 리녹을 바라보며 이래서 조선 시대 충신들이 자주 귀양을 갔던 것이 아닌지 잠시 생각했다. 김로테 씨는 있는 그대로 말한 죄밖에 없는 것 같은데요. 로테가 들었다면 눈물을 훔쳤을 것 같은 이야기다.

결국 나는 침대에 누운 채 한낮이 될 때까지 있다가 문을 두드린 시종 덕에 자리에서 일어날 수 있었다. 그때쯤에 찾아온 로테가 아니었다면 오늘 정말로 종일 방에서 나오지 못했을지도 모르겠다.

"새벽에 돌아오셨다는 소식은 베이커 씨에게 전달받았습니다."

로테는 인사를 하고서 바로 본론에 들어갔다.

"혹시나 그쪽에서 위급한 일이 생긴 것인지 확인하기 위해 그레이와 첼시 씨와도 연락을 취한 참입니다."

그는 나와 리녹을 번갈아 보며 부상은 없군요, 하고 태연히 읊조렸다.

"별일 없었다."

"예. 별일 아니더군요."

……수십 명이 암살하려고 우르르 달려든 것이 별일 아니라니. 새삼스럽지만 리녹이 어떤 삶을 살아왔는지 알 수 있는 대목이었다. 로테는 흘끗 나를 향했다. 아주 잠시였으나 그의 시선이 평소와는 조금 달랐다.

"외람되나 방해하지 않길 잘한 것 같습니다만."

"그렇지."

리녹이 담담하게 대꾸하자 로테는 끄덕였다.

"그럼 이제 아가씨께 정식으로 대공비 각하라 하면 되겠습니까?"

"아니, 아니 잠깐만요."

나는 얼른 끼어들었다.

"왜 그러십니까?"

"아니, 그, 관계가 발전한 건 맞아요. 맞는데……. 그건 너무 빠른 것 같은데요."

그러자 리녹이 고개를 갸웃했다.

"에이미, 어차피 그렇게 될 것 아닌가?"

"……어……."

그것도 그런데, 아니, 이렇게 얼렁뚱땅 넘어갈 문제는 아니지 않나? 나는 뺨을 긁적였다. 그러자 리녹이 어찌 생각한 것인지 표정을 굳혔다.

"설마, 혹시 나 말고 다른……."

"아녜요! 아니에요. 그냥 조금 이르다고 생각했죠. 저한텐 언니도 있잖아요."

나는 그의 손을 잡아 토닥토닥 두드리며 달랬다. 하고 보니 이건 낮의 리녹을 달랠 때 행동이었다. 다행히 리녹은 눈치채지 못한 것 같았지만 로테가 묘한 눈으로 이쪽을 쳐다봤다. 저거, 각하는 몰라도 나는 다 알아봤다는 눈인 것 같은데.

"저도 그 호칭이 싫은 건 아니지만, 그래도 언니에게 먼저 말을 하는 것이 순서가 아닐까 해요. 아시다시피 언니는 제 유일한 가족이잖아요."

하나뿐인 동생이 자기도 모르는 사이에 약혼도 아니고 결혼했을 때의 호칭으로 불리고 있다는 걸 알았다간 언니가 어떻게 나올지 몰랐다. 적어도 우리 언니는 끓어오르는 혈압에 뒷목을 잡을 사람이 아니라 칼부터 꺼내 들 사람이었다.

언니에게 이곳에 머문다는 연락부터 해야겠지. 이제는 언니에게
도 솔직하게 말을 해야 할 때였다.

'언니는 지금쯤 아무것도 모른 채 니온 왕국에 있을 텐데…….'

리녹은 내 말에 고개를 끄덕였다.

이후 나는 로테에게 펜과 양피지를 부탁해 편지를 썼다. 그동안
리녹은 로테가 가져온 구슬로 그레이와 연락하는 듯했다.

[아니, 대장님! 대체 어떻게 된 일입니까! 새벽에 사라지셔서 얼마
나…….]

[비켜봐, 대장님 얼굴 잘 안 보이잖아.]

구슬 위로 반투명한 화면 안으로 그레이와 첼시의 모습이 보였다.

[대장님, 예상하셨겠지만 공작저도 발칵 뒤집혔어요.]

"황태자는?"

[똑같죠. 눈 뜨고 빤하게 발뺌. 가끔 황실 상징이 드래곤이란 게
웃깁니다. 어디 뱀 새끼나, 읍!]

[여기 공작령이야, 첼시, 어?]

[놔, 놔!]

잠시 실랑이를 하는 소리가 전해져 왔다. 그리고 잠시 뒤로 그레
이가 울먹이는 목소리로 다시 전했다.

[대장님, 저희도 정리하고 떠나도 됩니까? 저희도 마법을 사용하
면 어떨까요?]

"그러도록."

[아, 참 대장님.]

첼시가 불쑥 끼어들었다.

[대장님이 사라지신 뒤에 연회장에 은빛 여우가 나타났습니다.]

"그건."

[네. 세레나 님의 전령이지요. 그분은 연회장에 오지 않으신다는 의사를 전달하고 전령을 통해 불꽃놀이 한번 시원하게 터트려 주었습니다.]

편지를 쓰다 말고 나도 모르게 리녹 쪽을 향했다.

[세레나 님께서 곧바로 대공저로 향한 것 같습니다.]

그 말을 끝으로 화면이 넘어갔다. 그리고 반투명한 화면 안에 어머님의 얼굴이 드러났다.

[고생했다. 나머지는 내가 마무리하고 돌아가마.]

리녹이 그녀의 말에 끄덕였다.

"감사합니다."

그 말에 화면 속 어머님이 잠시 말이 없다가 이내 웃는 듯했다.

[돌아가면 좋은 소식 있길 기대해도 되겠구나.]

그리고 화면이 그대로 꺼졌다. 리녹이 그렇게 그레이, 첼시와 이야기를 끝내고, 나는 베이커의 방으로 향했다. 약 10일 넘게 보지 못했던 베이커가 반갑게 나를 맞이하여 주었다.

베이커를 만나러 온 것은 꼭 물어볼 것이 있어서였다.

"흐음, 아가씨의 마법으로 공격을 할 수 있냐고?"

"네. 가능한가요?"

"어떤 공격을 말하나? 위협하는 용? 살상용?"

"으음, 그 중간 정도면 좋을 것 같은데요."

어제 습격에서 나는 아무것도 할 수 없었다. 그리고 그런 상황이 언제 다시 찾아올지 몰랐다. 더는 이대로 있고 싶지는 않았다.

"아가씨가 가진 것은 강력한 고대 마법이네. 그러니 어렵진 않을 것이나, 바라는 것을 아주 구체적으로 염원해야 할 걸세."

"바란다면 어떻게 바라야 할까요?"

"흐음, 이건 한 방법으로서 제안하는 것인데, 혹시 저택 내 습격을 기억하나? 아가씨와 어린 주인께서 습격을 받았었지."

"네. 기억해요."

오뚝이 백작 말이지. 고개를 끄덕였다.

"그때 보았을 걸세. 눈이 휙 뒤집혀서 보통 이상의 힘을 내는 마법. 그 마법은 아주 위험한 마법이지만, 아가씨는 조금 다르게 이용할 수 있을 것 같네."

"제가요?"

"이를테면 아가씨 자신에게 암시를 거는 것이지. 혹시 주변에 기사라거나 마법사, 누구라도 좋으니 무력이 강한 이가 있나?"

"으음⋯⋯ 네."

떠오르는 사람이 있었다.

"염원할 때 그 사람을 떠올려 보게. 장담할 수는 없지만 유의미한 결과가 나오지 않을까 싶구먼."

"음⋯⋯. 네. 나중에 한번 연습해 볼게요."

나는 고개를 주억이며 턱을 짚었다. 그렇게 고맙다고 인사를 하려하는데, 베이커가 묘한 눈으로 나를 응시했다.

"그런데 말일세⋯⋯. 내 얘기를 그 자세로 들으면 제대로 들리나?"

"네? 아하하하."

"아. 그냥 하는 말이니 신경 쓰지 말게. 내 생전 주인이 여성을 무릎에 앉히는 것도 보는구먼."

베이커가 싱글싱글 눈을 휘었다. 학자의 진지함이 빠져나간 눈은 유들유들한 빛을 띠었다.

"대공저의 경사로구만."

그랬다. 베이커가 이야기를 하는 내내 리녹은 나를 무릎에 앉히고 이야기를 함께 듣고 있었다. 오늘 내내 한사코 떨어지지 않으려 하는 리녹 때문에 일어난 일이었다.

나는 다 안다는 듯한 베이커의 눈이 부담스러웠다. 얼굴이 붉어질 것 같은 기분이었다. 그렇다고 싫은 건 아닌데, 쑥스럽다고 할지⋯⋯. 평생 이런 자세로 누군가의 얘기를 들을 줄은 몰랐으니 말이다.

"저, 리녹, 이제 그만 내려주면 안 되나요?"

그러자 리녹이 나를 빤히 응시했다. 그러고는 내 손을 잡아 손끝 하나하나에 입을 맞췄다. 긴 속눈썹 사이로 눈꺼풀이 들어 올려지고 그윽한 시선이 와닿았다.

"⋯⋯조금만 더, 이러고 있으면 안 되나?"

아니, 안 될 건 없죠. 암. 그래. 뭐 이제는 어떻겠냐는 생각이 들었다. 옆에서 베이커가 배부른 너구리처럼 능글능글한 얼굴로 소리 내어 웃는 것 같았지만 깔끔히 무시하던 그때였다.

벌컥. 노크도 없이 문이 활짝 열렸다. 문을 연 장본인은 놀랍게도 로테였다. 예의를 빼고는 시체라 불릴 법한 로테가 다급한 얼굴로 입을 열었다.

"각하, 지금 바로 정문으로 나가보셔야겠습니다."

리녹이 살짝 표정을 굳혔다. 로테가 그 뜻을 알아차리고 얼른 말을 이었다.

"조금 전 대공저 앞에서 웬 기사가 시위를 벌여 대공저 기사들이 나섰는데……."

"나섰는데?"

로테가 잠시 숨을 삼켰다.

"모조리 땅에 굴렀습니다."

"뭐?"

황당하기론 로테도 마찬가지였던 듯 목을 쓸어내리며 설명했다.

"그 기사가 반드시 각하를 뵙고 싶다고 하더군요. 큰 키와 갈색 머리의 여성 기사입니다."

그 순간 묘한 기시감이 들었다.

"이름은, '디아나'라 하더군요."

언니? 나는 벌떡 일어났다. 리녹 또한 놀란 얼굴을 숨기지 못했다. 그렇게 리녹과 함께 정문으로 갔을 때, 나는 푸른 하늘 아래 당당히 서 있는 낯익은 인영을 발견했다. 정말, 언니였다. 검을 땅에 꽂고 비스듬히 기대어 있던 언니가 나를 보더니 몸을 바로 세웠다.

"안녕, 우리 에이미."

휙 검을 들어 검집에 꽂은 언니가 얼굴을 기울였다. 언니의 발밑으로 신음하는 기사가 보였다.

"여기 있어서 다행이다."

"어, 언니?"

"언니는 널 찾아 국경을 두 번이나 건넜어."

언니가 화사하게 웃었다. 그러고는 다정하게 말했다.

"마지막까지, 혹시나 했는데."

눈은 전혀 웃고 있지 않은 채로.

"발랑 까진, 내 동생. 왜 여기 있을까?"

"언니······."

하하하, 웃어보려 했다. 하지만 웃음이 쉽게 나오지 않았다. 휘어지는 언니의 눈을 바라보며 살벌함을 느꼈으니까. 다정하게 말을 하고 웃어주고 있지만 지금의 언니 모습은 정말 장난이 아니었다.

대체 언니가 어떻게 알고 이베르크 영지에 왔으며, 니온 왕국 기사가 된 언니가 여길 와도 언니에게 문제가 될 것은 없는지, 무슨 말을 하며 어떤 반응을 하면 좋을지 머리 속이 마구 뒤섞였다.

동시에 오랜만에 만난 얼굴이 반갑기도 했다. 단지 반갑기만 한 것은 아니어서 문제인 거지. 화난 언니의 얼굴이 무서워서 말이 잘 나오지 않았다. 나 역시 많은 수라장을 헤치고 이 자리에 있다는 걸 알아줬으면 좋겠지만······.

"여기까지 어떻게 온 거야? 어떻게 알고?"

"지금 그게 궁금하니?"

······하하하. 진짜 무섭다. 우리 언니지만 정말 무섭다.

"놀랐으니까 그렇지."

나는 최대한 태연하게 미소를 지으려 했다.

"너무너무 반갑기도 하고······ 말이야."

난 어떤 상황에도 의연했던 어머님이나 유들유들했던 비네아를 떠올리며 침착하게 넘어가려 했다.

"언니가 나한테 3년은 오지 못할 거라 했잖아. 이렇게 보게 돼서 당황스럽지만, 정말 보고 싶었어."

예전의 나였으면 놀라 말을 더듬었겠지만, 나름의 경험을 거쳐서인지 생각보다 떨지 않고 말했다. 그리고 보고 싶었단 말은 진심이었다.

"나도 보고 싶었어."

잠시 미간에 힘을 푸는가 싶던 언니는 다시 해사하게 눈을 휘었다.

"그런데 못 본 사이에 내 동생이 많은 것을 배웠네."

"으, 으응?"

"당황스러운 상황에 노련한 귀족 영애처럼 대처도 하고, 아직은 조금 어설프지만 그럴듯해서 놀랐어."

"……아, 아아, 응."

"그런데 이상하지? 언니는 네게 그런 걸 알려준 적이 없는데."

"그…… 렇지?"

그러자 언니의 웃음이 더욱 화사해지고 깊어진다.

"에이미, 배운다는 건 필요에 의해서 시작하게 돼. 우리 에이미가 약초에 대해 공부하고 언니가 마물에 대해 공부했듯이."

언니가 차분하게 말하며 콧잔등을 찡긋했다.

"네가 이걸 안다는 것은, 이것이 필요한 상황이 생겼다는 거야. 그렇지?"

언니는 내게서 눈을 떼어내며 시선을 돌렸다.

"귀족으로 살아보지 못한 너를 어디든 데려갔다는 말이겠지."

"어, 언니!"

황급히 언니를 불렀으나 언니의 목소리가 급격히 낮아졌다.

"살쾡이가 우글우글한 곳에 데려갔다는 것만으로 언니는 화가 나. 특히나 이베르크라면…… 어설프게 아는 애를 데려갈 만한 연회는 아니었을 것 같은데."

언니의 말은 대부분 진실이었다. 딱 한 가지. 가면무도회였다는 것만 제외하고.

"언니, 잠깐만. 내가 설명할게!"

언니의 말은 맞는데, 아직 언니가 모르는 게 있다. 리녹이 억지로 끌고 간 것은 아니며, 내가 먼저 나선 거였다. 오히려 안 가도 된다고 리녹은 말리기까지 했잖아. 제대로 해명은 해야 언니의 화가 조금이라도 줄어들 것 같았다.

언니가 잠시 멈춘 틈을 타서 얼른 무어라 말을 하려던 그때였다.

"대장님!"

커다랗고 쾌활한 소리가 들렸다. 정원 쪽에서 달려 나온 그레이의 것이었다.

"아, 대공비님! 인사 올립니다. 방금 베이커 씨를 통해서 저택에 침입…… 어라."

그레이가 이쪽으로 오다 말고 멈칫했다. 그러더니 디아나를 보며 놀란 얼굴을 했다.

"디아나 씨?"

언니의 얼굴이 돌아갔다. 아는 이를 만나 웃는 것이라기엔 무시무시한 눈이었기에 그레이가 움찔했다.

"대공비?"

아이고. 아이고, 그레이 씨!

그동안 그레이의 장기를 팔았다고 복수라도 하는 것인지, 다 된 밥을 그레이가 떨어졌다.

"언니! 그것도 내가 설명할게. 그게……."

"아니. 아니야, 에이미. 언니도 귀가 있는데 뭘 설명까지 하려 그러니?"

웃는 언니의 얼굴이 부글부글 끓는 것처럼 느껴졌다. 그 표정은 마치 그 말이 사실이렸다? 하고 말하는 것처럼 보였다. 언니가 천천히 목을 좌우로 꺾으며 눈을 깜빡였다. 조금 전까지는 느슨한 기세였다면 이제는 틈이 보이지 않았다. ……망했다.

"오히려 설명은 이쪽에게 듣고 싶은데."

언니가 바라본 사람은 리녹이었다.

"오랜만이네요, 녹스."

까딱. 절도 있게 고개를 움직인 언니가 손을 쥐었다가 폈다.

"이제는 녹스라 불리면 안 되는 입장이겠지요? 분명 거기서 우리 자매와 인연은 끝이 났을 터인데."

"……끝이라고 생각하지 않아. 그대는 편할 대로 불러도 상관없다."

"아니요. 남아 있던 좋은 기억마저 방금 전에 직접 부숴주셨네요."

"오해가 있는 것 같군."

온유한 리녹의 대답에도 언니의 얼굴은 누그러지지 않았다.

"오해? 유일한 가족의 동의도 없이 동생을 데려다 혼인한 분이 할 말은 아니라 생각되네요."

역시 언니는 대공비 호칭에 빡쳤구나. 이건 정말 그레이 때문에 망한 거다.

"제가 동생과 마지막으로 살았던 곳은 이곳과 정반대, 제국의 끝과 끝이지요. 어떤 방식으로 이곳에 왔든 제 동생이 유쾌하게 왔으리라 보진 않습니다."

언니는 천천히 검을 움직였다. 차분하지만 분노를 가득 담은 눈이었다.

"대공 각하께서는 구국의 영웅이자 훌륭한 기사로 정평이 자자하신 분, 선배 기사로서 이름 모를 후배 기사의 결투도 받아주시리라 생각하겠습니다."

사태는 걷잡을 수 없을 정도로 커졌다. 언니의 선언에 나뿐 아니라 지켜보던 그레이와 로테, 다른 기사들까지도 놀란 얼굴로 언니를 보았다.

"언니, 잠시만."

"……나는 그대와 다투고 싶지 않은데."

언니의 옷자락을 잡아당겼지만, 언니는 날 보지 않고서 말했다. 내가 대공저에 와서 느낀 건데, 사람은 대화를 해야 한다. 처음 대공저에 왔을 때 나도 홀로 오해를 하지 않았던가?

원작 때문에 오해하고, 리녹이 세레나와 함께 퍼레이드를 간 사실만으로 두 사람이 이루어졌을 거라 오해하고. 그러니 언니도 언니가 들은 단어로 수십 가지의 오해를 했을 테니 싸우더라도 오해는 풀고 가야 했다. 하지만 언니는 나를 잡아당겨 내 어깨를 감싸 안았다.

"제 동생의 성격상 이곳에 자발적으로 발을 들이지는 않았을 것이고, 지금은 당신에게 우호적이라 하지만 그사이에 이 아이가 괴로울 일이 분명 있었겠지요?"

언니의 말에 나는 반박하지 못했다. 아니, 순간적으로 말문이 막혔다.

"결과가 좋더라도 나는 그 과정을 용납 못 한다는 겁니다. 내 동생이니까요."

해명하려던 말이 쏙 들어갔다. 언니는 아는 것 같았다. 그레이가 저렇게 나를 불렀다고 하더라도 내가 언니의 동의 없이는 정말로 진행하지는 않았을 거란 걸. 그래서 화가 났다는 것을 알 수 있었다.

"그러니 제가 대공님께 결투를 청함은 마땅합니다. 당연히 제가 이기면 동생은 여기서 데려가겠습니다. 아니, 지더라도 데려가긴 해야겠네요."

"언니, 무슨."

"⋯⋯그 결투 받아들이지. 단 그 조건에, 둘 중 하나가 사망하면 끝이 나는 기본 사항은 없는 것으로 하면 좋겠군."

"좋습니다."

언니가 조건을 받아들이자, 장소의 이동 없이 이곳에서 바로 결투가 치러지게 되었다. 빠른 상황 변화에 적응할 새도, 말릴 새도 없었다.

'아니, 두 사람이 왜 싸우는 건데?'

간편한 차림의 리녹이 검을 들어 올렸다. 반대편의 언니 또한 검을 뽑았다. 수차례 말리려 했지만 상큼하게 웃는 언니는 금방이라도 리녹에게 달려들 것 같았고, 로테가 "차라리 싸우시게 하는 게 낫겠습니다."라고 조심스레 조언을 덧붙였다.

나는 원작의 첫사랑과 남자 주인공이 사생결단이라는 결투로 마주한 것에 기가 막혔다. 아무리 일그러진 이야기라지만 이건⋯⋯. 우리 언니랑 내가 좋아하는 남자라니. 어이없는 삼각관계에 웃음도 나오지 않았다.

"아가씨⋯⋯."

자신이 결정적인 실수를 했다는 것을 알게 된 그레이가 울먹이는 얼굴을 했다.

"죄송합니다."

그레이의 말에 나는 고개를 저어주었다.

"진심으로 말하는 건데, 그레이 씨의 탓이 아니었어요. 우리 언니는 기회를 엿보고 있었으니까."

정말이었다. 아까는 나도 당황해서 몰랐지만. 언니는 무슨 말을 해서라도 검을 뽑았을 거다. 작정한 눈빛이었으니까. 리녹이 결투를 허락 안 했어도 뽑았겠지. 그럼 자칫 국제적인 싸움이 될 수 있다는 것을 알면서도.

말리지 못한 것도 이 탓이었다. 누가 자매 아니랄까 봐, 한번 결심하면 끝까지 밀고 가는 성격은 나나 언니나 똑같았다. 차라리 이참에 시원하게 칼부림 한번 한 뒤 내 말을 좀 들어주었으면 하는 마음이었다. 그렇게 언니를 응원하지도, 그렇다고 리녹을 응원하지도 못하는 상황에서 그렇게 결투는 시작되었다.

"괜찮을 거예요, 아가씨. 아가씨의 언니시고 대장님이 적당히 봐 주실 테니까."

어느새 첼시까지 내 옆으로 다가와 나를 위로했다. 어느 쪽도 응원하지 못하는 상황이지만 언니가 리녹을 제대로 상대하지 못하리라 생각했다. 그러나 본격적으로 결투가 이어지자 상황은 전혀 달라졌다.

챙. 리녹과 검을 맞대던 언니가 한 바퀴 도는 순간 몸을 엎드리듯이 낮췄다. 쐐액. 그대로 파고드는 검을 리녹이 막아냈다. 리녹의 미간이 약간 찡그려졌다.

챙!

"……저, 아가씨. 언니분께서 제국에 계셨을 때 어느 정도의 기사였다고 하셨지요?"

"……중급 기사라 들었는데요."

내 눈이 잘못된 게 아니지? 지금 언니는 리녹과 대등하게 싸우고 있었다. 내가 검을 잘 못 봐서 그런가?

"저어. 저도 묻고 싶은데, 제가 잘못 본 게 아니라면. 리녹이 봐주고 있는 거 맞아요?"

첼시가 고개를 저었다.

"아니요. 지금 제가 봐도…… 봐주시는 것 같지 않은데요. 대등, 와. 대등하게 싸우고 계신데요? 아니, 언니분 대체 정체가 뭐예요?"

쾅. 언니의 검이 지나간 자리가 움푹 패였다. 날아온 리녹의 검을 흘려낸 언니가 다시 검을 들어 올렸고, 리녹이 검으로 막아냈다. 그 순간 언니의 검에서 녹색 아지랑이가 일렁거렸다.

'저거, 검기 아니야?'

나는 벌떡 일어났다. 제대로 된 공간이 아닌지라 내가 있는 곳까지 돌며 부스러기가 튀었다. 그 순간 로테가 앞으로 나서며 손을 들어 올렸고 반투명한 흰색 벽이 떠올랐다.

"……마법사였어요, 로테 씨?"

"마법 도구입니다."

로테의 한쪽 귀고리가 빛나고 있었다. 로테는 그리 말하고는 심각한 얼굴로 결투장 쪽을 보았다.

"정원이 초토화되겠군요."

맞은편에서 뒤늦게 사태를 파악했는지 베이커가 허둥지둥 나서서 정원을 보호하는 것이 보였다. 그러더니 이쪽으로 달려왔다.

"아, 아가씨. 도대체 아가씨 언니 정체가 뭔가? 저 마력 양은 대체 뭐고!"

내가 대답을 할 수 있을 리가 없었다. 나도 어찌 된 영문인지 모르겠으니까. 로테는 나를 향해 고개를 돌렸다. 그레이에게 눈짓하는 것도 같았다.

"저 아가씨, 이런 말씀 드리기 어렵지만, 지금 언니분께서 그……
진짜 놀랍게도 대장님이랑 호각으로 싸우고 계시거든요."

"그레이보다 세요."

첼시가 얼른 덧붙였다. 그레이가 굳은 얼굴로 끄덕였다.

쾅! 검기와 검기가 맞서며 주변의 땅이 깊게 패이고 돌이 갈라졌
다. 언니의 옷이 살짝 갈라졌으나 빠르게 피해 반격까지 하는 데 수
초도 걸리지 않았다. 두 사람 다 이토록 격하게 움직이는데 속도가
느려지지도 않았다.

"와. 난 대장님 속도 따라가는 사람은 처음 보네."

"아니, 것보다 검기가 저렇게 두꺼운 걸 처음 보는데? 베이커 씨,
저게 가능해요?"

"나도 놀랄 일일세. 무슨 기사의 마력이……"

리녹은 세계관 최강자 중 하나였다. 이런 리녹과 대적할 수 있는
인물이 세레나와 황실 기사단을 동원한 탄시즈였다. 그러니 그런 리
녹이랑 홀몸으로 대등하게 싸운다는 게 얼마나 말도 안 되는 일인
가. 나 또한 당황스러운 건 마찬가지였으니까.

"분명 처음에 대장님이 결투를 받아들인 것도 좋게 끝내려고 받
아들이신 것 같거든요……."

첼시의 말에 끄덕였다. 나도 그렇게 생각했었다.

"솔직하게 말씀드리면 대장님이 더 세요. 이건 사실인데, 차이가
그리 크지 않단 말이죠."

"맞습니다."

첼시가 입을 꾹 다물었다가 다시 입을 열었다.

"그런데 문제는 이렇게 되면 대장님께서도 봐주면서 움직이기 어

려워져요. 아니, 불가능합니다."

바로 그때, 리녹이 깊이 허리를 숙였다. 아주 미세한 차이로 늦어 리녹의 검은 머리칼이 나풀나풀 허공에 날렸다.

"대체, 어디서 나타난 분입니까?"

하지만, 로테의 말에 대답할 수 없었다.

'여러분, 우리 언니가 먼치킨이 되어서 돌아왔어요.'라고 말을 하고 싶은 심정이었으니까.

"보셨죠? 이대로 가다가는 둘 중에 한 분은 크게 다칩니다. 이건 누가 봐주고 할 게 아니에요."

리녹이 더 강하기에 그 상대는 언니가 될지도 모른다는 얘기였다. 아니면 끝까지 방어적으로 싸우다 리녹이 다칠지도 모른다. 언니든 리녹이든 누군가 다치는 건 내가 원하는 결과가 아니었다.

'……우리 언니가 너무 세서 고민이라니. 이게 대체 어떻게 된 일이야.'

난 벌떡 일어나 그대로 머리를 홱 돌렸다. 둘 중 하나가 다친다니, 그대로 둘 수는 없다. 아니, 두지 않을 거다.

"로테 씨, 지금부터 말하는 것 좀 제게 가져다주실래요?"

나는 빠르게 말했다.

"오실 때 하양이도 같이요."

로테에게 필요한 것들을 쭉 설명했다. 다 듣고 난 뒤 로테는 가능하다고 끄덕였다. 그렇게 로테가 얼른 달려가고, 나는 그레이와 첼시를 뒤로 대동한 채 싸우는 둘에게 다가갔다. 잘은 모르지만 치열한 싸움 속에서 한쪽의 움직임이 아주 조금 느려졌다는 것은 느껴졌다.

"아가씨, 위험합니다."

"괜찮아요."

크게 심호흡했다. 솔직히 저 난장판 사이로 끼어드는 것이 전혀 무섭지 않은 것은 아니지만, 어쨌거나 나를 좋아하며 내가 좋아하는 두 사람이 나를 위해 싸우고 있었다.

손을 꽉 쥐었다가 펴자, 손등에서 익숙한 흰 문양이 새겨졌다. 내가 간절히 바라는 것을 알아차린 것인지 그 어느 때보다 밝은 빛이 터져 나왔다. 심지어 마법을 시전한 나조차도 눈이 부실 정도로.

쾅. 콰쾅! 거대한 굉음 뒤로 쥐 죽은 듯한 고요가 강제로 찾아왔다. 이제는 리녹도, 언니도 싸움을 이어갈 수 없으리라. 거대한 얼음덩어리가 두 사람 사이에 떨어졌으니까. 마치 운석처럼. 어리둥절한 두 사람의 얼굴을 보며 방긋 웃었다.

"그만해."

두 사람이 아주 드럽게 세다는 건 잘 알았으니까.

힐끗 곁눈질하니 주변 정원은 베이커가 급히 보호했음에도 난장판이었다.

"생각해 보니까, 참 억울하더라."

주먹을 쥔 손에 힘을 꾹 주며 고개를 들어 올렸다.

"내 이야긴데 왜 두 사람이 싸워? 얘기를 해도 나랑 해."

"흐응, 우리 에이미는 대공 각하를 감싸는 거니?"

잠깐 얼음덩어리를 놀란 눈으로 바라보던 언니가 나를 향하며 물었다.

"감싸는 게 아니야. 그리고 언니, 나는 언니를 정말 좋아해."

베이커가 마법을 쓰는 것을 여러 번 본 적 있다. 그의 흉내를 내며 허공에 손을 젓자, 허공에 수없이 많은 얼음덩이가 생겨났다.

"사랑하는 언니."

나는 손을 쥐었다가 폈다. 마법도 쓸수록 느는 것인지, 이젠 이 정도로 힘들지는 않았다.

"아직 차분히 내 얘기를 들어줄 생각은 없지?"

언니는 나를 바라보며 생긋 웃었다.

"응. 언니는 아직 너를 고생시킨 모든 사람을 조져 버리고 싶은걸."

"조지다니……."

차마 무어라 표현할 수 없는 표정이 튀어 나왔다. 우리 언니가 못 보던 사이 많이 거칠어졌다. 얼떨떨한 낯으로 언니를 쳐다봤다.

그래. 일단은 리녹이랑 떼어놓은 것이 어디야. 둘 다 다치지 않는 것이 관건이었다. 그리고 내 말을 들어주지 않는 언니에게 원망스러운 마음이 들지 않는 건 아니었지만 이해는 갔다.

입장을 바꿔 보면 나는 이 자리에서 침착할 수 있었을까?

나는 이제 책 속의 '에이미 라미아스'가 아니지만, 그녀와 나에겐 공통점이 있었다. 언니가 죽는 걸 상상조차 할 수 없으나 만약 만에 하나라도 언니가 죽었다면 나는 리녹을 원망하며 책 속 '에이미 라미아스'처럼 되었을 것이다.

"정말 이렇게 나올 거야?"

언니가 생긋 웃었다.

"나랑 의견이 달라서 아쉽고, 안타깝다."

나도 함께 생긋 웃었다.

"나 그동안 반항도 안 하고 착한 동생이었던 것 기억하지?"

"그럼, 사춘기에 문 몇 번 쾅쾅 닫은 것 말고는 없지."

……뭘 그런 걸 다 기억하나.

418

"예쁘고 착한 내 동생."

"고생하긴 했지만 언니가 생각하는 것처럼 힘들지는 않았어. 그래도 안 믿어줄 거지?"

"우리 에이미를 믿지 않을 리가. 다만 우리 순진한 에이미를 속인 사람은 있는 것 같네."

"그렇게 생각해? 내가 아니라고 하잖아."

"우리 예쁜이. 난 네가 현명한 아이라 생각하지만, 나이에서 오는 경험을 무시할 수는 없다고 생각해."

"그래?"

"그러니 각하와 좀 더 이야기하게 해줄래?"

"……그게 무슨 대화야."

"어머, 얘는. 기사들의 대화가 원래 그렇단다."

……언니 지금 눈이 곱게 맛이 갔거든?

"좋아."

나는 척척 억척스럽게 걸어가 리녹의 앞을 가로막았다. 그러고는 씩 웃었다.

"할 수 있으면 해봐."

나는 얼음덩어리 뒤에 있던 리녹의 손을 잡으며 말했다. 손등의 문양이 한 번 더 빛나며 리녹의 몸이 줄어들었다.

"에이미, 이게 무슨……."

아, 바라니까 정말 되네? 이건 좀 반신반의했었는데. 나는 낮의 아이의 모습이지만 정신은 밤의 모습인 리녹을 향해 입 모양을 보였다. 쉿.

"리녹, 일단 언니 앞에서는 아이인 척해요. 알았죠?"

나는 언니에게 등을 진 채 리녹에게 속삭였다. 리녹이 황당해하는 것이 고스란히 보였다.

"어떻게 하란 말인가?"

"글쎄요. 언니는……. 지금의 리녹을 좋아하니까. ……애교라도 보여드리는 건?"

"……."

"농이에요."

완전히 아이의 모습으로 돌리면 너무 당황해할 것 같았으니까.

일단 이건 더는 두 사람이 싸우지 않게끔 하는 임시방편이었다. 나는 언니를 향해 돌아섰다. 그리고는 옆으로 살짝 비켜서자, 언니가 어린 리녹의 모습에 살짝 당황한 빛을 보였다.

"어때, 이제는 못 때리겠지?"

언니가 움찔했다.

"우리 녹스 때릴 데가 어딨어. 그렇지?"

움찔.

"가뜩이나 몸도 약한데."

움찔.

"설마 이 모습으로 싸우진 않을 거야 그렇지? 안 그래, 녹스?"

움찔거리는 언니의 모습을 보다가 나는 충동적으로 리녹에게 물었다. 그러다 말고 아차 했다. 여기서 리녹이 임기응변을 발휘해 줄 리가…….

"디아나?"

큽, 나는 터져 나올 뻔한 헛기침을 삼켰다. 잠시만 대공님, 그 갸웃거림은 뭔가요. 사진, 사진기가 필요해. 사실 나에게만 보였지만 고개를 기울이며 눈을 깜빡이는 아이의 귀와 목이 타는 듯이 붉었다.

어떡해. 부끄럽나 봐. ……사람이 이렇게 귀여워도 되나? 잠시 껴안으면 안 되겠지. 가까스로 본능을 참고 태연함을 가장했다. 그리고 '어때?' 하는 시선으로 언니를 보여 주었더니 언니가 크흡 하는 표정을 지었다.

'좋았어. 먹혀들었다.'

언니의 '너, 치사해.' 하는 표정을 슬쩍 무시하며 나는 의기양양한 얼굴을 했다. 미안해, 언니. 언니 동생은 타락했어. 내가 비꼼의 달인과 못된 황태자 하나를 만나서 못된 짓을 조금 배워왔거든?

"이제 정신이 좀 들어?"

"……그래. 세상에. 정신이 다 드네."

언니가 한숨을 쉬며 천천히 검을 내렸다. 이 상황에서 더는 결투를 이어가지 못하리란 걸 알아챈 모양이었다.

"사실 화가 풀린 건 아니지?"

나는 씩 웃었다.

언니는 역치가 아주 높은 사람이었다. 다시 말해 인내와 끈기가 대단한 사람이었다. 선량하고 모든 걸 감내하는 사람. 하지만 언니는 매해 부모님의 기일이 되면 밤의 숲으로 나가 밤새도록 눈에 보이는 것이 없는 사람처럼 마물을 베고 왔다. 나는 그 모습을 이해했다. 평소에 인내하는 사람일수록 참아온 것이 풀리는 데에 적잖은 시간이 걸릴 테니까.

언니는 세상에 단 하나 남은 가족인 내게 각별했다. 그건 나 또한 마찬가지였고. 그걸 잘 알기에 언니가 지금 쉽게 풀리지 않을 거라는 것 정도는 알았다. 반쯤은 자업자득이었고.

"언니 마음 알아."

이런 것일수록 억지로 감정을 가라앉히는 건 좋지 않다고 본다. 나는 마냥 밝지만은 않은 웃음을 지어 보였다.

"있지, 언니의 화가 아직 안 풀렸으면."

"안 풀렸으면?"

"앉아서 얘기 좀 나눠보면 어떨까?"

"얘얘기?"

"왜. 아직 더 싸울 거야?"

내가 권투를 하듯 주먹을 들어 올리자, 언니가 피식 웃었다. 이내 언니는 성큼성큼 내게 다가와 머리를 쓰다듬고는 다정한 목소리로 "어떻게 너랑 싸워."라고 말했다.

"일단은 장소를 옮길까?"

저 멀리서 로테가 돌아오는 것이 보였다. 이쪽으로 온 로테는 얼굴을 모르는 시종과 함께 내가 말한 것들을 이것저것 안고 있었다.

"자 언니 일단은 진정해, 진정. 화를 전부 가라앉히란 얘기는 안 할 테니까."

나는 로테의 옷 속에서 은빛 도는 흰 털 뭉치를 발견하고 들어 올렸다. 자고 있었던지 하양이가 끼잉? 하고 울었다.

"자자, 일단 얘부터 안고 계시고."

"뭐, 뭐야?"

"내 애."

"애?"

"요즘 내가 키우는 애. 귀엽지?"

장난식으로 덧붙였지만, 이미 언니의 눈이 확 달라진 것을 느꼈다.

"아니⋯ 털이⋯⋯."

"그럼. 보드랍지."

"눈도⋯⋯."

"그럼그럼. 반짝이지."

나는 하양이에게 눈짓했다. 하양아, 네 역할이 매우매우 크다. 언니가 하양이를 안고 있는 동안 로테가 가져온 다른 것을 잡아 언니의 손목에 문질렀다.

"에이미, 뭘 하는 거니?"

"허브 테라피."

애니멀 테라피에 이은 허브 테라피라고 할까. 제발, 언니가 모든 얘기가 끝날 때까지 조금이라도 더 진정되길 바라는 거지.

솔직히 이곳에 머물게 된 과정에 대해 숨길 생각은 없었다. 숨기더라도 훗날 가서 알게 되는 게 더 문제니까. 자초지종을 모두 털어놓을 생각이었다. 다만 내가 생각해도 그 과정 중에 언니가 조오금열이 받을 일들이 있긴 하단 말이지. 리녹이랑 헤어질 때 언니에게 한 말도 있고. 이러니 자업자득이라는 거다.

'으으, 제발 최대한 조용히 넘어가길.'

그렇게 우리는 응접실로 자리를 옮겼다. 가는 동안 나는 하양이를 안은 언니 뒤를 따라갔는데, 그런 내 옆에 리녹이 나란히 함께 종종걸음으로 걸었다. 표정을 보아서는 언제까지 이 모습을 하면 되냐는 얼굴이었다.

"조금만 더 참아요."

미안함을 가득 담아 리녹만 들릴 정도로 작게 말을 하자, 리녹이 아니라며 고개를 흔들었다. 그러고 보니 리녹은 조금 전 언니가 하양이를 보는 동안 계속 말없이 생각에 잠겨 있었지? 잠시 침묵하던 리녹이 말했다.

"……아일 흉내 내면 되나?"

"……네?"

나는 반문했다.

"그게…… 좋긴 한데. 아니, 가능하시겠어요?"

그러나 우리의 대화는 거기서 끝이었다. 응접실의 문이 열리고 언니와 나는 마주 앉았다. 조금 뒤, 로테가 다과와 차를 내려놓고 돌아갔다. 이대로 얘기를 나누면 될까 싶을 때쯤, 문이 한 번 더 열렸다.

"선대공비님?"

문이 열리며 들어온 사람은 어머님이었다. 그레이와 첼시가 돌아왔었지? 그렇다면 두 사람이 모셨던 어머님도 돌아오셨다는 얘기였다.

"귀한 손님이 왔다고 들어 얼른 달려왔단다."

그러고는 언니를 향해 시선을 돌렸다.

"반갑군요. 나는 이 대공령의 선대공비 아이헨나 휘 이베르크예요."

언니가 절도 있게 고개를 숙였다. 그 모습에 언니가 정말 기사라는 사실이 다시금 실감이 됐다.

"처음 뵙겠습니다, 선대공비님. 니온 왕국 기사 디아나입니다. 하지만 현재는 왕국의 기사가 아닌 여기 있는 에이미의 언니로 이 자리에 있습니다."

"내게는 그 신분이 더 귀한 자리이지요."

그 말에 언니가 잠시 눈을 크게 떴으나 이내 온화하게 웃었다. 그렇게 어머님까지 한자리를 차지하고 앉게 되었다. 나는 언니의 얼굴을 보다가 흡, 숨을 들이마셨다.

"언니, 내가 먼저 얘기할까, 아니면 언니가 먼저 얘기할래?"

언니가 리녹과 어머님을 쳐다보는 것 같았다. 나는 이 두 사람도 내 상황에 대해 안다고 언니에게 말을 해 주었다. 그러자, 언니는 어떻게 받아들인 건지는 모르나 고개를 끄덕였다.

"언니는 네 얘기가 듣고 싶어. 이제 들을 준비도 되었고 말이야."

언니를 알기에 그게 진심이 아니라는 건 알고 있었다. 아직도 화가 나 있을 거고 질문이 많을 것이었다. 그런데도 내 얘기를 들어주려 하는 것에 가슴이 조금 뭉클해졌다. 나는 그런 언니를 바라보다가 천천히 이곳에 오게 된 상황에 대해 말을 꺼냈다.

어느 날 집에 나타났던 남자를 언니의 동료로 착각했던 것, 그 남자가 알고 보니 신분을 숨긴 황태자였던 것. 그리고 황태자를 피해 내려간 도시에서 퍼레이드를 하고 있던 리녹과 만나 대공저로 오게 된 것까지.

"……그거 납치 아니니?"

"하하. 하하하하. 아니야. 재밌었어."

'……도망도 하다 보니 스릴감 있고 그렇더라.'라고 말하지 못하고 웃었다. 어쩐지 불편해할 것 같은 대목일 것 같더라니. 슬그머니 넘어가려 했음에도 언니가 득달같이 사나움을 드러냈다.

일단 웃음으로 넘기고는 다음에 있던 이야기들을 빠르게 전했다. 대공저에서 리녹을 오해했던 것들, 펜릴을 만나게 된 것, 탄시즈의 꿈속에서 실마리를 얻어 마법사가 된 것. 그리고 마지막으로, 피하려 했지만 결국 마음을 마주하게 된 것까지.

그렇게 나는 모든 얘기를 마무리 짓고 숨을 뱉어냈다. 오랜 숙제를 끝낸 기분이었다.

내 얘기가 끝난 뒤 언니는 잠시 아무 말도 없었다. 언니를 오랫동안 봤지만 언니가 무슨 생각을 하고 있는지 알 수 없었다. 그만큼 여러 복합적인 감정이 뒤섞인 것 같았다. 조금은 뭐랄까, 시집보내는 딸을 보는 엄마의 눈 같기도 하고.

사실 얘기를 했다고 해서 언니가 곧바로 받아들일 거라고는 생각지 않았다. 당연히 힘들겠지. 입장을 바꿔서 생각해도 당연했다.

그렇게 침묵으로 잠긴 방 안에서 입을 연 사람은 의외의 인물이었다. 리녹이었으니까.

"저…… 디아나."

리녹은 아이의 목소리를 내는 것이 어색한 사람처럼 띄엄띄엄 말했다. 언니의 고개가 돌아갔다. 당연하겠지만 어린 리녹의 앞에서 언니의 얼굴은 부드럽게 풀려났다. 언니는 떠난 뒤에도 어린 녹스를 그리워했었지. 정이 든 건 나뿐만이 아니었다.

그런데 지금 리녹은 그때의 아이는 아니었다. 아이의 몸에 정신은 밤의 리녹이었으니까. 대체 무슨 말을 하려는 걸까?

"음……. 음……."

리녹이 얼굴을 쓸어내렸다.

"왜 그래, 녹스? 아. 어머. 내가 너무 살벌하게 굴어서 겁먹은 거야? 녹스에게 한 것 아니야."

언니가 얼른 손사래를 쳤다. 나는 슬그머니 양심이 아파 왔다. 언니, 미안해. 걔, 걔가 아니야.

리녹도 그러한지 얼굴을 비볐다. 본래 아이가 할 법한 행동은 아니었지만 귀여운 얼굴에 자그마한 손으로 하니 잘 어울려서 티나 나지 않았다.

"보고…… 싶었……."

"응? 응? 설마 내가 보고 싶었다고? 정말?"

끄덕.

새빨개진 리녹이 고개를 끄덕였다. 그러고는 이어 말했다.

"……에이미가 훨씬 더 보고 싶었지만."

아니, 그 말은 덧붙이지 않아도 될 것 같은데……. 어려져도 확고하신 대공님이었다.

나는 그가 이만큼 노력했다는 것에 감동했다. 그와 동시에 왜 이 세계에는 카메라가 없을까 한탄했다. 원통하다. 베이커에게 말해서 꼭 영상 저장 마법을 배워야지.

"맞아. 그건 그렇겠다. 녹스는 에이미를 제일 좋아했으니까."

리녹의 확고한 뜻에 언니는 익숙한 일이라는 듯이 고개를 끄덕이곤, 사람 좋은 얼굴로 웃으며 쿠키를 조심스레 내밀었다. 리녹은 눈을 깜빡이며 받았다. 그는 당황스러워하는 얼굴이었다.

조금 풀어진 분위기를 느낀 나는 슬그머니 끼어들었다.

"저, 언니. 이제 그만 리녹을 원래대로 돌려도 돼?"

언니가 잠시 멈칫했다.

"……10분만 있다가 하면 안 되니?"

"어?"

언니는 "아냐, 농이야." 하고 고개를 저었다.

'아니, 그 얼굴은 진심 같은데.'

언니도 상황의 진지함을 아는 듯 아쉬움 끝에 동의했고 나는 리녹의 손을 잡아 리녹을 원래대로 돌렸다.

"지금은 주기가 아닌 모양이구나."

"으응……."

돌아온 리녹을 보는 언니의 시선은 곱지만은 않았다. 그러나 조금 전처럼 더는 칼을 뽑지는 않았다. 그저 가볍게 한숨을 내쉴 뿐. 하지만, 그런 언니를 이해했기에 나는 이해해 달라고 말하는 대신 화제를 돌렸다. 언니가 생각을 정리할 때까지 다른 이야기를 꺼낼 요량이었다.

"언니, 이건 다른 얘기지만……."

언니의 시선이 내게 돌아왔다.

"궁금한 게 있는데, 언니는 3년 전에 내게 갑자기 치료 능력이 생겼을 때도 그렇게 놀라지 않았잖아."

나는 찬찬히 3년 전을 떠올렸다. 리녹에게서 도망가고 다시 도피 생활을 할 때 나는 언니에게 내 능력을 보인 적이 있었다. 그때 언니는 눈을 동그랗게 뜨고는 잠시 놀란 게 다였다.

그때는 워낙에 정신없었을 때, 언니도 아프고 자리를 잡느라 경황이 없었겠지 싶었지만 이후 언니가 능력을 최대한 보이지 않게 주의하라 했던 점도 마음에 걸렸다. 그리고…….

"오랜만에 만난 동생이 이렇게 거대한 얼음덩어리를 소환했는데도 놀라지 않았어."

오히려 하려는 일을 계속하려 했지.

"언니가 이렇게까지 내 능력에 태연한 건…… 역시 반역자로 몰려 처형당한 우리 가문과 관련된 거야?"

언니가 눈을 크게 떴다. 동시에 입을 달싹였다.

"어떻게 알았냐고? 내가 자발적으로 갔어. 공작가 연회에. 거기서 황태자와 공녀님을 만나고 우리 가문에 대한 이야기를 들었어.

누군가는 언니를 알더라."

연회 얘기에서 언니의 표정이 굳었다.

"언니는 단 한 번도 내게 사실대로 말을 해준 적 없었잖아. 나는 줄곧 언니의 말을 철석같이 믿었어. 우리 가문은 시답잖은 싸움에 휘말려 쫄딱 망했구나, 하고."

나는 차분히 얘기하면서도 울상을 지었다. 그동안 숨겨 왔을 언니의 마음이 익히 예상되었기 때문이었다.

"왜 그랬냐고는 묻지 않을 거야. 하지만…… 언니는 내게 왜 이 상황을 말하지 않았냐고 탓할 자격 없어. 알아?"

울지는 않았지만 울먹임이 스민 내 목소리에 언니가 당황을 숨기지 못했다.

"울지 마……."

"안 울어."

언니는 눈을 이리저리 굴리다가 내 손을 붙잡았다. 나는 언니의 손을 뿌리치지 않았다.

"에이미, 이것부터 하나 말해두자면 우리 가문은 대대로 돌연변이들이 태어나는 가문이었어."

입술을 살짝 깨물었던 언니가 나직하게 뱉었다.

"어떤 돌연변이냐면, 아주아주 많은 마력을 타고 태어나는 거야."

언니의 목소리에서 여러 감정이 느껴졌다.

"자신의 재능을 깨닫지 못한다면 평생 평범한 사람처럼 살 수도 있었지. 언니랑 아버지는 그렇지 못했지만."

모락모락 피어나는 김을 바라보며 언니는 작게 한숨을 내쉬었다.

"그래서 언니는 네가 평생 모르길 바랐어."

"언니."

"네가 이렇게 먼저 진실을 알고, 이런 상황에서 말하게 될 줄은 몰랐지만."

말을 덧붙인 언니가 살짝 웃었다.

"세상엔, 평생 몰라도 되는 사실도 있으니까."

언니의 웃음은 많은 것을 포함한 웃음 같았다.

"하지만 우리 이쁜이는 대단한 마법사가 되고 말았네. 미안해. 이럴 줄 알았으면 빨리 말할걸."

부모님은 어디 갔느냐는 어린 나의 질문에 웃던 날처럼. 나는 언니를 바라보다 언니의 손을 꾹 쥐었다. 그러다 문득 서러움에 소리쳤다.

"왜 언니가 그걸 다 끌어안는데?"

이 순간 왈칵 솟아난 응어리의 이유를 깨달았다. 우리 가문에 대해 알게 되면서 줄곧 서러웠던 거다.

"아무리 나이 차이가 나도, 언니는 엄마가 아니라 언니야. 왜 그렇게 말을 해? 언니도 힘들었잖아!"

손끝에서 자글자글 느껴지는 굳은살은 언니가 살아온 인생이며, 노력이며, 나를 책임지려 했던 흔적이었다. 가슴이 뭉클해졌다.

"분명 어릴 적에 언니도 많이 울었잖아. 마수를 베고 사람을 베면서 울었잖아. 그런데도 이유를 말해주지 않았으면서!"

"……에이미."

"물을 때마다 그냥 웃었으면서."

어떻게 그걸 다 참아. 눈 사이에서 눈물이 주르륵 흘러내렸다. 아무래도 눈물샘이 고장 난 게 틀림없었다. 그런 나를 보며 언니는 쓰게 웃었다.

"이렇게나 언니를 좋아해 주고, 아껴주는 멋진 동생인데."

언니가 내 손을 잠시 만지작거렸다. 눈을 감았다 뜬 언니의 눈에서 어른스러운 빛이 맴돌았다. 내가 좋아하던 언니의 눈이었다.

"우리 에이미가 이베르크에 머물면."

언니가 나지막하게 중얼거렸다.

"이제 세상에 라미아스는 언니밖에 남지 않겠구나."

"언니."

언니의 씁쓸한 어조에 난 언니 손을 붙잡았다. 혼인이든 약혼이든 아직 먼 얘기인데다 그렇게 생각해 본 적이 없어서 당황했다. 심지어 언니가 이토록 빠르게 결론을 낼 줄은 몰랐고. 그 말은 인정하겠다는 거잖아? 아니라고, 그렇게 생각하지 말라고 입을 막 열려고 하던 때였다.

"그건. 해결해 줄 수 있다."

리녹이 느릿하게 입술을 열어 말했다.

"내가 리녹 라미아스가 되면 되겠군."

그 말에 입을 딱 벌렸다.

'……성을 갈겠다고요?'

그리고 이 방 안에 말없이 있던 나머지 인물이 우아하게 입술을 열었다.

"그래. 그럼 대공은 내가 하마."

……어머님?

언니 또한 당황한 것은 마찬가지인 듯했다. 언니가 눈을 동그랗게 뜨고 나를 향했다. 마치 '이건 뭐니? 원래 이래?' 하고 묻는 시선이었다. 나는 천천히 끄덕여 주었다. ……응. 이분들 원래 이래.

사실, 이 깜빡이 없는 두 사람에게 나름 익숙해졌다고 여겼지만 아니었던 것 같다. 아니, 그도 그럴 게 이야기가 너무 빠르잖아. 당신들 대체 어디까지 생각한 거야? 아니, 그보다. 눈을 깜빡이던 언니가 본래 낙천적인 성격답게 이내 웃어 보였다.

"흐음. 우리 에이미, 대단한 사람들을 만났구나?"

그리고 덧붙였다.

"여러 가지 의미로."

언니의 말에 공감이 가는 바였다. 언니는 고개를 돌리곤 방금 폭탄을 던져 이 자릴 초토화시킨 두 사람을 향했다.

"말씀은 감사하지만 알아두셔야 할 것이 있어요. 이미 조금 전 제 동생이 이야기했지만, 저희 가문은 세간에 반역을 도모한 가문으로 알려졌어요."

"모함이었지."

"몰랐지만 상관없단다."

……이렇게 단호한 선생님들을 봤나.

"어머나, 감사해라."

그러나 언니의 웃는 얼굴에서는 만족한 기색이 엿보였다.

"모함인 것도 알고, 모르셨지만 상관없다고도 해주시고. 이것 참 제 동생에게 무슨 복일까."

"……아까까진 칼을 들었으면서?"

"흐응, 아까는 아까고."

아까는 칼을 들어야 하는 상황이었다고 언니가 주장했다. 언니의 심정을 이해하지 못하는 바는 아니었던지라 나도 동의했다. 그래,

응접실에서 다시 빼 들지 않은 게 어디냐…….

나를 뺀 세 사람의 유연한 사고 전환에 정신을 차릴 수가 없었다. 외눈박이 마을에서는 두 눈을 가진 사람이 이상한 사람이 된다고 하던데, 내가 지금 딱 그런 기분이었다.

"말씀은 정말 감사하지만, 재고를 할 필요가 있어요. 리녹, 그리고 선대공비님도요. 언니도 뭘 웃고 있어."

성을 갈겠다니, 이 무슨 듣도 보도 못한 방법이란 말인가. 거기다 냉큼 남은 일들은 걱정하지 말라며 나선 어머님까지. 이 직진 모자를 어쩌면 좋단 말인지.

"리녹, 당신이 라미아스가 되면 저처럼 반역 가문의 사람이 되는 거라구요."

"알고 있다, 에이미."

"당신도 쫓겨 살아야 해요."

"거기까지 예상하지 못할 만큼 얕은 생각은 하지 않았다."

리녹이 테이블에 있는 내 손 위로 손을 겹쳤다. 그의 엄지가 손바닥을 살살 문질렀다.

"내가 그저, 말만 남길 사람으로 보이나?"

"……아니요."

물론 그런 남자는 절대 아니었다. 아니어서 이렇게 염려하고 있는 거였지. 나는 진지한 리녹의 얼굴을 보다 그의 엄지손가락을 꾹 잡았다. 일단은 이 얘기를 더 파고들기에 앞서 들을 것이 있었다.

"알았어요. 일단 조금 뒤에 얘기해요. 언니, 나 계속 물어도 되겠어?"

"물론이지."

후, 심호흡했다. 들숨을 가다듬자 어느 정도 차분해질 수 있었다.

"그래서 우리 가문은 왜 모함을 받은 거며 어째서 망한 건데? 이제 상세하게 알려줘."

그러자 언니가 입술을 살짝 다물었다. 잠시 기억을 돌이켜보는 것 같았다. 언니의 눈빛이 깊어졌다.

"라미아스의 상징은 '새'야. 그것도 새하얀 새지. 마법 생물의 일종인 이 새는 충직과 평온, 평화를 상징해. 그만큼 라미아스는 평화를 사랑한 가문이었어."

하, 언니가 낮게 한숨을 내뱉었다.

"하지만 이미 말했듯 우리 가문에는 대대로 돌연변이가 태어났어."

"마력이 대단히 뛰어난?"

"그렇지. 정확히 말하자면 비정상적으로 마력이 많은 상태이지만 몸에는 전혀 이상도 없고 징후가 없는 상태."

언니가 자신의 가슴 위로 손을 얹었다.

"평생 평범하게 산다면 알아차리지 못해. 하지만 마력이 사용되는 분야, 즉 검술이나 마법을 배우거나 마법에 접촉한 순간 뛰어난 재능을 발휘하는 거야. 나와 아버지는 그게 검술이었고, 에이미 넌 마법이었던 거지."

언니는 어린 시절에 아빠에게 들어서 내가 돌연변이임을 알았다고 털어놓았다. 어쩐지 그래서 언니가 내 앞에서는 그렇게 검을 조심하며, 나를 보호하려 했던 거구나 싶었다.

"어째서 우리 가문에 이런 체질들이 이어지는지 몰라. 아주 윗조상 중에 대단한 마법사가 있다고도 들은 것 같지만……. 정확하지는 않고."

"가문 내에서도 밝혀지지 않은 거야?"

"그렇지. 하지만 극도로 평화를 사랑했던 가문인 탓에 이 사실을 아주 오랫동안 숨겨 왔었어. 성향 덕에 잘 숨겨져 왔고. 그런데 그만 아버지 세대에서 들키고 만 거야."

언니가 지그시 눈을 감았다. 다시 떴을 때, 부드러운 녹색 눈동자 아래로 날카로운 빛이 스쳤다.

"이 사실을 알게 된 황제는 아버지에게 아버지 자신과 나와 너를 실험의 대상으로 요구했어."

"……실험?"

언니가 끄덕이며 정확히 무슨 실험인지는 잘 모른다고 말했다.

"어쨌거나 언니가 알고 있는 건 황제가 아버지와 우리 자매가 가진 마력을 탐냈고, 충직한 기사였던 아버지는 선택해야 했어."

"……."

"자신과 두 딸을 황실에 바칠지, 아니면 명을 거부하고 몸을 피할지."

"아빠는……."

"후자를 택했지. 그리고 결과는 이렇고."

언니가 잠시 숨을 삼켰다.

"아버지는 어머니와 함께 자신이 희생양이 되고 나와 너를 피신시킨 거야. 에이미……."

언니의 손이 주먹을 꾹 눌러 쥐었다.

"언니는 그때 아버지를 죽이고 아버지의 시체를 수거해 가던 기사들을 아직도 기억해."

언니가 고개를 들자, 꼿꼿하고도 강직한 눈이 고스란히 드러났다.

"그 사람들은 한때는 아버지의 동료였고, 나에게는 한참 선배였던 황실 기사들이었지. 한시도……. 단 한 순간도 잊어본 적 없어."

언니가 나를 보며 쓸쓸하게 웃었다. 나는 아무 말도 할 수 없었다. 언니의 얼굴로 스민 참담한 심정을 알 것 같았다. 하지만 나는 끝내 언니의 모든 심정을 다 이해하지는 못할 거였다. 그때의 나는 너무 어려서 기억하지 못하니까.

"황실이 이 오랜 시간 뒤에도 라미아스의 흔적을 찾아 추격하는 건 바로……."

"응. 이 때문이야. 황제는 나랑 너를 포기하지 않았던 거겠지."

이상하다고 생각하긴 했다. 힘없는 어린애인 나와 전직 기사였던 언니를 이토록 집요하게 쫓는 이유가. 모든 의문점이 풀렸다.

"다행인 건 황실 기사단에 입적한 적 있는 나와는 다르게 에이미 너에 대한 모든 건 베일에 싸여 알려지지 않았다는 거야. 그때의 너는 아주 어렸고, 바깥에 나간 적이 거의 없었으니까. 황실도 존재 정도만 알았다는 거지."

그 말에 나는 탄시즈를 떠올렸다. 어린 시절 나를 본 적이 있다고 했었지. 그가 알아보지 못한 걸 봐서는 어린 시절과 얼굴이 달라진 것일지도 모른다.

탄시즈에 대한 생각을 떠올리자 그것만으로도 달갑지 않은 기분이었다. 언니가 낮게 숨을 내쉬었다.

"중요한 건 에이미, 아버지도 어머니도 우리 자매를 아주 많이 사랑하셨다는 거야."

언니가 어린 시절부터 입버릇처럼 하던 말이 있었다. 바로 저, '부모님은 우리를 많이 사랑했었다.'라는 말. 나는 이 말을 가볍게 들었던 걸 반성했다. 아니, 정확하게 말하자면 부모님이 나와 언니를 도망가게 했다는 것은 알았지만 그것이 생각 그 이상으로 커다란 의미였다는 것을 몰랐다는 거에. 그리고 그런 엄마도 아빠도 얼굴조차 기억하지 못한다는 것에 죄송함을 느꼈다. 처음으로 내 이름의 무게가 다가왔다. 아주 크고, 무겁게.

언니의 긴 이야기가 끝나고 테이블 위에 침묵이 내려앉았다. 누구도 쉽사리 입을 떼어낼 수 없는 침묵이었다. 마법으로 온도가 유지되는 찻잔에서는 여전히 모락모락 김이 피어올랐다.

이어지는 침묵 속에서 언니가 손을 들어 올려 눈을 살짝 비볐다. 조금 전부터 느꼈던 것이지만 언니의 눈 밑이 살짝 까맸다. 피로한 사람처럼.

"언니, 지금 힘든 거지?"

체력이 좋다 못해 잘 지치지 않는 언니의 얼굴이 저리니 염려되는 마음이 들었다.

"응? 아니야. 괜찮아."

괜찮다고는 했지만 내가 보기에 괜찮은 얼굴이 아니었다. 하기야 나를 보기 위해 국경을 두 번이나 넘었다고 했다. 니온 왕국은 이처럼 거리가 장난 아닌 곳에 있었다.

눈을 비비는 언니를 보며 피로해 보인다고 생각한 것은 나뿐만은 아닌 모양이었다. 조용히 계시던 어머님이 언니에게 목욕과 휴식을 권했다. 언니는 집주인이자 선대공비인 아이헨나의 말까지 그냥 넘길 수는 없었는지 그럼 일단은, 하고 일어났다.

"언니 얼른 다녀올게."

"천천히 와도 되니까 좀 쉬다가 와. 어디 안 갈 거야."

언니가 푸스스 웃었다. 알겠노라 하고는 방을 나섰다. 언니가 하녀를 따라서 방을 나서고, 방 안에는 자연히 나와 말수가 적은 두 모자만 남았는데 어머님이 먼저 말을 꺼냈다.

"아가."

어머님의 긴 손가락이 찻잔 끝을 매끄럽게 어루만졌다.

"이제 너는 어찌하고 싶니?"

담담하지만 나를 배려하는 마음이 느껴졌다. 그녀의 눈을 마주하자, 나를 염려하고 있음이 크게 느껴졌다. 가슴 한곳이 따뜻해지는 기분에 손등을 꾹 눌러 잡으며, 눈을 휘었다.

"아직 잘 모르겠어요. 모든 얘기가 조금 갑작스러워서……."

어머님은 내 말을 주의 깊게 들어주었다.

"어느 정도 알고 들었는데도 충격은 있네요. 하하……."

"웃지 않아도 괜찮단다."

입술이 멈칫했다.

"아가, 앞서 말했듯이 우리는 네 편이란다. 아울러 특히나 나는 네가 무엇이든 상관없으며 너를 항상 지지한단다."

모자 관계라서일까.

"네가 반역자라면 나도 반역자가 될 것이다."

어머님이 하는 말은 리녹이 내게 건넨 말들과 닮아 있었다.

"너는 어찌하고 싶으니? 너와 네 언니, 네 가문이 누명을 벗고 싶다면 그리해 줄 것이고. 이대로 지내고 싶다면 우린 널 평생 보호하며 살 것이란다."

"……."

손에 더욱 힘이 들어갔다. 울컥하는 기분이 들었는데, 새하얘진 내 손을 잡아 가져가는 커다란 손이 있었다. 리녹은 내 손을 잡아 천천히 주물러 주었다. 하얗던 손에 제 색을 되찾았다. 리녹은 여전히 손끝이 차가운 내 손을 고쳐 잡고, 그대로 들어 올렸다. 손가락 끝마다마다 그가 입술을 내리눌렀다.

"에이미."

그가 아픈 듯 나지막하게 나를 불렀다.

"이 땅은 네 것이다."

그러니 내 마음대로 해도 된다고, 농담을 모르는 남자는 진지하게 속삭이고 있었다.

"제국에서 독립하여 이 땅을 독립국으로 만드는 편이 낫겠나?"

사실 제국 땅에서 대공령이 차지하는 비율은 결코 적지 않았다. 그는 지금 내게 차라리 공국으로 독립할까 묻고 있었다. 그것도 나 하나를 위해서.

"나쁘지 않구나."

"저와 같은 생각이셨군요."

"그렇단다."

어머님이 부채로 턱을 툭 치며 입술로 고상하게 호선을 그렸다.

"생각이 일치하니 얼마나 기쁘니."

"그건 동의합니다만, 에이미에게 말을 너무 많이 붙이지 마십시오."

"흐응, 이제 말을 거는 것에도 이러는 거니?"

어머님이 짓궂게 눈을 휘었다. 하지만 리녹은 표정 변화 하나 없이 단호하게 대꾸했다.

"네. 질투 납니다."

아니, 왜 이렇게 당당하시죠. 그 덕에 나는 몰려오던 감동의 쓰나미로 인해 우는 대신 웃음을 터트렸다. 눈을 닦아내자 채 참지 못한 눈물이 찔끔 묻어났다. 이렇게 진지하게 말도 안 되는 방법을 의논

하는 두 사람은 놀랍게도 진심이었다. 그리고 나를 위해서 행동하고 있었고.

"두 분 다⋯⋯. 너무 고마워요. 정말로⋯⋯. 어떡하고 싶은지 한번 생각해 볼게요."

리녹의 손가락을 꾹 잡았다 놓으며 이어 말했다.

"일단 한 가지만 말하자면 저는⋯⋯ 떳떳하게 살고 싶어요."

그 외의 것은 아직 모르겠다라고 전했다. 이젠 도망 생활은 싫었다. 그러나 무엇을 하면 좋을지 구체적으로 생각나지 않았다. 리녹에게 정말로 전면전을 하자고 할 수도 없잖아.

"지금은 너무 갑작스러워서⋯⋯."

내가 말을 덧붙이자 이해한다는 듯이 두 사람이 끄덕여 주었다. 그러다 어머님이 입술을 끌어올리며 웃었다.

"어느 쪽에 더 고맙니, 아가?"

"⋯⋯네?"

"어머나, 왜 그런 걸 묻냐는 얼굴이구나. 이렇게 물으면 당연히 나라고 하기 힘들겠지?"

리녹이 어머님을 응시했다. 어머님은 누가 봐도 장난을 치는 얼굴로 웃고 계셨다.

"난 괜찮으니, 얼른 내 아들에게 좋아한다고 해주렴."

"⋯⋯그렇게 말하지 않아도 에이미는 저를 좋아합니다."

리녹이 이를 살짝 갈더니 나를 향했다. 그러나 왜인지 나를 볼 때쯤에는 장난감을 잃어버린 짐승처럼 바라봤다.

"⋯⋯정말이지?"

"네? 네? 아, 물론이죠. 좋아해요, 리녹."

나는 웃음을 꾹 눌러 잡으며 리녹의 손을 잡았다. 그 모습을 눈에 담던 어머님은 재밌다는 듯이 보다가 돌연 무언가 생각났다는 듯이 말을 꺼내셨다.

"그런데 말이다, 내가 방금 막 생각을 한 것인데. 아가, 너는 지금 당장 제국 하늘을 편안히 걸을 수 있는 신분을 얻을 수 있단다."

"……결혼이요?"

"흐응, 그리 생각해 주면 좋겠다만 그건 아니란다."

어머님이 부채를 내려놓고 팔짱을 꼈다.

"이 세상의 모든 마법사는 면책권을 가지지. 특히나 뛰어난 마법사는 반역죄라도 쉬이 물을 수 없단다."

귀한 인재니. 마탑에서 보호하고자 나서겠지.

"네가 만약 정식으로 마법사로 등록하고, 이베르크 소속으로 등재된다면…… 훗날 네 신분이 드러나더라도 황실은 공적으로 건드릴 수 없다는 얘기란다."

공적으로. 이건 리녹을 습격하는 황태자 세력처럼 은밀하게 나를 찾아올지도 모른다는 소리였다. 그러나 그게 어디야. 공식적인 추격은 없을 거란 얘기였다.

"네 언니는 이미 타국 기사가 되었으니, 왕국의 보호를 받을 것이고."

"네. 니온 왕국은 기사의 과거를 보지 않는 곳이라 했어요."

"그래. 실력 위주인 곳이지."

어머님의 말을 듣고 곰곰이 생각에 잠겼다. 확실히 이 세계에서 마법사는 귀한 몸이었다. 그리고 베이커에 말에 따르면 나는 지팡이 같은 것을 들어 고대 마법을 쓰는 걸 숨길 수 있다고도 했고. 하지만 아무리 면책권이라지만 그렇게 쉽게 반역의 죄를 면해줄까?

"……그럼 반역죄가 면해지려면 어느 정도로 강해야 하는 건가요?"

그러자 리녹과 어머님이 서로를 마주 봤다. 리녹에게서 대답이 나왔다.

"현재 제국에서 그 정도의 권한을 허락받은 사람은 단 한 사람이다."

묘한 기시감이 들었다.

"여름과 불, 물, 바람, 땅. 모든 원소의 호칭을 받은 마법사."

익숙한 호칭을 듣는 순간 알아차렸다.

"곧 대마법사가 될 세레나 히아신스."

그 말을 듣고 당황을 숨기지 못했다.

"그러니까 지금…… 저더러, 대마법사가 되라고요?"

속칭 네 원소의 호칭을 받은 여름의 마법사. 계절의 호칭을 받았다는 것은 대마법사의 자질이 있다는 것과 같았다. 세레나는 수차례 공적으로 이미 이를 증명했고.

"왜 안 되지?"

나를 바라보는 리녹의 표정엔 신뢰로 가득했다. 숨이 막혔다.

"에이미, 너는 네 스스로를 과소평가하는 경향이 있다."

"아니, 그렇다고 해도. 그게 이렇게 빠른 시간 될 리가 없잖아요."

"고대 마법은 결코 손쉬운 마법이 아니지."

리녹은 굳이 대마법사가 아니더라도 정식 마법사의 명칭을 받아 두는 것이 내게 이로울 것이라고 덧붙였다. 그 말엔 나도 동의하는 바였다. 베이커에게 가르침 받기로는, 마법사 세계에서는 허가받지 않은 자가 마법을 쓰는 것에 엄격하다고 했다.

"그리고 시간이 얼마나 걸리든 무슨 상관인가."

리녹이 내 손을 가져와 손등에 입술을 꾹 눌렀다.

"이곳이 네 땅이고, 앞으로 여기에 영원히 머물 것인데."

집요한 시선이 나를 휘감았다. 웃음이 튀어나올 것 같았다. 이제는 가라 해도 안 갈 건데. 어찌해도 부정할 수 없는 사실이었다. 내가 당신을 좋아한다는 사실이.

"좋아요, 한번 해보죠, 뭐."

대마법사. 중얼거리는 말 속에 다짐이 가득 담겼다.

그래, 어차피 나는 리녹의 저주를 어떻게든 풀기로 결심했다. 내게 조금이라도 그런 잠재력이 있다면.

나는 세레나를 뛰어넘어야 했다.

△

그날 밤.

순조롭게 침실로 들어가 잠을 자려던 나와 리녹에게 커다란 문제가 생겼다. 무엇인가 하면 바로 언니가 아닌 밤중에 나타났다는 거다.

"……같은 방을 써?"

언니의 무시무시하도록 살벌한 기세에 나는 잽싸게 리녹에게서 떨어졌다. 이 밤중에 2차 칼부림은 절대 원하지 않는 일이었으므로 오늘 하루만 언니에게 양보하기로 했다.

리녹이 못마땅한 얼굴을 고스란히 드러냈지만 나는 언니 뒤에서 얼른 고개를 가로저었다.

결국 그날 밤은 언니와 같은 방을 쓰게 되었는데, 로테가 배려해서 각각 한 방에 한 침대씩 나눠서 자게 되었다. 언니와 새벽까지 도란도란 얘기를 나누고 자러 가려는데 언니가 말을 슬그머니 꺼냈다.

"우리 이쁜이, 언니가 기척에 민감한 거 알지?"

몰래 빠져나가면 얄짤 없을 거라는 언니의 친절한 조언에 지체없이 끄덕였다. 그럼 잘 알지. 어차피 오늘은 나갈 생각도 없었고.

언니가 방으로 가고 홀로 남은 나는 자지 않고 등을 기댔다. 그렇게 조금의 시간이 흘렀을 때쯤에 나는 침대에서 일어나 테라스를 열었다. 그리고 그곳엔······.

"쉿, 쉿!"

리녹이 있었다.

내가 이럴 줄 알았어. 이 사람이 찾아올 줄 알았다. 나는 리녹이 가만있지 않을 사람이란 걸 너무 잘 알았다.

"들키면 어쩌려고······."

"에이미, 대공저에는 마법이란 편리한 수단이 있다."

무려 마법씩이나 쓰고 기척을 숨기고 왔다는 소리였다.

"내일이면 또 볼 텐데."

"그 하루라도 아까운 것을 어쩌겠나."

리녹이 내 이마에 입술을 대며 작게 속삭였다. 곧 돌아가긴 할 것이라고.

"네 언니는 이 정도는 예상했을 것이다. 그러니 같은 침대는 쓰지 않았겠지."

"아······."

"1년도 안 되는 시간이지만 나도 네 언니와 보냈지 않나. 네 언니는 인정한 것에 대해서는 관대한 편이지, 그렇지 않나?"

리녹의 말이 맞았다. 나도 언니가 굳이 다른 침대를 쓰는 것이 의아했던 참이었으니까.

이어 리녹의 입술이 이마에서 천천히 내려와 코끝, 인중, 그리고 입술로 내려왔다. 시간이 없어서인지, 그는 촉박하게 내 입술을 가르고 들어왔다.

"흐……."

숨이 막힐 때까지 이어지는 키스였다. 그와 내 것이 얽히고 절벽에서 추락하는 어지러운 기분이 들었다.

'좀 더 그와 붙어 있고 싶다.'

정신 차렸을 때, 리녹의 팔이 허리에 휘감겨 틈도 없이 꽉 붙어 있었다. 손바닥 아래에서 리녹의 심장이 거칠게 뛰었다. 그는 반 헐벗은 상태에서 마치 세상에 현신한 달의 신이라도 되듯 웃었다. 잠시 멍하게 정신을 쏙 뺄 만큼 아름답게.

"이 말을 하지 않았더군."

촉. 입술을 한 번 더 눌러 붙이고는 그가 속삭였다.

"내게 네 시선과 네 눈물, 그리고 네 웃음을 모두 준다면."

그의 입술이 지나간 자리에 그의 향기가 진하게 남겼다.

"나는 이 세상이라도 너에게 바칠 것이다."

마침내 그가 입술을 떼어냈을 때, 온몸이 그에게 잠식된 것처럼 느껴졌다.

"에이미."

눈앞의 남자가 아찔할 정도로 황홀하게 웃었다.

"나는 너를 사랑한다."

쏴아아. 바람 속에서 웃고 있는 남자는 실로 근사했다. 새파란 달빛마저 리녹을 위해 존재하는 것 같았다. 문득 나는 어쩌다 이런 과분한 사랑을 받게 된 걸까 생각했다. 이제 이 자리가 세레나의 것이었다는 생각은 하지 않았다. 한때는 진실이었고 미래가 되었으리라 생각했던 이야기는 일그러진 지 오래였고, 나는 모든 것을 받아들이고 각오하기로 했으니까.

당신을 어떻게든 내가 구해낼 것이다. 하지만 가끔 이 터질 듯한 집요한 열기로 일렁거리는 눈을 보면, 나를 사랑한다고 말하는 이 눈을 보면 가슴이 터질 듯이 두근거리고 아려왔다. 당신에게 이 모든 마음을 돌려줄 수 있을까 싶어서.

당신은 성서처럼 믿고 있던 이야기를 스스로 뒤틀리게 했고 끝내 내 마음을 돌려놓았다. 가슴이 마구 부풀어 오르는 것 같은 벅참에 막 입술을 떼려고 할 때였다. 말들은 미처 입 밖을 벗어나지 못했다. 그가 그대로 내 입술을 머금었기 때문이었다.

입술 사이로 미끄러지듯이 들어온 그가 감았던 눈을 천천히 떴다. 허공에서 그와 시선이 교차했다. 그 순간 발이 허공으로 떠올랐다. 참을 수 없다는 듯 나를 번쩍 들어 올린 리녹이 벽으로 나를 몰아붙였다. 등 뒤로 차가운 돌의 감촉이 느껴졌다. 나는 리녹의 목에 팔을 휘감았다.

내가 살짝 상체를 기울이자, 다시 키스의 연속이었다. 몇 번이고 얽히고설키며 감정 또한 마구 이지러지며 뒤섞이는 것 같았다. 이대로 그의 마음 일부를 나눠 받고 싶었다. 너무 많은 것을 받은 것 같으니 나와 그가 같아질 때까지만. 나는 리녹에게 안긴 채로 그에게 더욱 매달렸다.

"하아…… 하아, 리녹."

잠시 입술이 떨어졌을 때, 낮게 그에게 속삭였다.

"이대로 갈 거예요?"

리녹은 전과 다르게 적극적인 내게 놀란 듯했다.

"……에이미?"

코끝이 살짝 부딪쳤다. 나는 떨어지지 않은 채로 중얼거렸다.

"나, 리녹의 방에 가고 싶은데."

리녹의 몸이 순간 멈칫했다. 긴장한 어깨 너머로 딱딱하게 굳은 근육이 느껴졌다. 그의 어깨를 만지던 나는 팔뚝으로 손을 미끄러트렸다. 천을 쓰다듬듯 관음적 손길에 그가 낮은 신음을 흘렸다. 평소라면 그가 어찌 반응할까 싶어 잘 건드리지 않던 나였다.

"……안 돼요?"

그가 뒷목을 부드러이 붙잡아 입을 맞췄다.

"읏, 리녹."

손은 부드러웠으나 전보다 더욱 거칠어진 키스였다. 그전까지는 마치 나를 아주 많이 봐주기라도 한 듯 숨 쉴 틈 없이 나를 몰아붙였다. 마치 물속에 풍덩 빠진 기분이었다. 물을 무서워했지만 그것과 다르게 아득하고 기분 좋은 숨 막힘이었다. 나를 들어 올려 단단하게 고정한 압박과 다채로운 황홀경에 몸이 펄펄 끓는 것 같았다.

'더, 더욱더.'

리녹을 탐하고 싶은 마음을 주체할 수 없었다. 이런 나를 느낀 듯 리녹 또한 거침없었다. 마침내 입술이 떨어졌을 때, 내 옷은 온통 흐트러져 있었다.

숨이 가빴다. 연신 날숨만 내뱉으며 얼굴에서 열감이 느껴졌다. 이대로 펑 터진다고 해도 이해할 수 있을 것 같았다.

주체할 수 없는 기분은 어디에서 출발한 것일까. 브레이크 없는 기차가 된 기분이었다. 벽에서 등이 흘러내리고 바닥에 발이 닿았다. 발이 닿았음에도 나는 그의 목을 휘감은 채였다. 리녹이 내 쪽으로 상체를 기울인 채 날숨을 뱉었다.

스르륵. 걸치고 있던 가운이 완전히 바닥으로 떨어졌다. 그 아래로 입고 있던 끈 원피스가 고스란히 드러났다. 차가운 공기에 어깨가 돌연 부르르 떨렸지만 이 또한 자극적이었다. 그도 나와 마찬가지인듯 평소와는 다르게 뜨거운 그의 손이 나를 붙잡았다. 내 손을 펼친 그가 내 손바닥에 입을 맞췄다.

"리녹⋯⋯. 흐."

입맞춤은 거기서 끝나지 않았다. 리녹의 입술이 손목을 지그시 내리눌렀다. 자신의 뺨에 내 손을 가져다 댄 채, 손목을 이로 살짝 깨물며 시선을 내리떴다.

나른하게 가라앉은 시선에 오소소 소름이 돋았다. 손목 안쪽을 아프지 않게 잘근 깨문 리녹이 좀 더 위로 올라왔다. 팔을 타고 올라가던 그의 입술이 어깨에서 멈췄다. 살갗에 입술이 닿는 느낌이 생소했다. 이곳에는 닿은 적이 없었기 때문인지도 몰랐다.

원피스의 한쪽 어깨끈이 스르륵 흘러내렸다. 새하얗게 드러난 어깨와 목덜미로 그가 입술을 묻었다. 콧날과 눈동자가 근사하리만치 아름다웠다.

그가 내 목덜미에 흔적을 남기는 동안 나는 그의 어깨에 얼굴을 묻고 흐느끼는 듯한 신음을 토했다. 숨을 뱉을수록 그가 조금 더 빠르고 날것에 가깝게 움직이는 것 같았지만 어찌할 수 있는 게 아니었다. 그리고 마침내 그가 목선에 길게 입을 맞췄다.

"에이미."

목 깊숙이 긁어내린 것처럼 쉰 음성이었다. 쇳소리 섞인 그 음성이 미치도록 야릇하게 들렸다.

"이대로 널 내 방에 데려가고 싶다. 하지만……."

그가 내 목에 얼굴을 묻고 앓는 소리를 냈다.

"오늘은 안 될 것 같다."

나는 리녹의 품에서 고개를 들었다. 어째서? 하는 시선을 담고. 마찬가지로 머리를 든 리녹이 내 시선을 피해 낮게 읊조렸다.

"내가 어찌 나올지 나도 모르겠다."

그의 손끝이 목과 귀를 어루만지고 지나갔다.

"충동에만 맡겨 너와 보내고 싶지 않아."

꽉 달라붙어 있었기에 여실히 느낄 수 있었다. 그도 나처럼 원하고 있다는 것을. 한 올 한 올 머리칼을 넘겨주는 손에서 나를 정말 소중히 여기는 마음이 느껴져 가슴이 뭉클했다. 나는 뺨을 만져 주는 그의 손에 눈을 지그시 감았다가 그의 손을 붙잡았다.

"저기 리녹."

그의 손은 기분 좋지만……. 그건 그거고.

"확실히 섣부른 충동으로 움직이면 안 되긴 해요."

나는 표정을 굳히고 진지하게 말했다.

"하지만, 사람이 욕망에 충실할 때도 있어야죠."

사람이 어떻게 맨날 참고만 삽니까? 네? 나의 진득한 얼굴에 리녹은 잠시 당황한 것 같았다.

"……에이미?"

잘 차린 밥상을 고스란히 발로 차다니. 이건 내 안의 짐승이 용납할 수 없다고 외치고 있다.

"저랑 같이 밤을 보내요."

나는 일단 결심하면 더는 망설이지 않는 여자. 그건 마음도 마찬가지였다.

"밤요."

"……."

"싫으세요?"

리녹이 눈을 잠시 내리감더니 이내 자신의 얼굴을 감싸 쥐었다. 손이 덮기 직전, 그의 눈가가 빨갛게 물들었던 것도 같았다. 그는 내게 입을 촉 맞추고는 그대로 내 어깨로 무너져 내렸다. 그의 머리를 살살 쓰다듬어 주는데, 귀가 새빨갰다. 뒷목도 근육이 꽉 짜인 등도 마찬가지였다.

"……싫을 리가 있겠나."

그의 입술에서 한숨 같은 말이 새어 나왔다. 그러면 된 거 아닌가? 그렇게 생각할 때였다.

"다시 말하지만 에이미, 난 절대로 싫은 것이 아니다. 충동에 내맡기기엔 네가 너무나 소중하며……."

"그 소중한 제가 리녹을 당장 이끌고 가고 싶은데요."

누나만 믿어.

"에이미, 그리고 네 언니는 지금 내 기척을 못 느낀다고 해도 이 자리에 내가 있을 거라 예상은 하고 있을 거다."

나는 멈칫했다. 예상치 못한 말을 들은 사람처럼. 그리고 그제야 정신이 돌아왔다. 아니, 정확히는 잠시 강제로 가출시켰던 이성이 "내가 왔다." 하고 땡그랑 경종을 울리는 기분이었다.

"……그건…… 그렇네요."

생각해 보면 오늘 바로 그 무시무시한 칼부림이 일어났다. 다른 날이면 몰라도 오늘은 피하는 것이 맞았다. 사실 언니가 다른 침대를 쓴 것도 최대한의 배려였을 테니까.

끄응, 숨을 흘렸다. 리녹은 그런 나를 보며 살짝 웃음을 터뜨렸다. 내가 사랑스럽다는 듯이 내 귀에 살짝 입을 맞추면서. 붉어졌던 살갗은 차차 제 색을 되찾았다. 나는 그게 참 아깝다고 생각했다. 이제 곧 돌아갈 리녹을 느꼈으니까.

'안녕, 내 밥상⋯⋯.'

그리 생각하며 조금 시무룩하게 시선을 내릴 때였다.

"그리고 에이미."

리녹이 나를 나직하게 부르고는 잠시 침묵했다.

"왜 그러세요?"

"내 생각에는⋯⋯ 준비가 필요할 것 같아."

"준비?"

무슨 준비? 고개를 갸웃했다. 그러나 리녹은 착실하게 고개를 움직였다.

"준비 없이 했다간."

귓가에서 그의 목소리가 야릇하게 울려 퍼졌다.

"⋯⋯걷지 못할지도 모른다."

얼굴이 붉어졌다.

△

다음 날 아침.

대공저의 오전은 꽤 늦게 시작하는 편이었다. 그러나 언니는 기사답게 새벽부터 일어나 가벼운 스트레칭과 운동까지 마치는 대단한 모습을 보였다. 이건 숲속에 살 때와 다를 게 없구나.

"에이미?"

언니는 몸을 일으키는 나를 바라보며 머리를 비스듬하게 기울였다. 칼같이 단정하게 잘린 머리칼이 턱 끝에서 찰랑거렸다.

"얼굴이 왜 그래. 너 어제 잠 못 잤어?"

"으, 으응?"

나는 재빨리 눈을 굴렸다. 그러고는 아니라며 손을 휘젓고는 물잔에 손을 가져다 댔다.

"왜, 어제 대공님이 방으로 오라고 하던?"

"푸흡! 쿨럭! 콜록콜록!"

언니는 시원하게 허공으로 흩뿌려진 물줄기를 가볍게 피하고는 태연하게 웃었다.

"오긴 온 모양이구나?"

"흡, 쿨럭, 아니, 켁."

"뭘 그렇게 놀라니. 알고 자리를 비켜 준 건데."

"……너무 태연하게 말을 하니까 그렇지."

언니는 손가락으로 입술을 떠받치고는 흐응, 하고 입을 움직였다.

"어머나, 아직이니?"

"……뭐, 뭐?!"

"그래도 모든 상황은 조심해서 나쁠 건 없으니, 피……."

"그만, 그만!"

다음에 나올 말을 바로 눈치챈 내가 언니의 말을 가로막았다.

'지금 무슨 말을 하는 거야?'

어이가 없었다. 바로 어제까지 칼을 빼 들고 사생결단을 내려 했으면서 저런 말이 나오냐고. 언니는 나를 보며 소리 내어 웃었다.

"생각보다 점잖은 분이시구나."

순간, 언니가 그냥 웃고만 있는 게 아님을 알았다.

"네가 조금이라도 싫어한 티를 냈으면 이번에야말로 끝을 봤겠지만 말이지."

솜털이 곤두섰다. 그러니까 언니가 지금 살짝 떠본 거지? 그러고 보니 언니에게 지난 리녹과의 키스를 두고 불가항력이라 말한 적 있었다. 이를 기억하는 언니로서는 예민할 수밖에 없겠지만…….

"언니, 지금도 완전히 받아들인 건 아니지? 그런데 왜 어젠 자리를 피해준 거야?"

덕분에 좋은 시간 보냈다지만……. 내가 언니라면 어려웠을 것도 같았다. 언니는 웃음으로 답했다.

"네가 좋아하잖니."

"……."

"그것도 아주 많이."

내가 대답하지 못하는 사이 언니에게 복잡 미묘한 표정이 스쳤다. 그대로 성큼 다가온 언니가 내 뺨을 살짝 꼬집었다.

"세상에 자식 이기는 부모는 없다는 말이 있잖니. 우리 집에서는 우리 예쁜이 이기는 언니 없다이려나. 언닌 너 못 이겨."

잠시 허공을 보는 듯한 시선이 다시 나를 향했다.

"그리고 널 꺾고 데려갈 만큼 그 사람이 나쁜 사람이니?"

"……아니야."

고개를 젓자, 언니의 활기차고도 다정한 목소리가 내려앉았다.

"그래. 솔직히 아직 완전히 받아들이기 힘든 일이지만……. 언니는 네 선택과 네가 선택한 남자가 괜찮은 사람이란 걸 믿어."

몇 년간 참 그리웠던 목소리였다. 어제는 내내 놀라 경황이 없었지만 이제야 한 번 더 언니가 곁에 있다는 것을 실감했다.

"그리고 녹스라면 1년 안 되게 보긴 했잖니."

내가 택한 남자가 리녹이 아니라 처음 보는 타인이었다면 턱도 없었을 거라고 말을 덧붙였다. 그 말은 다시 말해 언니가 리녹을 일부, 아니 꽤 인정하고 있다는 것처럼 느껴졌다.

"에이미."

"응?"

언니가 그래서 말인데, 하고 운을 떼었다.

"언니는 네가 이 저택에서 줄곧 어떻게 생활했는지 알고 싶어. 오늘 하루 지켜봐도 되니?"

"날 관찰하겠다고?"

대놓고 따라다니며 구경하겠다는 언니의 말에 나는 눈을 깜빡였다. 하나 내가 이 저택에서 따로 하는 일은 없었기에 흔쾌히 수락했다. 내가 하는 일이라고는 사실 낮에 어머님을 만나서 차 한잔하는 것을 제외하면 베이커에게 마법 수업을 듣거나 리녹이 열어준 비밀스러운 서재에 가서 종일 고대 마법 책을 열람하는 것이 전부였다.

가끔 리녹 허락하에 책을 밖으로 가져와서 리녹이 집무실에서 일을 보는 동안 옆에서 책을 읽곤 했다. 그가 나를 무릎에 앉혀두고 일을 봐서 곤란했지만. 그게 난감한 이유는 일하자는 건지 책상에서 애정 행각을 나누자는 건지 모를 정도로 리녹이 나만 쳐다봐서였다.

"안녕하세요, 각하."

잠시 후 이 사실을 알게 된 리녹은 굉장히 못마땅해했다. 산책이 취소된 짐승처럼 약간은 불퉁해 보이는 얼굴에 웃음이 나올 뻔했지만 꾹 참았다.

"……좋은 오전이군."

"네."

언니가 빙긋 웃으며 나를 뒤에서 끌어안았다.

"어제 자리를 비워 드렸으니 이 정도는 허락하시리라 생각해도 되겠죠?"

어머님이 이러셨다면 불만이라도 드러낼 텐데 상대가 언니라서인지 리녹은 차마 말을 하지 못하고 꾹 참았다.

'아, 왜 난 저 모습이 귀엽지?'

언니에게 작게 속삭였더니 언니가 웃음을 터트렸다. 우리 동생, 벌써 중증의 기운이 보이는구나 하면서.

중증이라니. 사람이 누굴 좋아하면 이 정도 콩깍지는 누구나 쓰는 것 아닌가. 거기다 난 콩깍지 아니다. 객관적으로 봐도 너무나 잘나고 미려한 남자 아니겠어.

나는 어젯밤 잔뜩 달아올랐던 그의 반라를 떠올리며 고개를 주억였다. 태연히 넘어가려고 했지만 생각할수록 화끈거리고 아랫배에 힘이 들어갔다. 생각할수록 그거, 이제 시간 문제 같단 말이지.

아무튼, 그렇게 오늘은 리녹의 집무실에 언니까지 들어가게 되었다. 집무실로 들어가자 먼저 기다리고 있던 이들이 고개를 돌렸다.

"아, 아가씨."

"아가씨!"

총 세 사람이었다. 눈을 말똥말똥하게 뜬 그레이와 반갑게 손을 들어 올리는 첼시. 그리고 묵묵히 고개를 숙이는 셰드 경까지.

"좋은 오전입니다. 잘 주무셨어요?"

그레이는 어제 실수한 것 때문인지 조심스러운 얼굴로 칼같이 아가씨, 하고 불렀다. 그 모습이 꽤 처량해 보여서 웃음이 튀어나왔다. 이후 로테까지 들어오자 오늘 모일 사람이 전부 모였다.

나는 언니를 데리고 집무실 한쪽에 있는 소파 쪽으로 가서 앉았다. 이곳이 원래 내 자리였던지라 내가 읽다 만 책들이 놓여 있었다.

"……고대 마법?"

언니가 제목 중 하나를 읽고는 중얼거렸다.

"아, 응. 언니도 알지? 내가 치료 마법을 쓸 때마다 손등이 이렇게 되었던 거."

나는 언니에게 손등을 보여주며 떠올리자 문양이 다시 떠올랐다.

"이게 고대 주문의 일종이래."

언니는 마법에 대해서는 잘 알지 못해 자세히 설명해 주었다. 언니는 퍽 진지하게 고개를 끄덕였다. 마법에 대해서는 모르는 언니였기에 자세히 설명해 주었다.

"신기하네. 재능이 검 아니면 마법으로 나뉜다고는 들었지만."

"들었는데?"

"사실 언니는 네가 나처럼 검술에 재능이 있어서 검을 잡을지도 모른다고 여겼어."

언니라면 그렇게 생각했을 수도 있겠다. 그러나 나는 사실 언니의 보호 때문인지 몰라도 검을 잡아 볼 생각을 하지 못했다. 물론 급하면 몽둥이 같은 걸 든 적은 있지만.

"난 마법이 잘 맞는 것 같아, 언니. 직접 손으로 느끼는 것보단 이쪽이 좋은 것 같다고 해야 할지."

"하긴, 우리 이쁜이는 그쪽이 맞을지도 모르겠어."

언니가 손뼉을 치며 맞장구를 쳤다. 내가 사랑스러워 견디지 못하겠다는 시선은 신기하게도 리녹과 살짝 겹쳐 보였다. 물론 결은 달랐지만. 그런 언니를 보다가 문득 떠오른 생각이 있었다.

언니와 나는 집안의 돌연변이라고 했다. 그리고 언니는 타고난 마력을 가꿔서 기사가 되었고, 지금은 아주 뛰어난 실력자가 되었다. 놀라울 정도로 빠르게.

"언니, 우리가 돌연변이라 했잖아. 이걸 아는 거랑 함께 재능을 갈고닦아야, 강해지는 거겠지?"

"응? 그렇지."

뛰어난 광석이라 하여도 보석이 되기 위해 정제 과정이 필요하다. 그렇다면, 언니가 내게 도움을 줄 수 있지 않을까?

"나 좀 도와줘, 언니."

"뭘를?"

빠르게 판단한 나는 얼른 말했다.

"언니, 내게 싸우는 방법을 알려줘."

같은 체질이라 하여도 언니는 검을, 나는 마법을 택했다. 그렇다고 하여도 언니가 내게 알려줄 수는 있을 것이다. 실제로 나는 언니에게 간단히 몸을 움직이는 것을 배운바, 언니가 무언가를 알려줄 때 썩 잘 가르친다는 것을 이미 알고 있었다. 눈높이에 맞춰서 알려주는 데다 적절한 단어 선택으로 귀에 쏙쏙 들어온달지, 이건 내가 언니 동생이라서 그런 걸지도 모르지만.

"가르쳐 달라니, 정확히 어떤 걸 알고 싶은 건데?"

언니는 찻잔을 내려놓으며 진지하게 내 얘기를 들어줄 태세였다.

"싸우는 것에도 여러 방법이 있어, 에이미. 이를테면 상대가 때린다고 쳤을 때, 나도 함께 공격하는 경우."

언니가 손을 들어 올려 공격하는 시늉을 했다.

"그리고 방어하는 경우, 도망도 한 방법이 될 수 있어."

"그건 싸움을 피하는 거 아니야?"

"아니야, 싸우는 방법이란 것은 싸울 때를 정하는 것도 포함돼. 전략적인 도망이란 것도 있으니까."

언니가 하나씩 시늉을 하고는 팔짱을 꼈다. 나는 흠, 하고 고민하고는 말했다.

"언니, 나는 맞서 싸우고 싶어. 상대가 나를 공격한다면 나는 공격할 줄도, 방어할 줄도 알아야 해."

지금까지 겪었던 일을 생각했다. 만약 앞으로 리녹과 함께 있는 한 언제고 한번은 위험한 일이 생길지도 모른다. 리녹이 말을 했듯이 나는 내가 가진 고대 마법의 잠재력을 잘 모른다. 과소평가하고 있을지도 모르고. 그러나 내가 제대로 끌어내지 못하고 있다는 건 사실이다. 아무리 강력한 마법이라 한들 실전에서 쓰지 못하면 소용없다는 것도. 언제까지고 짐이 될 수는 없었다.

"적어도 시간을 끌 정도로는 싸울 줄 알고 싶다는 거야."

"모든 방법을 알고 싶다?"

"응. 꽤 어려운 목표란 건 알아."

"그렇지. 기사들은 몇 년에 걸쳐 연마하는 거니까."

언니는 내 말에 수긍했다.

"하지만 마법사의 경우는 잘 모르겠네."

"저택의 마법사님은 내가 여기서 더 강해질 수 있다고 했어, 마법에 익숙해진다면."

"그러니까 익숙해지는 걸 도와달라는 거구나?"

언니는 대화를 이어가며 내가 뭘 원하는 건지 구체적으로 안 듯했다. 이내 팔짱을 끼고는 으음, 소리를 내다가 고개를 갸웃 기울였다.

"그런데, 대공저에는 훌륭한 기사분들이 많은 걸로 알아. 꼭 언니일 필요가 있니?"

……그 훌륭한 기사분들을 언니가 때려눕혔잖아? 언니 밑에서 대공가 기사들이 뒹굴던 장면을 생생하게 기억했다. 잊을 수 없는 장면이었지 정말.

"그리고 여차하면 대공 각하도 계시고."

"리녹은 안 돼."

나는 단호하게 고개를 저었다. 이유인즉슨.

"언니, 리녹이 검을 들고 나한테 휘두를 수 있을 것 같아?"

아무리 연습이라지만 그는 절대 못 할 것 같다. 아니, 확신이었다.

"그 말은 언니는 가능할 거란 얘기잖니."

"언니는 한다면 하는 사람이잖아. 그리고 예전에 나 간단하게 몽둥이 사용할 때도 그렇게 가르쳐 줬고."

언니가 간단한 운동을 알려줄 때 가벼운 대련도 했었기에 알았다. 우리 언니는 뭔가를 가르칠 때는 제대로 가르쳤다.

"그건 체술이라고도 할 수 없는 운동이었고 끝을 감싼 목검이었잖니."

언니는 그래도 고민되는지 좀처럼 시원한 대답을 하지 않았다.

"아니야. 언니, 다른 낯선 기사분들이 나한테 검을 휘두르는 것보다야 언니가 나을 것 같은데?"

솔직히 대공가 기사들을 생각해 보지 않은 건 아니었다. 무엇보다 이전에 간단한 마법들을 수련하던 때 베이커가 내게 실전을 권한 적 있었는데, 그때 도움을 요청한 적이 있었다. 그리고 사색이 되어서는 고개만 젓는 기사들을 보고 얌전히 포기했다.

"그리고 언니, 리녹은 대공가 기사들과 말도 못 붙이게 해."

고개만 끄덕이거나 가로젓는 사람들과 무슨 의사소통을 해. 눈에선 했다. 여전히 충성스러운 강아지처럼 고갯짓이나 눈짓으로만 표현하던 기사들이었다. 언니는 눈을 동그랗게 뜨더니 곧 입술을 끌어 올렸다.

"세상에나."

생글생글 웃는 눈은 재미있다는 눈치였다.

"언니가 최대한 외간 남자와 떨어져 있으라 얘기하긴 했지만. 녹스는 생각 이상이구나?"

나는 어깨를 으쓱였다. 사실 딱히 불편하거나 불쾌하지는 않았다. 솔직히 나도 차차 깨달은 사실인데, 리녹이 귀족 영애와 하하호호 웃고 있으면 질투가 날 것 같았다. 내게 이런 독점욕이 있는 줄은 처음 알았다. 이 얘기를 언니에게 했더니 언니는 파안대소를 했다.

"어머나, 몰랐니?"

"뭘 몰라?"

"우리 예쁜이."

언니가 눈을 휘었다.

"넌 언니를 정말 좋아하잖니?"

"그거야 그렇지만……. 그게 왜?"

"너 아주 어렸을 때부터 언니에게 집착이 강했어. 어느 때는 한시도 떨어지지 않으려 했고. 아무래도 부모님이 계시지 않았기에 언니를 더 의존하나 싶었거든."

언니가 검지를 들어 올리며 옆으로 흔들었다.

"그런데 아니더라. 네가 다음으로 좋아한 건 언어였지. 다음은 약초학이었고. 그다음이 언니가 데려온 아기 들개였지?"

그 말에 나는 오래된 기억을 하나 떠올렸다.

말했듯 언니는 작고 귀여운 것에 사족을 쓰지 못했고, 다친 동물을 두고 보지 못하는 심성의 소유자였다. 어린 시절 언니가 데려온 새끼 들개도 언니가 그냥 지나치지 못한 일 중 하나였다.

우리 자매는 다친 그 아이를 성심껏 보았지만 이미 마수한테 다리를 깊게 물렸기에 채 2년을 살지 못하고 죽었다. 그날 나는 세상이 떠나가라 엉엉 울었다. 개의 죽음에서 언니 또한 이렇게 죽을지도 모른다는 깨달음을 얻었기 때문이다. 막연하던 죽음이 현실로 덜컥 다가오던 날이었다.

"언니는 그 개를 키우면서 느꼈지. 우리 에이미는 한번 눈에 들거나, 정이 들면 끝까지 파고들어야, 발끝까지 차지해야, 직성이 풀리는 아이구나. 가끔은 무모하고 끝을 보려는 성정이 여기서 보이더라."

"……그건 언니도 그렇잖아."

"그러니 우리가 자매 아니겠니?"

어쩌면 그 말이 맞는지도 몰랐다. 아니, 맞았다. 망설이는 동안에는 몇 번이고 떠날 생각을 했지만, 결정한 지금에는 세레나가 돌아오더라도 바뀌는 건 없을 거라 생각하고 있으니까.

"아무튼 네 뜻은 알겠어."

언니는 팔짱을 풀어내며 꼿꼿한 자세를 느슨하게 늘어트리더니, 내 뺨을 톡 두드렸다. 내 눈이 언니를 향하자, 언니는 웃어주었다.

"좋아, 여기 있는 동안 도와줄게."

그렇게 언니의 허락이 떨어졌다. 여전히 집무실 중앙에서는 리녹이 기사들과 회의를 하고 있었으므로 우리는 곧바로 자리를 비우지 않기로 했다. 움직이는 게 방해가 될지도 몰라서였다.

"그동안 네가 겪은 이야기나 해 주렴."

"음, 별일은 없었는데."

무슨 얘기를 해야 하나. 기억을 되새기다 문득 언니에게 물었다.

"언니, 혹시 스틸라 공녀를 알아?"

"공녀?"

공녀, 공녀……. 몇 번 중얼거리던 언니가 모르겠다는 듯이 머리를 비스듬히 기울였다.

"이름은 '비네아'인데……."

"아."

그제야 알겠다는 듯 언니의 눈이 깜빡였다.

"스틸라에 있는 자그만 아이를 말하는 거구나? 알지. 왜?"

"아. 그분이 언니를 알고 있는 것 같아서."

"흐응, 그래?"

언니는 그렇구나 하고 끄덕이고 말았지만 나는 언니에게 잠시 먼 시선이 스쳤음을 모른 척해주었다. 그리고 비네아와 있었던 일을 간단하게 이야기해 주었다.

"그 아이가 그렇게 컸구나."

우리는 도망자였고, 그것은 지난 인연을 모두 버려두고 떠나오는 것을 의미했다. 언니에게도 회한을 남기고, 아쉬운 것들이 남아 있을지도 몰랐다.

"아, 그리고 언니 혹시 어릴 적에 내가 황궁에 간 적이 있어?"

"황궁? 아……. 있기는 있어. 아버지가 입궐하실 때 데려간 적 있거든. 언니가 사고를 치는 바람에 다신 데려가지 않았지만."

"사고?"

"응. 잠시 정원에 함께 갔을 뿐인데 웬 남자애가 너를 데려가는 것 같아서. 뭐 그때는 황태자인지도 몰랐지. 아무튼, 그래서 언니가."

"언니가?"

"때렸거든."

푸흡, 나는 머금었던 차를 뿜을 뻔했다. 황태자라 했으니 그 아이는 분명 탄시즈일 터였다. 그런데 황태자를 때렸다고? 언니…… 우리 가문이 이미 그걸로 반역죄가 된다 해도 할 말 없는 거 아니야?

"아, 괜찮아. 그때 황태자가 넘어가 주었거든. 아는 건 그 자리에 있던 아버지와 언니 정도? 넌 어려서 기억을 못 하니까."

언니가 상큼하게 웃었다.

"그땐 귀여웠지. 지나간 일일 뿐이야, 에이미. 아시다시피 언니는 황실을 표현할 수 없이……."

언니가 말을 삼켰다. 그러고는 일부러 가볍게 말했다.

"그 황태자도 굉장히 많이 컸겠구나?"

물론 그리 말했지만, 언니의 눈은 결코 달갑지 않았다.

"……그렇지. 숲속에서 우릴 습격한 것도."

"응. 황태자의 기사단이었지."

언니와 나의 적의가 같은 색, 같은 느낌으로 일치하는 것 같았다.

다른 이야기로 화제를 돌려 대화의 꽃을 피우는 동안 테이블 위로 모락모락 김이 올라온 차가 놓였다. 로테가 올려둔 것이었다. 나는 고개를 정중히 숙이고 물러나려 하는 로테를 붙잡았다. 아직 중앙에서는 리녹이 기사들과 이야기를 주고받고 있었다.

"로테 씨, 나랑 언니는 이만 자리를 피해도 되지 않을까요? 오늘 회의가 조금 길어지는 것 같은데."

로테가 리녹을 흘끗 보더니 고개를 가로저었다.

"각하께서 말이 없으셨다면 괜찮으리라 생각합니다. 그리고 저 바, 아니, 저 작자들이랑은 오래 회의 못 하실 겁니다. 그저 전할 사항이 많아서 그런 거니까요."

……방금 저 바보들이라고 하려 했지?

여기 와서 알게 된 사실인데, 대공기사단은 리녹을 총 대장으로 크게 3개의 단으로 나누어져 있었다. 3개의 단에는 각각 부대장을 하나씩 두고 있었는데 저기 보이는 그레이, 첼시, 셰드 경이 그 세 부대장이었으며, 그레이가 총 부단장이라고 들었다. 가만 보면 그레이가 부단장인 게 신기한 것 같긴 하지만. 힘의 서열로 나눈 거라나. 세 사람은 비등비등하지만, 상성 상 그레이가 우위를 점하는 정도라 했다.

"현재 북쪽 하얀 산맥 쪽이 시끌시끌한 터라 오늘 거기에 관해 얘기를 나누고 계십니다."

하얀 산맥이라고 하면, 이곳 대공령 바로 옆에 붙어 있는 산맥이자 펜릴이 사는 곳이기도 했다. 그러고 보니 펜릴이 이 땅과 산맥을 두고 이베르크 대공가와 계약한 상태라고 했다. 더구나 펜릴도 산맥에서 일어난 일을 전달해 달라 그랬지?

"혹 무슨 일인가요? 물어봐도 되나요?"

"예. 외부로 반출 금지된 이야기이나, 아가씨께 기밀은 아니니 말입니다."

로테가 약간의 틈을 두고 말을 이었다.

"하얀 산맥에 황실이 침입하여 마법 생물을 찾아 반복적으로 생포 및 납치하려 시도했다고 합니다."

"납치?"

반문한 사람은 내가 아니라 언니였다. 가만히 듣고 있던 언니가 표정을 찡그렸다. 왜인지 언니는 납치란 단어가 불쾌해서 찡그린 것 같지 않았다. 무슨 일이냐고 언니에게 묻자 아무것도 아니라며 고개를 저었다.

"……그냥 비슷한 사건을 들은 것 같아서."

잠시 후, 저쪽의 회의가 끝났다. 기사들은 그제야 이쪽을 쳐다보고 각자 방식으로 고개를 꾸벅 숙였다. 들어올 때 받았건만 또 인사하는 이들은 다른 날과 다르게 제법 절도가 있어 보였다. 아무래도 이건 칼같이 각 잡힌 셰드 경이 끼어 있어서인 것 같기도 하고.

물끄러미 나를 쳐다보는 시선이 느껴졌다. 그 시선이 셰드 경의 것임을 알았다. 또 저렇다. 나를 안다는 듯한 시선. 자세히 보면 의문이 어린 것도 같고. 가서 "눈을 왜 그렇게 떠요?"라고 할 수도 없고……. 나는 기회를 봐서 꼭 그에게 왜 그렇게 쳐다보냐고 물어보리라 결심했다.

"네 언니에게 배우겠다고?"

"응. 연무장을 빌려도 될까요?"

리녹은 연무장을 빌려도 되냐는 말에 흔쾌히 수락해주었다. 다만 그리하면서 나를 염려스러운 눈으로 보았다. 가끔 리녹이 나를 금방이라도 깨질 듯한 도자기처럼 대우한다는 기분이 들 때가 있는데, 바로 지금이었다.

"……부러지면 어떡하나."

나는 조금 어이가 없는 얼굴로 그를 보며 눈을 깜빡였다.

"리녹, 사람의 뼈는 그렇게 쉽게 부러지지 않아요."

"내가 잡으면, 쉽게 부러졌다."

……예?

"에이, 아니죠. 대장. 부러진 게 아니라 팔을 아작 냈지 않습니까?"

첼시의 시원시원한 말에 그레이가 기겁해서 첼시 어깨를 잡았다.

"아 왜?"

"……조용히 좀 해."

"표현에 문제가 있어서 그래? 그럼 팔을 잘라냈…… 읍!"

"넌 좀 가만히 있어. 어?"

"그레이 말이 맞다."

그레이에 이어 셰드 경까지 첼시의 입을 막았다.

그러나 이미 생략된 말을 알아들은 나는 하하하, 어색하게 웃었다. 대체 몇 명의 팔을 결딴냈으면 아주 쉽게 저런 말이 나오는 걸까…….

"흐음. 기사들 간의 훈련 중, 팔 정도야 쉽게 부러지긴 하지만 설마 언니가 우리 소중한 예쁜이의 팔을 부러트릴까."

언니마저 살벌한 대화에 동참했다. 나는 순간 기사는 되지 않길 잘했다고 생각했다. ……저 사람들처럼 무덤덤하게 피 튀고 살 튀는 얘기는 하고 싶지 않아.

"리녹, 혹시 저택에 마법 지팡이 같은 게 있을까요?"

내 말에 잠시 고민하던 리녹이 고개를 끄덕였다. 그가 눈짓하자 로테가 알았다는 듯이 고개를 숙였다.

이내 로테가 문을 열고 부대장들이 하나씩 빠져나갔다. 그리고 언니가 따라 나갔다. 보통이라면 로테가 가장 먼저 빠져나갈 텐데 언니가 나가고 로테가 그 다음에 나갔다.

이상하다고 생각하며, 밖으로 나설 때였다. 몸이 기우뚱 중심이 기울어지며, 시야가 잠시 흔들렸다.

달칵. 잠깐의 흔들림 끝에 정신 차렸을 때 나는 닫힌 문에 눈을 깜빡였다. 그리고 내 위로 커다란 그림자가 졌다.

"리녹?"

한쪽 팔로는 문을 밀고 다른 팔로는 날 붙잡은 그가 그윽하게 나를 내려다봤다. 상체가 굽혀지고 가까워지는 데까지는 몇 초도 걸리지 않았다. 그의 입술이 내 입술을 찾아 내려앉았다.

"감시가 삼엄하니."

"감시? 훗……."

"……기회는 직접 만들어야지. 그렇지 않나?"

그가 다시 입을 맞추며 그렇게 속삭였다. 이어 길게 입을 맞췄다. 어젯밤처럼 강렬하고 거친 키스는 아니었다. 부드러우면서도 진득하고 집요한 입맞춤이었다. 길게 이어질수록 숨이 막히고, 뱃속이 조여드는 것 같았다.

어느새 그의 팔 쪽으로 몸이 돌아가 문에 등을 기댄 채 그의 몸을 받아들 듯 입을 맞추고 있었다. 아니, 그에게 삼켜질 것 같았다. 잠시 입술이 떨어졌을 때, 나는 헐떡이며 작게 속닥거렸다.

"아니, 저, 밖에 언니가……."

"너랑 나는 잠깐 이야기 중이지."

"이야기요?"

"그래. 아주 중요한 이야기."

그의 단호한 얼굴에 나도 모르게 끄덕였다. 그의 얼굴은 사람을 믿게 만드는 구석이 있었다. ……응. 얼굴만 보고 옥 장판도 살 것 같아. 그래. 나는 당돌하게 고개를 들며 말했다.

"그 이야기 오래 했으면 좋겠는데요?"

난 지금 순간만 좌우명을 바꾸기로 했다. 한 치 앞만 보고 살자.

"이번엔 그냥 안 보낼 거죠?"

"……에이미."

"이렇게 짧게는 안 돼요."

리녹이 멈칫했다. 눈동자가 흔들리고 그 아래 기저 깊이 가늠할 수 없는 것이 불쑥 치고 올라오는 듯했다. 무엇이었을까 가늠하는데, 행동으로 바로 이어졌다.

"리, 읍, 응……."

다시 이어진 입맞춤 끝에 리녹의 입술이 천천히 내려와 내 목덜미에 입술을 지그시 눌렀다. 혀가 살갗을 핥는 느낌에 몸을 파르르 떨었다.

"에이미……."

"으응?"

"어젯밤 이렇게……."

입술이 옮겨갈 때마다 그의 목을 꽉 잡았다.

"네 목에 흔적을 남기고 싶었다."

그가 말을 할 때마다 축축하고 뜨거운 숨이 느껴졌다.

"웃, 왜 안 하셨는데요?"

"그렇게 했다면, 네가 곤란할 거라 생각했으니까."

나는 그의 손가락을 붙잡았다. 상기된 얼굴로 슬그머니 고개를 들어 배시시 웃었다.

"어젯밤에 그냥 가셨잖아요."

"……."

"아니, 그러니까, 지금은. 뭐. 상관없을 것 같은데요."

에라이 모르겠다. 욕망에 충실하자.

"아니면 그 흔적."

손가락을 쭉 내렸다.

"제가 남겨 드려요?"

스르륵. 손이 물처럼 흘러내렸다. 그의 손가락에서 미끄러진 내 손이 그의 어깨로 올라가 그대로 가슴께까지 내려와서는 멈췄다.

"대답이 없으시네요."

나는 웃음기 머금은 목소리로 말했다. 내 손가락은 셔츠 위에서 빙글 원을 그렸다. 긴장한 근육이 고스란히 느껴졌다. 리녹은 터질 것 같은 시선으로 나를 쳐다보고 있었다. 당장 해일처럼 덮치고 싶은 것을 참고 있는 것처럼 보이기도 했다. 달아오른 눈가가 야릇하다. 그가 입을 열면 말이 아니라 관능이 쏟아질 것 같았다.

리녹은 대답 대신 내 손을 들어 올려 입술에 손가락을 가져가 깨물었다. 아프지는 않았다. 그는 내 손가락을 입에 물고 혀로 굴렸다. 이것이 곧 전초전 같다고 느꼈다.

나는 고민했다. 이대로 언니의 눈을 피해 침실로 갈까. 언니는 리녹의 침실과 집무실 위치를 알지만, 애석하게도 이 대공저는 남는 것이 방이라 할 정도로 넓었다.

이전의 나라면 이런 식으로 충동에 몸을 내맡기지 않았을 것 같다는 생각에 미쳤다. 나는 나름대로 차분하며 신중한 편이었다고 생각하는데 말이지. 이 남자가 나를 불붙은 불도저처럼 만드는 것 같다. 봐봐. 지금도 시선으로 막. 나를 홀리잖아.

"……리녹."

그가 내 손가락을 깨문 채 나를 응시했다. 아주 잠깐이지만 커다란 짐승 같다고 생각했다. 그의 머리를 쓸어보고 싶었다. 분명 아주 부드럽겠지.

"언니는…… 사정상 이곳에 오래 머무르지 못할 거예요."

둘만 함께 지낼 때와 상황이 달라졌다. 안타깝게도 언니는 이제 기사였다, 그것도 국경 너머 다른 왕국 소속인. 문득 이것이 아주 아쉽게 느껴졌다. 그래. 언니와 헤어지는 것이 너무나 아쉬웠다. 이렇게 생각을 하는 것만으로도. 그러니 장난은 여기까지만 해야겠지. 물론 장난이라기엔 진심이 넘쳐났던 행동이었지만.

"에이미."

그가 내 손끝에 입술을 묻고, 그대로 움직였다.

"나를 염려하는 거라면 그러지 않아도 된다. 이해하는 일이니까."

그가 지그시 눈을 감았다. 뜨겁고 낮은 숨이 터져 나왔다.

"내게는 평생…… 가족이 없었으나, 무엇인지는 반년 동안 숲속에서 너와 지내며 알 수 있었다. 너와 네 언니를 보면서."

나는 멈칫했다. 우리가 숲속에서 함께 지냈던 반년. 리녹이 이것을 이렇게 생각하고 있을 줄은 몰랐다.

돌이켜보면 황태자의 기사단이 쳐들어오기 전까지 언니와 리녹의 사이는 나쁘지 않았다. 언니야 한결같았으니, 리녹이 차차 변하는 게 보였다고 할 수 있었다. 마치 짐승이 경계를 풀고 조금씩 자리를 내주는 것처럼. 그렇게 언니는 낮의 리녹과 밤의 리녹도 울타리에 들였다. 하지만 어디까지나 이것은 내가 그리 느꼈을 뿐, 리녹이 직접 이에 대해 말을 한 것은 처음이었다.

고개를 들자 리녹이 기다렸다는 듯이 입을 맞췄다. 이번에는 새 부리가 쪼는 것처럼 가볍게 닿았다가 떨어지는 버드 키스였다. 그러고는 보일 듯 미소하는 얼굴이 보였다. 그 순간 나는 누군가가 이토록 사랑스럽게 느껴질 수 있다는 것을 알았다.

쿵쿵. 심장이 뛰었다.

"가도 되겠나."

"……응."

달각, 열리는 문소리를 들으며 나는 깨달았다. 내가 이 사람을 처음보다, 어제보다, 그리고 5분 전보다 더욱더 좋아하고 있다는 것을.

'이것이 사랑이구나.'

그를 위해 마법사가 되고 싶었다. 잠재력이 있는 것으로는 부족했다. 아주 뛰어난 마법사가 되어서 그의 마법을 풀어주고 싶었다. 그의 평생을 옭아맸던 족쇄를 내가 풀어주고 싶다고, 그러기 위해 무엇이든 할 수 있다고 다짐하는 순간 손등에서 문양이 화답하듯 반짝인 것도 같았다. 열린 문으로 나가며 고개를 들었을 때, 내 얼굴로 결연함이 스쳤다.

'……일단 제대로 된, 아니, 뛰어난 마법사가 되는 것이 먼저야.'

이미 고대 마법에 관한 이론은 차곡차곡 쌓여가고 있었다. 리녹의 비밀스러운 서재에 있는 책들은 하나하나가 중요한 정보를 담고 있었다. 다만 그것이 여기저기 퍼져 있기에 시간이 걸리는 것이고. 그러니까 나는 내 능력을 더욱더 활용할 수 있어야 했다. 미래를 위해서, 리녹을 위해서.

문을 나서자 복도에 주르륵 서 있는 언니와 대공가 기사단 부대장들이 보였다. 당연히 나를 보며 눈썹을 뾰족하게 세울 줄 알았는데, 언니는 다른 곳에 정신이 쏠려 있었다.

'응? 소리 내어 웃고 있잖아? 무슨 일이지?'

슬그머니 다가가자, 우리의 접근을 제일 먼저 눈치챈 사람은 조금 뒤쪽에 있던 첼시였다. 언니는 웃느라 바빴다.

"아, 오셨어요?"

나는 첼시의 말에 끄덕이며 눈을 깜빡였다.

"무슨 일이에요?"

그러자 첼시가 방긋 웃으며 말했다.

"그레이가 아가씨 언니분께 데이트 신청했습니다!"

"네?"

……예? 순간 표정 관리가 되지 않았다. 이게 무슨 소리야 대체. 내가 무어라 말을 하기도 전에 그레이가 고개를 홱 돌렸다.

"아, 아닙니다!"

"그레이 씨……?"

"아닙니다! 전 그냥, 대, 대련 요청을 한 것뿐입니다!"

"그게 데이트 신청이지, 뭐냐? 아니면 수작?"

"야, 첼시!"

그레이가 억울한 표정으로 거세게 고개를 저었다. 나는 그제야 머리를 끄덕였다. 첼시가 또 시동을 걸었구나. 나는 진지하게 얼굴을 굳히고 입술을 뗐다.

"……그레이 씨는 저희 언니가 취향이시군요?"

"네? 아니. 아니. 아닙니다!"

나는 고개를 갸웃했다.

"흐음, 너무 부정하시는데, 저희 언니가 매력이 없다는 이야기이 신가요?"

"……예? 예, 어, 아니, 아닙니다!"

그레이가 재빠르게 언니를 쳐다봤다. 회색 머리칼 사이로 귀가 살 포시 붉어진 것도 같았다.

"매, 매력적이십니다! 아름답, 아니아니, 그러니까 검의 궤도가 아 름답⋯⋯."

"수작이네."

"조용히 해!"

보아하니 알 만했다. 그레이의 진지한 요청에 언니가 장난을 쳤겠 지. 사실 언니는 나보다도 장난기가 아주 심한 편이었다. 어린 동물 을 데려와 치료해 주면서도 놀려먹기를 되게 좋아했었지.

산 밑 마을에서도 린네랑 같이 마을 청년들을 골려 먹곤 했다.

"어머, 우리 에이미를 좋아한다고? 안 되는데."

"아, 아니, 제가 좋아하는 건 당신⋯⋯."

"뭐야. 지금 우리 에이미가 매력이 없다는 거니?"

"아니, 아니, 그게 아니라 좋아하는 건 디아나, 너⋯⋯."

"어머나 세상에 나빴네, 나빴어!"

"⋯⋯언니, 그만해. 린네도요."

이런 식으로 언니와 그런 언니랑 쿵짝이 잘 맞는 절친 린네를 말렸던 게 한두 번이 아니었다. 솔직히 나보다 훨씬 인기도 많았으면서 말이지. 하나도 안 변했네. 하긴 고작 2, 3년 사이에 뭐가 변하겠냐마는.

언니는 스스로를 참 잘 아는 사람이었다. 내 언니라서가 아니라 항상 당당했고 그 당당함이 도를 넘는 일이 없었다. 자신감이 보기 싫지 않을 정도로 잘 어울리는 사람이랄지.

"그래서 그레이 씨."

언니가 웃음을 멈추고 허리에 손을 얹었다.

"내가 좋은 거예요, 내 검이 좋은 거예요?"

"예, 예, 예?"

데구루루. 눈이 돌아가던 그레이의 얼굴이 순간 붉게 물들었다. 이렇게 직구를 받을 줄은 몰랐다는, 아주 당황스러운 얼굴이었다. 곧 그 얼굴은 울상이 되었지만. 첼시는 내 옆에서 목소리를 죽였다.

"아가씨, 저 아가씨 언니분 정말 너무너무 마음에 드는데, 친해져도 되나요?"

그 순간 나는 멈칫했다. 왜 이걸 내게 묻지? 하지만 어깨를 으쓱였다.

"그건 첼시 씨 자유인 것 같은데, 편한 대로 하면 되지 않을까요?"

"에이. 저는 아가씨 호위 아닙니까. 그리고 저는 아가씨가 더 좋은 걸요?"

"네?"

눈을 깜빡이자, 첼시가 시원하게 웃었다.

"귀여움이란 주는 것 없이 좋은 것이죠. 아가씨는 뭐랄까. 조그만 새 같으시다고 할지. 이 시커먼 놈들 사이에서는 볼 수가 없는 타입이시거든요. 딱 제 타입……."

"……뭐라고 했나."

"……이란 절대적으로 모시고 싶다는 의미입죠. 훗날 대공비님 아니시겠습니까?"

리녹이 눈을 가늘게 좁혔다.

"참고로 저는 귀엽고 잘생긴 남성이 좋습니다, 대장."

첼시가 여기서의 '잘생김'은 대장과 같은 '비정상적 잘생김'이 아니라고 못을 박았다. 그러고는 두 분 잘 어울리십니다, 하고 발을 빼자 리녹도 더는 무어라 하지 않았다.

확실히 대처 능력은 첼시가 그레이보다 좋은 것 같다. 그레이라면 금방이라도 울 것 같은 울상으로 어버버버, 아무 말도 못 했을 것 같은데. 그래, 지금 저 모습처럼 딱 저렇게…….

언니에게 그만하라 하려 입술을 뗄 때였다.

"……음? 리녹?"

눈앞이 새까맸다. 커다란 손이 내 눈을 감싸 안았기 때문이었다. 당연하겠지만 이 손은 리녹이었고. 그의 향기가 물씬 풍겼다.

'어라, 너무 놀렸나.'

조금 전 그레이를 놀린 것 때문에 이런 걸까 싶어 변명하려 하는데, 리녹이 더 빨랐다.

"……그만 쳐다봤으면 한다."

"누구요? 아……. 그레이 씨요?"

그래, 하는 답이 돌아왔다.

……아아. 그쪽이구나. 허허허. 웃으며 리녹의 손을 그대로 잡아주는 동안 상황을 정리한 건 줄곧 침묵하던 셰드 경이었다.

"보시다시피 그레이가 저분께 대련을 요청했으나 표현상 오해의 소지가 다분했습니다."

······도대체 그레이는 뭐라고 하면서 대련을 신청했기에 저 무뚝뚝한 기사님도 인정하는지 궁금하긴 했다.

나는 슬그머니 리녹의 손을 내리고 그레이를 불렀다. 이쪽을 돌아보는 그레이에게 살짝 미안한 얼굴로 웃어주었다.

"미안하지만 오늘은 안 돼요."

나는 내 가슴에 손을 얹었다.

"언니는 오늘 저랑 할 것이 있거든요."

△

잠시 후, 언니와 내가 도착한 곳은 거대한 연무장이었다. 드넓은 공간이 우리를 반겼다. 동상이 있던 자리가 휑했다. 그때 떨어졌던 늑대 동상은 치웠나 보다.

일단 언니에게 오늘 한 수 가르침을 받기로 했기 때문에 리녹의 허가를 받아 이곳을 쓸 수 있었다. 나와 언니 말고도 만약의 사태를 대비한 베이커와 대공가 기사들이 함께였다.

"에이미."

리녹이 내 손을 잡았다. 한참 남는 커다란 손인데도 왜일까 사랑스럽게 여겨졌다. 그에게 씩 웃어주었다. 괜찮다는 듯이.

"한 수 배우려는 거예요. 뭐든 배울 수 있을 것 같거든요."

리녹이 끄덕였다. 그는 자신이 이 역할을 할 수 없음을 잘 아는 것처럼 보였다.

"확실히 나보단 네 언니가 낫겠군."

"리녹은 불가능하잖아요?"

"네게 검을 드느니 나를 스스로 찌르겠다."

……그렇게 극단적이지는 마시구요. 이건 이베르크의 특징일까, 가만 보면 어머님도 말투가 좀 극단적인 면이 있으셨지.

"에이미, 언니는 준비됐어."

언니는 확실히 하자며 말을 꺼냈다. 그런 언니의 허리춤에 긴 검이 매달려 있었다. 나는 언니에게 내가 바라는 바를 설명했다. 내 설명을 들은 언니가 끄덕였다.

"좋아. 최대한 실전처럼 제대로 해달라는 말이니? 그런데 조금 전에 집무실에서 듣기로 너는 경험이 전혀 없다고 하던데."

"맞아. 하지만 제대로 해줘."

나는 결연한 표정으로 입을 움직였다.

"정말 위험한 상황은 늘 예고 없이 오는 법이잖아?"

우리는 평생 도망자였다. 이런 감정과 기분과 상황을 너무나 잘 아는 사람이기도 했다. 이해한 듯 언니가 내 뜻에 동의했다.

"좋아, 우리 예쁜이."

언니가 가볍게 한숨을 쉬었다.

"지금도 백 퍼센트 내키는 것은 아니지만, 꼭 해야 하는 일도 있는 법이니."

"다치는 건 걱정 마. 언니랑 가벼운 운동을 할 때도 다쳤었잖아?"

의외로 언니는 나를 가르칠 때 다치는 것에 대해선 태연했다. 원래 굴러서 얻는 것도 있다나. 이런 걸 보면 뼛속까지 기사 같기도 하고.

"그래 좋아. 준비하렴."

주변에 있던 모든 사람이 물러나고 중앙에는 나와 언니만 남았다. 솔직히 긴장되지 않는다고 하면 거짓말이었다. 나는 지팡이를 꾹 잡았다.

"이거, 빌려줘서 고마워요."

리녹이 들을 리는 없지만 그렇게 중얼거리며 손에 쥔 것을 흔들었다. 내 손에는 커다란 마법 지팡이가 있었다. 조금 전, 이런 지팡이가 없냐는 내 말에 리녹이 고심하다 내어준 것이었다.

"이베르크 비밀 서재에 보관되어 있던 것이다."

왜 이게 그의 비밀 서재에서 나온 것인지, 누구 것이었는지 궁금하긴 하지만……. 나중에 묻기로 했다.

내가 이런 지팡이를 필요로 한 것은 좀 더 마력을 컨트롤을 하기 위해서였다. 베이커를 통해 미숙하거나 마력이 많은 마법사는 이런 지팡이를 통해 컨트롤한다고 들었다. 나는 단연 마력이 주체가 안 되는 후자 쪽이었지만.

언니는 선언한 이상, 진지하게 임할 생각인 것 같았다.

"시작하기 전에 싸움에 익숙하지 않은 널 위해서 한 손을 쓰지 않을게."

"핸디캡이야?"

"응. 그렇지."

언니가 눈을 휘었다. 그 말을 보여 주려듯 언니가 한 팔을 등 뒤로 돌렸다. 그러고는 긴 장검을 집어넣고 허리띠에 꽂아 놓았던 단검을 뽑았다.

"검도 이걸 쓸 거야."

……이건 너무 무시하는 것 아니야? 물론, 감사한 일이지만.

"고마운 일이네."

마다하지 않습니다.

"이런 건 가벼운 내기가 있으면 좋겠지?"

"언니랑 운동할 때처럼?"

"소원을 걸까?"

"좋아."

언니가 밝게 웃었다. 재밌겠네.

"내가 한 손을 더 쓰게 하거나 장검을 들게 하면 네 승리야. 반대로 네게서 못하겠다는 말이 나오면."

"언니가 이기고."

"그렇지."

조그만 단검이 언니의 손에서 휘리릭 돌았다. 언니가 뺨에 손바닥을 가져다 대고 한숨을 푹 내쉬었다.

"정말 내 동생의 여러 모습을 보네……. 발랑 까진 데다 이젠 이런 진지한 모습이라니."

"그놈의 발랑 까진 건 그만 얘기할 수 없어?"

미간을 찌푸렸다. 듣는 동생 서럽네. 자꾸 까졌다고 하는데 내가 몇 살인데 까진 게 뭐야.

"이젠 성인이거든?"

"언니 눈에는 언제고 애기 같은걸. 네가 문을 쾅 닫고 들어……."

"빨랑 시작해!"

장난하는 걸 보니 제대로 할 생각이 있나 싶었다. 하지만 다음 순간 언니가 장난기를 지워내며 진지한 눈을 드러냈다.

"시작한 이상 확실히 할게."

나는 지팡이를 꾹 눌렀다. 동시에 언니가 내게로 달려왔다. 발을 훅 차는 순간 나는 얼른 지팡이를 내리찍었다.

"으, 으아아."

이, 이렇게 하는 것 맞지?

쾅! 언니의 검이 내가 만들어낸 보호막을 쾅 내리쳤다.

아니, 무슨 단검에서 이런 소리가 나?!

당황했지만 힘을 풀어내지는 않았다. 손등에서 하얀 빛이 새어 나왔다. 슬쩍 곁눈질하자 저 멀리 떨어진 곳에서 옷 사이에 하양이를 품고 있는 로테가 보였다. 그리고 하양이와 내가 작은 무형의 끈 같은 것으로 연결되어 있는 것이 보였다. 이를 증명하듯 몸에서는 힘이 마구 솟아났다. 호랑이 기운도 솟아나는 기분이었다.

'좋아.'

어차피 나는 초보 딱지도 떼지 못한 미숙한 마법사였다. 잠재력만 더럽게 큰. 그러니 뭐든 간에 다 해보기로 했다. 그럼 뭔가 하나는 얻어걸리지 않을까? 아니, 얻어 걸려라!

지팡이를 한번 흔들자 손등에서 문양이 더욱 진해지더니 허공에서 수많은 얼음 덩어리들이 생겨났다. 후두둑. 마구 떨어지는 얼음을 피하거나 단검으로 베어내는 언니도 엄청났다.

"흐응, 에이미. 먼저 조언하자면 마법사가 검사를 상대할 때는 거리를 더 벌리는 편이 좋아."

조금 멀리 있던 언니의 얼굴이 순식간에 가까워졌다. 쿵. 황급히 한걸음 물러나며 내 앞으로 얼음벽이 세워졌다. 하지만 얼음을 뚫은 단검에 정말 놀랐다.

"무, 무슨 검이 얼음을 뚫어!"

"돌도 뚫는데 얼음은 못 뚫겠니."

언니가 내 보호 마법과 칼을 맞댄 채 생긋 웃었다.

"전투에 전혀 익숙지 않은데도 이렇다니 대단해, 내 동생."

나는 이를 꾹 물었다.

"그리고 이기려고?"

"물론이지."

하하하, 나는 웃으면서도 입꼬리를 끌어올렸다.

"쉽진 않을걸. 아니, 그렇게 만들 거야."

내가 손을 흔들자 상상했던 화살 비가 촤르륵 펼쳐진다.

"나는 앞으로 우리 언니랑."

쾅. 지팡이를 내리찍었다.

"내 남자 정도는 지킬 여자가 될 거거든."

언니가 눈을 동그랗게 뜬 순간 화살 비가 그대로 쏟아졌다. 언니의 손에서 휘리릭 돌아간 단검이 날아온 화살을 쪼갰다. 빠지직. 얼음 조각들이 후두둑 떨어졌다.

반짝이는 얼음 조각 속에서 언니의 단검이 움직이는 모습은 마치 춤을 추듯이 아름다웠다. 시선을 빼앗길 틈이 없다는 것을 알았지만 황홀했다. 마지막 화살을 쳐낸 언니가 고개를 들었을 때, 느슨하던 표정이 차차 변했다.

"에이미, 이것부터 하나 말해두자면 언니는 검을 잡고 피나는 노력 끝에 감각을 익혔어."

언니가 검을 휘두르며 말했다.

"검과 마법은 달라. 검이 육체의 수련에서 온다면, 마법은 정신의 수련에서 오는 것. 물론, 언니는 마법을 모르지만."

단검이 우뚝 멈추고, 끝이 서서히 나를 향했다.

"정신을 수련하는 것이 어떤 것인지는 알지."

"……일부러 위기를 만들어주겠다?"

"역시 똑똑한 내 동생."

언니의 눈이 보일 듯 말 듯 휘어졌다.

"너도 길이 보일 거야. 집중해."

어설프게 해서는 안 됨을 알았다. 지금까지는 베이커가 한 번씩 보여주던 전투 마법을 흉내 낸 것에 불과했으니까. 보아하니 언니도 몸이나 풀어본 것 같고. 검을 잘 모르는 내 눈이지만 언니가 리녹을 상대할 때의 움직임과는 판이하게 다르다는 것은 알 수 있었다.

강해지는 것. 공격 마법을 쓰는 것. 나는 여기에 대해 베이커에게 물은 적 있다. 나는 베이커의 말을 차근차근 떠올렸다.

"흐음, 아가씨의 마법으로 공격을 할 수도 있냐고?"

"네. 가능한가요?"

"바라는 것을 아주 구체적으로 염원해야 할 걸세. 염원할 때 아주 강한 사람을 떠올려 보게. 장담할 수는 없지만 유의미한 결과가 나오지 않을까 싶구먼."

강한 사람, 강한 사람. 베이커가 말한 대로 나는 내 안에 강한 사람들을 떠올렸다. 그리고 강하게 집중한 그 순간, 눈앞에 낯선 풍경이 보였다. 정확히는 낯선 풍경 속에 서 있는 사람이.

화면 속의 화면이었다. 커다란 펜릴이 아기 펜릴에게 누군가의 모습을 보여주고 있었다. 강하고 빠르며 아름답게 마법을 쓰는 사람. 깨달았다. 이건 하양이의 기억이구나. 하양이가 내게 도움을 주려 하는 거다. 머릿속에서 하양이가 끼잉끼잉 우는 것 같았다. 비록 하양이의 말을 알아들을 수는 없지만, 뜻은 알 수 있을 것 같았다.

휘이잉.

내가 보고 있는 것은 설원 속에 서 있는 남자와 여자였다. 남자 쪽은 밤처럼 새카만 머리칼과 시리도록 푸른 눈을 갖고 있었다. 외모만으로 저 남자가 이베르크의 핏줄 혹은 선조라는 것을 알 수 있을 정도로. 리녹, 그리고 어머님과 분위기가 비슷했다.

'이쪽은 이베르크고 그럼 저쪽은……?'

남자의 반대편에 있던 여자를 응시했다. 거대한 바람 속에서 여자의 긴 갈색 머리칼이 흩날렸다. 태양의 각도에 따라 얼핏 오렌지빛이 맴도는 갈색이었다. 그녀가 가진 녹색 눈은 다정했지만 단호함을 품고 있었다.

[그러니까 데런, 난 네가 아닌 세상을 택할 거야.]

여성의 꼿꼿하게 선 자세는 내가 잘 아는 누군가의 등을 떠올리게 했다. 데런 이베르크. 여자가 부른 이름은 초대 대공의 이름이었다. 그리고 난 초대 대공이 들어 올리는 지팡이를 본 순간 멈칫했다. 지금 내가 들고 있는 것이었으니까.

[율리아, 우린 평생 만날 일이 없겠군.]

담담한 목소리가 잠시 흔들린 것 같다고 느껴진 순간, 설원에 거대한 눈 폭풍이 내렸다. 여성은 초대 대공의 마법을 기다렸다는 듯이 자신의 지팡이를 들어 올렸다. 눈보라 속에서 무어라 한 것 같았지만 들리지 않았다. 특이하게도 초대 대공도 그렇고 여성도 그렇고 각각 눈과 바람, 얼음을 주로 썼다.

그 치열한 싸움에서 눈을 떼지 않으며 손을 쥐었다가 폈다. 하양이의 울음소리가 들리며 초대 대공과 여성의 싸움 장면이 멀어졌다.

그 순간 감각이 활짝 열리는 기분이 들었다. 그리고 여기에 내 기억 속 아주 강한 사람들의 기억이 함께 뒤섞였다. 다시 눈을 떴을 땐, 아주 찰나의 시간이 흘러 있었을 뿐이었다.

나는 시야가 달라져 있음을 느꼈다. 그리고 리녹을 향했을 때 날카롭던 언니의 검이 지금은 그렇게 위협적이지 않은 것을 알았다.

휘이잉. 바람이 불었다.

"그럼 언니."

나는 고개를 들었다. 힘이 쑥 빠졌다.

데런 이베르크와 대결했던 여성의 손등에는 내게 새겨진 문양이 있었다. 나는 여성의 모습을 되새기고 떠올렸다. 그리고 눈과 바람을 사용하던 초대 대공을 생각했다. 상상한다. 그려낸다. 그리고 염원한다.

내가 만들어 낸 바람은 나조차 크기를 가늠할 수 없을 정도였다. 온몸에 힘이 빠지는 느낌과 함께 연무장에 눈이 사락사락 내렸다. 그리고 마침내, 눈이 펑펑 내리는 겨울 풍경 속에서 나는 웃었다.

"이건 어때?"

눈이 거세게 흩날렸다. 세상을 얼려 버릴 듯 사나운 눈 속에서 언니의 움직임을 놓치지 않았다. 숨이 차올랐다. 나는 이미 한계에 부딪혔음을 알았다. 하양이가 힘겨워하는 것이 절로 느껴졌다.

처음 눈을 내렸을 때 하양이가 기절하고 나는 홀로 마력을 움직이지 못했었다. 그것에 비하면 이미 나와 하양이는 엄청난 발전을 이룬 것이나 다름없었다.

왜일까, 빠르게 소모되는 마력 속에서 이상한 것이 느껴졌다. 꼭 머릿속에 글자가 그려지는 느낌. 조금만 더. 조금만 더……. 머릿속에서 글자가 완성되어 가는 느낌이 들었다.

"확실히 대단하긴 하구나, 예쁜이."

언니의 표정이 한껏 진지해졌다. 그래 봐야 아직 단검을 들고 있었지만.

'여기서 놀라면 이르지.'

나는 남은 힘을 꽉 짜내어 지팡이로 바닥을 쿵쿵 두드렸다. 발과 함께 땅을 내리찍은 순간, 내 발밑에서부터 바닥이 얼어붙었다. 연무장 모든 바닥이 얼어붙기까지는 2초도 채 걸리지 않았다. 그리고 이내 언니의 걸음이 한순간 멈췄다. 내가 노리던 바였다.

'지금!'

줄곧 노려왔던 단 한 번. 찰나의 이 순간.

나는 언니의 움직임을 아주 잘 알았다. 수십 년을 보아온 언니였으니까. 마력으로 감각이 잠깐 열린 지금만큼은, 아주 조금이지만 언니의 움직임을 더 잘 예측할 수 있었다. 언니의 훈련을 오랫동안 지켜봤기 때문에 가능한 일이었다.

바닥에 생성된 얼음 바닥에 언니가 움직이지 못할 틈을 타 큰 눈덩이가 언니의 손을 붙잡아 그대로 얼어붙었다. 언니가 멈칫한 사이로 언니 위로 거대한 그림자가 졌다. 거대한 눈사람이었다. 왜 눈사람이냐 하면. ……솔직히 살벌한 게 생각나지 않았다. 눈사람은 언니가 당황한 사이 와르르 아래로 떨어졌다.

쏴아아아.

땡그랑.

부서진 눈사람이 싸락눈처럼 흩날렸다. 부서진 얼음 알갱이 사이로 언니가 긴 장검을 들고 있었다. 바닥을 뒹구는 단검을 바라보며 나는 씩 웃었다.

눈덩이를 가볍게 쪼갠 언니는 실로 대단했다. 지금의 나는 턱없이 모자라 이길 수 없을 만큼. 하지만 내 목표는 언니를 쓰러트리는 게 아니다. 단검을 떨어트리는 것뿐.

"내가 이겼어."

언니가 피식 웃었다.

"허점을 찔렀네. 대단해."

환하게 웃는 얼굴 어디에도 아쉬움은 없었다. 오히려 대견하다는 낮에 왈칵 감정이 치솟는 것은 있었지만. 언니의 얼굴에서 웃음이 활짝 피자, 그 순간 머릿속에서 허공을 맴돌던 글자들이 짜 맞춰졌다. 깨달은 순간 손등에서 이때까지와는 다른 눈 부신 빛이 터져 나왔다.

"에이미!"

언니가 나를 불렀지만 위험한 일은 아닌 것처럼 느껴졌다. 눈처럼 새하얀 빛이 나를 감싸 안고 또 어루만지는 기분이었다.

"좋은 수식어를 인가받으시길 바라겠습니다."

마법사의 수식어는 스스로 떠올려, 이것을 정식으로 협회에 인가받는 형식. 그러니 자신의 마법 수식어는 마력에 따라 스스로 머리에 그려지게 된다고 했다.

내 마법사 명. 마침내 머릿속에 떠오른 이름.

「눈과 겨울의 마법사」였다.

> 4권에서 계속

언니가 남자 주인공을 주워 왔다 3

초판 인쇄 2020년 4월 13일
초판 발행 2020년 4월 28일

지은이 문시현
펴낸이 최재호
펴낸곳 주식회사 에이템포미디어

편집 디자인 s:now* **표지 디자인** Limjae
교정 교열 에이템포미디어 출판부

등록번호 2019년 2월 27일 제 2019-000012호
주소 경기도 부천시 부천로 198번길 18, 202동 1101호(춘의동, 춘의테크노파크 2차)
전화 070-4100-0600

전자우편 atempo_media@naver.com
블로그 atempomedia.com
인스타그램 instagram.com/atempomedia_books
트위터 twitter.com/atempomedia

ISBN 979-11-6428-197-8